"6·25 전쟁 참전 아흔한 살 노병의 마지막 절규"

"지금은 평화를 위해 전쟁을 준비할 때!"

6·25전쟁 첩보전

릉라도여관

Korea Wisdom China

경지출판사

주

- 실감 나게 하려고 당시 용어를 그대로 썼다.(간수, 감방, 배식구, 가다밥)
- 평안도, 함경도 사투리를 그대로 실어 분위기를 살렸다.
  (우리 동네 청년들은 만네 보았음둥?)
- 역사적 인물들의 경우 한자나 영어를 넣었다. 조만식(曺晩植, 1882~1950)
- 독자의 이해를 도와주려고 한시나 한문은 원문을 넣었다.
  (달 밝은 밤에 고향 길 쳐다보니 月夜瞻鄕路)
- 혼동이 우려되는 단어에는 한자를 병기하였다.(예, 이 슬[蝨])

머리말

아흔한 살 6·25 참전 노병이
젊은 세대에게 던지는 절규의 메시지!

김일성에게 두 번은 속지 마라
김일성은 지금도 살아서 다스린다

올해 내 나이 아흔하나다. 다른 사람에 비해 천수를 누리고 있는
셈이다. 나와 함께 북한에서 반 김일성 운동을 하다가 넘어와서 첩
보요원으로 군 생활을 한 동료들은 벌써 저 세상으로 갔다. 나만 유
독 이 나이가 되도록 살아있다.

나는 김일성을 가까이서 여러 번 보았다. 단상에서 김일성 옆에
있던 박헌영도 보았다. 지금 김정은은 자기 할아버지를 쏙 빼 닮았
다. 정적들을 잔인하게 처형하는 수법도 할아버지 김일성이가 하던
짓 그대로다. 지금 북한의 들과 산에는 숙청의 피비린내가 배어 있다.

나는 1926년 영변에서 태어나 평양에서 반 김일성과 소련을 규탄
하는 조양단(朝陽團)을 조직해 삐라를 뿌렸다가 평양내무서에 체
포되었다. 평양 석기산 기슭에 있던 평양남도재판소 앞들에서 인민
재판을 받고 평양교화소에서 본궁(本宮)노무자수용소, 흥남노무자
교화소 등으로 이감을 가서 3년을 더 살았다.

6·25전쟁 중 1950년 10월 15일 동해안 함흥 남쪽지역에 입성한 국군의 도움으로 구사일생으로 석방되어 평양 룽라도여관 지하아지트에 숨어 있다가 남하하여 정보원(한국 공군 5392부대 일명 '실미도부대'와 미 공군 6006 혼성부대 공작과장)으로 군 생활을 마쳤다.

당시 미 공군 정보대(6006부대) 도널드 니콜스 소령의 명령에 따라 남하한지 두 달 만에 다시 북으로 들어가 국군 포로(철도군인 및 기관요원)들을 데리고 돌아왔다. 아흔한 살 노병(老兵)은 감히 말한다. "김일성은 지금도 살아 있다"고 말이다. 즉 그는 유훈으로써 통치하고 있는 것이다. 저들은 셰익스피어가 다시 살아나도 제대로 표현할 수 없을 정도로 잔학한 무리들이다.

전쟁의 참화를 모르는 젊은이들에게 내가 겪은 얘기들을 들려주고 싶어 30여 년 전에 써두었던 것을 이제 다시 내놓으려 한다. 그만큼 나에게는 현 시국이 불안하고 위태롭게 느껴지기 때문이다. 특히 이 책만으로는 다 얘기할 수 없었던 것들은 약 150시간 분량의 녹음으로 남겨 놓았다.

6·25전쟁은 총만 쏜 것이 아니다
미 공군 도널드 니콜스 소령의 첩보전이 있었다

당시 미국과 소련, 중공은 전쟁 전부터 첩보전으로 상대방의 작전을 꿰뚫어 보려고 노력하였다. 미국 트루먼 대통령, 소련 스탈린 서기장, 중공 마오쩌둥(毛澤東) 주석이 바로 6·25전쟁의 주역들이다. 나는 평양의 대동강 부벽루 근처에 있던 룽라도여관에서 처음으로 대한민국 첩보원으로서의 인연을 맺었다. 1946년 2월 4일, 백의사(白衣社)가 평양역 광장에서 열린 3·1절 행사에 수류탄을 던진 이성열 선생은 평양을 방문하여 우리 집 릉라도여관을 찾았다. 어머니는 이들이 오면 숙식비도 안 받고 오히려 돌아갈 때 여비를 보태주었다. 나는 백의사가 김일성을 암살하려는 현장에 있었다. 비록 김일성을 제거하는데는 실패하였지만 백의사는 용감했다. 바로 백의사를 지휘한 인물이 미 공군 정보대 도널드 니콜스 소령이었다.

다시 말한다. 이제 아흔한 살의 힘없는 노병이 조국을 위해서 할 일은 별로 없다. 전쟁이 멈춘 지 60여 년이 넘도록 우리의 활약상이 가려져 있다가 김대중 정권에 와서야 보상 문제를 기회로 우리의 실체가 세상 밖으로 드러나게 되었다. 김대중은 대통령 후보 시절에 보상을 받을 수 있도록 입법할 것이라고 약속해놓고도 선뜻 움직이지 않았다. 이후 노무현 정권으로 바뀌고 나서야 비로소 '특수임무수행자보상법'이 제정되어 우리의 한 맺힌 숙원이 이루어지는가 싶었다. 그러나 쥐꼬리만 한 보상금 지급을 놓고 이런저런 트집을 잡아서 지급 자체를 거부하고 이미 지급한 보상금까지도 환수 조치할 것을 지시했다.

'특수임무수행자보상위원회'는 보상금이 지급된 지 3년 후 그것을 토해내라고 괴롭히기 시작하였다. 재산을 가압류하고 뒤를 미행하고 인신구금의 권한이 없음에도 초법적으로 여든 살 노병을 아침부터 자정까지 구금하고 조사하였다. 군 조사관에 12시간 가까이 구금되어 있으면서 밥 한 톨, 물 한 모금도 마시지 못하면서 고약한 수모와 굴욕을 당했다. 내 잘못이라면 국가가 주는 보상금을 적법

한 절차에 따라 받았다는 것 하나뿐이었다.

나는 2015년 3월 지루한 소송에서 최종적으로 승소하였다. 미 공군(공군 제6006부대-한국 공군 5392부대와 혼성부대)에 근무한 군인에게도 대한민국 정부는 보상금을 지급하라는 것이었다. 나는 한국인으로서 미 공군의 첩보요원으로 근무하였다. 이것은 내가 선택한 것이 아니었다. 내 조국은 미국이 아니라 한국이다. 이렇게 보상금을 환수하려는 것은 주한미군 철수, 국가보안법 철폐, 맥아더 동상 철거, 6·25전쟁 북침설, 한미 FTA반대, 미국산 쇠고기 광우병 선동 등의 반미행위와 궤(軌)를 같이 했기 때문이라고 본다. 조국이 바람 앞의 등불처럼 위기에 처해 있을 때, 나는 국가의 명을 받들어 미 공군에서 첩보요원(6006부대)으로 군 생활을 하였다. 나는 일각에서 망령처럼 떠돌고 있는 반역자가 아니다.

국가를 위해 몸과 마음을 바친 사람들을 예우하는 것은 국가가 위태로울 때 후대들에게 국가에 충성하라는 교훈으로 삼기 위한 것이다. 생명의 위험을 무릅쓰고 적지에 갔다 살아온 몇 안 되는 애국자들을 홀대한다면 이 나라가 위기에 닥쳤을 때 누가 적진으로 들어가 목숨을 걸고 임무를 수행하겠는가!

우리 집 릉라도여관은 대동강 을밀대(乙密臺)와 부벽루(浮碧樓) 그리고 릉라도가 바라보이는 수려한 곳에 있었다. 1946년부터 도널드 니콜스는 릉라도여관을 북한의 휴민트와 연결하는 전초기지로 삼았다. 독립투사인 아버지와 어머니가 운영하던 릉라도여관은 오늘날 우리가 알고 있는 정보사령부의 모태가 된 곳이다. 여기에는 니콜스 소령과 긴밀하게 연결된 여성 휴민트 강창옥이라는 김일성의학대학 학생이 있었다. 이 내용은 곧 이어 6·25전쟁 중의 국제 첩보전을 그리는 소설 "도널드 니콜스"에서 픽션으로 창작될 것이다.

6·25 참전 아흔한 살 노병은 마지막으로 호소한다
젊은이들이여! 지금은 평화를 위해 전쟁을 준비할 때다

평화는 거저 얻는 게 아니다. 세상에 공짜 밥이 없듯 공짜로 굴러들어오는 평화는 어디에도 없다. 전쟁을 모르는 전후의 풍요함을 누리는 세대는 이러한 풍요를 후손에게 전하려면 김일성을 경계해야 한다. 김정은은 김일성의 유훈을 그대로 따르고 있다. 김정은이 문제가 아니라 김일성의 주체사상이 더 큰 문제라는 말이다.

이 책에 나오는 얘기는 전부 내가 겪은 얘기들 가운데 주목할 만한 얘기들을 적은 것이고 더 자세한 것은 녹취록으로 편집되어 출간될 것이다. 앞으로 내가 얼마나 더 살지 모르겠다. 내 생전에 통일이 되어 고향땅을 밟아보고 아버지 어머니 산소에 술 한 잔 올리고 절을 올리고 싶다.

'고(故) 아버지 영령 앞에서 무릎 꿇고 빌면서 제가 남으로 갈 때는 어머니가 살아계실 동안에 반드시 돌아오겠다고 약속하였습니다. 하지만 반세기가 훨씬 지나서 이제야 돌아왔습니다. 어머니 임종도 지키지 못한 불효자식을 용서하시고 명복을 누리시길 빕니다!'

이 말은 내가 늘상 상상하며 중얼거리는 한탄이다. 그러나 이제는 이러한 바람조차 꿈꿀 수 없다는 자궤감이 든다. 고향에 가보고, 고향의 흙으로 돌아갈 수 있을지를 염원하던 흘러간 긴 세월만이 원망스럽기만 하다.

순교자 김화식, 김진수 목사 두 분을 추모하다
김일성의 회유에도 꿋꿋이 순교하였다

김화식(金化湜) 목사는 평양교화소에서, 김진수(金珍洙) 목사는 흥남교화소에서 순교하였다. 두 분의 순교 시차는 3년 정도 있지만 결사반동죄로 수감된 나는 김화식 목사의 건너편 감방에 있어서 자주 뵈었고 김진수 목사와는 흥남비료공장에서 노역을 함께 했다. 김 목사는 김일성 우상화정책에 반대하는 단식투쟁을 하다가 돌아가셨다. 돌아가시기 전날 그 분은 나에게 유언을 남기셨다. 김 목사는 가고파, 목련화, 여호와는 나의 목자시니 등을 작곡한 김동진 선생의 선친이다.

김진수 목사는 흥남교화소에 수감되어 비료공장에서 노역을 하면서 친해졌다. 나는 김 목사가 집단 총살로 생을 마감한 그 날을 잊을 수가 없다. 김 목사의 시신을 수습하여 흥남시 덕리라는 곳에 내 손으로 직접 안장(安葬)했는데 지금은 어찌 되었을지 궁금하다. 김 목사 부인은 남편이 수감된 감옥 근처에 방을 얻어놓고 옥바라지를 하였다. 지금도 흥남교화소가 보이는 언덕에서 옥색 치마저고리를 입고 하염없이 바라보던 사모(師母)의 모습이 눈에 선하다. 지금은 두 분 다 천국에서 복을 누리고 있을 것으로 확신하고 있다.

차례

9

제5부 오! 자유의 땅, 대한민국

제 **1** 부

스탈린과 김일성의 밀약

해방의 환희

국민학교 6학년이었던 어느 해 봄날, 어머니가 나를 데리러 영변으로 오셨다. 사전에 귀띔조차 없었기에 말없이 멍하니 서 있었다. 그때 어머니는 나를 보더니 "가자"는 한마디뿐이었다. 나는 영문도 모른 채 어머니의 손에 끌려갔다. 걷기도 하고 버스도 타면서 한 시간 만에 도착한 곳은 릉라도여관이었다. 어머니는 내실로 나를 데리고 가더니 아주 심각한 표정으로 자초지종을 밝히는 것이었다.

"인호야, 너도 이제 세상을 조금은 알만한 나이가 되었다. 아버지가 의심을 받아 일본 주재소로 끌려가 조사받고 있다. 나는 위험해서 나설 수가 없으니 네가 나서야겠다."

"네, 어머니 무슨 일이든 맡겨주세요. 제가 하갔습네다."

"네가 신의주까지 가서 급히 전해줄 물건이 있다. 괜찮겠느냐?"

"예, 어머니 제가 그렇게 하고 오갔습네다."

"알았다. 그럼 준비를 하거라."

나는 어려서부터 중국까지 갔다 왔기 때문에 신의주쯤은 눈 감고도 다녀올 수 있을 것 같았다. 나는 신발을 튼튼한 걸로 바꿔 신고 옷도 갈아입었다. 여비는 따로 안주머니에 넣고 단추를 채웠다. 이때 어머니는 신문지로 둘둘 말은 꾸러미를 내 가방에 깊숙이 넣어주며 약도를 손에 쥐어 주었다. 이쯤에서 나는 나의 임무가 뭘까 하고 고민하게 되었다. 어머니는 어린 아들을 혼자 보내는 것이 맘에 안 놓였는지 몇 번이고 다짐하였다.

"인호야, 이걸 절대 남에게 보여주거나 말을 해서는 안 된다. 알았지?"

"네, 어머니 걱정 마세요. 잘 다녀오겠습네다."

그는 사뭇 걱정하시는 어머니를 안심시키고 신의주 행 기차에 올랐다. 나는 누가 이 비밀을 눈치챌까봐 점점 불안해지면서 심장이 빠르게 고동치고 있었다. 불안한 마음을 애써 누르며 억지로 태연한 척 하고 있었다. 어머니가 그려준 약도대로 역전 근처를 살펴보니 이화시계수리점이란 간판이 보였다. 그곳에 들어가 어머니가 주신 꾸러미를 전달하였다. 어린 나이에 무사히 물건을 건네고 집으로 돌아오면서 절로 신이 나서 노래를 불렀다.

그날 이후 몇 차례 심부름을 더 다녔지만 그 물건이 무엇인지 안 것은 훨씬 뒤였다. 아버지는 어머니가 운영하는 릉라도여관을 자연스럽게 독립투사들의 거점으로 이용하게 하였다. 또 릉라도여관은 독립운동 자금을 마련하는 기능도 하였다. 아버지 신변이 불안하면 내가 대신 심부름을 갔던 것이다. 내 가방 속에 있던 꾸러미는 독립자금으로 쓰일 돈뭉치였던 것이다. 이때부터 나는 릉라도여관에서 아버지와 함께 사는 데 재미를 붙였다. 이것으로 나는 철부지 아이가 아니라는 것을 보여준 것이다. 그런데 릉라도여관 수익금만으로는 군자금을 조달할 수 없어 아버지는 한약재나 직물류 등의 장사를 하여 부족분을 메워나갔다. 이러니 아버지는 한 번 집을 나가면 좀처럼 집에 돌아오지 못하였다.

자연히 어머니는 릉라도여관 운영을 거의 혼자서 도맡아 해야 했다, 그래도 어머니는 힘든 내색을 한 번도 하지 않고 늘 웃음을 잃지 않았다. 릉라도여관에는 돈 안내고 묵는 투숙객들이 한두 명씩은 노상 있었는데, 어머니는 이들에게 싫어하는 기색을 조금도 안보이고 정성스럽게 대해주었다. 이들은 대개가 독립운동가들이었기 때문이다. 이처럼 한창 잘 나가던 릉라도여관에 불운이 닥치게 되었다.

1945년 5월경이었다. 하루는 느닷없이 주재소 경찰들이 들이닥쳐 아버지를 다짜고짜 붙잡아 갔다. 아버지의 다른 동료들은 마침 릉라도여관에 없었기에 변을 피할 수 있었다. 아버지는 꼬투리 잡힐 일이 별로 없었지만 평소에 아버지를 불량선인으로 보고 있던 일본 경찰은 불문곡직하고 잡아들였던 것이다. 아버지는 연행된 지 열흘 만에 풀려났지만 거의 초죽음이 되어 풀려났다. 이후 아버지는 시름시름 20여 일을 앓다가 유언 한 마디도 남기지 못하고 운명하셨다. 해방을 석 달 남짓 남겨둔 즈음이었다. 16살 어린 나이에 나는 아버지 관을 끌어안고 눈물을 펑펑 쏟았다. 삼우제를 지내고 나는 3년 동안 맏상제로 매일 아침 예를 다해서 상식(上食)을 올렸다.

1945년 8월 15일, 길게 갈 것만 같았던 일제의 식민지배가 끝나자 평양 시민들은 거리로 나와서 덩실덩실 춤을 추었다. 지난 세월을 숨죽이면서 속으로만 삭혀왔던 한이 봇물처럼 함성으로 표출되었다.

"만세! 만세! 대한민국 만만세! ……."

당시 평양체신전문학고 2학년이었던 나는 지금도 그날의 벅찬 기쁨을 마치 어제 일인 것처럼 생생하고 또렷하게 기억하고 있다. 몇 날 며칠을 이 골목 저 골목으로 쏘다니면서 대한민국 만세를 목이 터져라 외쳤다. 이런 날이 오기를 고대하며 얼마나 많은 투사들이 목숨을 바쳤던가? 생각만 해도 눈물이 저절로 흘러내렸다. 또 조국 광복의 애절한 한을 품고 이역만리 타국에서 얼마나 많은 독립투사들이 눈을 감았던가!

하지만 해방의 기쁨은 우리 곁에 잠시 머물다가 바람처럼 사라졌다. 학생들은 학교에 삼삼오오 모여 앉아 조국의 장래에 대해 진지하게 토론을 하였다. 고당 조만식 선생을 흠모하던 대다수의 학생들은 대한민국 지도자는 조만식(曺晩植, 1882~1950) 선생이 되어야 한다고 생각하고 있었다. 조만식 선생의 영도 아래 대한민국이 무궁한 번영을 누릴 수 있기를 바라고 있었다. 학생들이 내린 결론은 대충 이런 것이었다. 하지만 하나의 사건으로 민족 해방의 축제 분위기는 식어버리게 되었다.

그건 1945년 12월의 모스크바 3상회의였다. 여기서 한국에 임시 민주 정부를 수립하고 미국, 영국, 중국, 소련에 의한 최장 5년간의 한반도 신탁통치가 결정되었다. 이 결정에 따라 38선 이북에 소련군이 들어와 일본 패잔병들의 무장을 해제시켰다. 생김새가 제각각인 소련군들의 무장 군복차림은 어딘가 부자연스럽고 어색해보였

다. 소련군들은 머리를 짧게 깎아서 반질반질하였다. 게다가 군복
은 잘 맞지 않아 헐렁해 보였으며, 얼굴은 험상궂게 생겨 살기가 번
득거렸다. 누가 봐도 이들은 소련의 정규군이 아니라는 것을 한 눈
에 알아 볼 수 있을 정도였다. 이들은 딱딱하게 굳어버린 보로디노
흑빵을 평소에는 옆구리에 덜렁덜렁 차고 다니다가 식사 때면 떼어
먹었다. 밤이 되면 이 흑빵을 베개 삼아 머리를 괴고 군화를 신은 채
아무데서나 드르렁 드르렁 코를 골면서 잠을 잤다. 이들의 모습은
마치 소 돼지 같은 짐승이나 진배없었다.

　이런 해방군들의 몰골과 행동에 실망한 북한 주민들은 소련군의
진주 목적에 의구심을 품기 시작하였다. 때로는 이런저런 소문과는
달리 소련군은 아주 열성적으로 직무를 수행하는 것처럼 보이기도
하였다. 곳곳에서 소련군의 감시 아래 일본군 패잔병들을 줄 세워
놓고 살벌하게 검열하고 울타리 안에 가두어놓고 노동자로 부려먹
었으며, 일본 여자들은 강제로 잡아다 식모로 삼는 등 좀 심하다 싶
을 정도로 가혹하게 학대하였다. 걸핏하면 소련군 여러 명이 일본
여성 한 명에게 달려들어 폭행하는 일은 다반사로 일어났다. 자기
들끼리 소련 말로 뭐라고 지껄였지만 우리는 알아듣지 못해 무슨 영
문인지 짐작조차 할 수 없었다.

　소련으로 송환되는 일본군들의 표정은 마치 고양이 앞의 쥐처럼
가엾어 보여, 일본인들에게 당한 식민지 시절의 수모를 생각하면
고소하게 여겨졌지만 한편으로는 처량하게 보였다. 소련군이 일본
인들 가운데 무기 제조기술자들을 따로 추려내어 소련의 군수공장
으로 보낸다는 소문이 돌았다. 지금도 소련에 억류되어 있는 일본

인들 중에는 당시에 유배되었던 사람들로 무기공장에서 평생을 보내야 했다. 한동안 북한에서 일본인들의 처리문제로 어수선했던 시간이 지나자 조만식 선생은 평양의 학생들을 규합하여 민중계몽운동을 펼쳐나가기 시작하였다.

 나 역시 학생단체에 가입하여 조국을 걱정하면서 하루하루를 보내고 있었다. 조국의 상징인 태극기 제작과 사용법을 익히면서 청년들은 격랑의 파도를 슬기롭게 헤쳐 나가고 있었다. 남는 시간을 이용해 민중들을 계몽하는 일에 나서기도 하였다. 이 모습을 지켜보던 조만식 선생은 머리를 쓰다듬으면서 칭찬을 해주셨다. 그때 그 칭찬은 내게 큰 힘이 되었다. 고당(古堂) 선생은 치안에 주력하였지만, 다른 한편으로는 하루하루 다르게 변하는 정세를 장악하기에는 조직도 사람도 부족하여 그 효과는 미미하였다.

 이때 평양에서는 사람들을 경악하게 하는 또 다른 변화가 일어나고 있었다. 소련군들이 감추어 왔던 야수의 본색을 드러내기 시작한 것이다. 이들은 밤이면 닥치는 대로 도둑질에다 강도질까지도 했고, 으슥한 동네에서는 여성들의 나이를 가리지 않고 겁탈을 하였다. 사정이 이러하니 자연히 밤에는 여자들은 바깥출입을 할 수 없게 되었다. 집집마다 소련군이 쳐들어올까봐 문단속을 이중삼중으로 했으며 옆집과 줄을 연결해 깡통을 매달아 흔들어 도움을 청하는 지경이 되었다. 해방의 기쁨도 잠시 주민들은 소련군의 만행에 시달리면서 마음을 졸이고 있었다. 이렇게 사회가 치안부재로 치닫자 일부 주민들은 남쪽으로 내려갔고 남아있는 사람들도 여차하면 언제라도 남쪽으로 내려갈 마음의 준비를 하고 있었다. 일제의 압

1945년 해방 후 연설하고 있는 이승만(상)
같은 시기 평양에 연설하고 있는 김일성(하)

제에서 벗어나자마자 진주한 강대국 소련의 만행에 시달려야 하는 우리나라의 신세가 처량하게 되었다. 이에 덩달아 나의 청춘에 암울한 그늘이 드리우기 시작하였다.

소련군이 평양에 진주하면서 사회 분위기는 점점 살벌해지고 있었고, 여자들은 해가 지면 바깥출입을 못 할 정도로 소련군은 개차반이었다. 군인이 아니라 불한당이었다. 얼마 지나지 않아 나는 소련군들의 대부분이 죄수들이었다는 얘기를 듣고서는 몸서리쳐야

21

만 했다. 김일성은 소련군의 만행이 하늘을 찌르고 있는데도 그대로 방관하고 있었다. 그러니 김일성과 스탈린은 체제에 불만이 많은 죄수들을 북한으로 보내서 스트레스 해소하라고 봐주는 게 아니냐는 말들이 돌았다. 어쨌든 북한에 진주한 소련군은 군인이 아니라 색마(色魔)나 마찬가지였다.

"김일성과 스탈린, 듣던 대로 참 악독한 저질들이구나……. 자기 국민이 성폭행을 당해도 본 체 만 체 하니까 소련 로스케 놈들이 오히려 더 지랄하고 날뛰는데도 말이네……."

백의사의 거사

1946년 2월 중순 경, 하늘은 먹구름이 잔뜩 몰려 있어 사방이 어둡고 답답하게 느껴졌다. 그날 오후 종종걸음으로 마당에 들어서자 어머니가 얼른 방문을 열고 나오시더니 나의 손목을 잡고 집 뒤로 데리고 갔다. 나는 뭔가 심상치 않은 일이 일어났다는 것을 직감적으로 느꼈다. 여관 뒤채에는 대여섯 명의 청년들이 앉아 있었고, 당황한 목소리로 어머니가 먼저 말하였다.

"애가 우리 집 애예요. 어려서부터 군자금을 전달하러 다녔으니 도움이 될 거예요."

어머니의 소개에 이어서 청년 하나가 자기들의 일에 대해 설명을 하는 것이었다. 그들은 남한의 서북청년회가 파견한 특공대원들이었다. 이들은 다음 달 3·1절 기념식에 참가하러 온 것이었다.

백의사라는 단체의 특공대원들은 3·1절 기념식장에 침투하여 고당 조만식 선생을 남한으로 모셔가고 식장에 참석한 김일성과 공산

23

당 간부들을 암살하기로 하였다면서 나에게 평양의 길안내를 맡아 달라는 것이었다. 그 중 대표가 되는 사람이 나를 보고 말을 하였다.

"난 이성열이오, 이번 작전의 총책임자요. 생전에 학생의 아버지를 몇 번 뵌 적이 있어요. 이번 일은 기필코 성공해야만 되는 일이니 학생이 나서서 조언을 해주길 바라오."

그는 건장한 몸집에 어울리게 호탕한 목소리로 말을 하면서 악수를 청하였다. 나는 영문도 모르고 그의 손을 잡았다. 그의 손은 불처럼 뜨겁게 느껴졌다. 조국과 민족만을 사랑하는 열혈 청년다운 열기가 뿜어져 나오고 있었다. 모두가 처음 보는 얼굴들이었지만 친형님처럼 다정하게 느껴졌다. 그동안 평양에서 봐왔던 좌익계열 사람들의 얼굴에서는 살벌한 살의가 느껴졌지만 이들에게서는 따스한 정이 배어나오고 있었다.

이들 백의사 대원들은 패기와 의지가 절대 흔들리지 않을 것 같은 정신을 지니고 있었다. 이들은 아주 치밀하게 일을 계획하고 진행하고 있었다. 나는 친구 이응용을 찾아가 도움을 청했다. 울퉁불퉁 사내다운 모습의 이응용은 동창생이었던 김병기를 데리고 밤에 나를 찾아왔다. 나는 두 친구를 백의사 대원들에게 데리고 가서 인사를 시켰다. 두 친구는 대원들과 인사를 나눈 뒤 그 자리에서 뜻을 함께 하기로 약속을 하였다.

그날부터 우리 셋은 열심히 등사기를 밀어서 백의사의 거사를 알리는 삐라를 만들었다.

"공산당을 타도하고 소련군을 이 땅에서 몰아내자."

"신의주 학생들의 피는 지금도 끓고 있다."

이런 내용을 담은 삐라를 만들어 3·1절 기념식장에 모인 군중들에게 뿌리기로 하였다. 이성열을 비롯한 백의사 대원들은 포목이나 옹기, 잡화 등을 파는 장사꾼으로 위장하고 우리가 그려준 약도를 가지고 길을 찾아가는 예행연습을 하였다. 우리들은 믿을 만한 동료 예닐곱 명을 모아서 각자 삐라를 나누어 보관하였다.

드디어 기다리던 3월 1일 아침이 밝아왔다.

"이제는 빨갱이도 어쩔 수 없겠지요?"

백의사 대원들의 고고한 의기에 힘을 주어 말하니 이성열은 호방하게 웃으며 말하였다.

"다 좋은데 빨갱이들이 한날 한 시에 죽을 테니 장사 치르려면 바쁘게 되갔구먼."

유쾌한 농담이 오가니 바짝 긴장하고 있던 일행은 모두들 미소를 띠었다. 일행은 어머니가 정성껏 차려준 밥상에 둘러앉아 웃음꽃을 피우면서 아침을 먹었다. 그때 나에게는 불현듯 돌아가신 아버지 생각이 떠올랐다. 속으로 아버지를 향해 되뇌었다.

'아버지, 저도 이만큼 자라서 거사에 참여할 수 있게 되었습니다. 아버지, 그렇게도 갈망하던 해방이 되었지만 조국의 앞날이 암울합니다.'

이렇게 아버지와 마음의 대화를 나누고 나니 힘이 생겼다.

3·1절 기념식장은 평양역 앞 광장에 마련되었다. 기념식이 열리는 시간은 10시였다. 9시가 되자 백의사 대원 한 명과 학생 한 명이 한 조가 되어 10분 간격으로 6개 조가 출발하여 기념식장으로 들어갔다.

평양 역 광장에는 제법 그럴 듯한 위엄이 있어 보이는 무대에 연설대와 귀빈석 의자가 놓여 있었다. 팔에 붉은 완장을 두른 적위대 대원들과 소련군 헌병들이 객석 앞에 새끼줄을 치면서 정리정돈을 하는 등 바쁘게 오고갔다. 강제 동원된 주민들과 학생들로 식장 안은 제법 빼곡하게 차 있었다. 3월이라고는 하지만 남한의 초겨울 날씨만큼 쌀쌀한 날씨에 바람까지 제법 불어 을씨년스럽게 느껴졌다.

이윽고 정각 10시가 되자 김일성을 선두로 김책, 강량욱, 최용건 등 북조선 임시 인민위원회 간부들과 정복 차림의 소련군 장교들이 연단에 모습을 드러냈다.

개회식이 선포되고 이어서 김일성의 연설이 시작되었다. 개기름이 번질거리는 김일성의 이마는 정면으로 내려쬐는 햇살을 받아 더욱 더 반짝거렸다. 연설을 마친 김일성이 고개를 숙여 내빈들에게 인사를 하려는 찰나에 검은 물체가 포물선을 그리면서 단상 앞으로 떨어졌다. 그것은 백의사 대원이 투척한 수류탄이었다. 수류탄이 아슬아슬하게 김일성의 머리를 스쳐 발 앞에 떨어지려는 순간 소련군 장교 한 명이 재빨리 뛰쳐나와 이를 낚아채었다. 그것을 받아 던지기 직전에 수류탄이 폭발하면서 장교의 오른 손목이 잘려나갔다. 무대 위의 김일성은 얼굴을 감싸더니 바닥에 나뒹굴었다. 다행히 관중석과 연단의 거리가 다소 떨어져 있어 앞쪽의 관중 몇 명만이 가벼운 부상만 입었다.

동네별로 조를 짜서 삐라를 뿌리던 우리 10여 명의 학생들은 삐라를 공중에 던지고 소란스러운 틈을 타 관중 속으로 숨어들었지만 수류탄을 던진 백의사 김성만 동지는 현장에서 체포되고 말았다.

관중석 주변에 있던 공산당 경호원들은 김일성과 소련군 장교를 후송하면서 수류탄 소동에 놀라 흩어지는 군중들을 검문하느라 눈 코 뜰 새 없이 돌아다녔다. 결과적으로 오랫동안 준비했던 의거는 실패로 돌아가고 말았다.

다음 날 로동신문에 김일성은 수류탄 파편에 가벼운 상처만 입었다는 기사가 실렸다. 그날 밤 집으로 돌아온 백의사 대원들은 5명이었다. 대장 이성열과 현장에서 붙잡힌 김성만 동지 두 사람이 빠져 있었다. 대원들은 좌절감과 두 사람에 대한 걱정이 한데 뒤엉켜 얼굴이 굳어 있었다. 아무도 먼저 입을 열려고 하지 않았다.

시련으로 얼룩진 3월 1일 하루가 가고 다음날 새벽이 되니 이성열이 탄가루를 온통 뒤집어 쓴 채 집으로 돌아왔다. 역전에서 빠져나와 릉라도여관으로 돌아오는 길에 검문이 심하여 길옆의 석탄더미 속에 숨었다는 것이었다.

일행은 이성열이 무사한 것을 알고 걱정은 덜었지만 이번 작전이 실패한 것에 대한 자책과 후회가 밀려들었다. 이렇게 며칠을 보내는 동안 학교에서는 3월 1일에 뿌려진 삐라의 주동자를 조사하고 있었다. 증거는 없었지만 10명의 동료 가운데 나를 포함하여 4명은 삐라사건에 연루된 혐의로 강도 높게 조사를 받았다. 우리는 한사코 그런 일을 하지 않았다고 부인했지만 4명은 무기정학을 받고서야 풀려났다. 학교에 갈 수 없는 김병기, 이응용, 박찬용과 나는 릉라도여관에 모여앉아 백의사를 도울 방법을 궁리하였다.

언제까지나 백의사는 평양에 그대로 머무를 수는 없었다. 김일성이 차츰차츰 치안을 강화하면서 백의사의 활동에 제약을 받게 되었다.

걸핏하면 군중 앞에 나서기를 좋아했던 김일성은 수류탄 사건 이후 몸을 사리고 있었고, 공식석상에 나서기를 꺼려했다. 김일성을 암살할 수 있는 기회를 잡기가 힘들게 된 것이다. 대원들은 고심하고 있던 중에 아주 절묘한 첩보를 입수하였다. 김일성의 외삼촌인 강량욱 목사의 장남이 곧 약혼을 한다는 소문이었는데, 그 장소를 도저히 알아낼 수가 없었다.

릉라도여관에 숨어있던 백의사 대원들은 꿩 대신 닭이라고 강량욱을 암살하기로 계획을 바꾸었다. 강량욱은 김일성의 외삼촌으로 해방 전까지만 해도 제법 잘 나가는 장로교회의 목사였다. 그는 해방이 되자 김일성의 민심을 얻으려는 회유에 말려들어 목사 행사를 하면서 인민위원회 서기장 역할을 하는 등 두 얼굴을 보이고 있었다. 첩보에 따르면 강량욱의 집은 아들의 혼사로 매일 북적거린다는 것이었다. 사정이 그러하니 백의사의 구미를 당기고도 남을 법하였던 것이다. 약도를 어렵게 입수하여 길을 익힌 백의사 대원들은 강량욱의 집을 폭파하기로 하였다. 그들은 우리가 뭘 도와줘야 되겠냐고 물었더니 호탕하게 웃으며 이번 거사를 강행하고 곧장 남하할 테니 굳이 나설 것 없다고 사양하였다.

"부디 뜻을 이루시고 무사히 남하하시길 빌갰습네다. 몸조심하시길……."

어머니의 배웅을 받으며 대원들은 작별인사를 하고 강량욱의 집으로 향했다. 무기정학을 당한 우리들은 공부를 안 하고 수상하게 돌아가는 시국을 놓고 토론을 벌였지만 학생들의 힘으로 할 수 있는 것은 별로 없었다. 그렇게 며칠이 지났을 때 갑자기 동네가 술렁거리기 시작하였다. 간밤에 강량욱의 집에 괴한들이 난입하여 수류탄을 던지고 총을 난사한 사건이 일어나 평양 전체가 발칵 뒤집어졌다는 것이었다. 우리 일행이 사정을 염탐하려고 시내로 나갔더니 소련군과 경호대원, 적위대 대원들이 촘촘하게 검문검색을 하고 있었다. 그들은 아무나 잡아놓고 길에서 심문을 하느라 야단이었다.

그들의 눈에 독기가 시퍼렇게 뿜어져 나오고 있는데다가 허둥대는 꼴로 봐서는 백의사 대원들이 아직 잡히지 않은 모양이었다.

우리들은 모두 동시에 안도의 숨을 몰아쉬었다.

입에서 입으로 전해진 바에 따르면 강량욱은 당시 집에 없었고 장남과 약혼녀를 포함하여 일가족이 몰살하였다는 것이다.

백의사에게 천운이 따르지 않았는지 간발의 차이로 강량욱 암살 작전이 어긋나긴 하였지만 김일성 공산당 무리들에게는 충분히 위협이 되고도 남았다. 이런 생각을 하면서 걷고 있는 데 어느덧 발길은 을밀대를 향하고 있었다. 뉘엿뉘엿 넘어가는 황혼에 물든 대동강변은 예나 다름없이 아름답고 평화로웠다.

우리의 발아래 밟히는 흙냄새도 향기롭고 강가의 버드나무도 움이 막 트고 있었다. 하지만 우리 민족의 운명이 어디로 가고 있는지 가늠할 수가 없었다. 김일성의 포악한 공포정치는 점점 더 극성을 부리고 있었다. 그는 사람 하나 죽이는 것을 개미 하나 죽이는 것처럼 예사로이 여기고 있었다.

그때 저 멀리 조만식 선생이 머물고 있는 고려호텔에는 불이 환하게 켜졌다. 소련군과 경호원들이 오락가락하는 고려호텔에 조만식 선생은 아무런 이유 없이 연금되어 있었다.

　백의사 대장 이성열에 따르면 조만식 선생은 남으로 가자고 극구 간청하여도 북한 백성들을 버리고 나 하나 잘 살자고 이남으로 갈 수는 없다고 거부하고 있다는 것이다. 국가와 민족을 염려한다는 이들은 거의 다 월남하였다. 이런 사정을 훤히 알면서도 어린 학생들 신분에 우리가 할 수 있는 일은 아무 것도 없었다. 밤늦게 집에 돌아오자 어머니는 심란한 나머지 마루에 나와 앉아 있었다.

　"인호야, 왜 쓸 데 없이 돌아다녀. 요새처럼 시국이 험난할 때는 각별히 몸조심을 해야 한다……."

　"예, 어머니, 다음부터 걱정 끼쳐 드리지 않을 께요."

　"애야. 백의사 대원들을 검거했다는 소식도 안 들리고 우리 집에도 들르지 않고 조용한 것을 보니 무사히 남으로 내려간 것 아니냐?"

　"그렇겠지요. 사고가 났다면 우리 집도 무사하지 않을 텐데 조용한 것을 보면 별다른 일은 없나 봐요."

　어머니도 내가 동조를 하자 약간은 마음이 진정되는 것 같았다.

　"애, 인호야. 아무래도 공산당들이 하는 짓이 심상치 않은 것 같은데 네 생각은 어떠냐?"

　"어머니, 국민들이 단결하면 그까짓 공산당이나 소련군은 싹 쓸어버릴 수도 있어요. 어머니 우리도 기회를 봐서 남으로 가는 게 어때요?"

　이날 말끝에 평소 내 생각을 은근하게 내비쳤지만 어머니는 대답을 하지 않고 침울한 표정으로 나를 바라만 보고 있었다. 아버지를 떠나보낸 지 일 년도 채 안된 어머니의 모습은 자신을 잃고 점점 초췌해지고 있었다. 지금 남한으로 간다고 해서 좋은 일만 있을 것 같지 않고 친척이나 친지가 없어 무작정 남하하기도 보통 결단이 아니면 감히 실행을 할 수 없는 노릇이었다. 무엇보다 어머니는 아버지 묘소를 두고 떠난다는 것이 마음 내키지 않았던 모양이다.

룽라도여관은 아버지가 세상을 떠나신 이후 그런대로 장사가 잘 되었다. 어머니는 뒤채의 조용한 방에 하숙도 두어 명을 치셨기 때문에 먹고 사는 일에 곤란한 일은 없었다. 남편도 없는데 이만한 기반을 다 버리고 떠날 용기가 선뜻 나지 않았을 것이다. 나는 괴로운 심정을 괜히 흔든 것 같아 며칠을 두고 후회하였다.

무기정학을 당한 친구들은 갈 데가 없어 이집 저집 떼를 지어 다니면서 불안한 시국을 놓고 비판을 하였다. 어린 나이였지만 김일성이 하는 짓을 보니까 앞날이 걱정되었다. 이런 날도 한 달이 가고 두 달이 가니까 점차 싫증을 느끼게 되었다. 희망이 없는 삶에 점차 회의를 느끼다 보니 비록 학생 신분이지만 이대로 두고만 볼 수 없다는 소명의식이 움트고 있었다. 유사시에는 학생 신분을 초월하여 어떤 행동을 할 수 있도록 실력을 연마하였다.

어느 날 나는 응용이와 병기를 집으로 불렀다. 모두들 이대로 시간을 허비할 수만은 없다고 생각하던 차에 내 생각에 동의해주었다.

"야, 인호 너 정말 제법인데……. 조그맣다고 우습게 볼 일이 아닌데?"

김병기가 웃음을 터뜨리면서 말을 하자 이응용이 맞장구를 쳐주었다.

"병기야. 너 허우대만 멀쩡하게 생겨가지고 뭘 했냐? 폼만 잡고 다니면서 여학생 곁눈질이나 하고 뭐 한 거 있어?"

인호는 찬구들을 불러 답답한 심정을 터놓고 얘기하고 농담도 주고받으니 한결 마음이 가벼워지는 것 같았다.

그날부터 매일 학교에 가는 것처럼 룽라도여관에 모여서 밀린 공부도 하고 지식을 보충하였다. 그해 여름은 푹푹 찌는 불볕더위로 평양을 통째로 삶는 것 같았다. 하루는 무기정학이라는 휴가를 보내면서 시국을 논하고 있는데 깡통이 쩔렁거리는 소리가 들려왔다. 이어서 대문이 열리면서 와장창 소리가 나는 것이었다.

"인호야. 우리 무기정학이 풀렸단다. 병기가 하는 말이 8월 25일 공산당 창당대회에서 특별령이 떨어졌대. 3·1절에 걸린 애들을 다 봐준다는 거야."

응용이 대문을 박차고 들어서더니 입가에 싱글벙글 웃음을 머금고 소리쳤다. 그 바람에 비상용으로 설치해놓은 깡통소리가 유난히 크게 들렸다.

조양단 결성

9월초부터 우리들은 다시 학교에 다닐 수 있었다. 몇 달 동안 학교를 벗어나 있다 돌아와 보니 학생들의 변화도 대단하였다. 학교에서는 말없이 지내다가 친구들끼리 몰려다니는 애들이 있는가 하면 공공연히 공산당을 찬양하며 김일성에게 충성을 맹세하는 친구들도 눈에 띄었다.

어느새 이토록 공산당의 뿌리가 학교에까지 넓게 뻗칠 수 있는 건지 도무지 판단이 안 섰다. 김일성의 공산당 사상의 뿌리가 야금야금 파고드는 것을 보니 소름이 돋았다. 6개월 전만 해도 학교에 전혀 낌새도 없었던 공산당의 바람이 불어오면서 친구들은 좌우로 갈라져 이념논쟁을 하고 있었다. 여러 계층의 사람들이 영문도 모르고 좌우 두 가지의 막연한 이념을 놓고 나름대로의 사정과 연륜에 따라 홍역을 치르고 있었다. 좌우가 갈리면서 이념이 다르면 형제도 멀리하는 일이 벌어졌다.

1947년 일제에 항거한 피 끓는 민족의 기념일인 3·1절이 다시 돌아왔지만 김일성 공산당은 기념식을 치르지 않고 넘어갔다. 혹시나 하고 기다렸던 남한의 결사대원들의 소식도 없었다.

공산당의 아전인수 격인 정책은 백성들을 아침저녁으로 깜짝 놀라게 만들었다. 한 사람 두 사람 모이면 진작 월남하지 못한 것을 후회하고 있었다. 나는 공산당에 염증을 느끼는 친구들끼리만 모여서 어울리게 되었다. 이렇게 사회는 공산당파와 비공산당파로 양분되고 있었다. 이처럼 두 계파 사이에는 결코 메워질 수 없는 깊은 수렁이 존재하게 된 것이다.

그러던 어느 날 응용이 기발한 아이디어를 내놓았다. 날이 갈수록 소련의 세력을 등에 업고 날뛰는 김일성 도당들에게 대항하는 지하 결사단을 우리가 조직하자는 것이었다.

"야, 네가 지금 프랑스 레지스탕스를 흉내 내자는 거냐? 무엇으로 투쟁하겠다는 거야. 어떻게 할 건데?"

우리들은 이응용에게 질문을 계속 던졌다. 병기가 젓가락을 들고 총을 쏘는 흉내를 내면서 큰 소리로 웃어젖혔다.

"아니야. 이건 농담이 아니란 말이다. 좀 심각하게 생각해보자는 거야."

"하긴 우리가 이렇게 웃고 있을 때가 아니지. 그런데 조직을 만들어서 어떤 일을 하자는 거지? 정말 막막하였다. 3·1절에 왔던 특공대처럼 무기라도 있으면 목숨을 걸고 드르륵 갈겨볼 수도 있겠지만 맨손으로 뭘 하지?"

병기가 이 말을 듣더니 절망적이 되어 입을 열어 대꾸하였다.

우리 셋은 좀 더 생각하고 고민하기로 하였다. 공산당 정책이고 시국이고 간에 뜨거운 태양 아래 자맥질을 몇 번 하는 사이에 여름은 후딱 지나갔다. 공산당이 정신 못 차리게 몰아세우며 지치게 만들었던 그 열기도 점차 식어가고 9월의 선들바람이 불어왔다. 가을이 되면서 친구들은 뭔가를 해야겠다는 욕구가 솟구치기 시작하였다. 우리 세 친구는 다시 모여앉아 토론한 끝에 지하학생조직을 만들기로 의견의 일치를 보았다. 지금 당장 무엇을 하겠다는 구체적인 목적과 과제가 있는 것은 아니었지만 언젠가 그게 유용하게 쓰일 것이라는 신념으로 뭉쳤다. 우선 우파적인 사상을 가지고 있는 친구들에게 접근하여 세를 불려나갔다. 자연스럽게 상대방의 의사를 물어 비밀을 지켜나갔다. 하지만 조직을 만드는 일이 생각보다 그리 쉽지는 않았다.

비밀조직을 만드는 활동을 시작한 지 한 달 정도 지난 10월 중순경 정예모임으로 10명이 모였다. 명칭은 '조선의 태양'이라는 의미로 '조양단(朝陽團)'으로 정했다. 막상 우리들은 이 명칭을 놓고 너무 거창한 것이 아닌가 하고 우려를 하였다.

10월 23일, 릉라도여관 지하실의 헌 탁자에 10명이 둘러앉아 의형제를 맺으면서 조양단이 출범하였다. 우리는 촛불을 켜고 자축하면서 박수를 쳤다. 조양단이 출범한지 며칠 안 되어 우리들은 일거리를 생각해내었다. 그것은 남북한 동시 총선거를 외면하는 김일성의 만행과 음모를 온 국민에게 알리는 것으로 정하였다.

김일성은 겉으로는 국가와 민족의 앞길을 가장 걱정하는 척하면서 스탈린의 사주를 받아 민족단결의 총선거를 결사적으로 보이콧

하였다. 국민들은 이런 깊은 내막을 자세히 모르고 있었다.

조양단은 우선 남북 동시 총선거를 거부하는 김일성 도당의 음모와 배신을 규탄하고 소련군을 몰아내는데 앞장서기로 했다. 겉으로는 민족의 앞날을 걱정하는 척 하는 김일성 공산당 도당들이 소련의 사주를 받아 총선거를 결사적으로 거부하는 내막을 알리는 일이 시급했다. 다음은 국민들이 공산당을 규탄하고 마지막으로 국민들의 단결된 힘으로 소련군을 몰아내는 일이었다. 학교별로 2~3명씩 모인 조양단 10명은 바로 행동에 들어갔다. 우선 급한 대로 전단을 등사하여 뿌리기로 결정하였다. 릉라도여관 지하실에는 할아버지가 쓰셨던 등사기가 고스란히 보관되어 있었다. 우리들이 원고를 작성하여 등사를 하려니까 이런 글을 써본 적이 없어 처음에는 난감하였다.

학생으로서 뚜렷한 정책이 없었으며 내용과 형식을 몰라 자칫하면 오히려 혼란을 줄 수도 있었다. 서로들 얼굴만 쳐다보고 있을 때 응용이가 나섰다.

"이보라고. 뭐 길게 써야 되는 건 아니라고. 씩씩하고 힘이 넘치는 문장의 구호를 쓰면 될 것 아냐?"

"그래 맞아. 현 시국은 굳이 글로 쓰지 않아도 겪고 있는 시민들이 더 잘 알 것 아냐. 응용이 말 대로 하는 것이 좋을 것 같은데……. 어떻게 생각하니?"

내가 나서서 설명을 하니 전원이 찬성하여 응용이 말대로 힘에 넘치는 구호를 생각하느라 낑낑대고 있었다.

"야만적인 소련군의 만행을 규탄한다."

"조선은 소련의 식민지가 아니다."

"소련의 꼭두각시 김일성 일당을 타도하자."

"우리가 한마음으로 단합하여 새로운 통일정부를 수립하자."

"자국의 힘으로 남북한 동시 총선을 실시하라."

"공산당을 이 땅에서 영원히 추방하자."

"이민족인 소련은 하루 빨리 물러가라."

"스탈린은 가짜 김일성을 지지하지 마라."

이렇게 짧고 강렬하게 구호를 정해서 등사를 시작하였다. 밤이면 지하실에 모여서 철야작업을 하였다. 특히 옆집에 사는 응용이와 나는 지하실에서 밤을 지새워가면서 등사기를 밀었다. 말이 등사였지 둘 다 초보였기에 손과 옷은 잉크로 석유 냄새가 풀풀 풍기고 있었다. 잉크 냄새를 없애려고 어머니 몰래 옷을 빨았다. 하루는 밤마다 모여드는 친구들의 행동거지가 좀 이상했던지 어머니가 걱정스럽다는 표정을 지으시면서 물으셨다.

"인호야. 너희들 무슨 일을 꾸미기에 이렇게 밤마다 모이는 거니?"

"어머니, 별 것 아녀요. 친구들끼리 토론도 하고 우정도 다지면서 얘기하는 거예요."

"그래. 엉뚱한 짓을 하면 안 된다. 지금 시국이 돌아가는 게 영 아니다. 네 인생의 앞날을 생각하여 신중하게 행동하여라."

"네, 어머니 걱정 마세요. 저희들은 어린애가 아닙네다."

20여 일 동안의 등사 작업이 끝났다. 대부분 다른 학교의 학생들로 구성된 조양단 단원들은 제가끔 학교에서 비밀모임을 각자 가지고 있었다. 우선 5천여 장의 삐라를 각각 500장씩 나누어 살포하기로 하고 구역별로 역할을 분담하였다.

11월 10일, 빨갱이 사상을 열렬히 부르짖던 학생들의 집을 알아내어 평양시내 변두리의 우편함에 넣었다. 다음 날 집집마다 신문을 넣듯이 삐라를 투입하였다. 모란봉 기슭에서는 대형 새총에 빠라뭉치를 끼워 쏘아 날리기도 했다.

각 지역별로 일을 분담하는 식으로 하여 동시에 시작하고 마치는 데 일단은 성공했다. 새벽을 이용하여 거사를 마치고 우리들은 태연히 등교하여 수업을 받았다. 그런데 수업 중에 선생님이 밖으로 불려나갔다가 들어왔다. 나는 뭔가 낌새가 좋지 않다는 느낌을 받았다.

"여러분, 지금 시내에 불순한 내용을 담은 삐라가 나돌고 있다고 한다. 보이는 대로 학교나 인민위원회 사무소에 신고하기 바란다."

우리는 드디어 삐라의 효과가 나타나는 것 같아 내심 흐뭇하기는 했지만 내색은 할 수 없었다. 가만히 있어도 심장이 빠르게 뛰면서 피가 역류하는 것 같았다. 이날은 내가 평소보다 일찍 집으로 돌아오니 어머니가 우리가 만들어 뿌린 삐라를 들고서 읽고 있다가 나에게 건네주었다.

"인호야. 이리 와서 이걸 좀 읽어봐라. 아마 뜻 있는 사람들이 큰일을 시작하는 것 같다."

나는 순간 당황하였지만 어머니가 알아차릴 정도는 아니었기에 능청맞게 읽어보는 척 하였다. 마음속에는 앞날에 대한 걱정과 두려움으로 먹구름이 잔뜩 끼어 있었다.

"어머니, 이제부터 국민들이 더는 참지 않고 앞에 나서려는 것 같네요."

"그럴 것 같구나. 지렁이도 밟으면 꿈틀한다고 김일성의 폭정 앞에 가만히 있으면 안 되지……."

어머니에게 말은 이렇게 했지만 걱정은 태산 같았다. 우리들의 삐라를 읽은 사람들은 우익인사들의 행동으로 알고 있을 것으로 생각하니 마음이 점점 더 졸여왔다. 다음 날 평양 시내는 벌집을 들쑤신 것처럼 발칵 뒤집혔다. 거리 곳곳마다 내무서원들과 공산당 경비원들이 실탄이 장전된 소련제 시모노프 소총을 들고 눈을 부라리면서 검문을 하고 있었다. 나는 그들의 모습을 멀리서 보는 것만으로도 숨이 멈출 것만 같았다. 허둥지둥 학교에 가니 선생님이 요주의 인물로 찍힌 학생들을 불러다 심문을 하였다. 그날은 다행히 한 학생도 탈이 생기지 않고 무사히 넘어갔다. 한 달쯤 흐르자 삐라에 대한 일이 점차 잊혀지는 분위기였다. 이쯤에서 조양단의 일차 계획은 무난히 성공한 것으로 보였다. 우리는 시국이 너무 살벌해서 2차 계획은 꿈도 못 꾸고 꼭꼭 숨었다.

12월도 거의 다 지나갈 무렵 조양단의 학생 대표 10명은 비밀리에 우리 집에 모였다. 우리들은 일차로 자기 주변을 중심으로 조직을 확장해 나가기로 합의했다. 또 열흘에 한 번씩 정기적으로 모여서 의견을 보강하기로 하고 헤어졌다. 친구들을 한 사람씩 배웅하고 들어오는 나를 보고 어머니는 이상하게 바라보고 있었다.

"인호야. 너 요즘 뭘 하기에 그렇게 모여 다니면서 쑥덕거리느냐? 설마 경솔한 생각을 하고 있는 것은 아니겠지?"

"아이, 어머니도 참……. 제가 어린앤가요. 그저 답답하니까 친구들끼리 앞날을 걱정하고 잡담이나 나누는 거죠. 그런 걱정은 하지 마세요."

나는 능청맞게 둘러대기는 했지만 어머니의 표정은 그리 밝아보이지 않았다. 자식의 앞날을 걱정하는 어머니의 마음은 충분히 알았지만 시작이 반이라고 여기서 멈출 수는 없었다. 어머니를 속이는 듯하여 마음은 개운치 않았지만 우리들의 거사를 다 털어놓을 수는 없었다.

며칠 있으니까 김일성 의과대학 1학년에 다니는 외사촌 강창옥이 나를 보러 왔다. 창옥은 나와 동갑내기였지만 생일이 빨라 나보다 일 년 먼저 학교에 들어가 나보다 한 학년이 위였다.

강창옥의 등장

　강창옥은 평소 남자보다도 우익사상을 더 강하게 주장하는 보기 드문 여성이었다. 그래서 그녀를 믿고 우리 조양단의 실체를 있는 그대로 설명해주었다. 내 얘기를 다 듣고 난 창옥은 들뜬 얼굴로 내 손목을 덥으며 말했다.

　"인호야. 너희들 참으로 장한 일을 하고 있구나. 그런 일을 도모하려면 나도 좀 끼워주지 그랬니? 이런 학생운동이 진작 있었어야 한다고 생각하고 있었는데 내게 알려줘서 고맙다. 내가 비록 여자이지만 이런 일에 여자 남자 가릴 필요 없다. 이런 일에는 대대적인 학생들의 조직이 있어야 한다, 그래야 제대로 쓸 수 있는 큰 힘이 생기는 거다. 인호야……."

　평소에 말이 없던 창옥이 한꺼번에 이렇게 많은 말을 쏟아내는 것을 보니 새로운 동지를 얻었다는 믿음이 생겼다. 창옥은 신중하고 침착하게 너희들의 거사에 도움이 될 수 있는 길을 찾아보겠다면서 돌아갔다. 강창옥이라는 든든한 동지를 얻고 나니 이제는 체계적으로 거사를 도모할 수 있다는 생각에 마음은 풍선처럼 부풀어 올랐다.

새해가 밝았지만 평양은 그저 썰렁하기만 하였다. 공산당이 집권한 이후로 민심은 무겁게 가라앉았다. 예전의 풍성하고 인정이 넘치던 세시풍속은 모두 사라졌다. 김일성은 다섯 집을 하나로 묶어 서로 감시하게 만들었고 새해라고 떡 하나도 맘대로 해먹을 수가 없었다. 김일성은 미제 강냉이가루를 한 집에 5킬로그램씩 배급주면서 "미 제국주의 앞잡이를 몰아내어 남조선을 해방하자"라는 현수막을 내걸었다.

또한 "打倒(타도)하자! 民族(민족)의 反逆者(반역자) 李承晩(이승만), 金九(김구), 李範奭(이범석)"이라는 현수막을 붉은색으로 대문짝만하게 써서 2층 이상의 건물에 세로로 걸어놓았다. 말이 배급이지 공산당 간부들은 미제 강냉이가루를 포대 째로 집에다 쟁여놓았다는 소문이 돌았다. 그러면서도 입으로는 반미에 미군 철수를 외치고 있었다. 창옥은 이 모습을 보고는 이렇게 비꼬았다.

"인호야, 김일성, 이놈은 강냉이 먹는 입하고 미군 철수를 외치는 입이 서로 다른 거 아니니?"

정월 중순에 학교 대표 10명과 창옥이 우리 집 지하아지트에 모였다. 각자 그동안의 경과를 보고하였는데 모두들 만족할 만한 것들이었다. 특히 창옥은 동료와 후배 여학생들을 포섭했다고 보고하였다. 창옥은 눈을 반짝거리면서 말하였다.

"학생 동지들, 어줍지 않은 여학생이라고 얕볼지는 몰라도 나라를 위하는 일이라면 이 한 목숨을 바칠 각오가 되어 있습네다. 비단

나뿐만 아니라 모든 여학생들이 다 그랬습네다. 고래로부터 민족을 위한 운동에는 학생들이 큰 몫을 해왔습네다. 좀 더 적극적이고 능동적인 자세로 우리 학생 모두가 참여하는 대대적인 거사를 일으킬 수 있도록 분투합시다.”

모두들 숙연한 자세로 강창옥의 말을 듣고 난 뒤 창옥의 손을 마주 잡았다. 남자니 여자니 하는 성별 차이를 떠나 방안에는 공산당 김일성을 퇴출시키자는 열기로 가득차 넘쳤다.

“우선 각자 지역별로 학생들을 모아서 토론을 거친 뒤 일주일 후에 다시 모여 계획을 구체적으로 세웁시다.”

강창옥이 먼저 자리를 떴고 뒤를 이어 하나둘 씩 모두 흩어졌다. 소련군의 극악무도한 만행과 김일성 공산당 일파의 비열한 짓거리를 익히 겪고 있는 시민과 학생들을 규합하는 일이란 생각보다 쉽지 않았다. 우선 비밀보장이 문제였다. 이미 믿을 수 없는 단원들이 생겨서 대문 앞을 살펴보고 돌아오던 나는 어머니가 뒷뜰에서 서성이는 장면을 목격하였다. 아버지가 세상을 뜨신 후 어머니의 모습이 부쩍 늘고 초췌하게 보였다.

“어머니, 왜 나와 계세요? 날이 차니까 어서 들어가세요. 고뿔이라도 들면 어쩌려고 그러세요.”

“나는 괜찮다. 하도 마음이 답답해서 일부러 나와 보았다. 그만 들어가자.”

어머니를 따라 방으로 들어가니 근심스러운 얼굴로 나를 유심히 살피는 것이었다.

“인호야, 네가 나를 혹시 친어머니가 아니라고 생각할지 모르나

북한의 노동절 기념식에 등장한 스탈린과 김일성 사진 옆에 걸려 있는 태극기

난 널 어려서부터 내 자식같이 길렀고 앞으로도 너밖에 의지할 곳이 없다고 생각하면서 살고 있다."

나는 전혀 예상치 못했고 평소 생각지도 않았던 말이 나오자 와락 눈물이 쏟아졌다.

"어머니, 저는 꿈에도 그런 생각을 해본 적이 없어요. 저는 늘 어머니를 잘 모셔야겠다는 생각만 하고 있어요. 새삼스럽게 그런 서운한 말씀을 왜 하세요. 저도 세상에 어머니 한 분밖에 없어요."

나는 친모니 계모니 하는 문제는 전혀 티내지 않고 살아왔는데 이런 화제가 나오니 공연히 서러워졌다. 내가 진심으로 속마음을 털어놓자 어머니는 나를 달래기 시작하였다.

"인호야, 내가 잘못 생각하였다. 요즘 너를 보면 무슨 큰 고민이 있는 것처럼 보여서 물어본다는 것이 그만 말이 잘못 나왔다. 인호야. 이 에미한테 뭐든지 다 말해다오. 네 태도가 전과는 사뭇 다른 것 같아 내 마음이 편치를 않다. 숨기지 말고 얘기를 해줄 수 있겠니?"

어머니는 거의 애원하다시피 내게 질문을 던졌다. 어머니의 간절한 질문에 나는 순간적으로 모든 걸 다 털어놓고 싶었지만 그만 참았다. 아무리 어머니가 독립운동을 했다고는 하지만 지금은 모든 것을 밝힐 때가 아니었다. 아버지도 안 계신 상태인데 내가 그런 엄청난 일을 하고 있는 것을 어머니가 알면 자식 걱정이 앞서 대의를 소홀히 할 수 있었기 때문이었다. 친어머니라도 엄청난 거사를 털어놓아 걱정을 끼쳐드리고 싶지 않았다.

"어머니, 전 별다른 고민은 없어요. 고민이 있으면 어머니께 상의를 드리지 감추겠어요? 집안 살림을 꾸리시느라 신경을 너무 쓰시나 봐요. 저야 편안히 학교 다니는 일 밖에는 없는 걸요. 고민이 있다면 어머니께서 자꾸 쇠약해지는 거죠. 될 수 있는 대로 일을 덜 하세요. 우리 두 식구 사는 데 너무 애쓰지 마세요."

"정말 아무 일도 없는 거야? 이 에미한테 속인다면 너무 섭섭한 일이다. 우리도 남들 다 갈 때 월남이나 할 것을⋯⋯."

"이제 어쩌겠어요, 행여 남에게 그런 말씀 마세요. 요즘은 친구들하고도 허물없이 얘기를 할 수가 없어요."

"오냐, 네 말을 믿고 안심할께. 건너가 쉬어라. 아닌 게 아니라 세상이 돌아가는 게 얼마나 흉흉한지 모르겠다."

어머니와 대화를 마치고 복잡한 마음으로 뜰에 내려서니 다른 때에 비해 하늘엔 별이 유난히 밝기만 하였다. 뼈마디가 시리도록 추운 바람을 맞고 서있으려니 별빛마저 싸늘하게 다가왔다. 점점 초심이 허약해지는 것 같아 나도 모르게 고개를 깊이 숙였다.

나는 학생들의 힘을 단합하여 김일성의 만행을 세상에 알리는 일에 반드시 성공하리라고 굳게 다짐하였다.

며칠 안 있으면 음력설이었다. 유난히 그 해는 음력이 양력과 별 차이가 없어 설이 빨랐다. 우리는 음력설에 다시 모이기로 하고 헤어졌다. 그날 밤 잠이 막 들려는 데 멀리서 사이렌 소리가 울려왔다. 무슨 일인가 궁금했지만 자정이 넘은 시각이니 알 길이 없어 별 일은 아니겠지 하면서 잠을 청했다. 겨우 잠이 들었는데 나는 꿈속에서 악어처럼 생긴 괴물에 쫓기기 시작하였다. 그러나 내 발은 땅에 달라붙어 옴짝달싹 할 수가 없었다. 괴물이 무지하게 큰 아가리를 벌리고 나를 집어삼킬 것 같은 찰나에 번쩍 눈이 떠졌다. 꿈인 듯 아닌 듯 벌떡 일어나 보니 어스름한 새벽빛이 창문으로 새어 들어오고 있었다. 바로 그때였다. 방문이 덜컥하고 열리더니 웬 청년 서너 명이 구둣발로 들이닥쳤다.

긴급 체포되다

"너 꼼짝 마라. 네가 김인호 맞지?"

미처 사태를 파악하기도 전에 이리저리 발길에 채여 나는 정신을 잃고 말았다. 예리한 창끝에 찔린 것 같은 찬물 세례를 받으며 일어나니 온몸은 물에 흠뻑 젖었고 손목에는 수갑이 채워져 있었다.

"날래 일어낫. 개새끼야!"

꿈이 아닌 현실 속에서 어머니는 청년들 앞에서 무릎을 꿇고 손을 비비면서 울부짖었다.

"아니, 우리 아들 그만 때리시라요. 우리 인호가 무슨 죄를 지었습네까? 애는 얌전한 학생이라요. 무슨 일로 애를 때리고 잡아가는 거예요?"

불쌍한 어머니. 어머니는 끌려가는 나를 부여잡고 발버둥을 쳤지만 우락부락한 내무서원들이 밀치는 바람에 마당으로 내동댕이쳐졌다.

"아가리 닥치라우. 요 새끼덜 때문에 몇 날을 잠도 못자고 찾아다 녔는데 저리 비키지 못하갔어!"

마당에 쓰러져 있던 어머니는 다시 일어나 매달렸지만 건장한 사내들이 밀어버리자 저만치 나가 떨어졌다. 차마 그 광경을 눈 뜨고는 쳐다 볼 수가 없었다.

"인호야. 인호야. 네가 얘기 좀 하렴. 이게 무슨 일이냐. 이게 자다가 웬 날벼락이냐? 웬 날벼락이란 말이냐? 아이고 아이고……."

애간장을 다 녹이는 어머니의 그 목소리를 뒤로 한 채 골목에 대기시켜놓았던 소련제 군용차에 개머리판으로 어깨를 떠밀려 올라탔다. 예닐곱 명의 내무서원들은 하나같이 검게 반들반들 광택이 나는 총구들을 나를 향해 겨누고 있었다. 아마 여차할 때 방아쇠를 당기면 불을 뿜을 것 같았다. 총구쯤은 하나도 두렵지 않았다. 나는 졸지에 중죄인이 되어 보안서로 연행되어 갔다.

"아, 이제는 다 틀렸구나. 다른 친구들도 나처럼 잡혀갔겠지……."

나는 고개를 떨어뜨렸다. 어머니의 애절한 통곡소리가 귓가에 맴돌고 있었다. 어젯밤 어머니의 불길한 예감은 적중하였다.

"어머니, 죄송합니다. 어젯밤 사실대로 말씀을 드리지 못한 것을 용서하세요. 어머니……."

나는 닭똥 같은 굵은 눈물을 줄줄 흘렸다. 내무서원들은 나를 잡고 나서 개선장군처럼 의기양양 설쳐댔다. 그들은 계속해서 본부와 무전을 주고받았다.

"여기는 8호차, 김인호를 결사반동죄로 체포했다. 본부까지 15분, 6킬로미터 전방이다. 오버……."

그날 밤 나는 평양시 내무서의 지하 구류장으로 끌려갔다. 분명히 나 혼자 잡혀온 것은 아닐 텐데 동료들의 모습은 보이지 않았다. 아직 잡히지 않았다면 다행이지만 나만 혼자 잡힐 리는 없는 일이었다. 구류장 독방에 갇힌 지 한 시간쯤 지나자 아까 나를 끌고 왔던 내무서원이 철창문을 열더니 나를 불러냈다. 비틀거리면서 따라갔더니 앞장을 서라며 엉덩이를 걷어찼다. "꽈당" 하고 넘어지자 이번에는 구둣발로 짓밟으면서 일어서라고 호통을 쳤다.

이제부터 고행이 시작되는 구나. 응용이는 어떻게 되었을까 생각하면서 정신을 잃었다. 눈을 떠보니 고문실이었다. 넓은 시멘트 바닥에 달랑 책상 하나가 있었고 낡아빠진 나무의자들이 어지럽게 나뒹굴고 있었다. 군데군데 바닥에는 물이 흥건하게 고여 있었다. 아마 조금 전에 고문이 있었던 것 같았다. 일제가 만들어 놓은 이 고문실에서 아버지도 고문을 받았을지 모른다는 생각에 눈물이 핑 돌았다. 여기서 얼마나 많은 애국지사들이 고문을 받았을까 생각하니 어떤 고문도 다 견딜 수 있다는 자신감이 생겼다.

다시 안으로 들어가니 내무서원 대여섯 명이 문을 요란하게 걷어차고 들어왔다. 한쪽 구석에 쪼그리고 있다가 일어서는 나를 보더니 소리를 질렀다.

"건방진 새끼가 바닥에 쪼그리고 있구만. 이리 좀 걸어와 보라구. 제대로 걷는 것도 오늘이 마지막이야."

지하실이 쩌렁쩌렁 울릴 정도로 소리를 지르면서 따귀를 올려붙였다. 그 순간 눈에서는 번갯불이 번쩍 튀었다. 고개가 휙휙 젖혀지도록 서너 대를 더 때리더니 한꺼번에 덤벼들어 패고 두들기고 짓밟았다. 나는 정신을 잃은 가운데 얼핏얼핏 들리는 소리가 있었다.

"간나 새끼덜. 쥐방울만한 놈들을 잡느라고 고생한 생각을 하면 당장 죽여도 시원찮다. 개간나 새끼덜, 학생놈덜이면 공부나 할 것이지 못된 짓덜이나 하고 다니다니 골팍을 까부셔야디 속이 풀리 갔어. 쪼그만 놈들이 그럴 줄 누가 알갔어? 간뎅이가 쎄려 부었다니까니. 요런 놈들은 일찌감치 모가지를 비틀어야디 더 있다가는 큰일 나갔어."

다시 정신을 차려보니 천정에는 벌거숭이 알전등 하나가 대롱대롱 켜져 있을 뿐 아무도 없었다. 우리가 안심하고 있는 동안 이들은 총 비상을 걸어 범인 색출 작업을 하고 있었던 것이다. 다시 정신은 멀쩡하게 돌아왔다. 온몸이 욱신거리며 쑤셨지만 혼자서 그동안의 사건을 정리해보았다.

얼마 후 발자국 소리가 울리며 두 명의 내무서원이 오더니 거칠게 내 양 옆구리를 끼고 계단을 올라갔다. 발목에 찌릿하게 통증이 왔지만 저들은 내 발을 질질 끌면서 올라갔다. 내무서 사무실에는 창옥을 제외한 조양단 학생대표 9명이 굴비 두릅처럼 밧줄로 엮여져 구석에 처박혀 있었다. 모두 잡히고 말았던 것이다. 다들 나처럼 구타를 당했는지 옷이며 얼굴에는 핏자국이 얼룩덜룩 드러나 있었다. 아무런 말도 없이 나를 친구들 가운데 처박아 두었다. 여기서 우리들은 사람이 아니라 짐짝만도 못한 존재였다. 친구들은 하나같이 영문도 모르고 끌려왔다고 눈짓을 하였다. 저녁밥도 건너뛰고 밤이 깊어지자 한 명씩 오랏줄을 풀더니 어디론가 끌고 나갔다. 그들은 나를 엉거주춤 끌어다가 지하 독방에 처넣고 돌아갔다. 어젯밤 자정에 요란하게 울렸던 그 사이렌 소리는 우리를 일망타진하기 위해 비상 출동을 알리는 것이었다. 밤새 한 잠도 못 이루고 배고픔과 통증에 시달리다가 새벽이 되자 나는 또 고문실로 불려갔다.

이 사건에 관련된 자를 10명으로 알고 있어서 다행이었지만 이들의 배후에 인물이나 조직이 있는지 캐내려고 계속 자백을 강요하며 고문을 하였다.

그것은 우리가 뿌린 삐라의 끝부분 때문이었다. 우리들은 삐라의 끝에 "대한민국 육군 456부대"라고 밝혀서 공산당들을 겁주려고 했던 것이다. 이들 빨갱이들의 고문은 아주 무자비하여 고문을 받다 죽는 경우도 허다하였다.

삐라의 끝부분 때문에 이중의 고문을 당하기는 했지만 불행 중 다행인 것은 배후인물을 밝히는 데만 집중한 나머지 다른 연루자들이 있을 가능성은 생각을 못해 우리 10명 선에서 마무리된 것이다.

반면에 우리는 배후가 없는 데도 배후를 대라고 매일 고문을 당하였다. 심문을 하다가 신경질이 난 내무서원은 난로 안에 꽂아 두었던 시뻘건 부젓가락을 쳐들어 나의 발등을 지져대었다. 심한 고통과 살이 지글지글 익으면서 노린내가 코를 찔렀다. 그들은 지옥에서 지상으로 파견나온 악마 같은 놈들이었다.

끝없이 반복되는 고문

우리들 조양단 10명의 몸은 거듭되는 고문으로 만신창이가 되어 가고 있었다. 뼈는 으스러지고 살은 탔으며 정신은 혼미해졌다. 내무서원은 일제가 남겨놓고 간 고문기구들을 그대로 이용했다. 고문 기구에 붙어있는 설명서는 모두가 일본어로 되어 있었다. 나는 여기서 김일성의 공산당 도당들이 사용한 고문의 살상을 밝히고 넘어가야겠다. 그들의 잔학성은 아무리 말로 해봐야 소용이 없기 때문에 내가 겪었던 고문을 그대로 묘사하려고 한다.

김일성 도당은 반동분자를 고문할 때 물을 먹이는 고문을 자주 사용하였다. 일본경찰은 독립 운동가를 체포하면 코와 입에 수건을 덮고 주전자로 물을 한 방울씩 코와 입으로 흘려 넣었다. 그런데 빨갱이들은 죄수를 널빤지에 묶어 뉘어놓고 아예 호스로 물을 들이대었다. 숨을 들이 쉬면 코로 물이 들어오고 압으로 쉬면 공기보다 물이 먼저 들어오게 되었다.

이 고문은 보통 20분 이상을 하게 되는데 매를 맞아 실신한 다음에 물벼락을 내리는 것이었다. 이 물벼락은 다음날이면 다른 형태로 하게 되니 정신이 혼미해지고 죽고만 싶게 만들었다. 실컷 물을 먹어 배가 모란봉만 하게 차오르면 우악스런 군화발로 밟았다. 고문관들은 여기저기 배를 골고루 꽉꽉 밟아주었다. 고통에 못 이겨 눈을 뜨면 또 호스로 물을 먹였다. 실신하면 구둣발로 밟아주기를 반복하면 나중에는 천정이 빙빙 돌면서 내려앉는 것 같았고 사지는 하늘로 둥둥 떠다니게 되었다. 마지막에 정신이 몽롱하여 아주 실신하게 된다.

나는 지금도 비둘기장이라는 고문을 생각하면 식은땀이 줄줄 흐른다. 이 고문은 소련에서 유래된 것이다. 크기가 딱 강아지집 만한 크기의 연립식 구조물인데 여기에 억지로 구부리고 들어가게 하는 고문이다. 이곳에 들어가려면 사지를 다 접어야 한다. 이런 곳에 가두고 밥은 굶기고 물만 아주 조금씩 준다. 여기 들어가 있으면 배고픔보다는 갈증을 견딜 수가 없어 허위자백을 하게 된다. 보통 3일에서 7일 정도를 가두어 두는데 쭈그리고 앉은 자세에서 움직이지 않고 시간이 흐르면 고통이 점점 더 심해지게 된다. 추운 겨울에도 팬티 하나만 입은 채로 가두어놓기 때문에 동상에 걸려 발가락이 썩어 진물이 흐르기도 한다. 나는 며칠 동안은 거의 죽은 상태로 비둘기장 속에서 보냈다. 나는 이 고문을 받는 동안 아주 심한 변비에 걸려 비둘기장에서 나온 다음에 손가락을 항문에 넣어 굳어버린 변을 후벼서 팠다. 대변이 마치 토끼 똥처럼 딱딱하게 굳어져 있었다. 그러고 나서는 찢어진 항문에서는 몇 달 동안 피가 줄줄 흘러나왔다. 아침마다 큰일을 볼 때 그 고통이란 죽음보다 더 지독하였다. 어떤 때는 차라리 내 목숨을 걷어가 달라고 기도를 한 적도 있었다.

김일성은 인간성을 완전히 파멸시키는 고문들을 소련과 중국에서 도입하여 반동분자들을 다스렸다. 또 일본경찰이 두고 간 고문기구들을 그대로 전수받아 사용하였다. 김일성의 눈에 인권이란 단어는 한낱 약자의 항변으로 밖에 보이지 않았다.

비둘기장 고문이 끝나자 다음에는 학춤이라는 고문이 나를 기다리고 있었다. 고문이 바뀔 때마다 처음에는 공포에 질렸지만 나중에는 당연히 거쳐야 하는 과정으로 생각하고 김일성 도당들이 시키는 대로 따라 하였다.

이 고문 역시 일본경찰이 애국지사들을 고문할 때 사용한 것으로 악명이 높은 고문 가운데 하나다. 철봉 같은 틀을 만든 기구에 밧줄로 죄수의 허리춤만 묶어서 매다는 것이다, 자연히 몸은 땅을 향하게 되고 몸이 활 모양으로 바닥을 향해 늘어진다. 그 다음에 고문관들이 꽁무니를 발로 차서 흔들거리게 만든다. 이 모습이 학의 춤을 닮았다는 것이다. 처음에는 그네를 타는 것처럼 견딜만하지만 계속 흔들어대면 엉덩이는 발로 채여 불이 나고 시간이 갈수록 뼈에서 살을 발라내는 것 같은 고통은 이루 말로 다 할 수 없게 된다.

내무서 고문관들은 삐라 사건은 배후가 없는 학생들의 자생적인 단체라고 아무리 답변을 해도 곧이듣지를 않고 계속 고문을 하였다. 그러다보니 그들이 할 수 있는 고문은 다 동원하여 맛을 보여주었다.

한 시간 이상 고문이 계속되면 머리가 빙빙 돌고 구토증이 나며 땅

바닥에 보이는 콩알만 한 모래들이 순간 바윗돌만큼 크게 보이게 된
다. 그것들이 당장 내 얼굴로 달려드는 것 같은 착시현상이 일어난
다. 게다가 허리에 묶인 밧줄은 허리춤까지 파고들어 살을 헤집어
놓아 나중에 상처가 아물면 흉터와 피멍이 뱀허물처럼 변한다.

　이렇게 학춤을 한 번 추고나면 온 세상이 눈 안으로 들어왔다 나갔
다 하면서 춤을 추기 전에 얻어먹은 밥 한 덩이마저 토하게 된다. 야
비한 공산당 무리들은 이 고문을 꼭 밥을 먹인 후에 집행하여 똥물
까지 다 게워놓게 하였다. 이 고문을 받고나면 위가 텅 비게 되어 그
다음에 오는 허기를 견딜 수가 없다. 비어 있는 위를 채우려고 보이
는 것이면 다 먹게 된다. 그러다 위가 탈이라도 나면 목숨을 잃기도
한다. 그래서 고문이 계속되면 차라리 나를 죽여 달라고 애원하는
일이 벌이진다. 공산당 도당들은 북한을 지상 낙원이라고 선전하면
서 뒤에서는 선량한 백성들을 가혹하게 고문을 하는 공포정치를 하
고 있었다.

　이번에는 심지박기라는 고문을 소개하고 싶다. 이 고문 또한 가혹
하기로 소문이 나있다. 죄수를 발가벗겨 의자에 앉힌 다음 사지를
의자에 묶어 꼼짝 못하게 만든다. 그 다음에 창호지를 얇고 빳빳하
게 돌돌 말아서 죄수의 국부에 밀어 넣는다. 이것은 남자에게만 집
행되는 고문이다. 이 종이를 가운데 손가락 길이만큼 쑤셔 넣는다.
조금씩 밀려들어갈 때 골을 쪼아대는 고통은 죽음보다 더 지독하
다. 게다가 심지를 흔들면 온몸과 신경이 고통으로 일그러져 펄펄
뛰고 싶지만 의자에 묶인 몸이라 그 고통을 고스란히 몸으로 이겨내
야 한다. 그러다 심지를 싹 빼내면 피가 묻어나오며 그날부터 열흘

은 피오줌을 누게 된다.

북한에서 감옥에 들어가면 피똥과 오줌을 싼다는 말은 거짓이 아니었다. 이때 제대로 치료를 받지 못해 염증이 생기고 이로 인해 열병을 앓다가 성불구가 되기도 한다. 정말 극악한 고문이 아닐 수 없다. 지금까지 열거한 고문이 전부는 아니다. 울퉁불퉁한 고문실 콘크리트 바닥에 무릎을 꿇리고 무릎관절 사이에 육모로 깎은 방망이를 끼운 뒤 구둣발로 밟아댄다. 육각 모서리는 살을 벗겨내고 뼈를 으스러뜨릴 정도로 위력이 세다.

또 이쑤시개나 바늘로 손톱 밑을 콕콕 쑤셔대기도 하고 펜치로 손톱과 발톱을 뽑아내기도 한다. 특히 엄지발가락의 발톱을 뽑히는 고문은 사람을 실신하게 만든다. 온몸의 체중이 가장 많이 실리는 엄지발톱이 뽑히면 새 발톱이 다 나올 때까지 뒤꿈치로 중심을 잡고 걸어야 하니 그 후유증이 몇 달 동안 계속 된다.

고문관들은 매일 고문 방법을 바꿔가면서 고통을 주었다. 19살의 육신은 가혹한 고문에 절어 병들어가고 있었다. 배후가 없는 데도 고문관들은 집요하게 물고 늘어졌다. 허위사실을 말할 수 없어 묵묵히 고문을 견디는 수밖에는 다른 길이 없었다. 가족 면회는 엄격하게 금지되었고 9명의 조양단 친구들의 소식을 들을 수도 없었다. 이런 고통을 당하면서 친구들의 얼굴이 사무치게 보고 싶었다. 나를 담당한 고문관은 홍인표 대위였는데 그는 이번 사건으로 출세하고 싶어 나를 더 괴롭혔다.

홍인표란 인간은 개인적으로 알 만한 사람이었다.

그는 고아로 평양에서 이집 저집 문전걸식으로 성장했다. 열 살이

넘어 평양 오성리의 유명한 국수집 황금정에서 배달을 하면서 자랐
다. 이러던 중 해방이 되고 김일성이 공산당을 창건하자 열렬한 공
산당원이 되어 야심차게 출발하였다. 그는 워낙 가난하게 자라서
그런지 부자를 무섭게 증오하였다.

그의 성분은 무산계급으로 공산당원이 되기에 아주 적합하였다.
그래서 입당 3년 만에 대위로 승진하였다. 그의 삶은 오로지 당에
충성하여 더 높은 자리로 올라가는데 맞추어져 있었다. 국수 배달
부가 하루아침에 일약 대위로 출세를 하고나니 공산당이 그의 숭배
대상이 된 것이다.

이런 악독한 자에게 조양단 대원들이 걸려들었으니 밤낮으로 끌
려가 고문을 받았다. 뒤로 넘어져 코가 깨진 형국이었다. 홍인표란
인간의 몰골은 염라대왕도 울고 갈 정도로 험악하였다.

눈은 외눈이었으며 한쪽 눈에는 유리구슬을 박아서 표정도 없이
번들거렸다. 얼굴은 마마를 앓아 움푹움푹 패여 있었다. 게다가 왼
쪽 손은 자라다만 조막손이었다. 또 성질은 사나흘 굶주린 늑대처
럼 사나웠다. 오른쪽으로 일그러진 얼굴에다 입은 메기를 닮아 귀
밑까지 찢어져 있었다. 이런 자가 외눈깔을 부라리면 고문하기 전
에 바짝 졸아버렸다. 혹시 누군가 어두운 밤에 단둘이 마주치기라
도 하면 까무러칠 지경이었다.

저들이 바라는 대로 없는 배후세력을 만들어 낼 수는 없는 일이었
다. 그저 묵묵히 참고 이겨낼 수밖에는 다른 길이 없었다. 감방 안은
온기 하나 없는 냉골이어서 감기가 떠나질 않았다. 우리들은 가끔
심문을 받을 때 만났지만 서로를 원망하지 않았다. 우리는 고문실

에서 감방으로, 감방에서 고문실로 끌려 다니느라 시간 가는 줄도 몰랐는데 춥고 힘들었던 겨울이 지나고 봄이 되었다. 감방 안으로 버드나무 꽃가루가 들어와 날아다녔다. 대동강 변의 버드나무에서 날아온 것이었다. 이때 문득 어머니의 안부가 궁금해졌다.

"지금쯤 오마니는 어떻게 지내실까?"

내가 잡혀오기 불과 몇 시간 전에 내 손목을 잡으며 나밖에는 믿고 의지할 데가 없다고 하셨는데 불효자식이 되어 온몸이 만신창이 되었으니 이런 몸으로 어떻게 어머니를 뵐 수 있을까 생각하니 막막해졌다.

한 줄기 눈물이 볼을 타고 내려와 콘크리트 바닥 위로 떨어졌다. 그때 저벅저벅 발소리가 들려왔다. 부리나케 누워있으려니까 '김인호 이리 나왓!'하고 부르는 소리가 들려왔다. 그런데 어디서 많이 듣던 목소리였다. 깜짝 놀라 일어났더니 살기가 번뜩이는 눈초리에 비열한 웃음을 머금은 홍인표가 떡하니 서 있었다.

"평양내무서에서 헤어진 홍인표가 무슨 일로 또 나타났단 말인가?"

혹시 다른 학생들이 잡혀온 건 아닐까 하는 생각부터 온갖 불길한 생각들이 머리를 가득 채웠다.

나는 깜짝 놀라 본능적으로 뒷걸음질을 쳤다. 자기를 보고 소스라치게 놀라는 모습을 보더니 홍인표는 능글능글한 표정을 지었다.

"김인호, 지레 놀라는 걸 보니까 지은 죄가 큰가 보군."

"아닙니다. 대위님⋯⋯."

"그래? 그게 아니란 말이지⋯⋯. 으흐흐."

나는 홍인표란 인간이 너무 두려워 허리를 굽혀서 거듭 사죄를 했다.

"김인호, 날 따라와!"

이제는 뼈도 못 추리겠구나 하면서 따라갔더니 사무실이었다.

"너 그동안 고생 많았다. 오늘로 조양단 조사가 마감되고 조서를 다 작성했으니 당분간 편히 지내면 된다."

웬일인지 내 등을 툭툭 치면서 부드럽게 말하는 것이었다. 그의 촉감은 지네가 지나가는 것처럼 섬뜩하게 느껴졌다.

"이게 너의 범죄를 입증하는 조서니까 잘 읽어보고 지장을 찍어라."

그는 다른 서류들을 뒤적이면서 낮은 소리로 웅얼거렸다. 이건 요식행위일 뿐 잘못되었다고 했다가는 또 다시 고문실로 끌려갈 것 같아 꾹 참고 읽어 내려갔다. 동평양 내무서에서는 간간히 바깥소식을 얻어들을 수 있었다. 조양단이 일망타진 되고서 빨갱이들의 수작은 혼자 보기가 아까울 정도였다.

북조선의 라디오와 신문은 일제히 조양단 삐라 살포사건을 대규모 남조선 특공대가 침투하여 벌인 도발로 둔갑시켜 평양역 광장에서 수십만 명을 동원하여 규탄대회까지 열었다.

"미 제국주의자들의 사주를 받은 남조선 특공대가 평양에 침투하여 학생들을 선동하여 조양단이란 지하조직을 만들었다. 이들의 아지트에서 대량의 무기가 발견되었으며 다행히 미연에 일망타진하였으며 철없는 학생들이어서 관대하게 용서하기로 하였다."

로동신문은 "경악, 미 제국주의 특공대, 어린 학생들을 사주하여 공화국 비방 삐라 살포 조종……"이라는 기사를 매일 일면 헤드라인으로 실었다.

김일성 일당은 조양단 삐라 살포사건을 신의주 학생사건에 버금가는 사건으로 키워서 인민들에게 경각심을 심어주었다. 이건 반역하다 걸리면 그냥 안두겠다는 엄포였다. 나는 홍인표의 말을 그냥 흘려들었다. 여기까지 말을 마친 홍인표는 조서를 만지작거리고 있는 나에게 지시하였다.

"읽어 보니까 어때? 이만하면 많이 봐준 거야. 이 밑에 지장을 찍어."

그래도 물끄러미 바닥을 내려다보고 있는 나를 앞으로 확 끌어당겼다.

"야, 너 지금 도대체 뭘 하자는 거야. 날래 찍으라우. 이 간나 새끼야!"

홍인표는 씩씩거리더니 자기의 성한 손으로 내 바른 손을 끌어다 인주에 푹 담그더니 조서에다 대고 꾹 눌렀다. 이렇게 해서 내 의사와는 무관하게 작성된 조서는 공문서가 되었고 이 조서는 내가 평생 짊어지고 갈 멍에가 되었던 것이다.

"이 새끼야, 고따위로 굴어봤자 아오지 탄광에 가서 땅 팔 일만 남았어! 개간나 새끼덜!"

그는 성한 손으로 느닷없이 귀뺨을 힘껏 올려붙였다. 두 눈에서 불꽃이 번쩍 튀었다. 아오지라는 말을 듣고 보니 앞날이 캄캄해져 왔다. 우리 앞에는 인민재판이 기다리고 있었다. 근본이 천박스런 홍인표의 능글맞고 흉물스런 낯짝을 다시는 안보니까 살 것만 같았다. 특별히 하는 일 없이 독방에서 왔다 갔다 하다가 찬기가 올라오는 바닥에 철퍼덕 앉았다. 하루 종일 말 한 마디 없이 지내니까 입에서는 단내가 풀풀 났다. 친구들도 내 처지와 같으려니 생각하니 한숨이 절로 나왔다.

계절의 여왕 5월의 찬란한 햇빛이 공책만한 감옥의 창을 용케도 알고 찾아왔다. 한 뼘의 햇살을 따라 자리를 옮기다 보면 금세 어스름해졌다. 며칠간 고문을 받지 않고 지내니 상처에 새 살이 돋고 딱지가 앉았다.

여전히 온몸은 욱신욱신 쑤셔댔고 뼈마디는 노곤 노곤해져 결리었다. 군데군데 딱지가 앉으면서 가려워 벅벅 긁어대느라 밤잠을 설치고 있었다. 시간적 여유가 생기면서 철장 밖의 걱정들이 밀려왔다. 집에 혼자 계시면서 아들 걱정 때문에 잠을 못 이룰 어머니를 떠올리니 눈물이 왈칵 쏟아졌다.

"혹시 내가 무기징역이나 사형을 선고 받기라도 하면 어머니는 누가 돌봐드리지……."

이렇게 자꾸 방정맞은 생각만 들어 일어나 서성거렸지만 그때뿐이었다. 동녘의 어둠이 서서히 벗겨지고 있는 것 같았다. 달은 서쪽 하늘에 낮게 걸려 있었다. 나는 그제서야 잠에 빠져 들었다.

꿈속에서 누군가 내 이름을 부르는 소릴 듣고 엉겁결에 일어나서 대답했다.

"예엣……. 저 여기 있습니다."

창문으로 들어오는 달빛을 바라보며 일어서니 홍인표가 서 있었다. 다시는 안 볼 줄 알았던 그 녀석이 또 나타난 것이다. 정말 찰거머리 같은 인간이었다.

만 20살 학생, 인민재판을 받다

나는 이른 새벽에 징그러운 미소를 지으면서 나타난 홍인표라는 인간을 보니 금방이라도 토할 것처럼 속이 메스꺼워졌다.

자기를 멍하니 바라보고 있는 나를 요리조리 뜯어보더니 그는 말을 하였다.

"김인호, 너희 일당은 오늘부터 인민재판을 받게 된다. 다시 한 번 주의를 주는데 엉뚱한 수작은 안 부리는 게 신상에 이로울 것이다. 알갔나?"

그는 이빨 사이로 침을 칙 하며 뱉었다. 답변을 기다리며 오만하게 턱을 치켜드는 꼬락서니가 너무 흉물스러워 멈칫거렸다.

"네엣."

겨우 기어들어가는 목소리가 맘에 안 들었는지 그는 구둣발로 바닥을 탕탕 구르더니 사라졌다. 나는 자리에 도로 누워서 "인민재판"이란 네 글자를 중얼중얼 반복하였다. 인민재판을 그려보면 불길한 예감이 들었지만 한편으로 기껏해봐야 넥타이공장밖에 더 가겠나 하는 배짱도 생겨났다. 넥타이 공장이란 사형을 말하는 은어였다. 새벽부터 간수들이 이리저리 돌아다니면서 죄수들의 이름을 부르고 있었다. 오늘부터 미결수들의 인민재판이 시작되기 때문이었다. 우리는 멀건 소금국에 식어버린 주먹밥 한 덩이를 받아서 배를 채우고 철창 밖으로 나왔다. 그동안 너무도 그립고 안부가 궁금했던 조양단 동지들의 얼굴을 보니 천국에 온 기분이었다.

"인호야, 네래 몹시도 상했구나야."

응용이가 줄을 서는 틈을 타서 걱정을 해주었다. 나는 배시시 웃으면서 응용이 모습을 보니 너무 파리하게 보였다. 어디서나 정의감이 특출해서 얼굴을 시뻘겋게 붉히면서 열을 올리던 예전의 기백은 어디로 갔는지 눈을 씻고 봐도 없었다. 그의 얼굴은 너무 창백하여 몰라볼 지경이었다. 이때 조양단을 포함하여 30여 명의 미결수들이 한 줄로 늘어섰다. 미결수들의 손목에는 수갑이 채워졌고 허리는 오랏줄로 묶여져 있었다. 이런 모습으로 동평양 내무서 후문을 나서서 인민재판 현장으로 줄지어 걸어갔다.

40여분 만에 대동강을 건너 석이산 기슭에 있는 평안남도 인민재판소에 도착하였다.

여섯 달 만에 바깥 공기를 마시니 자유가 얼마나 가치 있는 것인지 새삼스러웠다. 당장이라도 훨훨 날고 싶을 정도로 기뻤다. 우리가 도착하니 재판소에는 가족이나 친지들이 찾아와 이른 새벽인데도 웅성거렸다. 서로 이름을 부르면서 잡고 통곡하다 실신하는 가족들까지 생겨나자 줄줄이 묶여있던 우리들은 한꺼번에 넘어졌다. 이를 말리다 못한 간수들은 오랏줄을 풀어주고 수갑만 채운 채 면회를 허용하였다. 나는 누가 왔을까 하고 두리번거렸더니 저 멀리 어머니가 보였다. 그 옆에서 삼촌이 어머니를 부축하고 있었다. 30여 걸음 떨어진 곳에서 보기에 어머니는 아들 걱정하느라 몸이 상한 게 드러나 보였다. 나는 발끝을 곧추세워 어머니를 불렀다.

"어머니, 저 인호 여기 있이야요."

내 목소리를 알아들은 삼촌이 어머니의 손을 잡고 달려왔다. 나는 허리를 최대한 굽혀서 인사를 드렸다. 내 모습을 본 어머니는 눈시울이 붉어지더니 눈물부터 흘렸다.

"아이구, 이게 내 새끼 인호냐? 흑흑흑……."

"어머니, 제 불효를 용서해주세요."

나는 눈물이 핑 돌아 고개를 떨어뜨렸다. 도저히 어머니를 정면으로 응시할 수가 없었다. 다시 어머니를 향해 안부를 물었다.

"어머니 고생이 많으시죠?"

"고생은 네가 하지. 이 자슥아."

어머니는 가볍게 역정을 내더니 아이고 아이고 하면서 통곡하였다.

"자, 그만하세요. 누님이 이러시면 어떡해요."

옆에서 그저 말없이 지켜보고 있던 삼촌이 어머니를 위로하며 말하였다.

"인호야. 우리 집에 있던 빨갱이 검사 있지? 그 사람한테 네 얘길 했다. 기랬더니 자기가 알아서 뒷배를 봐주겠다고 선뜻 나서더라. 단단히 약속을 받아놨으니까 크게 낙담하지 말고 기다리면 좋은 일이 있을 기야."

외삼촌이 내 등을 다독이면서 위로하였다. 외삼촌은 내가 친조카가 아닌데도 나를 끔찍하게 아껴주었다. 평양체신전문학교는 평양의 수재들만이 다니는 학교였다. 체신전문학교는 졸업하는 즉시 취직이 되어 경쟁률이 무척 높았다. 외삼촌은 내가 그런 체신학교에 다니는 것을 무척 자랑스럽게 여겼다.

내가 체포되기 6개월 전부터 릉라도여관에 무료로 숙식을 하던 공산당원이 있었다. 어머니는 나중에 그 사람이 최고인민재판소 검사라는 것을 알게 되었다.

나는 삼촌이 말하는 빨갱이 검사가 누구를 말하는지 금방 알아차렸다. 그는 가끔 어머니의 음식솜씨가 훌륭하다고 칭찬을 하였지만 그 분이 나를 도와줄만한 인연은 사실상 없었다.

어머니와 외삼촌이 그 분에게 기대를 하고 있으니까 성의를 생각해서 고맙다는 말을 여러 번 하였다.

"인호야, 너희들이 학생이니까 관대히 봐줄지도 몰라. 그러니 법정에서 경솔한 행동을 하지 말고 순순히 굴어야 한다. 알갔냐?"

"네, 그렇게 하겠습니다. 어머니……."

어머니는 목이 메어 잔기침을 하면서 내 손을 꼬옥 잡고 놓을 줄을 몰랐다. 일제에 항거하던 독립투사 시절, 강인했던 어머니의 모습을 찾아볼 수 없었다. 오로지 자식 걱정으로 한없이 나약해진 어머니의 모습뿐이었다. 기어이 어머니는 눈물을 훔치면서 흐느꼈다. 30여분의 임시 면회가 끝나고 미결수들은 재판 대기실로 끌려갔다. 오전 11시가 되어서야 재판이 열렸다. 재판은 방청객 없이 비공개로 진행되었다. 우리 같은 반동사상범들은 1심을 거치지 않고 2

심부터 시작되었다. 내 변호사는 일제시대에 고법 판사로 재직했던 박인각과 홍창해였다. 인민재판 법정은 완전히 강압적인 분위기에서 진행되었다. 김일성 일당 독재 체제에서 변호사란 하나의 장식품에 불과하였다. 아주 미미한 발언만 겨우 할 수 있을 뿐이었다. 홍 변호사는 다른 변호사에 비해 변론을 오래 하였다. 그는 철부지들이 부화뇌동을 하였으니 학생 신분을 참작하여 관대하게 선처해줄 것을 간곡하게 요청하였다. 그것이 변호사가 할 수 있는 전부였다.

법정은 강제로 위화감만 조장하는 집행장이었다. 검사의 논고라는 것도 수준 이하였다. 재판을 처음 받아보았지만 이런 난장판은 없을 것 같았다. 차라리 눈을 감고 있는 편이 나았다.

"반동 김인호"하는 소리에 고개를 들으니 판사가 반동분자가 된 이유를 물었다. 어차피 이렇게 답변을 하나 저렇게 답변을 하나 아무런 도움이 되지 않을 게 뻔했지만 나는 소신껏 답변을 하였다.

"신생 약소국에서 조국이 두 동강 나는 것은 있을 수 없는 일이라고 생각되어 남북한이 힘을 합쳐 일제의 압제에서 벗어난 자유를 온 겨레가 누릴 수 있도록 통일이 되어야 한다고 판단했기에 행동으로 보여준 것입니다."

이렇게 답변을 하자 일흔이 다 된 판사는 아주 가소롭다는 듯이 피시식 웃으면서 다시 물었다.

"군의 뜻은 김일성 장군을 비롯한 공산주의의 목적과 목표에 부합되는데 어찌하여 공산당을 타도하자고 하였는가?"

어차피 겪은 일이고 앞으로 당할 일이라면 하고 싶은 말을 다 하고 죽어도 죽겠다는 오기와 배짱으로 나는 제법 또랑또랑한 목소리로 답변했다.

"남북한 모두 통일적인 자유선거를 하여 선출된 지도자 아래서 번영을 하자는 것이지 위협과 무력으로 권력을 잡은 독불장군을 지도자로 원하는 것이 절대 아닙니다."

이렇게 짤막하고 보잘 것 없는 나의 답변에 판사는 독이 잔뜩 올라서 얼굴을 붉히며 나를 향해 말을 하였다.

"데놈이 데거 하는 쉬작좀 보라우야."

이런 난장판 법정에서 판사는 우리에게 징역 1년부터 15년까지 내렸다. 반동범의 항고를 해보았자 대부분이 기각되거나 궐석재판으로 집행되었다. 결국 항고를 해봤자 종이 값도 안 나온다는 말이 맞았다.

외삼촌 말대로 우리 집에 숙식을 하는 부장검사의 말이 먹혔는지 당시의 관행에 비해 형량이 약간 가벼웠다. 우리들은 혹시나 하여 최고인민재판소에 항고를 하였더니 원심과는 달리 형량이 1년에서 2년씩 줄어들었다. 항고한지 일주일 만에 궐석재판의 결과가 동평양 내무서로 하달되었다. 친구 강명삼 단장은 12년 형을 선고 받고 평양교화소에서 복역하다 옥사하였다. 꽃다운 청춘이 미처 꽃이 피기도 전에 꺾였다. 부단장 임희찬 또한 강명삼 단장과 함께 복역하다가 옥사하였고 지역장 이원용은 3심에서 5년을 선고 받고 본궁수용소에서 아오지 탄광으로 이감된 후 소식이 끊겼다. 지역장 김용식은 5년형을 선고 받고 평양교화소에서 행방불명되었고 황일남 지역장도 역시 5년형을 선고 받고 평양교화소에서 복역하다 소식이 끊어졌다. 박춘근 지역장은 5년형을 받고 본궁수용소에서 6·25

전쟁 때 사라졌다.

　나와 김병기, 이응용, 김동국, 조치호 단원은 모두 3년형을 선고 받고 흥남노무자교화소에서 복역하다 남한으로 내려왔다. 서인환 단원은 징역 1년형을 선고 받고 본궁수용소에서 형기를 마치고 출옥하였다.

김화식 목사 순교하다

조국과 민족을 사랑한 조양단 단원들은 모두 스무살 열혈 청년들이었다. 얼마 후 궐석재판 결과가 동평양 내무서로 도착되고 나서 조양단 동지들은 모두 평양교화소에 수감되었다. 그동안 더부룩하게 자란 머리칼을 반질반질하게 대패질을 당한 우리들은 제각각 분리되어 다른 죄수들 틈에 섞여버렸다. 이날부터 나는 반동 김인호라는 호칭이 아닌 수감번호 424번으로 불리게 되었다.

우리가 수감된 평양교화소는 건물 전체가 목조로 지어졌으며 감방 창문도 목재였다. 일제가 지은 이 건물은 허름하기 짝이 없었고 곳곳에서 삐걱거리는 소리가 날 정도로 낡았다. 그 바닥에는 동평양 내무서와 달리 마루가 깔려 있었다. 이 교화소는 방 20개 가 1사로 되어 있으며 10사까지 있었다. 북한의 감옥 운영 방식은 아주 특이하였다. 우선 간수의 소속부터 이해가 안 되는 구석이 있었다. 현재 우리나라 교도관은 법무부에 소속되어 있지만 북한은 내무서에 소속되어 있었다. 죄수가 수감될 때 우리는 검찰이 확인 심문을 하지만 북한은 사회안전성이 확인 심문을 담당하였다. 이 확인 심문은 한나절이 족히 걸리는데 신참내기들이 뻣뻣하게 굳어서 있는 동안 별박이로 불리는 전과자들은 뒷줄에서 잠을 자는 일도 있었다.

수감번호 424호가 수감된 방은 9사 10방이었다. 8사까지는 남자들이 수감되었으며 10사는 여성들의 차지였다. 그 중 9사는 반동 사상범들만 일시로 수감을 했는데 이들은 노동력이 필요한 곳에 언제든지 차출되어 갔다. 여기서 아오지 탄광으로 차출되면 거의 사형선고나 다름없는 것으로 여겼다.

감방 안에 들어가니 모두가 나보다 나이가 많은 선배들이 대부분이었다. 같은 사상범들이기에 감방 특유의 규율도, 신고식도 없어 사월 초파일을 치른 절간처럼 적막하기만 하였다.

이들은 오히려 서로를 존중하고 칭찬하면서 어린 후배에게는 용기와 위안을 주었다. 역시 배운 사람들이라 그런지 남을 배려하는 것이 마음에 들었다. 이렇다 보니 분위기가 마치 가족처럼 포근하게 다가왔다. 여기서는 사역이라는 것이 아예 존재하지 않았다. 그 이유는 얼마 전에 일어났던 교화소 내 반란사건 때문이었다. 이 사건은 우익사상에 물든 수감자들의 탈옥사건이었다. 출역장에서 무기를 생산하던 죄수들이 가기가 만든 무기를 빼들고 빨갱이 간수 수십 명을 살해하고 탈옥하였던 것이다.

동평양 내무서에 수감되어 있는 동안에 일어난 일이어서 나는 이 사건을 까맣게 모르고 있었다. 이때 탈옥했다 검거된 30여 명의 죄수들은 인민재판에 넘겨져 모두 사형에 처해졌고 김일성은 이 재판을 끝까지 지켜보았다고 한다. 김일성이 이들을 처형하는 현장에 직접 참여했다는 것은 그만큼 이들의 행동이 체제 안정에 위협이 되었다는 뜻이었다. 이 사건으로 평양교화소 소장과 간부들이 숙청을 당하고부터 후임자들은 반동사상범들을 수용하기를 꺼렸고 이미 수용된 반동사상범들은 노역을 시키지 않았다. 이것은 또 다른 사건이 일어나지 않게 하려는 예방조치였다. 그런데 감옥에서 육신이 편해지니 초짜들에게는 무척 괴로운 일들이 생겨났다. 몸이 편하니까 자유가 마냥 그리워졌고 밤에는 잠도 잘 오지 않았다. 이 궁리 저 궁리를 하다보면 동녘 하늘이 뿌옇게 밝아온 적이 한두 번이 아니었다. 감방 식구끼리 나누는 잡담도 꺼리가 떨어지면 시들해졌다. 그러면 면벽 수도라도 해보려고 자리를 잡고 무진장 애를 썼지만 속세의 인연을 끊어버리지 못했기 때문인지 집중이 안 되어 번번이 실패하였다. 거기다가 비라도 내리는 날이면 벽으로 습기가 스며들어 축축해지고 얼마 안 있어 곰팡이 냄새가 스멀스멀 코를 찔렀다.

그 안에서 재미난 일도 한 가지 있었다. 나보다 먼저 이곳을 거쳐 간 선배들이 벽에다 휘갈긴 낙서들을 읽으면서 이들에 대한 연민의 정 때문에 눈물을 흘렸다. 이걸 동병상련이라고 하는 것일까?

흔히 이곳에 들어오면 누구나 예외 없이 한 번쯤은 철학자가 된다는 말이 있다. 나 역시도 그랬다. 누군가 벽에다 휘갈겨 쓴 낙서는 읽고 또 읽어도 질리지가 않았다. 빼곡한 낙서는 해독이 불가능할 정도로 양도 많고 겹쳐져 구분이 안 되었다.

"똑똑똑 낙숫물 소리, 또각또각 교도관 발자국 소리 어느새 내 영혼은 황량한 시베리아에 맴돈다."

이 글귀는 시베리아로 유형 가는 어느 수인의 모습이 연상되었다. 이밖에도 신세 한탄부터 상스러운 욕설까지 벽도 모자라 변기통에도 낙서가 빼곡하였다.

그 중에서 나의 마음을 가장 뭉클하게 한 것은 "어머니, 보고 싶어요."라고 새겨놓은 절규였다. 이 사람은 절망 속에서 뭔가 한 가닥 희망을 잡으려고 몸부림을 치고 있었을 것 같았다. 그 옆에는 "배가 고파요."가 마룻바닥에 아주 작게 새겨져 있었다. 일본식 틀에다 찍은 가다밥 세 덩어리로 하루를 버티기에는 너무 배가 고팠을 것이다. 감방 입구의 벽 한 구석에는 "고향에 가고 싶어요!"가 희미하게 패어져 있었다. 이건 아마 일제 때 새겨진 것 같았다. 이런 낙서를 살펴보니 흐릿하게 프랑스 시인 폴 발레리(Paul Valery 1871~1945)의 '해변의 묘지'에서 따온 "바람이 분다. 나는 살아야겠다"는 시구도 보였다. 아마 이 글을 쓴 사람은 절망 속에도 희망의 끈을 놓지 않으려고 발버둥친 것 같았다. 또 한편에는 기욤 아폴리네르(Guillaume Apollinaire, 1880~1919)의 '미라보 다리'라는 시에서 따온 "종아 울려라. 세월은 흐르고 나는 남는다"는 멋진 시구도 보였다. 이 시구를 새긴 사람은 상당한 지식인이었을 것 같았다. 이런 낙서는 오랜 세월 때가 끼여 바닥을 닦으면서 자세히 들여다봐도 보일까말까 하였다. 마루 한 편에는 새기다만 장기판도 보였다. 무슨 사연이 있어 미완으로 남겨두었는지 궁금해졌다. 이 사람은 지금은 어디서 무엇을 하고 있을까?

특별히 할 일이 없는 죄수는 병조각으로 바닥을 밤낮으로 긁어 장기판을 완성시켰다. 장기판이 완성되면 밥풀을 얻으러 다녔다. 사나흘 밥풀을 모아 손바닥으로 으깨서 주물러 이걸 창틀에 열흘쯤 건조시키면 멋진 장기 알이 되었다. 이걸로 바둑을 두면서 정신을 수양하였다. 어느 날 옆에서 훈수를 두다가 장기 알로 머리를 한 대 맞았더니 장기 알은 멀쩡한데 눈물이 핑 돌 정도로 아팠다.

장기 알이 단단하게 굳어서 신나게 장기를 둘만 하니까 짐을 싸라는 명령이 떨어졌다. 우리는 각자 뿔뿔이 흩어지게 되었다. 어딘지 모르지만 이감이 된다는 것이다. 평양교화소에서 머무는 동안 감옥에서 쓰라린 고통의 시간을 보내면서도 희망의 씨앗을 뿌리는 사람들이 있다는 것을 알게 되었다. 그런 분들은 낙담 속에서 허우적거리는 우리에게 희망의 빛을 전해주었다. 바로 김화식(金化湜, 1894~1947) 목사라는 분이 그랬다. 내가 있던 9사 10방 건너편에 범법자를 홀로 가두어두는 독방이 있었다. 좁고 차디차고 눅눅한 방에 김화식 목사가 구금되어 있었다. 그 분은 앞에서 말한 교화소 내 반란사건의 주동 인물로 알려져 있었다. 나는 가끔 그 방 앞을 지나다 간수의 눈을 피해 식통구멍으로 간단한 인사를 나누었다.

"목사님, 건강하시죠? 저는 김인호라고 합니다. 올해 스무 살입니다. 결사반동죄로 들어왔어요."

"김인호 군이라고? 스무 살이면 나이도 어린데 정말 대단한 일을 했군. 좌절하지 말고 항상 기도하며 지내면 바라는 대로 이루어질 거야. 앞길이 구만 리 같은 젊음이 있으니 용기를 잃지 말아요. 하나님은 우리 같이 핍박을 받는 자들에게 사랑을 베푸시고 희망을 주시는 분이야. 그 아들 예수님은 서로 사랑하라고 설교하시면서 33년을 살다 가셨어. 잊지 말고 본 받으라고……."

"네, 잘 알겠습니다."

내가 그분을 처음 만났을 때 하신 말씀이었다. 이처럼 그분은 독방에서 늘 기도를 하며 복음을 몸으로 실천하고 있었다.

김 목사는 둥근 뿔테 안경을 쓰고 있었으며 머리숱은 약간 올라가 있어 이마가 넓게 보였다. 눈매는 아주 날카로웠지만 지적인 모습이 모든 것을 압도하였다. 입은 컸으며 귀는 쫑긋하게 서 있어 남의 말을 잘 들을 것 같았다. 그분은 사형선고를 받아 집행일을 기다리는 처지였지만 초조하거나 불안한 기색은 조금도 찾아볼 수 없었다. 항상 평온한 표정으로 기도하고 있었다. 또 시간이 나면 동료와 후배들의 앞날이 잘 풀리기를 간구하는 기도를 올렸다. 이렇게 꿋꿋하게 불의에 굽히지 않고 살아가는 모습은 모든 수감자들의 표상이었다. 어느 날부터 김 목사는 밤낮으로 몇 번씩 불려나가 고문을 당하고 반죽음이 되어 끌려왔다. 하루가 다르게 몰골은 처참해졌지만 정신력은 정말 위대하였다.

이런 비참한 상태에서 그분은 모든 수감자들의 인권을 위해 단식을 시작하였다. 우리들은 건강을 생각하라고 극구 말렸지만 온화한 웃음으로 말을 대신하였다.

김 목사는 가장 나이가 어린 나를 예뻐해 주셨다. 그분은 거의 식사를 안 하고 기도로 버텼다. 밥은 나중에 우리에게 도로 내주었다. 김 목사는 밥을 내놓을 때면 꼭 나를 불렀다. 어떤 사람은 김 목사가 굶든 말든 상관없이 밥이 돌아오길 기다렸다. 나는 배식통으로 밥을 받으면서 간곡하게 말씀드렸다.

"목사님, 식사를 챙겨 드셔야 힘이 나시지요. 저 이거 안 가져갈래요."

내 말을 들은 김 목사는 고개를 들어 나에게 시선을 주면서 차분하게 말을 하였다.

"김 군, 아주 제법인데.……. 여기 있는 여러 사람들 가운데 으뜸이다. 사람이 사람 같지 않으면 아무짝에도 쓸모가 없는 법이다. 김 군은 예수님의 모습을 닮도록 기도하면서 살아가면 반드시 상을 내려주실 것이다."

"네, 목사님. 저는 아무 것도 모르는 학생이에요. 다만, 지금 돌아가는 모습이 백성들의 행복과는 거리가 있어요. 이제 식사 좀 하시고 힘을 내세요!"

이 말을 하면서 겁이 덜컥 나서 등을 돌렸다. 이 모습을 간수가 보기라도 하면 나를 독방에 가두어 넣을 것이기 때문이었다. 다시 김 목사를 바라보니 얼굴은 파리했지만 정신 하나만은 또렷해 보였다. 호랑이 굴에 들어가서도 당당히 살아나올 분 같았다. 그분은 한순간도 불의에 굴하지 않고 꿋꿋한 자세를 그대로 지켜나갔다.

"지금까지 내 생활은 나 자신의 것이었지만, 이제부터 나의 생활은 내 안에 계시는 예수님의 생활이 되었지……."

겉으로 보기에도 김 목사의 몸은 점점 더 마르고 있었다. 나는 식통으로 미숫가루를 드시라고 넣어주었다. 그런데 밤에 돌아와 보니 미숫가루에 손도 안 대었다.

"목사님, 목사님……. 제발 미숫가루라도 드세요. 안 드시다가 큰 병이라도 나시면 어떡해요."

내 말에 김 목사는 눈을 실날 같이 가늘게 뜨더니 어린아이처럼 웃었다. 하지만 이 분은 눈을 감고 있는 시간이 훨씬 더 많았다.

빨갱이들의 고문 수법은 피도 눈물도 없는 금수의 행위와 다를 게 없었다. 미동도 하지 않는 김 목사의 태도가 거슬리면 감방 문을 열고 들어가 사정없이 발길질을 해댔다. 이런 고초를 밤낮없이 당해도 아프다는 말 한 마디 없이 이겨내는 김 목사의 태도는 인간의 경지를 초월한 것이었다. 이렇게 단식을 한지 14일 만에 김 목사는 하나님 곁으로 갔다. 그 분이 운명하기 전날 밤 나는 용변을 보러 일어났는데 간간히 창문으로 들어오는 서치라이트 빛으로 김 목사가 앉아서 기도하는 모습이 보였다. 밤늦은 시각에 고문과 모욕으로 엉망이 된 몸을 추스르고 기도하고 있는 김 목사를 나지막이 불렀다.

"목사님, 그만 주무셔야죠. 간수들이 보면 또 봉변을 당하십네다. 목사님……."

몇 번을 반복해서 불렀지만 전혀 반응이 없었다. 그 순간 이상한 예감이 들긴 했지만 워낙 평소에 기도와 묵상을 하고 계셨기에 목사님이 무사하길 빌면서 잠을 청했다.

아침 일찍 눈을 뜨니 수감자들이 끼리끼리 모여서 수군거리고 있었다.

"아니 김 목사가 이상해. 아무래도 무슨 변고가 일어난 것 같은데……."

"걱정 마. 김 목사는 원래 저런 분이 아니던가? 잠이나 더 자세……."

내가 식통구멍으로 머리를 갖다 대고 안을 들여다보니 김 목사는 어젯밤 늦게 보았던 모습 그대로의 자세로 앉아 있었다.

"김 목사가 밤을 꼬박 앉아서 기도했나 봐요. 어젯밤에도 새벽에

봤을 때도 똑같이 앉아 계셨드랬는데…….."

내 얘기를 다 들은 황 씨란 분이 입을 열었다. 이분은 젊어서부터 장례를 지내는 일을 해 와서 내 말을 듣고는 나름대로의 경험을 통해 결과를 예측하였다.

"아무래도 이상한데, 매일 이 시간이면 아침 인사를 나눴는데 아까부터 기침도 안 하시는 게 일이 난 게야. 아무래도 간수를 불러야겠구먼."

바로 연장자가 패통을 흔드니까 간수가 달려왔다. 잠시 후 간수는 허리춤에 차고 있던 열쇠로 감방 문을 열더니 부리나케 들어갔다.

"무슨 일이야?"

한 발을 감방 안에 들여놓고 상반신을 돌려서 우리를 보면서 물었다.

"김화식 씨가 어딘가 좀 이상해서 그렇습네다."

"그래서?"

"혹시 죽은 게 아닌가 해서…….."

그제야 눈이 동그래진 간수는 다짜고짜 김 목사의 어깨를 발로 걸어찼다.

"이 간나새끼야. 날래 일어나 보라우."

아! 그런데 이럴 수가 있을까? 그 순간 김 목사는 마네킹처럼 무릎 꿇고 두 손을 모은 자세 그대로 나뒹굴었다.

죽은 지 몇 시간이 지났으니까 몸이 꼿꼿하게 굳어버린 것이었다. 김 목사는 벽에 기대지도 않고 고개도 똑바로 세운 채 그대로 운명을 하였다. 그대로 천국으로 승천한 듯 얼굴은 온화한 표정을 짓고 있었는데 평소 그대로였다. 얼굴에는 미소가 그대로 살아있었다.

간수 놈은 계속 김 목사에게 험한 말을 퍼부었다.

"이 새끼 진짜 뒈졌구먼. 에이 퉤엣!"

간수는 침을 한 번 내뱉더니 그대로 나가 버렸다. 조금도 죽은 자의 흔적을 남기지 않고 살아있는 모습 그대로 하나님 곁으로 간 김화식 목사. 굳건함과 온화함이 조화를 이룬 믿음으로 점철되어 김일성에게 굽히지 않고 성인처럼 살다 떠나갔다. 배고픔과 고문 등 온갖 박해에도 인자한 표정으로 묵묵히 견뎌냈던 그의 모습에서 우리는 거룩하고 순결한 영혼을 볼 수 있었다. 김 목사의 굴하지 않는 올곧은 삶에서 스무 살의 나는 깊은 울림을 받았다.

나중에 남한에 와서 김 목사가 우리나라의 유명한 작곡가의 한 분이신 김동진 선생의 선친이라는 것을 뒤늦게 알게 되었다. 김동진 선생은 "목련화", "가고파", "밀양아리랑", "내 마음", "수선화"와 같은 가곡과 "여호와는 나의 목자시니"라는 성가를 작곡한 분이라고 들었다. 김동진 선생은 2009년에 96세를 일기로 세상을 떠났다. 나는 김화식 목사가 순교한 날의 모습을 생생하게 기억하고 있다. 언젠가는 김 목사의 마지막 모습을 세상에 밝혀야겠다고 생각했는데 오늘에서야 밝히게 되었다. 김 목사가 아오지 탄광에서 순교한 것으로 되어 있는데 사실은 아오지로 떠나기 직전 평양교화소에 머물면서 김일성 공산당에 항거하여 단식을 하다가 세상을 떠난 것이다. 나는 김 목사의 임종을 본 것이나 마찬가지였다. 전날 밤 나와 배식통으로 대화를 나누었는데 그때 이미 평범한 사람 같으면 쓰러졌을 것이다. 내 나이 아흔이 되어 70년 만에 김 목사의 마지막 모습을 밝힌다.

또 평양교회소에서 고당 조만식 선생의 아들인 조영창 씨를 만난
것은 내게는 행운이었다. 그는 나와 쭉 한 방에서 생활하였는데 나
를 친동생 이상으로 걱정해주고 챙겨주었다. 침착하고 깔끔한 성격
의 그는 조만식 선생을 그대로 닮았는데 항상 손에는 성경을 들고
살았다. 그는 김 목사의 죽음을 애석해 하면서 간수들의 잔학한 학
대에도 아랑곳없이 밤새도록 하나님께 김 목사의 영혼을 받아주시
기를 간청하는 철야기도를 올렸다. 돈독한 신앙생활을 하는 그였지
만 가끔 배꼽을 쥐고 웃게 만드는 유머도 풍부하였다. 그는 멋쟁이
였으며 공자의 논어부터 셰익스피어에 이르는 인문학에도 보통 수
준을 능가하는 지식인이었다. 어느 날 아침 조영창 씨가 홀로 일어
나 앉아 묵상에 잠겨있는 모습을 보았다. 늦은 밤이나 이른 새벽이
면 종종 볼 수 있는 모습이었다. 그런데 다른 날과는 다르게 고뇌에
시달린 빛이 역력한 얼굴이었다. 나는 놀라서 물었다.

"형님, 왜 그러세요? 어디 편찮은 데라도 있는 거 아니세요?

"인호 군. 좀 더 자라구. 벌써 일어났어?"

"여기서 잠자는 것 말고는 할 일이 없는데요. 왜 그러세요?"

"아니야. 어젯밤 꿈에 아버지를 뵈었는데 무슨 일인가 싶어서 그
러지. 잘 안 보이는 분이 꿈에 나타나니 괜히 신경이 쓰이는구먼. 무
슨 일이 있으려는지 궁금해서 잠을 잘 수가 없네."

항상 명랑하고 상냥한 형님이 아버지 조만식 선생을 염려하고 그
리워한 나머지 온밤을 밝혀 남몰래 혼자 고민하는 것을 보니 안타까
움에 목이 잠겼다.

"어디 더 나쁜 일이야 생기겠어요? 고당 선생님은 웬만한 일쯤이

야 거뜬히 이기실 분이시니까요. 너무 걱정 마시고 주무세요."

"고맙네. 설마 더 나쁜 일이야 생기지 않았으면 좋겠네. 그래도 무슨 일이 일어날 것만 같은 불길한 예감이 자꾸 드네⋯⋯."

이런 일이 있고 난 후 다음날 로동신문에 김구 선생이 평양에 온다는 기사가 대문짝만하게 실렸다. 그 분이 평양에 와서 조만식 선생을 남한으로 모시고 간다는 것이었다.

"아버지가 제발 남한으로 가시면 좋으련만. 누구도 아버지를 평양 밖으로 모시고 가지는 못할 거야. 오로지 북한의 백성만을 생각하고 계시거든⋯⋯."

로동신문을 읽어본 조영창 씨는 어두운 얼굴로 말했다. 시름없이 말하던 그의 표정은 사내대장부로서 아버지의 깊은 속뜻을 이해하고 있는 것 같았다. 그럭저럭 평양교화소에 온지 석 달이 지났을 무렵 우리 같은 반동사상범들은 흥남시 본궁리에 있는 본궁특별노무자수용소로 이감되었다. 이곳 본궁은 운명의 장소였다.

본궁은 이씨 조선 태조 이성계가 말년에 세상을 등지고 은둔하던 곳이었다. 바로 함흥차사란 말이 유래된 곳이다. 그 전에는 본궁으로 불렸다. 본궁(本宮)은 임금이 있던 곳이란 뜻이다. 반동사상범이나 흉악범들이 곳곳에서 모여들면 죄질과 형량에 따라서 이오지 탄광, 흥남노무자수용소, 본궁노무자수용소로 갈라지는 곳이 본궁 수용소였다. 이때 조영창도 아오지 탄광으로 가서 오늘날까지 생사를 알 수 없다. 그때 내 친구인 김행근의 부친인 김병조 씨를 우연히 만났는데 그 분 역시 아주 담담한 표정으로 간단한 인사를 손짓으로 남기고 아오지 행 열차에 올랐다.

김일성은 반동자만 붙어있으면 거의 아오지로 보냈는데 형량도 적고 나이도 어린 조양단 동지들은 대부분 이오지행을 피하게 되었다. 그런데 불행히도 장기형을 받은 김용식, 황일남, 박춘근, 이원용은 아오지 행을 피할 수가 없었다. 사흘에 걸친 심사를 받고 수감자들은 각자 지정받은 행선지로 뿔뿔이 흩어졌다.

제 **2** 부

흥남감옥에서 맞은 6·25

본궁에서 흥남교화소로

우리 조양단 동지들은 잔학하기가 아오지에 버금간다는 흥남특별노무자수용소로 이감되었다. 서쪽의 평양과 영변에서 자란 나는 처음으로 동해안의 흥남 땅에 발을 들여 놓게 되었다.

조영창 씨는 우리와 헤어지면서 이렇게 용기를 돋워주는 말을 해주었다.

"어디를 가건 남아의 기상을 잃으면 안 된다. 꼭 이겨낼 수 있다는 굳건한 의지로 살아가기 바란다."

아마 평범한 사람 같으면 내 코가 석자인 주제에 이런 말을 감히 해줄 수 있는 여유가 없었을 것이다. 자기는 살아 돌아올지 장담할 수 없는 아오지 탄광으로 가면서도 내게 덕담을 해주었다. 70년이 다 되어가는 지금도 조영창 선생의 말씀이 내 가슴 속에 살아서 맴돌고 있다.

차를 세 번이나 갈아타고 힘들게 흥남에 닿으니 썰렁하고 침침

한 일본 경찰의 관사로 쓰였던 건물로 우리들을 몰아넣었다. 아무리 살펴봐도 교화소 건물은 아닌 것 같았다. 나중에 알고 보니 공산당은 죄수들을 수용하려고 일본 경찰 관사를 교화소로 급조된 것이다. 그곳에는 잡범이 800명, 반동사상범이 70명, 모두 합쳐 900여 명의 죄수들이 수용되었다. 본궁에서 죄수들이 도착하자 흥남수용소는 활기를 띄었다. 마치 5일장이 선 것처럼 사람들로 북적거렸다. 서로 안면이 있는 사람끼리는 안부를 주고받으며 농담도 나눴다. 여기서는 고생이 덜 할 것 같다는 생각이 들었다. 하지만 이 생각은 5분도 지나지 않아서 산산조각 나고 말았다. 간수들은 한 방에 25명까지 몰아넣더니 착검한 총을 든 간수들이 철창문을 탕탕 걸어 잠그고 사라졌다. 이들의 행동을 보니 '구관이 명관'이라는 말이 떠올랐다. 임시로 잡범까지 한방에 집어넣으니 욕설이 난무하고 입만 열면 천박스런 말들이 줄줄이 나왔다. 이때 북한 공산당의 죄수 투옥방침은 평안도와 함경도 출신의 죄수들을 분리시키는 것이었다. 평안도 출신 죄수는 함경도에 수용하고 함경도 출신 죄수는 평안도 수용소에 감금하는 식이었다. 이것은 도주를 막고 죄수들에게 지역감정으로 모욕감을 주어 이들을 쉽게 휘어잡으려는 것이었다. 가족들이 면회를 자주 오다보면 지역감정이 어느 정도 해소될 수 있다는 것도 고려되었다.

일본 관사를 교화소로 급조한 것 치고는 제법이다 싶었다. 식통구멍, 폐통구멍, 철창, 자물쇠 시설은 처음부터 교화소 시설로 건설된 것으로 착각이 될 정도였다. 한 시간쯤 지나 우리들에게 죄수복이 지급되었다. 우리는 처음으로 입소했기 때문에 죄수복이 새 것이었다. 각자 자기 몸에 맞는 옷을 골라 펼쳐보니 퍼런색의 광목 누비옷 하의에 붉은 페인트로 "교"자가 그려져 있었다. 이걸 보고 한 마디 씩 평가하였다.

"어떤 녀석이 그렸는지 나보다 영 못 그렸는걸."

"불그스레한 게 퍼런색에 잘 어울리는디."

"이걸 누가 훔쳐갈까 봐 표시한 거 아냐?"

잡범들은 서로 쳐다보면서 한 마디씩 하다가 뭐가 그렇게 우스운 지 낄낄대며 웃었다. 그러면서 서로 맞는 옷을 찾아 바꾸느라 야단 이었다. 이때 간수 4명이 방문을 거칠게 밀고 들이닥쳤다.

"동무들 조용히 하라우. 지금부터 모두 아랫도리 속옷만 입고 벽 쪽으로 돌아서라우."

서로들 중구난방 신이 나서 떠들던 잡범들은 웃음을 멈추고 간수 들이 시키는 대로 따랐다.

그런데 맨 가장자리에 있던 나는 갑자기 러닝셔츠 등허리가 축축 하게 들러붙으며 근질거렸다. 엉덩이 쪽도 촉감이 축축했다. 놀라 서 뒤돌아보니 붉은 페인트가 줄줄 흘러내리고 있었다.

나를 보고 낄낄거리던 잡범들도 나처럼 페인트 세례를 받았다. 옆 사람의 뒤를 보니 등에도 팬티에도 '교'자가 그려졌다. 나는 앉을 수 가 없어 엉거주춤 서서 말리려니까 맨살에 페인트가 더 엉겨 붙었다. 더구나 옷에서 페인트 냄새가 지독하게 나서 머리가 어지러웠다.

간수들은 죄수들이 도망치지 못하게 하려고 매달 한 번씩 "교"자 에 덧칠을 하였다. 잡범들이 뒤섞인 우리 방의 22명은 죄목이나 죄 질을 떠나 둘러 앉아 잡담을 나누면서 금세 친해졌다. 사람도 가지

가지였고 범죄양상도 갖가지에다 사연도 많았다. 김 씨라는 사람이 자기를 소개하였다.

"내래 38선 근처에서 살았디 않았까시오. 기린데 하루는 강으로 물고기 사냥을 나갔디오. 강 아래로 자꾸만 내려가니 게니 고기가 점점 더 많습디다요. 그래 고기사냥 욕심에 미텨서 계속으루다 내려갔디요. 기릿카다 고만 내무서원한테 꽁무니를 걷어챘는데 날더러 반동이라고 하디 뭐야요? 이남으로 도망가는 줄 알았나 봅네다."

"그러니끼니 너는 죄명이 미꾸라지 반동이구만."

예닐곱 홍안의 소년이 열심히 얘길 하니 듣고 있던 잡범 한 명이 근사한 죄명을 지어주었다. 이 말을 듣고 일행은 배꼽을 부여잡고 웃었다.

"어카서 얘기한 사람보다 죄명을 붙여준 사람이 더 웃기는구만……."

바로 내 옆에 있던 부리부리하게 생겨먹은 잡범이 얘기 보따리를 풀어놓았다.

"따지고 보면 나는 순전히 죄도 없는데 감방에 들어왔시요. 반반한 동네처녀 아이래 날 좋아해 따라다니길레 누이 좋고 매부 좋다고 한판 씨름을 해줬더니 고만 강간이라는 거예요. 고놈의 미친 에미나이레 좋다고 벌쭉벌쭉 웃으며 벌려줄 땐 언제고……."

스무 살을 갓 넘은 잡범이 유들유들하게 얘기를 마쳤다.

"야, 고거 한판 돌려보라우."

다른 한 명이 이죽거렸다. 그 잡범은 벌떡 일어서더니 에미나이와 관계하던 모습을 재연하였다. 일행은 배를 잡고 한바탕 웃어제꼈다.

"야, 더 해보라우. 고걸 보니 끼니 요놈이 꿈틀꿈틀 한다야."

이번에는 다른 사내가 나섰다.

"나는 말이외다. 공사판에 나가서 품을 팔았는데 떡 본 김에 제사 지낸다고 못 몇 개랑 판자쪼가리 몇 개 가져다 집을 손 좀 보려고 싸들고 나오다 걸렸지요. 뭐라든가? 아, 국가 재산 약취죄라고 하드만요."

늙수그레한 양반의 순박한 고백이었다. 이렇게 사연들을 주거니 받거니 하며 들으니 진짜 죄인은 없다는 느낌이었다. 강도범이나 사상범들은 입을 꾹 다물고 있어서 이들의 고백은 순수하게 들렸다.

종교 교리에 표를 받지 말라는 구절 때문에 공민증 발급을 거부하다 잡혀왔다는 사이비종교의 광신자의 얘기가 끝나갈 무렵 간수의 호통소리에 화기애애하던 분위기가 순식간에 얼어붙었다. 긴 시간 이동한 탓인지 이래저래 심난한 가운데 깊은 잠에 빠졌다.

갑자기 사이렌이 울리면서 간수들이 기상, 기상 하면서 외치고 돌아다녔다.

"일어나기요. 동무들 어서 일어나기욧!"

새벽 6시가 채 안된 이른 시간이었다.

"2사 5방 이상 없나?"

곧이어 딸깍거리는 소리가 들리며 배식이 시작되었다. 식사래야 장기판의 초나라 한나라보다 조금 큰 일본식 가다밥에 멀건 시래기 소금국이 전부였다. 일 분이면 다 먹고 마시는데 식사시간은 30분 이나 되었다.

식사시간이 끝나니 이번에는 집합하라는 것이었다. 덜렁덜렁 모이니 전날 보았던 얼굴들이 히죽히죽 웃으면서 아침인사를 나누었다.

그것도 잠시였다. 흥남노무자수용소를 만든 목적이 바로 드러났다. 흥남비료공장에 부족한 노동력을 공급하려고 우리를 이곳에 수용한 것이라는 걸 알게 되었다. 수용소장의 안내가 끝나자 바로 작업조 편성에 들어갔다. 10명이 한 조가 되었는데 간수가 임명한 조장들은 흉악한 잡범들이었다. 열 조의 작업조가 한 반이 되며 한 명의 반장이 작업반을 지휘하게 되었다. 작업반장은 잡범 가운데서도 강도, 살인, 강간을 저지른 흉악범들에게 돌아갔다. 총검으로 무장한 경비들의 감시를 받으며 매일 6킬로미터쯤 떨어진 흥남비료공장으로 노동을 하러 나가야만 했다.

통한의 흥남비료공장

  우리는 노역(勞役)을 나가다 보면 드문드문 민가에서 새벽잠을
깬 아이가 눈을 비비며 마당에서 오줌을 누고 있었다. 이 새벽에 어
머니는 아들 걱정을 하느라 부스스한 모습으로 툇마루에 나와 계실
것만 같았다. 어머니 생각만 하면 마음이 천근만근 무거워졌다. 일
손도 제대로 잡히질 않았다. 나는 노역을 하면서 마음속에 어머니
에게 드리는 편지를 썼다.

  "어머니, 삼촌 덕분에 2년이나 줄어서 3년을 받았습니다. 벌써 이
생활을 한 지가 일 년이 다 되었습니다. 저는 잘 있습니다. 어머니
건강하게 계세요. 앞으로 2년만 있으면 어머니 곁에서 효도를 하겠
습니다."

  보고 싶은 어머니를 생각하면서 걸어가고 있는데 간수가 정강이
를 발로 냅다 걷어차는 것이었다.

  "이 새끼 아침부터 골을 때리는구먼. 여기서 불을 뿜으면 네놈 하

나쯤 황천길로 보내는 것은 여반장(如反掌)이라우. 두 번은 안 봐줄 테니끼니 알아서 하라우.”

내가 줄에서 좀 뒤쳐졌다는 것을 그제서야 알게 되었다. 얼른 일어나 손을 털고 달려가 일행에 합류하였다.

그동안 말로만 들어왔던 흥남비료공장은 한 눈에 봐도 그 규모가 엄청나서 벌어진 입이 다물어지지 않았다. 미로처럼 얽히고설킨 기차선로와 운반용 밀차들이 쉴 틈 없이 움직이고 있었다. 하루 종일 굴뚝에서는 검은 연기가 뿜어져 나오는 걸 들이 마시다 보니 머리가 빙빙 도는 것 같았다.

일제는 북한에 수력발전소를 세우고 전력을 기반으로 공장을 중점적으로 세웠다. 흥남비료공장에서 쓰는 전기는 장전호 수력발전소에서 생산된 것이었다. 일제가 패망하면서 공장을 그대로 두고 떠나자 북한이 인수하여 돌리고 있었다. 해방된지 2년이 넘도록 일본인 기술자들은 떠나지 않고 기술을 전수하고 있었다. 이들이 떠나면 공장은 멈출 수밖에 없었다. 그래서 김일성은 이들 일본인 기술자들을 극진하게 대우해주었다.

1945년 해방이 되었을 때만 해도 남북한의 경제력은 세 배나 차이가 났다. 산업시설이 주로 북한에 몰려있다 보니 소득에서 북한이 남한을 월등히 앞지르고 있었다.

첫날 우리들은 비료를 가마니에 퍼서 담고 포장하는 작업을 하였다. 열 명이 비료 가마니를 700개씩 묶는 일이 할당되었다. 이렇게 일을 하고 수용소로 돌아오려니 하늘에 별들이 빛나고 있었다. 수용소에서 인원점검을 받고 한 줄로 서서 간수들의 몸수색을 받으면서 검색대를 통과하였다.

작업장에서 유리조각, 담배꽁초, 노끈, 성냥을 숨겨가지고 들어오는 것을 색출하려고 몸을 뒤졌다. 차례차례 얼굴에 물 한 방울을 묻히고 감방으로 들어오니 저녁식사가 기다리고 있었다. 밥을 틀에 넣고 찍은 가다밥 한 귀퉁이를 떼어서 소금국을 한 모금씩 마시면서 천천히 씹어도 3분이 채 안 걸렸다. 손끝이 알싸하게 쓰려서 희미한 불빛에 살펴보니 허물이 벗겨진 데에 피가 엉겨 붙어 있었다. 거친 가마니와 독한 비료에 쓸려서 너나 할 것 없이 다들 나와 같았다.

7시 30분쯤 되니 독보회를 하라는 구령이 떨어졌다. 처음에는 무슨 일인가 해서 어리둥절했다. 잠시 후 간수가 다니면서 방마다 로동신문을 한 부씩 넣어주었다. 글을 읽을 줄 아는 사람이 대표로 기사를 읽어주라는 것이었다. 로동신문 사설을 읽어주고 나니 토론회를 하라고 닦달하였다. 오늘의 작업에 대한 자아비판부터 감옥에 들어오게 된 자기 죄를 비판하라는 지시가 떨어졌다.

공산당은 우리들을 한시도 가만히 두지 않고 들들 볶아대었다. 슬슬 눈이 감기면서 허기가 지는 것을 참으며 떨어지는 과제를 수행하고 나니 9시 사이렌이 울렸다. 점검하는 구령이 떨어지자 간수들이 통나무 기둥을 들고 다니면서 벽이고 바닥을 쿵쿵 울려보고 다녔다. 이건 땅굴이나 벽을 뚫지 않았는지 점검하는 것이었다.

이어서 점호를 한 뒤에야 비로소 취침하라는 소리가 나왔다. 커다란 담요 석 장을 바닥에 깔고 네 명씩 머리를 반대로 두고 담요 한 장을 덮고 잤다. 8월말이었지만 감방 안은 스산하고 축축하여 싸늘했지만 중노동에 시달려 피곤해서 눕자마자 코를 드르렁거리며 잠들기 일쑤였다.

기상 사이렌이 울리자 발걸음 소리가 부산하게 들려왔다. 전날 일이 힘들었던 탓에 모두들 기운이 없어 비실거렸다. 아침밥은 더 알량해 한입에 털어 넣을 정도였다. 그래도 살겠다고 먹어야 하는 신세가 처량해 밥을 바라만 보고 있었다. 딸려 나온 시래깃국을 한 모금 마시니 소태같이 써서 도저히 먹을 수가 없었다. 멀건 국물은 포기하고 건더기나 먹어보려고 수저로 휘이익 저었더니 모래가 긁혔다. 시래기를 씻지도 않고 국을 끓였는지 국그릇 바닥에 돌멩이가 데굴데굴 굴러다녔다.

옆에서 우적우적 밥을 먹고 있던 잡범 하나가 불평불만을 늘어놓았다.

"이 새끼들, 얼마를 떼어 먹기에 짐승도 먹을 수 없는 걸 먹으라고 준단 말인가. 에이 더러운 새끼들!"

젓가락으로 시래기를 건져내니 썩은 이파리에 검불이 그대로 붙어 있었다. 차라리 국 대신에 물 한 그릇을 더 줬으면 하는 마음이 간절하였다.

집합 마당으로 서둘러 나가는 죄수들의 발걸음이 어제보다 더 힘이 빠져 보였다. 몸이 아픈 환자는 앞으로 나오라는 소장의 말에 반 이상이 나갔다. 간수들이 팔뚝만한 몽둥이를 질질 끌고 다니면서 증세를 물었다.

"어디가 아파서 나왔나?"

"저는 원래 허리가 아파서 일을 못합네다."

예순이 훨씬 넘은 노인이 애처롭게 답변하였다.

북한에서 무기를 져나르고 있는 지게부대 대원들

"동무는 앙이 되겠음메."

이 말과 함께 들고 있던 몽둥이로 노인의 허리를 팍팍 갈겨버렸다. 몇 대를 맞은 노인은 서너 걸음 비틀비틀 물러나더니 쿵하고 나동그라졌다.

"동무들, 이 정도는 되어야 환자 자격이 있다. 환자 동무래 있으면 나와 보기요."

이 장면을 목격한 환자들은 질렸는지 어느새 슬금슬금 열안으로 들어가 숨었다. 줄을 지어 비료공장까지 걸어가는 동안에 벌써 뱃속에서는 꼬르륵 소리가 들려왔다. 비료공장에는 일반 노무자들도 일을 하고 있었다. 이들은 8시에 출근해서 6시에 퇴근했다. 이들은 작업량에 구애를 받지 않았고 작업 중에 담배도 피우고 잡담도 자유롭게 할 수 있었다. 점심은 집에서 싸온 도시락을 먹었다. 나는 그

모습을 보면서 너무 부러워서 군침을 줄줄 흘렸다. 사흘 굶고서 담 안 넘는 놈 없다는 말이 실감이 났다.

　무거운 눈꺼풀을 힘겹게 밀어 올리면서 비료공장에 도착하면 각자 하루의 작업 할당량이 떨어졌다. 하루 할당량이 어마어마하다는 것을 알고서 우리들은 경악하였다. 나는 교화소에서 비료공장을 오갈 때 이따금 길가에 나물들이 보이면 뜯어서 품안에 넣었다. 어떤 때는 무청도 말렸다가 시래깃국에 넣어먹었다. 주로 씀바귀, 취나물, 느타리버섯, 표고버섯 같이 먹어도 뒤탈이 없는 것들을 챙겼다. 나이 스무 살의 청년들이 어린애 주먹 크기의 가다밥 세 덩어리로 하루를 견딜 재간이 없었다. 먹고 돌아서면 허기가 져서 껄떡거렸다. 이걸 밥이라고 먹고서 많게는 18시간씩 중노동에 시달려야만 했다. 자연히 하루 먹을 수 있는 것이 보이기만 하면 가리지 않고 비축해두었다. 오고 갈 때도 두 사람씩 오랏줄로 묶여있어 나물 뜯는 것도 싶지 않았다. 나물이 보이면 둘이 다가가 쪼그리고 앉아서 자유로운 손으로 작업을 하였다. 이것 말고는 죄수들이 할 수 있는 게 별로 없었다. 나물을 정성스레 말려 두었다가 국에다 넣어 먹었다. 그러면 허기를 면하는데 조금은 도움이 되었다.

　이날은 1조 10명이 1300가마니의 비료를 묶어야 했다. 작업시간 안에 할당량을 못 채우면 완수할 때까지 작업을 시켰으며 당연히 저녁밥은 건너뛰었다.

　집에서 출퇴근하는 노동자들은 10명이 700가마니만 묶어도 월급이 제대로 나왔다. 하지만 고문에 시달려 병이 든 죄수들에게는 두 배가 넘는 작업이 배정되었다. 이날부터 할당량을 못 채우면 죽으라는 식으로 강제노역을 더 시켰다. 하물며 짐승도 배는 곯리지 않아야 주인을 위해 일을 하는 법인데 아무리 죄수라고 해도 밥을 주지 않고 일을 시키는 것은 어서 죽으라고 하는 것과 같았다.

이곳에 온 지 서너 달 만에 우리의 관심을 끄는 일이 생겼다. 기차가 공장 안으로 지나가게 되어 있었다. 하루는 밖에서 가마니를 쌓고 있는데 갑자기 사이렌이 울렸다. 간수들은 모두들 공장 안으로 들어가라고 고래고래 소리를 질렀다. 나는 무슨 영문인지 몰라서 엉거주춤 서있었다. 그랬더니 간수가 달려와 엎드리라면서 머리를 사정없이 갈겼다. 그 바람에 나는 땅바닥에 납작하게 엎드려 무슨 일인가하고 곁눈질을 하였다. 그때 화물차가 지나가는지 땡땡땡 하는 소리가 났다. 가랑이 사이로 보니까 화물차에는 탱크가 한 대씩 실려 있었다. 그때는 김일성이 무기를 수입하는 정도로 가볍게 넘어갔다. 조금 있다가 안 일이지만 소련제 무기가 전방으로 배치되고 있었다. 그날부터 비료공장으로 일하러 가다가 무기를 실은 기차가 지나면 눈을 감게 하거나 엎드리게 시켰다. 그때마다 나는 실눈을 뜨고서 기차 그림자를 보고 대수를 세었다. 계속해서 공장에서 무기를 운반하는 기차가 지나가면 사이렌이 울리고 우리들을 놀란 토끼마냥 안으로 뛰어 들어갔다. 기차 쪽으로 고개를 돌리면 간수들에게 인정사정없이 걷어차였다. 그냥 통과하면 될 텐데 기차를 못 보게 막는 걸 보니까 뭔가 비밀이 있다는 생각이 들었다. 나 혼자 이걸 기억할 수 없어 응용과 업무를 나누었다. 나는 탱크나 전투기나 박격포를 싣고 내려가는 열차 수를 외웠다. 응용이는 전투기나 대형 상자가 얼마나 내려가는지를 외웠다. 우리는 휴식시간에 만나면 조용히 첩보를 분석하는 게 하나의 낙이었다. 인호는 이것을 면회 오신 어머니에게 전해주었고 어머니는 이것을 강창옥에게 전달하였다.

강도 높은 사역은 계속 되었다. 두 명이 곡괭이로 딱딱한 비료더미를 파내고 다른 두 명이 가마니를 벌려주면 두 삽씩 네 삽을 퍼서 넣었다. 그 다음에 앉은뱅이저울에 올려 무게를 달았다. 40킬로그램을 확인하고 4~5미터를 끌어다 쌓았다. 이때 다른 두 명이 가마니를 새끼줄로 훑쳐서 묶어내고 또 다른 두 명이 가마니를 등에 지고 밀차에 쌓았다. 마지막 두 명이 밀차를 밀어 창고로 가서 쌓으면 끝이었다. 우리들은 점심시간을 빼고 쉴 새 없이 움직여야 1,300가마니를 만들 수 있었다. 나중에는 하늘이 노랗게 보일 정도였다. 한 시간마다 10분씩 휴식시간이 있었지만 목표량을 달성하려면 쉴 수가 없었다. 이렇게 해도 10시간은 일해야 달성할 수 있었다. 이걸 계산해보니 평균 1분에 두 가마니를 만든 셈이었다. 소금 뿌린 사각형 가다밥에 단무지 한 조각을 먹고서는 감당할 수 없는 고된 작업이었다. 이렇게 알량한 점심을 먹고서 남은 25분을 쉬려면 집합 명령이 떨어졌다. 오락회를 열어서 후반 작업 능률을 올리라는 것이었다. 허기진 죄수들이 무슨 흥이 있어 노래하고 춤을 추라는 건지 알 수가 없었다. 모두들 심드렁하여 오락을 하는 척하다가 오히려 작업시간이 오기를 기다렸다.

간수들은 죄수들이 노래를 부르고 춤을 추면 자기들끼리 신이 나서 깔깔대며 웃었다. 죄수들이 간수들을 위해 위문공연을 열어주는 꼴이었다. 어쩌다 피곤해서 꾸벅꾸벅 졸기라도 하면 어김없이 간수가 다가와 곤봉으로 등짝을 후려갈겼다. 억세게 내려치는 곤봉으로 맞으면 눈물이 왈칵 쏟아질 정도로 아팠다. 죄수들끼리는 잡담도 못 나누게 하면서 자기들을 즐겁게 해달라고 강요하였다. 오락회가 끝나면 배에서는 꼬르륵 소리가 들려왔다. 탄수화물이 부족하면 앞이 어질어질 하면서 금방이라도 쓰러질 것만 같았다. 만약 여기서 한 사람만 없어도 1,300가마니 목표를 달성할 수 없었다. 할당된 목표를 달성할 때까지 몇 날이고 작업을 해야 했다. 우리들은 영양실조로 비실비실 말라갔고 더러는 폐결핵에 걸려 각혈을 하는 사람도 생겼다. 제때 치료를 받지 못한 환자는 이틀에 한 명꼴로 죽어나갔다. 요양원으로 옮겨간 환자를 훗날 봤다는 사람은 한 명도 없었다. 심지어 목숨이 간당간당 하는 환자는 생매장하거나 생체실험을 한다는 흉흉한 소문도 나돌았다. 이런 얘기를 들으면서 어떻게 해서든 여기서 살아 나가서 진실을 알려야겠다는 결심을 굳혔다.

감시 밀정

누군가가 남의 불행은 나의 행복이라고 말했던가. 이런 일이 감방 안에서는 수시로 일어나고 있었다. 처음에는 약간의 인정이라도 있었지만 날이 갈수록 잔인하고 야비해지자 죄수들 사이에 분위가 흉흉해지고 있었다. 가끔씩 이유 없이 문초를 받고 독방에 갇혔다 나오는 동료들이 생겨났다. 이들의 말을 들으니 누군가가 감방 안에서 일어난 일을 간수들에게 고자질한다는 것이었다. 이런 소문이 퍼지자 자연히 동료들 사이에 대화가 줄어들었다. 서로들 얼굴만 마주보고 있을 뿐 입을 열지 않았다. 감방 안은 분위기가 돌덩이처럼 가라앉아 버렸다.

심지어 누가 밀고를 하는지 서로 감시하게 되자 서로 간에 불신이 극에 달하고 있었다. 어떤 사람은 공공연히 대놓고 밀정을 욕하였다. 다음날이면 그는 영락없이 독방신세를 지는 것이었다. 일부는 죄질이 나쁘면 아예 다른 방으로 보냈다.

　　반동사상범 두세 명에 스무 명의 잡범을 섞어놓으니까 밀정 노릇을 하는 자가 방마다 서너 명은 있었다. 이 프락치들의 죄질은 국가나 당의 공금을 빼돌리거나 횡령한 국유재산약취 죄가 가장 컸고 더러는 강도범도 끼어 있었다. 이들은 제 버릇 개 못준다는 말처럼 막가파처럼 굴었다. 악독하기로 이름이 난 간수들도 이들만 보면 잡아먹을 듯이 인상을 썼지만 이들은 눈 하나 꿈쩍하지 않았다. 전직 공산당 관리 출신의 죄수는 감방의 동태를 간수에게 알려주고 그 대가로 밥 한 덩이를 더 얻어 먹었으며 어떤 이는 사면의 혜택을 누리기도 하였다. 또 어떤 자는 아예 '동무의 말을 교도과에 보고하갔시요' 하면서 대놓고 협박하였다. 감방의 분위기가 이러니까 나 같은 사상범들은 입을 닫았다. 하지만 가슴이 답답하여 금방이라도 미칠 것만 같았다. 평양교화소에서는 반동사범끼리는 터놓고 얘기를 했는데 흥남교화소에서는 말은 고사하고 의미 있는 눈짓 한 번 보낼 수 없었다. 어떤 녀석이 밀정인지 알 수가 없어 말을 조심하는 것이 상책이었다.

　　그때 장로교회 김진수(金珍洙, 1901~1950) 목사가 나하고 한 방에 있었다. 이분은 반동 사회혼란죄로 체포되어 들어왔다. 북한에서 사회혼란죄는 코에 걸면 코걸이, 귀에 걸면 귀걸이 같은 법이었다. 공산당의 눈 밖에 나면 반동 사회혼란죄라는 누명을 씌워서 잡아넣었다. 이 죄는 김일성 일당 지배에 방해가 되는 인사들을 격리시키려고 만든 법이었다. 그는 1900년 1월 21일 평북 선천군 신부면 기독교 집안에서 태어났다. 김 목사는 평북 선천 출신으로 숭실전문학교를 졸업하고 목회자로 지냈으며 일제시대에는 독립운동을 하느라 감방을 수시로 드나들었다. 이번에는 예수를 부정하는 공산당에 반대하다가 잡혀오게 되었다. 1947년 4월, 김 목사는 "여러분 사탄의 협공에 고개 숙이지 맙시다. 꺾일지언정 스스로 머리 숙이지 맙시다"라고 설교하였다. 여기서 사탄이란 김일성 공산당 도당을 말하는 것이었다. 이 설교를 마치고 나오다가 공산당 내무서원들에게 체포되었다. 인민재판을 거쳐 흥남특별노무자교화소에 수감되어 흥남비료공장에서 강제노역을 하였다. 1950년 10월초 유엔군이 원산을 거쳐 흥남으로 밀고 들어오자 인민군은 죄수들을 교화소의 뒤뜰에 모아놓고 집단 사살하였다. 나는 거기서 천운으로 살아났지만 김진수 목사는 그만 세상을 뜨고 말았다.

김진수 목사는 내가 보기에 신앙이 독실하였으며 절도 있는 신앙세계를 가지고 있었다. 솔직히 나이가 어렸던 내가 이런 난장판인 사건들을 이겨낼 수 있었던 것은 이런 분들의 모범적인 생활에서 용기를 얻었기 때문이었다.

김진수 목사는 독립운동을 하다가 열두 번이나 감옥에 잡혀왔으며 이래도 안 되자 일본 경찰은 심지어 그를 이빨을 드러내놓고 으르렁거리는 셰퍼드 우리에 집어넣기까지 하였다. 개들이 달려들어 물어뜯자 "너희들이 일본 개보다 훨씬 낫구나"하면서 잠자코 있었다. 해방이 되어 공산당이 집권을 하자 김진수 목사는 조선기독교협의회 회장이 되었고 이때 신도들에게 불온한 반공사상을 주입시켰다는 죄로 그는 감옥에 갇히게 되었다. 이번이 13번째 감옥살이였다. 김 목사는 감방에서 자기의 얘기를 한 마디도 하지 않았지만 알음알음 다 알게 되었다. 나는 김 목사 얘기를 듣고서 캄캄한 절망에서도 버티어낼 수 있었다. 참으로 고마운 분이었다. 숭실전문학교 출신이었던 홍남교화소 소장은 김 목사에게 남의 눈치를 피해 너그럽게 대했다. 너무나 길고 험한 옥고를 치르고 있던 김 목사의 처지를 불쌍하게 여긴 소장은 일 년에 서너 차례 김 목사를 따로 불러 대화를 나누었다. 그때 소장은 가다밥을 여남은 덩이씩 넌지시 싸주었다. 죄수를 감시하는 소장으로, 또 한편으로는 동문으로서 그는 김 목사를 인간적으로 대우해주었다. 이것은 김일성의 공산당 치하에서 보기 드문 모습이었다. 김 목사는 소장이 싸준 가다밥을 가지고 와서 감사기도를 드린 다음에 우리들에게 골고루 나누어 주었다. 밥을 먹으면서 목사님도 드시라고 하면 손사래를 치면서 우리들이 게걸스럽게 먹는 모습을 바라보았다. 정작 자기는 밥 한 톨도 입에 넣지 않았다. 이런 일은 보통 사람으로서는 감히 흉내도 낼 수 없는 일이었다. 배가 고픈 나머지 죽은 사람의 입안에 있는 밥알까지도 빼내먹을 수밖에 없는 참혹한 실정에서 그는 자기의 배를 주리면서도 옆 사람을 먼저 챙겨주었다. 나는 김진수 목사의 일거수일투족을 살펴보면서 평양교화소에서 앉아서 기도하는 자세로 세상을 떠난 김화식 목사를 떠올렸다. 그 분은 나를 보고 희망을 잃지 말고 기도를 하라고 충고해주고 눈을 감았다. 내가 보기에 두 사람은 자기 몸을 내던진 성자였다. 나는 두 분에게서 성스러운 분위기를 느끼게 되었다.

이 무렵 홍남지역에는 말라리아가 성행하였다. 워낙 이 지역은 대기오염과 공장폐수로 오염이 되어 하늘은 안개가 낀 것처럼 뿌옇고 우중충하였다. 그러다보니 전염병은 이 지역에서 가장 먼저 돌

았다. 말라리아가 기승을 부리자 가장 먼저 감방에 있던 죄수들 절
반 이상이 앓게 되었다. 죄수들이 열병에 걸려 신음하다 죽어가자
수용소에서는 말라리아 특효약인 키니네 반입을 허용해주었다. 가
족들에게서 키니네를 받은 죄수들은 곧 회복이 되었지만, 그렇지
못한 죄수들은 알아서 열이 내리기를 기다리는 수밖에 없었다. 나
도 어머니가 넣어주신 키니네를 먹고 나니 차도가 금방 있었다. 그
래서 여분을 조금 남겨놓고 다른 환자들에게 키니네를 나누어 주었
다. 이때 내가 감방 친구들에게 사랑을 베푸는 것을 보고 콧방귀를
뀌던 한 사람이 있었다. 황달수 목사라는 분이었다. 내가 다른 환자
들에게 키니네를 나누어주자 나를 부르더니 어리석은 짓을 그만하
라고 다그쳤다. 이때 나는 김화식 목사와 김진수 목사를 황 목사와
대비하였다. 사람들의 말로는 이분도 사회에서는 존경을 받은 분이
라고 했지만 행동은 전혀 그렇지 않았다.

　김화식, 김진수 두 분의 영향을 크게 받은 나는 목사라면 성자에
가까운 사람으로 알았는데 황 목사를 보면서 목사도 다 같은 목사가
아니라는 것을 깨우치게 되었다. 나는 쌀쌀맞은 황달수 목사의 행
동과 말을 납득하기가 어려웠다. 이 황 목사는 사위와 함께 사회혼
란죄로 재판을 받았는데 얼마 안 있어 그의 사위가 말라리아에 걸려
서 감방으로 들어왔다. 사위가 황 목사에게 아픈데도 불구하고 반
갑게 인사를 올렸지만 헛기침만 두어 번 콩콩 하더니 돌아앉았다.
식사시간에 가족들이 보내준 미숫가루를 혼자만 밥에 뿌려 먹으면
서 사위는 본체만체 하였다. 사위도 자식이라는데 그렇게 몰인정한
장면을 보면서 못 볼 것을 본 것처럼 기분이 찜찜하였다. 한밤에 열

이 오른 사위가 참다못해 장인에게 고통을 호소하면서 키니네를 달라고 하였지만 일언지하에 거절하였다. 우리는 그 다음부터 황 목사를 나무 죽은 귀신으로 불러주었다. 이것은 목사를 나무목(木)과 죽을 사(死)로 비유한 것이었다. 이 황 목사는 그 후 남한으로 탈출하여 큰 교회를 운영하면서 신자들의 존경을 받고 있었다. 이것을 보면서 얼마나 변했는지 수소문을 해봤더니 여전히 자기만 아는 이기적인 사람 그대로였다. 제 버릇 개 못준다는 말이 맞았다. 그런데도 신자들은 뭘 보고 이런 사람을 참 목회자로 모시는지 알다가도 모를 일이었다. 김진수 목사의 성스런 기품을 보고 그 부인은 어떤 분일까 하고 생각하였다. 젊어서부터 남편의 옥바라지를 해온 부인은 남편을 따라 흥남의 덕리에 방을 얻어 이사를 하였다. 한 달에 한 번씩 허용되는 면회를 오면 미숫가루를 넉넉하게 넣어주면서 아주 평온한 얼굴로 얘기를 마치고 두 분이 기도를 하였다. 부인의 얼굴에는 어떤 근심 걱정도 없는 것처럼 평화로워 보였다. 매일 아침 수용소가 보이는 언덕에서 출역을 나가는 남편의 모습을 바라보곤 하였다.

김 목사는 감옥 안의 생활이 담 밖의 생활보다 훨씬 길었지만 부인은 그것을 한 번도 탓하지 않았다. 언제나 밝은 표정으로 남편을 따라다니면서 옥바라지를 묵묵히 해주었다. 그때 안개 자욱한 언덕에 올라 남편의 모습을 바라보면서 기도를 하던 부인의 모습은 한 폭의 성화처럼 나의 기억 속에 남아 있다. 나중에 사모는 김진수 목사가 순교하기 전에 집으로 돌아갔다는 말을 들었다.

우리들은 먹는 것은 부실하고 노동 강도는 점점 높아지면서 병이 들어 골골하였다. 그런데 하루는 저녁식사 시간에 구수한 고깃국

냄새가 코를 찌르는 것이었다. 배식이 되자 내 국그릇에 고기조각이 둥둥 떠 있는 게 보였다. 이게 얼마만인가 꿈을 꾸고 있는 것 같았다. 고기를 떠 넣으니 어떤 것은 쇠고기 맛이었고 어떤 것은 돼지고기 맛이었다. 참으로 희한한 일이었다. 이건 감격 그 이상이었다.

"아니 별꼴 다 보겠네. 감옥에서 고깃국을 다 먹다니……. 이거 참 사람은 오래 살고 볼 일이어."

"내일 해가 서쪽에서 뜨는 거 아녀."

사람들은 오매불망 그리던 고깃국이 연달아 나오자 한 마디씩 하였다. 다음 날도 똑같은 고깃국이 나왔다. 고기를 먹으니 힘이 펄펄 나는 것 같았다. 그런데 웬걸 사흘째 되는 날부터 변기통에 불이 붙었다. 다들 배를 끌어안고 화장실로 달려가면 그 즉시 좍좍 설사를 하는 것이었다. 기름기를 먹지 않다가 기름진 음식이 갑자기 들어가니 미처 소화를 못시켜 배탈이 난 것이다.

아침 배식 때 수용소 안은 적잖이 술렁거렸다. 9월 9일 공산당 창당 기념일에 김일성 수령이 하해와도 같이 황소 한 마리를 하사하였다는 것이다. 우리들은 또 고깃국을 먹게 되었다는 설레임에 눈을 제대로 못 붙였다. 그렇게 기다리고 기다리던 9월 9일이 밝아왔다. 수용소장의 지루한 김일성 찬양 연설이 끝나고 배식이 시작되었다. 그런데 이게 웬 말인가. 우리는 국그릇에 수저를 넣고 휘이익 저었다. 쇠고기 국에는 기름 한 방을 안 뜨는 소금국이었다. 이러자 여기 저기서 한 마디씩 말들을 하였다.

"아니, 황소가 장화 신고서 건너갔나 봐? 소 터럭 냄새도 안 나네."

신참 잡범이 투덜거리자 고참 잡범이 말을 이어 받았다.

"이보라구. 이게 바로 황소 도강탕이라는 걸세."

이건 소가 강을 건너갔다는 뜻이었다. 그 물로 국을 끓였으니 맛이 날 수 없었다. 과연 쇠고기는 어디로 간 것일까?

"기래도 유심히 살폐보면 왕건이도 있을 테닛께 잘 건저보라우야."

참다못한 감방장이 한 마디 거들었다.

왕건이란 운이 좋아 걸려드는 고기를 말하는데 주로 감방장 국그릇에나 한두 점이 있었다.

"허기사. 이거이 썩은 고래 고기나 고등어국 보담은 훨씬 낫수다래."

이처럼 북한에서는 정월 초하루나 김일성 생일인 4월 15일과 9월 9일, 노동절인 5월 1일에나 고기 한 점 맛볼 수 있었다.

얼마 안 있어 고깃국이 또 나왔지만 대부분 숟가락을 대지도 않았다. 한 번은 속았지만 두 번은 속지 않았다. 너나 할 것 없이 고기를 먹고 식중독에 시달렸으며 몇몇 사람은 머리털까지 홀라당 빠져버렸다. 식중독은 증세가 여간 고통스러운 게 아니었다. 창자는 비비 꼬이고 쥐어짜는 것처럼 아팠다. 처음에는 설사를 좔좔하다가 눈이 퀭해지면서 드러눕게 되었다. 손발이 차가워지고 물만 마셔도 바로 토하였다. 죄수들에게는 죽음의 병이었다. 아무리 고통을 호소해도 간수들은 자기 일이 아니라고 한 귀로 듣고 한 귀로 흘려버렸다. 배가 살살 아프다가 설사를 좔좔 하고 그것도 모자라 구토를 하고 머리털까지 빠지니 겁이 나서 국을 입에 댈 엄두로 못 내었다. 설사가 멈출 무렵에 우리가 고래 고기를 먹고 탈이 났다는 것을 알게 되었다. 부위별로 100가지 맛이 난다는 고래 고기를 먹었으니 쇠고기, 돼지고기 맛이 났던 것이다. 흥남 앞 바다에서 가끔 고래가 그물에 걸려들었는데 마땅히 보관할 수 없으니까 죄수들에게 선심을 썼던 것이다. 우리는 교도관들을 비아냥거리면서 한 마디씩 툭툭 던졌다.

"그러면 그렇겠지. 무슨 얼어 죽을 쇠고기겠어. 아마 고래 고기는 우리한테 주고 쇠고기는 자식새끼들 먹였겠지. 우리한테 쇠고기가 돌아오겠어?"

"우리 같은 죄수들이라고 썩은 고기를 소화시키는 내장을 따로 가지고 있는 게 아니잖아."

"썩은 것이나 고래 고기를 우리한테 말도 안하고 먹으라고 주는 간수 놈들이 천하의 악질이지. 안 그런가?"

"그걸 말해서 뭐하나. 다 부질없는 짓이네. 우리가 시대를 잘못 만난 탓이네."

평소에 말이 없던 양 씨라는 사람이 자포자기 심정으로 빈정대었다. 나는 혹시나 말실수를 할까봐 양 씨의 허벅지를 쿡쿡 쑤셔댔다. 여름 내내 썩은 고마이(고등어)와 고래 고기가 화제가 되는 가운데 더위는 가시고 가을이 성큼 다가오고 있었다.

죽음과 자유

　흥남은 개마고원(蓋馬高原) 쪽에서 찬바람이 불어와 다른 데보다
계절이 빨리 가고 빨리 왔다. 아침에 눈을 뜨니 눈이 펑펑 쏟아지고
있었다. 그런데 산에는 아직도 단풍이 절정이었다. 눈이 쌓이니 비
료공장까지 걸어갈 생각에 기운이 쏙 빠져나갔다. 우리들은 선택의
자유를 빼앗긴 지 오래였다. 그러니 어디에도 마음을 붙일 수가 없
었다. 입김을 호하고 불어보니 손끝이 아려왔다. 갑자기 날씨가 추
워지자 교화소에는 감기 환자들이 속출하였다. 간수들은 도저히 일
할 수 없는 게 눈으로 보이는데도 꾀병을 부린다고 각목으로 후려
팼다. 매를 맞고서라도 병사로 가서 쉬려는 죄수들이 늘어났다. 이
들은 골병이 들대로 들어서 골골대고 있었다. 끔찍한 구타를 당하
더라도 중노동을 면해보려고 줄을 섰다.

　이런 죄수들은 두 가지 유형이 있었다. 건강한 청장년층은 밥을
굶지 않으려고 죽자 사자 일을 하였다. 반면에 노년층은 밥을 반만

먹더라도 중노동만은 피하고 싶어 했다. 청장년들은 그런대로 기력이 있어 버틸 수 있었지만 힘이 빠진 노년층은 죽을 날만을 기다리고 있는 셈이었다.

12월로 접어들자 공장들이 많은 흥남의 대기오염이 심해져 독감과 폐렴으로 죽어나가는 죄수들이 부쩍 늘어나고 있었다.

노동 면죄를 포기한 노년층 출역자들은 대오를 맞춰서 줄을 섰다. 점검이 끝나면 옆 사람의 손을 줄로 묶고 비료공장을 향해 걸어갔다. 옆 사람의 손을 묶는 것은 이동할 때 죄수들이 도주를 못 가게 하려는 조치였다.

등허리가 가려워서 손을 올리기라도 하면 탈주범으로 간주되어 매질을 당하였다. 몸이 근지러워도 긁을 수조차 없었다. 웬만한 가려움은 참아내려니 괴로웠다. 이러니 말초신경이 점점 퇴화되고 있는 느낌이었다.

그렇게 뚜벅뚜벅 걸어가고 있는데 일행 가운에 한 사람이 간수를 불렀다.

"간수님, 제 신발이 벗겨졌습네다. 잠깐만 시간을 주시라요."

얼굴이 고구마처럼 일그러진 간수가 이 말을 듣더니 얼굴이 험상궂게 일그러졌지만 이내 사정을 알고 소리를 질러서 행군을 중지시켰다.

"간나 새끼들, 이제 잠깐 걸음을 멈추라우."

뚫어진 양말을 비집고 나온 죄수의 발가락은 동상에 걸려 뻘겋게 피가 배어 있었다. 살점이 문드러져 있어 차마 눈 뜨고는 볼 수 없을 지경이었다.

그의 양말이 너덜너덜한 걸로 봐서 면회를 오거나 개인물품을 넣어줄 가족이나 친척이 없는 것 같았다. 나는 그날 양말 두 켤레를 끼어 신고 있어서 한 켤레를 벗어서 그 사람의 손에 쥐어주었다. 그는 나를 멍하니 쳐다보더니 양말을 끼어 신었다. 그의 입에서는 이제는 살았구나 하는 안도의 한숨이 흘러나왔다. 그러더니 다리를 절뚝거리면서 줄을 맞추어 걷고 있었다. 그러나 이미 고장이 난 발은 정상으로 돌아올 수 없었다.

그가 계속해서 대오에서 이탈이 되자 간수들은 그에게 달려들어 몽둥이질을 하였다. 그는 아아악 하면서 비명을 지르더니 앞으로 고꾸라졌다. 눈 위에 굴러 넘어진 그는 꿈쩍도 하지 않았다. 우리들은 그의 운명이 여기까지라는 것을 어림짐작으로 알았다. 그의 숨이 넘어가자 사람들이 우르르 달려들어 정신없이 그의 몸에서 물건들을 빼내갔다.

이 모습을 쭉 지켜보던 간수 하나가 고꾸라진 사람 옆으로 다가가더니 군화발로 정강이를 냅다 걷어찼다. 그런데도 아무런 움직임이 없자 얼굴이 군고구마처럼 생긴데다가 무식이 줄줄 흐를 것 같은 간수가 궁시렁거렸다.

"에이참. 아새끼 하나 때문에 우리가 피를 봤는데 이제는 골로 갔구먼. 에이 퉤."

이건 늙은 것 하나가 죽어줘서 앓던 이가 빠진 것 같다는 뜻으로 보였다. 사실 연고자가 없는 수감자는 감옥에서 겨울을 나기란 여간 고통스러운 게 아니었다. 교화소에서 지급하는 물품이래야 일년에 고무신 한 켤레가 고작이었다. 하루에 10여 킬로미터를 오가며 그 혹독한 노동을 고무신 한 켤레로 감당하기에는 어림도 없었다. 교화소는 고무신 한 켤레를 배급한 다음에는 더 이상 배급을 해주지 않아서 연고자들이 차입을 해줘야 했다. 그동안 이 노인은 다 떨어진 신발을 새끼줄로 꽁꽁 동여매고 걸어 다녔다. 이런 사람들은 그리 오래 살지 못하고 세상을 등질 수밖에 없는 것이었다. 감옥에 있다 보니 사람의 안색과 행동만으로 그 사람의 삶을 예견할 수 있게 되었다. 아침저녁으로 감옥에서 나가고 들어올 때 멀리 있는 민가에서 풍기는 음식 냄새를 맡으며 유난히 침을 넘기며 입맛을 다시면 그 사람은 석 달을 못 넘기고 죽었다.

또 땅 바닥을 향해 고개를 숙이고 걸으면서 침 넘기는 소리가 꼴깍꼴깍 들리면 영락없이 죽음을 알리는 징조였다.

게다가 죽음이 임박하면 얼굴에 윤이 나고 눈 밑이나 코언저리에 푸르스름한 빛이 생겨났다. 이건 감방에서 경험으로 터득한 지혜였다. 그래서 가끔 우리들끼리는 "자네 얼굴이 번지르르 한 걸 보니 사흘 안에 저 세상으로 갈 것 같네" 하면서 농담을 주고받았다. 그러면 당사자도 무덤덤하게 대꾸했다.

"내가 생각해도 그럴 것 같고 만이라우. 요사이 꿈자리도 뒤숭숭한 게 며칠 안에 죽을 것 같은 생각이 들지라우."

이렇듯 수용소의 사람들은 죽고 사는 문제를 절박하게 느끼지 못하고 있었다. 어떤 사람들은 죽음을 미리 준비를 하였다. 그런 사람은 자기 물건들을 사람들에게 미리 분배하였다. 사실 물건이래야 쓰다만 비누 쪼가리, 닳고 닳은 칫솔, 밑창이 닳아빠진 고무신, 피마자기름 같은 소소한 것들이 대부분이었다.

　벌써 흥남에 눈이 내리면서 바람이 쌀쌀하게 불고 있었다. 눈은 헐벗은 우리 품으로 파고들어 녹으면서 모락모락 김이 났다.

　대강 중간쯤 왔을까. 고개를 숙이고 기계처럼 걷고 있는데 내 오른쪽 손을 잡고 있던 강 씨의 손이 스르륵 미끄러졌다. 나는 바로 간수를 불렀다.

　"간수님, 여기 강 씨가 이상합니다."

　간수는 행렬을 세우고는 눈 위에 쓰러진 강 씨를 이리저리 살피더니 한마디를 내뱉었다.

　"이 새끼 밥숟가락을 놔버렸군."

　이 말을 들은 죄수는 나직이 "오늘 저녁에는 덮밥이 또 생겼구먼" 하고 말을 하면서 군침을 삼켰다. 이렇게 산 자는 죽은 자의 몫을 받아먹었다. 죄수들은 비료공장으로 오갈 때나 일하다 죽으면 죽은 자의 덮밥을 순번을 정해서 나눠먹었다. 오늘 강 씨의 덮밥은 내 왼쪽에 있는 덕천에서 온 한 씨의 차지였다. 그는 덮밥을 먹게 되어서 그런지 얼굴이 상기되어 있었다.

　다시 길을 걸으면서 나는 어린 시절의 그리운 고향 영변을 떠올렸다. 수채화처럼 원근감이 두드러진 먼 산을 보면서 벌써 몸은 고향에 가 있었다. 나는 영변의 약산에 흐드러지게 핀 진달래꽃 사이로 학교를 다녔다. 진달래꽃이 얼마나 많이 피었으면 온몸이 그 진홍빛에 물들 것처럼 착각이 들었다. 아마 3학년 봄으로 기억이 되는데 산골동네에 유난히 어둠이 일찍 내리고 잔설 속에 유달리 검게 보이는 검둥이가 달려 나왔다. 집집마다 아궁이에 불을 지피고 밥을 짓느라고 굴뚝에서는 연기가 모락모락 피어올랐다. 이 모습은 이조시대 화가 겸재(謙齋) 정선(鄭敾, 1676~1759)이 그린 한 폭의 진경산수화(眞景山水畵) 그대로였다. 매캐한 연기 냄새와 구수한 밥 냄새가 뒤섞여 코끝에 맴돌자 위장은 요동을 치고 있었다.

"이 간나이 새끼, 또 도망칠 궁리에 잠겼구만……."

간수는 어떻게 내 마음을 알아내었는지 냅다 뒤통수를 후려갈겼다. 나는 악하면서 두 눈이 앞으로 튀어나올 것만 같은 충격과 함께 극심한 통증이 느껴졌다. 간수들은 행진을 하면서 고개를 들거나 잡담을 하면 탈주범으로 간주하여 무지막지하게 패대기를 쳐대었다.

불시에 한 방 세게 맞은 뒤통수는 아직도 얼얼했지만 그리운 시절, 다시 못 갈 고향에서 행복했던 순간들을 생각하는 것만으로도 즐거웠다.

"아, 이제는 가볼 수 없는 그리운 내 고향 영변이여……."

김일성은 이때부터 통행증을 발급하여 주민들의 자유로운 이동을 통제하기 시작하였다. 사람들은 고향을 지척에 두고도 마음대로 갈 수가 없었다.

다행히 영하 20도까지 떨어지는 엄동설한에도 비료공장 안은 훈훈하였다. 우리들은 일을 마치면 공장용수로 후다닥 잽싸게 몸을 씻는 게 일과의 하나였다. 공장용수는 뜨뜻해서 샤워하기에 그만이었다. 우리가 하는 일은 워낙 중노동이어서 땀도 많이 나는데다가 비료가루들이 엉겨 붙어 씻지 않고는 배겨낼 수가 없었다. 어쩌다 하루라도 거르면 온몸이 가렵고 냄새가 지독하게 났다. 이래서 공장용수로나마 몸을 씻을 수 있다는 것이 천만다행이었다.

이렇게 몸을 씻고 감방에 돌아와 바닥에 등을 붙이면 천국에 온 것처럼 온몸이 나른해졌다. 이런 날이면 어머니와 릉라도여관이 걱정되었다. 또 김화식 목사 생각도 간절하였다. 성자처럼 자기 밥을 다 나누어 주고 기도하는 모습 그대로 떠나간 김 목사는 내 목숨이 붙어있는 한 잊을 수가 없을 것 같았다. 이런 생각 저런 걱정을 하다가 잠이 들었다.

'어머니, 이 밤에 군불이나 잘 넣고 주무시는지요, 요 며칠 전 면회 오셨을 때 보니 초췌하고 어깨가 삭풍에 시달린 가지처럼 앙상하였어요. 어머니……'

이때 눈물이 쏟아져 내렸다. 내 옆에서 잠을 청하던 응용이가 내 손을 잡더니 귀에다 대고 소곤거렸다.

"인호, 너 어머니 걱정하고 있지. 너무 상심하지 마라. 잘 계실 것이다. 우선 네 건강부터 챙겨라. 우리는 여기서 살아나갈 수 있어. 벌써 반이 지났다. 이제 일 년 조금 더 있으면 우리는 자유의 몸이 된다. 어서 자자……"

친자식 이상으로 먹여주고 재워주신 어머니를 생각하면 가슴을 저며 내는 것 같았다. 아버지와 독립운동을 함께 하다 인연이 되어 부부가 되었지만 어머니는 아버지의 사랑을 제대로 받지 못하였다. 운명이 기구하여 일제가 쇠망의 길로 접어들고 있을 때 아버지는 돌아가셨다. 그 후 어머니는 나를 친아들로 생각하고 갖은 정성을 다 기울여 돌봐주었다. 내가 살아나가면 머리칼을 뽑아서 짚신이라도 삼아드려야겠다고 다짐하였다.

어머니가 면회를 왔다 가셨다. 나는 어머니가 영치시킨 미숫가루를 감방안의 식구들에게 골고루 나누어 주었다. 밥덩이 위에 미숫가루를 얹어 비벼먹는 맛은 꿀맛이었다. 미숫가루를 받은 죄수들의 눈에는 덕분에 잘 먹겠다는 표정이 그대로 드러났다. 이들은 밥을 먹으면서도 나를 보면서 웃어주었다.

밥을 먹고 로동신문 사설 독보회와 작업 비판이 끝나면 취침시간이었다. 자리에 누웠더니 강간범으로 징역 10년형을 받은 정 씨가 내 곁에 바짝 붙더니 팔을 주물러주었다. 나보다 세 살이 위인 정 씨는 아무리 그만두라고 사정을 해도 허리며 다리까지 안마를 해주었다. 미숫가루를 얻어먹었으니까 이렇게 해서라도 보답을 하겠다고 막무가내였다.

중화에서 온 장 씨는 한 올 한 올 꼬챙이로 엮어서 만든 젓가락 집을 선사하였다. 비료공장에서 손이 짓무르고 피가 나는 것을 막으려고 천막 천으로 만든 골무를 매일 열 개씩 배급하는 데 이를 아껴서 젓가락 집을 만든 것이다. 골무의 실을 풀어내어 대꼬챙이 같은 걸로 며칠에 걸쳐 짜서 만들어 준 것이다. 이런 것을 이용해 뜨개질하다 걸리면 죽도록 얻어맞을 수도 있었다. 이건 아무리 감옥 안이라고 해도 인내심이 없으면 도저히 할 수 없는 일이었다.

감방 동기들은 한 움큼의 미숫가루에 대한 보답품으로 이런 귀중한 선물들을 나한테 주었다. 감방 안에서 필요한 물건들을 자급자족하려고 무던히 애쓰는 것을 보고 있으면 눈물겨울 정도였다. 이러니 감방 안에서는 아무리 하찮은 물건이라도 소중한 재산이 되었고 이런 것들은 일하러 오가는 도중에 얻을 수 있었다.

유리조각, 단추, 나뭇가지, 담배꽁초, 유리구슬 같은 것들은 눈에 띄는 족족 요령껏 챙겨 넣었다. 유리조각은 기술적으로 깨서 날을 세워 면도를 하였다. 유리 날 면도는 미숫가루 차입이 가장 많은 사람이 제일 먼저 하였다. 그 다음에 순번대로 돌아가면서 수염을 밀었다. 단추나 나뭇조각은 불을 피우는데 사용되었다. 단추를 실에 끼워 돌리면서 마찰의 힘으로 불을 일으켰다. 우리는 수백만 년 전 원시인들이 했던 그대로 재현하였다. 담배를 피다가 적발되면 독방으로 들어가 밥을 굶어야 하니 간수들의 감시가 덜한 일요일 밤에 주로 하였다. 수용소 대청소가 끝나고 물을 실컷 마시고 난 후 한가한 틈을 타서 흡연파티를 벌인다. 냄새를 잘 맡아 셰퍼드로 불리는 간수의 후각을 피하느라 연기를 꿀꺽 삼키는 모습들을 보면 웃음이 나왔다. 창문이 있는 벽 쪽으로 붙어 앉아 한 모금씩 양껏 담배를 빨아 연기를 들이키고는 얼굴이 빨개지도록 숨을 참다가 천천히 숨을 내쉬었다.

이렇게 조심하는데도 잘 훈련된 셰퍼드들은 용케도 냄새를 맡고는 달려와 욕설을 퍼부은 다음 어김없이 한 끼를 굶겼다. 담배 한 모금은 피웠지만 한 끼를 건너뛴다는 것은 괴로운 일이었다. 창자는 이런 사정을 아는지 모르는지 계속해서 먹을 것을 넣으라고 꼬르륵거리고 있었다. 아무튼 감옥 안에서의 일요일은 아주 특별했다. 출역을 하지 않고 수용소를 대청소만 하는 것으로 하루 일과가 끝이었다. 연고자가 없어 의복이 차입되지 않는 죄수들은 비료를 담는 마대자루를 두 장씩 배급받아 의복을 직접 지었다. 겨울에는 마대로 지은 옷을 입었다고 따뜻하지는 않았지만 쉬면서 소일거리로 옷을 만든다는 데 재미를 붙였다. 대부분 뭣이든 만들면서 소일을 하면 시간이 잘 갔다. 죄수들은 복조리, 복신, 조각품을 만들었다. 이것들은 모두 손가락 한두 마디밖에 안 되는 아주 작은 것들이었다. 마대자루나 양말, 옷의 실을 풀어서 복조리나 복신을 만들었다. 이 실을 이쑤시개만한 대꼬치로 뜨개질 하듯이 엮어내었다. 이 실을 이용해 짚신을 삼으면 형형색색 앙증맞게 예뻤다.

바깥세상에서는 감옥 안의 죄수들이 만드는 공예품을 지니기만해도 복이 온다고 해서 인기가 높았다. 손재주가 좋은 죄수들은 공예품을 만들어 수입을 잡기도 하였다. 간수들이 세상과 죄수들의 중간거래인의 역할을 해주었다. 간수들은 공예품을 가져다가 비싸게 팔고는 그 대가로 미숫가루를 넣어주었다. 당연히 돈은 간수들의 몫으로 돌아갔다. 이따금 좀 너그러운 간수는 공예품을 죄수들의 연고자들에게 전해주기도 하였다. 이것은 감방 안에 있는 당신의 가족이 만들어 보내는 것이니 팔아서 살림에 보태 쓰라는 나름대로의 배려였던 것이다.

그래서 일요일은 하루가 즐거웠다. 물이라도 맘껏 마실 수 있고 서로 대화를 나눌 수도 있는 쥐꼬리만 한 자유가 있었다. 비록 감옥 안이라고 해도 사상범과 잡범은 대우부터 차이가 크게 났다. 반동사범들은 죽을 병에 걸려도 병원 문턱에도 못가보고 죽도록 일만 하다가 눈을 감았다. 이런 엄중한 환경에서 나는 운 좋게도 병사(病舍)로 들어간 적이 있었다. 나는 물만 갈아 마셔도 설사병에 걸리는 체질이었다. 나는 이질성 설사병에 걸렸다. 병사는 수용소 건물 뒤쪽 한구석에 있었는데, 거기 있는 환자들은 죽음이 임박한 중환자들이었다. 대부분의 죄수 환자들은 변변한 치료도 못 받고 버려져 있다가 죽음을 맞았다. 하루에도 두서너 명씩 죽어나갔다. 여기서는 죽기 전까지 노동을 시켰다. 죄수가 밥숟가락을 들만한 힘이라도 있으면 부려먹는 게 철칙이었다. 죄수가 죽으면 굳기 전에 사지를 똑바로 펴고 입과 코, 항문에 석회가루를 반죽하여 떠 넣었다. 이것이 염이었는데 오물이 새어나오지 못하게 석회로 콘크리트를 쳤다. 비료가 마니로 시신을 둘둘 말아서 새끼줄로 일곱 마디를 묶었다, 이렇게 하면 장례 치를 준비는 끝이 났다. 네 명의 죄수가 시체를 지고 두 명이 삽과 곡괭이를 들고 간수의 감시를 받으면서 수용소 앞쪽에 있는 산으로 올라갔다. 이 산은 흥남과 본궁 중간에 있어서 흥남에서는 앞산이 되고 본궁에서는 뒷산이 되었다. 이렇게 매장이 끝나면 막걸리 한 사발과 밥 한 덩이를 먹게 된다. 죄수가 죽어도 연고자들에게 연락하는 법이 없었다. 죄수들은 단지 소모품에 불과하였다. 우리들은 감방 동기가 죽어나가면 숨을 죽이고 묵념을 하였다.

내가 병사에 온지 이틀째 되던 날 진료를 받으려고 차례를 기다리고 있었다. 마침 시체를 묻고 돌아오는지 간수와 죄수들이 수용소 뒷문에서 병사로 걸어오고 있었다. 막걸리를 마셔서 얼굴이 불그스레한 얼굴들이 보였다. 둘 다 무표정하였다. 이때 '딱'하는 소리와 '찍'하는 소리가 동시에 들렸다. 이 소리가 난 곳을 돌아보니 수챗구멍 옆에서 시커먼 시궁창 쥐 한 마리가 돌에 맞아 퍼덕거리고 있었다. 이때 돌을 던진 죄수가 나타나 쇠꼬챙이로 쥐를 집어 들고 한쪽 구석으로 숨어버렸다. 옆에서 보고 있던 사람이 한 마디 던졌다.

"저 사람, 오늘 별식거리가 생겼군. 제법 커서 맛이 올랐겠는데……."

나는 이 모습을 보고 깜짝 놀라 물어보니 병사에서 쥐를 잡아먹는 일은 다반사라는 것이었다. 조금 있으니 쥐를 잡은 사람이 입을 쓱쓱 문지르면서 나타나니까 예순 넘어 보이는 남자가 하는 말이 걸작이었다.

"오늘 구찌베니 발라서 기분 좋갔수다레."

이 말은 쥐를 잡아 생으로 먹으니까 입술에 피가 묻었다는 뜻이었다. 이 말을 듣고 나니 속이 메스꺼웠지만 굶주림과 삶에 대한 기본적인 욕망을 탓할 수만은 없었다. 나중에 들은 얘기지만 병사에 온 중환자들이 죽지 않고 오래 사는 것은 가마니나 마대로 지은 옷 사이에 쥐를 길러서 잡아먹기 때문이라는 것이었다. 쥐고기는 영양가도 높고 맛이 천하일품이라 일본인들도 쥐고기를 고기 중의 고기라면서 일급요리료로 친다는 것이었다.

중환자들은 이[蝨]까지 길러서 먹는다는 말을 듣고 나는 토할 것만 같았다. 이들은 이[蝨]를 건건이라고 불렀다. 자기 몸에서 피를 빨아먹고 사는 이를 잡아 영양을 보충하였다. 양지바른 곳에 앉아서 이를 잡아먹고 있는 죄수들을 보노라면 나를 돌봐주는 가족이 있다는 것이 얼마나 큰 행복인지 새삼 깨닫게 되었다.

나는 그런 모습을 보고 비위가 상해서 저녁밥을 못 먹고 건너뛰었다. 도저히 밥이 목구멍으로 넘어가지 않았다. 자연히 내 밥은 덮밥이 되어 다른 환자에게 넘어갔다. 이걸 먹으면서 좋아라하던 모습을 보면서 나는 다시 삶의 의욕을 되찾았다. 사흘째 되는 날 아침에 간호부가 나에게 말을 붙였다. 중년의 간호부는 동정어린 말투로 어린 나이에 감방에 들어온 사연을 물었다. 그녀는 결사반동죄로 들어왔다는 말을 듣고 흠칫 놀라는 표정을 지었다.

나이가 어리고 연약해 보이는 내가 안 되어 보였는지 위로의 말을 해주었는데 이것이 화근이 될 줄은 미처 몰랐다. 점심 배식이 시작되자 간수가 나를 호출하였다. 점심도 거른 채 교도과에 들어가니 간수 두 명이 나타나 다짜고짜 내게 호통부터 치는 것이었다. 영문을 몰라 나는 잠자코 서 있기만 하였다.

"대갈통에 피도 안 마른 새끼가 건방지게 간호부에게 수작을 부려 희롱을 해? 너는 이제 죽었다."

나는 그 자리에서 죽도록 얻어터지고 사흘 만에 병사에서 쫓겨났다. 그 간호부가 나에게 말을 건 것은 나를 병사에서 쫓아내려는 계획적인 술수였다는 것을 뒤에 알고는 누구를 원망해야 할지 분간이 안 되었다.

"아아, 김일성이 일당 독재를 견고하게 하려고 이렇게 인간성을 망가뜨리고 있구나……."

이게 나의 입에서 나온 탄식이었다. 나는 사흘 정도 일을 안 하고 쉬었다는 데 만족하고 다시 감방으로 되돌아왔다. 말도 안 되는 일로 병사에서 쫓겨나 감방으로 돌아오니 나를 기다리는 것은 염산공장으로 가라는 명령서였다. 이걸 받아들고 보니 한숨이 절로 나왔다. 눈앞이 캄캄하였다. 평소 간수들은 죄수들을 살펴보다가 나처럼 비실비실한 죄수가 나타나면 노동 불량이라는 딱지를 달아 노동력이 부족한 유독물질을 취급하는 곳으로 배치하였다. 염산공장은 직업병이 많이 발생하기로 악명이 높은 곳이었다. 들리는 말로는 염산공장에 일하는 죄수들 가운데 와이로(わいろ)를 써서 비료공장으로 온다는 것이었다. 일본말의 와이로(賄賂)는 음지에서 주고

125

받는 뇌물을 가리키는 말로 부패의 대명사로 통하였다. 남들은 뇌물을 써서라도 염산공장에서 죽기 살기로 빠져나오고 있는데 나는 역으로 사지로 들어가게 된 것이다.

"결사반동범 김인호는 간호부를 희롱한 죄가 추가되어 오늘부터 염산공장으로 출역을 나간다. 알겠나?"

"옛, 알겠습니다."

나는 얻어맞기 싫어 얼른 대답은 하고 봤지만 이건 정말 잠을 자던 소가 웃을 일이었다. 간호부가 다가와 말을 붙이고서는 자기가 희롱을 당했다고 고자질을 했으니 세상에 누굴 믿고 살아가야 할지 모를 일이었다. 각 방에서 나처럼 미운털이 박혀 뽑힌 인원은 50명이었다. 우리는 염산공장에서 소금가마니를 운반하는 일에 배치가 되었다. 염산은 소금을 전기분해하여 얻었다. 소금가마니 하나가 80킬로그램이나 나갔다. 이 무거운 것을 혼자 추스르기는 너무 버거웠다. 일반 노동자들은 모두 방독면을 착용하고 기술적이고 숙련된 가벼운 노동을 하고 있었다. 하지만 우리 죄수들은 엷은 거즈 마스크 하나 달랑 착용하고서 소금가마니를 날랐다. 등은 소금기에 들떠서 아렸는데 거기다가 소금가마니에서 나오는 찝찔한 물질이 닿으니 따끔거려 견딜 수가 없었다. 땀과 소금기가 범벅이 되고 힘에 부쳐서 헉헉 숨을 몰아쉴 때마다 목구멍과 폐부를 찌르는 염소 가스는 죽음을 줄 것 같은 고통을 주었다. 점심시간이 되었는데도 누구 하나 밥 먹을 생각을 못하고 있었다. 신경 마비증상이 일어나고 정신이 아물아물 현기증이 일어났기 때문이었다. 이러다가 죽는 게 아닌가하는 불길한 생각마저 들었다. 흥남지역은 원래 대기오염이 심한 데다 염소공장에 환기시설도 전혀 안되어 있었기에 우리는 염소 가스를 그대로 들이마시면서 작업해야만 했다.

다시 본궁수용소로

1949년 8월 말, 무더위는 한 걸음 물러났다. 계절은 초가을로 접어들고 있었다. 아침저녁으로 부는 바람이 제법 선들선들하였다. 새벽에는 으스스 찬 기운이 돌아 저절로 눈이 떠졌다. 그날은 다른 날에 비해서 일찍 기상 사이렌이 울렸다. 조금 있으니 간수들이 감방을 돌면서 일일이 호명을 하였다. 모두들 무슨 일이 일어났는가 해서 눈을 동그랗게 뜨고 모여서 웅성거리고 있는데 호명을 당한 죄수들을 보니 형기가 1~2년 정도 남은 고참들이 대부분이었다. 바로 그때 내 수인번호 424번을 부르는 소리가 들려왔다.

"424번, 운동장으로 나가서 집합하라."

이게 전부였다. 얼떨결에 일어나 운동장으로 나가보니 200여 명의 반동사범과 잡범들이 뒤섞여 있었다. 그때 교도과장이 입을 열자 모두들 그쪽을 향해 돌아섰다.

"동무들! 지금부터 동무들은 본궁특별노무자수용소로 이감이 되오. 그곳에 가서도 김일성 수령 동지께 참회하는 마음으루다 열심히 노력분투해주길 바라오."

나는 어딜 가도 여기보다는 낫겠지 하는 마음으로 서성이고 있었다. 다른 사람들도 긴장이 되어 서로 위로하면서 마음을 추스르고 있었다. 운동장에 모인 죄수들을 한 줄로 세운 뒤 두 사람에 한 개씩 수갑을 채웠다.

본궁으로 이감되는 우리들은 스무 두릅의 굴비처럼 엮였다. 뒤를 돌아보니 김진수 목사를 비롯해 신의주 학생의거 사건에 연루된 자와 병기와 응용이도 보였다. 스무 명 중 절반이 반동 사상범들이었다. 수갑을 다 채운 뒤 앉았다 일어섰다를 수십 번 되풀이하여 질서를 잡았다. 횡으로는 수갑이 채여 있고 종으로는 허리가 오랏줄에 묶여 있어 200명이 한 번에 일사분란하게 움직이기가 쉬운 일은 아니었다.

한 사람이 주춤거리면 옆으로 앞뒤로 한꺼번에 우르르 나자빠졌다. 이 틈을 놓칠세라 간수들이 몰려와서 신나게 발길질을 해대었다. 일어서려면 또 넘어지고 발길에 차이는 폭력의 굿판이 벌어졌다. 한동안의 소란이 그치자 경비과장이 나서서 경고를 하였다.

"난 너희 죄수들을 본궁까지 안전하게 데리고 가는 책임을 맡은 경비과장이다. 본궁까지 가는 동안 머리를 숙이고 걷되 좌우를 살펴서도 안 된다. 다음은 죄수들끼리 잡담을 하거나 말을 걸어서도 안 된다. 셋째, 일반 사회인들과 얘기를 해서도 안 된다. 물론 쪽지 같은 것으로 내통하는 일도 절대로 있어서는 안 된다. 넷째, 대열을 흩으러 트리거나 이탈을 해서도 안 된다. 다섯째, 용변을 참아야 한다. 여섯째, 조그만 사고라도 간수에게 보고한 후 해결하거나 상황에 따라 대처한다."

양 옆으로 경비과 무장 간수들의 호송을 받으면서 죄수들은 흥남을 떠나 본궁으로 향했다. 본궁특별노무자수용소까지는 흥남에서 그리 멀지 않았다. 야산 몇 개를 사이에 둔 거리였기 때문에 걸어서 이감을 가는 것이었다. 일행이 일시에 출발을 하자 소란은 사그라지고 모두들 말없이 앞 사람의 뒤꿈치만 쳐다보면서 저벅저벅 앞으로 나아갔다.

나는 길가의 풀숲에 있는 곤충들을 보면서 고향을 떠올리고 있었다. 가족과 친지들을 생각하면 가슴이 뜨끔뜨끔 아파왔다. 간절한 자유에 대한 소망으로 모래로 양옥집을 지었다가 이내 허물고 성을 쌓았다 헐었다. 눈을 아래로 내려 깔고 뒤쪽을 슬쩍 훔쳐보니 느릿느릿 걸어가는 우리의 행렬은 마치 상여를 따라가는 행렬처럼 무겁게 보였다. 다들 힘이 빠져 한 걸음 한 걸음을 떼는 모습이 죽으러 가는 아우슈비츠 수용소로 끌려가는 사람들 같았다.

흥남에서 본궁으로 가다보면 흥남 5대 공장이 있는데 오른쪽으로 야트막한 언덕에는 민가들이 드문드문 있었다. 부지런한 아낙네들이 아침밥을 짓고 있어 굴뚝에서 연기가 모락모락 피어오르고 있었다.

손목에 수갑만 없고 허리에 오랏줄만 풀어 낼 수 있다면 훨훨 날아갈 것만 같았다. 이렇게 헛된 상상을 하면서 모퉁이를 돌자 마을 어귀가 나타나고 일시에 환호성이 들려왔다.

놀라서 흘깃 돌아보니 죄수들의 가족들이 어떻게 알고 왔는지 동네 사람들과 함께 500여 명이 길가에 늘어서 있었다.

그들은 경비가 험악하게 대해도 가족들의 이름을 애타게 부르면서 따라왔다. 도떼기시장 같은 소란 속에서 용케도 "인호야! 병기야!" 하고 부르는 소리가 들렸다. 어머니와 삼촌의 목소리가 번갈아 들려왔다. 나는 어머니 목소리를 듣고 두 분께 수갑을 찬 모습을 보여드릴 용기가 나질 않아 고개를 숙이자 눈물이 후드득 떨어졌다. 가족들은 잠깐만이라도 죄수들을 보고 싶어 간수들에게 거칠게 시위를 하고 있었다.

"정말 당신네는 가족도 없습네까? 잠깐 얼굴만 보게 해주면 안 되갔시오? 피도 눈물도 없습네까?"

"여보시오. 제발 우리 아들 얼굴 한 번만 보여주시라요."

가족들은 간수의 옷자락을 잡고 애걸복걸 따지고 들었다. 아빠 얼굴을 보려고 엄마 손을 잡고 나온 아이부터 칠순이 넘는 노인들까지 열심히 따라 걸으면서 가족들의 이름을 목이 터져라 불렀다.

"할머니, 아버지는 어드메 있는 거야요? 저 사람들은 왜 묶여서 끌고 가는 거디요?"

"아이고 이놈 새끼야. 도대체 어드메 있나? 얼른 대답하라우야."

어린 손자의 손목을 잡고 따라 걸으면서 아들의 이름을 부르던 할머니가 이번에는 간수의 옷자락을 잡고 늘어졌다. 그러자 40대 중반으로 보이는 간수가 할머니를 보고 소리쳤다.

"할마이 동무, 제리 비끼라요."

그가 할머니를 밀치자 약이 바짝 올라있던 노파는 손톱으로 간수의 얼굴을 할퀴었다. 그의 얼굴에는 핏자국이 선명하게 그려졌다.

"야 이놈아, 어찌 내가 네놈의 동무가 되나? 네놈들은 위아래 나이도 없나? 이 망할 놈의 새끼들 같으니라구!"

할머니의 말에 놀란 간수가 노파를 힘껏 밀치자 대여섯 걸음 밖으로 나가 떨어졌다. 이 소동으로 행진을 잠시 멈추고 간수들은 전후 사정을 파악하느라 바쁘게 움직이고 있었다. 이렇게 되자 군중들은 갑자기 술렁거리는 것이었다.

이때 가족들 가운데 가방끈이 좀 길어 보이는 50대 중반의 점잖게 보이는 사내가 앞으로 나섰다.

"이보시오. 간수 동무들, 당신들은 냉혈 인간이란 말이요?

"이게 당신네들이 말하는 민주 교화소란 겁네까? 이러면 나도 당원인데 상부에 보고하갔시요!"

여기저기서 고함치고 항의가 계속되자 간수들이 좀 떨어져서 대기를 하였다. 이대로 간다면 육탄전이라도 벌어질 것만 같았다. 사태가 험상궂게 돌아가자 경비과장이 직접 나서서 확성기를 들고 호소하였다. 제법 말투가 부드러워졌다.

"여기 오신 가족들을 잘 들으시오. 질서를 지킨다면 경비대열에서 일 미터쯤 떨어져서 옆에서 따라오도록 허락하겠소. 만약 약속을 안 지키면 질서유지 차원에서 특단의 조치를 하겠다는 것을 미리 경고합니다."

이때부터 가족들은 죄수들 옆에서 따라가면서 대화를 나눌 수 있게 되었다. 죄수들은 꿈에 그리던 가족들의 얼굴을 보면서 눈물을 펑펑 쏟는 사람도 있었다. 이렇게 살아서 가족들의 얼굴을 가까이서 볼 수 있다는 것이 꿈만 같았다.

이들은 수갑 찬 손을 힘들게 들어 올려 옷깃으로 눈물 콧물을 닦아

내었다. 이렇게 소동 속에 우보천리(牛步千里)라고 한 걸음 한 걸음 걷다보니 시나브로 본궁수용소에 닿았다.

흥남에서 온 호송간수들은 죄수들의 인원을 다시 점검하여 맞는지 확인한 다음에 죄수들을 본궁수용소장에게 인계하고 되돌아갔다. 또 다시 헤어지는 게 서러워 가족들은 벌겋게 충혈 된 눈을 손수건으로 닦으면서 서럽게 울었다. 살아서 언제 다시 볼 수 있을까 하고 생각하니 눈물이 더 나왔다.

몇 달 동안 안 보는 사이에 어머니는 눈에 띄게 수척해졌다. 어떻게 소문을 듣고 평양에서 흥남까지 온 어머니는 아들이 두 손에 수갑을 찬 모습을 보고 기가 막히는지 더 서럽게 울었다. 나는 어머니가 우는 모습을 보고 있으려니 못난 불효자식이라는 죄책감 때문에 마음은 천근만근 나가는 돌덩이로 변하였다.

"인호야, 조금만 더 고생하렴. 이 에미는 오직 네 의지 하나만 믿고 산다. 이제 얼마 안 남았다."

나는 고마운 어머니를 살포시 안아드렸다. 어머니의 몸은 한 줌의 짚단처럼 가벼웠다. 어머니는 몸을 어렵게 가누면서 말을 더 잇지 못하고 돌아섰다. 나는 "아아, 어머니 연세도 이제 일흔이 얼마 남지 않았구나. 나도 이제 스무 살이 넘어가고 있으니……." 하면서 한탄하였다.

"어머니, 죄송해요. 감옥도 사람 사는 곳이에요. 이젠 걱정 그만 하세요."

"애 인호야, 창옥이가 그러는데 북남 간에 뭔가 큰일이 일어날 것 같다더라."

"어머니, 지금까지 북남이 티격태격 싸운 게 어디 하루이틀인가요. 별일이야 있겠어요."

"네가 준 소식을 받더니 창옥이 얼굴이 흙빛으로 변하더라. 걔가 뭔가를 깊숙이 알고는 있는데 도통 말을 안 하니까 답답해 죽겠다."

어머니의 말을 들으면서 나는 살이 떨려서 더는 답변할 수가 없었다. 본궁수용소는 아오지 전초기지로 일제 때 미군 포로수용소로 설립되었다. 일본군이 물러가자 김일성은 반동분자들을 여기에 수용했다가 소련이나 아오지로 유배시켰다. 오랜만에 가족들과 상면하고 나니 처음에는 좋았지만 이별을 가슴이 미어터지는 고통이었다. 그래도 지긋지긋한 흥남교화소를 벗어난 것만으로도 천만다행이었다. 아마 지금쯤 거기 있으면 염산을 뒤집어쓰고 죽었을지도 모를 일이었다.

우리가 본궁에 도착한 날 밤부터 하늘에 시커먼 먹장구름이 끼더니 밤부터 비가 퍼붓기 시작하였다. 밤새 천둥번개가 쾅쾅쾅 울리고 하늘에는 번쩍거렸다. 아무 잘못도 없는 데 천둥번개가 치는 순간은 겁이 덜컥 났다.

병기와 응용이는 나와 함께 본궁으로 이감되어 그나마 천만 다행이었다. 하지만 이곳에서도 역시 우리는 각 방으로 나뉘어 떨어졌다. 김일성은 반동사상범을 잡범들 사이에 섞어놓아 또 다시 반동의 음모를 꾸미지 못하게 하였다. 밖의 날씨가 우중충해지자 감방안은 썰렁해서 도무지 마음 붙일 데가 없었다. 그때 흥남교화소에서 함께 온 소매치기 출신의 박 씨가 불쑥 입을 열었다. 모두들 박 씨의 입에 시선을 모으고 무슨 말이 튀어나올까 하고 궁금해서 기다렸다.

"동무들, 우리 마음도 뒤숭숭한데 상하이나 갔다가 옵시다래. 거 누구래 개채비 있으면 내놓으시구래."

모두들 눈을 깜빡이며 박 씨를 바라보니 늙수그레한 영감이 마음에 있는 듯 말을 받았다.

"거 말이요. 개는 있습네까?"

"거러니끼 개는 못 잡아오고 개재비를 달랠까봐 그러시우?"

그러면서 담배 봉투를 앞으로 꺼내 놓았다. 이걸 보더니 영감의 눈이 커졌다.

"아니, 담배를 봉투째 어케 구했소?"

영감이 물으니 소매치기 박 씨는 아주 능청스럽게 설명을 하는 것이었다.

"내레 아까 방을 배정받을 때 간수 주머니에서 슬쩍 뺐지요. 배운게 도둑질이라고 제 버릇 개 줍네까"

감방의 일행은 박 씨가 남이 할 말을 천연덕스럽게 자기가 하는 게 너무 재미가 있어 배꼽을 잡고 웃었다. 하지만 담배는 있는데 성냥이 없으니 그림의 떡이었다.

모두들 자기가 가지고 있는 것들을 다 털어놓았다. 재산이래야 그 동안 알뜰살뜰 모아놓은 잡동사니들이 대부분이었다. 다행히 누군가 마른나무 조각을 내놓았다. 나뭇조각을 한참 비비다가 솜을 갖다 대니 불이 쉽게 옮겨 붙었다. 불씨를 담배에 붙여서 돌아가면서 한 모금씩 빨아보려고 차례를 기다리고 있었다. 담배 주인인 쓰리꾼이 먼저 서너 모금을 빨더니 옆으로 돌렸다.

여기서 '상하이 간다'는 말은 이곳 남한 감방에서 '홍콩 간다'는 말과 같은 의미였다. '개재비'는 성냥이었다. 우리 감방에서는 담배를 '개'라는 은어로 사용했으니까 불을 붙이는 성냥은 자연히 '개잡이' 가 되었다. 이걸 소리 나는 대로 쓰면 '개재비'가 되는 것이다. 그러니 담배연기를 맡고 흡연자를 찾아내서 처벌을 하는 간수는 '셰퍼드'가 되었다. '셰퍼드'는 성질이 사납고 냄새를 잘 맡아 마약탐지견으로 이용되었기 때문이었다.

이렇게 잠시나마 한 바탕 웃으면서 시간을 보내니 모두들 활기가 되살아났다. 저마다 자기의 처자식을 자랑하거나 심지어 자기가 저지른 범죄수법을 당당하게 털어놓고 있었다. 이 바람에 아침에 만났던 가족들 각으로 침통해진 분위기를 잊을 수 있었다. 나는 피울 줄 모르는 담배를 억지로 서너 모금 삼켰더니 머리는 띵하고 기침이 자꾸 나와서 괴로웠다.

감방의 규칙은 단체행동에서 이탈하면 똥개분자로 오인 받아 아귀 통에 주먹이 날아오기 때문에 못 피는 담배도 빨아야 했다.

'똥개분자'란 간수의 밀정이란 뜻으로 '셰퍼드'를 간수에 비유하는 말에서 비롯되었다.

그때 나는 담배를 피우는 벌칙만큼은 정말 견디기 어려웠지만 피할 길이 없어 따라하였다. 다음 날 아침 눈을 뜨니 소나기가 양동이로 퍼붓듯이 내리고 있었다. 쇠창살 사이로 번갯불이 번쩍이고 천둥소리도 멀리서 울리니 마치 태초의 천지창조와 같은 신비롭고 엄숙한 기분이 들었다.

사납게 몰아치는 비바람은 늦여름의 더위를 저만치 쫓아내어 더위가 한 풀 꺾였다.

본궁수용소에서는 기상 시간이 흥남보다 한 시간이 늦었는데 이는 수용소에서 작업장까지 거리가 겨우 일 킬로미터밖에 되지 않았기 때문이었다. 아침 배식을 처음으로 받아보니 밥의 양은 흥남수용소와 별 차이가 없었다. 전날의 피곤과 흥분 때문인지 모두들 말없이 밥을 먹어치웠다. 밥을 먹어보았자 간에 기별이 올까말까 한 양이었다. 식사를 마치자 간수들이 방방마다 돌아다니면서 작업조를 편성하였다. 우리가 출역을 나갈 곳은 카바이드 요소비료 공장으로 수용소에서 보이는 곳에 있었다. 네 명이 한 조가 되고 10조가 한 반이 되어 반장 한 명을 더해서 41명이 한 반이었다.

저 멀리 비료공장의 육중한 철문을 바라보면서 걸어갔다. 길가에 사람들이 우리를 힐끔힐끔 쳐다보면서 눈살을 찌푸리는 게 보였다. 한참 만에 도착한 공장은 도무지 어디가 어딘지 분간할 수 없을 정도로 규모가 커서 벌어진 입이 다물어지지 않았다.

본궁수용소의 고참들을 따라 작업장으로 들어갔다. 우리가 배당받은 작업은 석회석을 내려서 돌을 깨는 일이었다. 망치로 석회석 덩어리를 자잘하게 깨서 운반하는 일이었다. 처음에는 가벼운 마음으로 망치질을 하였지만 시간이 지나면서 내리치는 진동 때문에 손이 부르트고 팔다리가 후들후들 거렸다. 거기다가 망치질 할 때의 충격이 뇌 쪽으로 그대로 전달되었다. 겨우 2톤짜리 운반차인 도라꾸[truck]를 채우고 나니까 더는 팔다리를 움직일 수가 없게 되었다. 통증이 짜릿하게 온몸으로 퍼져나갔다.

흥남비료공장에서 가마니를 나르던 일에 비해 수월하기는커녕 오히려 고되었다. 두 시간 작업에 10분의 휴식시간을 주었다. 게다가 고참 죄수들이 하는 말을 들으니 더 기가 찼다.

그들의 말에 의하면 한 조의 네 명이 하루 열 도라꾸를 채워야 한다는 것이었다. 흥남에 비해 일이 쉽겠지 하던 나의 바람은 여지없이 깨져버렸다. 우비도 안 쓰고 하루 종일 비를 맞으면서 작업을 하니 비에 절은 손은 퉁퉁 부어올랐다. 내 손인데도 마치 물 먹은 스펀지처럼 무겁게 느껴졌다. 쉬는 시간에 처마 밑에 서서 비를 피하려니 으슬으슬 오한이 나면서 떨리는 것이었다. 나는 아무리 몸이 아파도 반동죄 때문에 어디에 호소할 수 있는 처지가 아니었다. 차라리 일을 해서 몸을 덥게 만들어 병을 이기는 게 현명한 일이었다.

우리가 중노동을 하고 있는 공장은 가장 악랄한 인권의 사각지대였다. 한 번 빠지면 탈출할 수 없는 늪지대였다. 그런데도 누구 하나 우리가 받고 있는 부당한 대우에 대해 관심을 가져주는 이가 없었다. 이렇게 중노동과 열악한 처우를 받다가 세상을 떠나도 아무도 고인을 위해 울어주지 않았다. 우리는 죽은 자가 어디에 어떻게 매장이 되는지도 몰랐다. 대개 간수들은 죄수가 죽으면 가장 병약한 죄수 두 사람을 선발하여 데리고 갔다. 한 사람은 지게에 시체를 지고 가고, 한 사람은 삽과 곡괭이를 들고 뒤따라갔다. 여기에는 죄수들의 죽음을 숨기려는 음모가 들어 있었다. 그 일을 한 죄수는 그날부터 대개는 일 년 안에 죽었다. 이 죄수들이 죽으면 전에 일어난 사건은 미궁 속에 묻혀버리게 되는 것이다. 김일성은 죄수, 특히 반동 사상범들을 극도로 증오하였다. 그것은 김일성을 우상화하여 세습 왕국으로 만드는데 방해가 되었기 때문이었다.

김일성은 원래 근본이 없었다. 그의 행적은 아리송한 게 한두 가지가 아니다. 스탈린의 도움으로 이력을 세탁하고 덧붙이고 떼어내서 자기를 김일성 장군으로 재탄생시켰다. 이걸 조작이라고 들고 나오는 반동 사상범들의 씨를 말려야만 북한 인민들을 영구히 지배할 수 있었다. 이렇게 해서 죽어간 반동 사상범들의 숫자는 밝혀질 수가 없었다. 그의 가족들은 반동 사상범들을 회억하지 못하도록 뿔뿔이 헤어지게 만들었다. 김일성은 그러면서 자기 가족과 혈족들은 백두혈통이라고 선전하였다.

다시 망치질을 하고 운반차를 밀면서 땀을 흘렸더니 온몸이 후끈거렸다. 아까 느꼈던 오한과 두통은 씻은 듯이 사라졌다. 사정없이 퍼붓는 비를 맞으면서 일을 하니 옷 속에서 수증기가 솔솔 피어올랐다. 그런데도 작업량은 평균 조별로 다섯 도라꾸에 불과하였다. 이날은 작업 첫날인데다가 비가 많이 내려서 그런지 간수들도 심하게 비판을 하지 않고 넘어갔다. 열흘 동안은 꾀부리지 않고 열심히 일하는 것으로 내버려두었다.

첫날의 작업에서 생겼던 손바닥의 물집과 상처는 어느 정도 아물고 군살이 박히기 시작하면서 작업이 조금은 수월해졌다. 이때 간수들은 기다렸다는 듯이 작업량을 늘렸다. 조별로 일곱 도라꾸로 작업량을 늘린 것이다. 이 목표를 달성하지 못하면 죄수들을 혹독하게 다루기 시작하였다, 공산당의 본색을 드러낸 것이다. 밥을 굶기고 구타가 수시로 있어서 온몸이 너덜너덜 해지는 것 같았다. 모두들 어차피 죽지 못해서 하는 일이었다. 할당된 일곱 도라꾸를 채우고 나니 열흘쯤 지나 열 도라꾸로 늘어났다. 작업량을 채우지 못하면 흥남에서처럼 밥을 줄이고 독방에 집어넣었다. 이런 방법으로 작업량을 채우려고 갖가지 잔인한 방법을 다 동원하여 학대하였다.

네 명은 하루에 열 도라꾸를 채우려고 죽기 살기로 망치질을 하였다. 단 일초의 시간도 낭비할 틈이 없었다. 망치질을 하면서 배식을 받은 밥을 먹으니 가끔 돌가루가 튀어 서걱거렸지만 그걸 뱉을 시간도 없어 그냥 넘겨버렸다. 간수들은 하루에 열 도라꾸가 인간의 한 계량이라는 것을 알았는지 더는 늘리지 않았다.

간수들은 이따금 경품을 내걸고 조별로 경진대회를 열어서 작업량을 보충하였다. 한 조에서 하루 열두 도라꾸를 달성하면 담배를 경품으로 주었다. 감옥에서 눈에 불을 켜고 강력하게 단속하는 담배를 오히려 경품으로 내걸었다. 골초들은 담배에 목숨을 걸다시피 하여 목표를 초과 달성하였다. 담배를 서너 개쯤 말을 수 있는 입담배 한 봉지를 우승팀에게 주었다. 그렇잖아도 늘 피고 싶어 꽁초만 봐도 미친 듯이 숨겼다가 몰래 피우는데 이건 합법적으로 담배를 피울 수 있는 기회였던 것이다.

이렇게 경쟁이 붙는 날이면 조별로 모두 열두 도라꾸를 완수해야 했으니 말이 경진대회였지 노동력을 착취하려는 알량한 미끼를 던진 것이었다. 이러니 몸은 바스러지는 것 같았고 계속 망치질을 하다 보니 손목에 통증이 심해졌다. 이런 가운데 그래도 위안이 되는 것은 극한 조건에서 면면히 이어지는 동료들의 관심과 사랑이었다. 김진수 목사는 본궁으로 이감된 후에도 변함없이 죄수들의 정신적인 지주가 되어주고 있었다.

또 한 사람은 작업 총반장 김원덕이라는 분이었다. 김원덕은 일제시대에 일본 비행학교를 졸업한 인텔리로 김일성 공산정권이 들어서면서 공산당의 배려로 인민군 소좌로 진급되었다. 그는 공산당이 베푸는 온갖 특혜를 누리고 살았지만 공산당 체제의 결함을 알고부터 번민을 하였다. 이때 그는 인민군대를 규합하여 김일성 반체제 운동을 시작했다가 적발되어 감옥으로 보내졌다. 그러나 감옥에서도 공산당은 그의 전직을 배려하여 특별히 대우하였다. 그는 놀고 지내면서 작업 총반장으로 있었다.

이처럼 수용소에서는 전 공산당 당원 출신들에게는 특별대우를 해주었다. 이를테면 가벼운 노동을 하게 한다든지 전직의 고하를 따져서 작업총반장 등 일을 하지 않아도 되는 감투를 주어 회유하였다. 밀정 노릇을 잘 하면 사면을 시켜주었다 복직을 해주는 등의 특혜를 베풀었다. 김원덕은 이런 이유로 해서 흥남에서 본궁으로 이감해 와서도 작업총반장의 지위를 계속해서 누리었다.

그는 약간의 자유와 권한을 이용해 늘 배가 고파 허덕대는 반동사상범들을 살짝 불러내어 덮밥을 주기도 하였으며 바깥의 동정을 전해주면서 불쌍한 죄수들을 도와주려고 무던히 애를 썼다. 그는 겉으로는 죄수들을 엄격하게 다루는 척할 수밖에 없었다. 그는 나중에 남한으로 귀순했지만 적색분자로 몰려 고초를 겪기도 하였다. 늘 저승사자가 어슬렁거리는 감옥 안에서 그림자처럼 반동사상범들의 정신적인 지주가 되어주었다. 시간이 흐르면서 알게 된 일인데 흥남과 본궁수용소는 서로 긴밀한 관계를 가지면서 죄수들에 관한 정보를 교환하고 노동력의 필요에 따라 죄수들을 이동시키고 있었다. 그러니 흥남에 있으나 본궁에 있으나 생지옥인 것은 별반 다를 게 없었던 것이다. 이런 사정을 모르고 흥남을 벗어난다고 들떠서 좋아했던 생각을 하니 나도 모르게 헛웃음이 나왔다.

다시 날씨가 차가워졌다. 겨울이 코앞에 오고 있었다. 감옥 안은 더욱 더 스산해졌다. 체온을 유지하려고 옷을 껴입은 채로 웅크리고 잠을 잤다. 가족들도 이제는 지쳤는지 면회를 오는 횟수가 서서히 줄어들었다. 그래도 가족들이 가지고 왔으면 하는 물품들을 종이에 적어서 하루에도 수십 번은 들여다보았다. 이렇게 하는 것만으로도 위안이 되었다. 그때 수용소에는 당분간 사정으로 가족들의 면회가 금지된다는 공고문이 나붙었다. 깊은 속사정은 알 수 없었지만 흥남에서 본궁으로 이감되던 날 죄수들의 가족들이 그 정보를 어떻게 알고 몰려왔었는지는 수수께끼였다.

모두들 실망하였지만 하루 24시간을 갇혀서 감시를 당하고 있는 죄수의 입장에서 어쩔 수 없는 노릇이었다. 날씨가 점점 차가워지면서 무연탄을 내리는 작업에 투입되었다. 화차에 두 길 세 길 씩 실려 있는 갈탄과 무연탄을 삽으로 떠서 운반하였다. 이 일 역시 중노동이었다. 일을 하다가 잠시 허리를 펴기라도 하면 사정없이 몽둥이찜질이 날아왔다. 두 시간에 10분 휴식시간을 빼고는 허리 한 번 펴지 못하고 삽질을 해야 겨우 목표를 달성하였다. 그러니 뱃살이 부르트고 옆구리는 작업복에 쓸려서 피고름이 맺혔다. 반동 사상범은 화차를 미는 경노동은 맛도 못보고 죽을 때까지 삽질만 하도록 배치하였다. 하루 일과가 끝나고 나서 얼굴을 보면 몰골이 말이 아니었다. 얼굴부터 팔, 다리는 물론 배꼽과 속옷까지 새까맣게 물들어 있었다. 씻지도 못하고 감방으로 들어가는 날에는 이빨만 하얀 인간들로 북적거렸다. 본격적인 겨울로 접어드니 고통은 점점 더 심해지고 있었다. 잡범들은 감기만 걸려도 병사로 입실이 되었지만 반동사상범들에게는 그런 기회가 조금도 주어지지 않았다.

겨울이 되었는데도 수용소에서는 별다른 배급품이 나오지 않았다. 죄수들의 고통이 점점 심해지자 그때서야 면회를 허용하였다.

이때부터 김일성은 전 재원을 6·25전쟁 준비에 쏟아 넣고 있어서 죄수들까지 챙겨줄 여유가 없었던 것이다. 두 달 만에 어머니가 면회를 왔다. 여전히 야윈 얼굴은 그대로였다. 입가의 주름살이 내 마음을 아프게 했다. 어머니는 커다란 보따리에 이것저것 물건들을 챙겨 오셨다.

"인호야, 별일 없었지? 날씨도 추워지는데 감기 걸리지 않도록 조심하거래라."

"네, 어머니……. 없습니다. 혹시 창옥이는 잘 있나요?"

"걔는 뭘 하는지 바쁘게 왔다 갔다 한다. 뭔가 걱정거리가 태산같이 있는 것 같더라."

나는 어머니에게 간단한 쪽지를 살짝 전해주었다. 본궁으로 오면서 화물차를 볼 수 없게 되어 시간이 좀 지난 것이었다.

어머니는 아들을 바라보면서 아무 말도 없이 흐뭇한 미소를 짓고 있었다. 그래도 내가 무사한 것을 알게 된 것이 어머니에게는 크나큰 행복이었다. 어머니는 여전히 릉라도여관을 운영하고 있었지만 김일성이 언제 압수할지 몰라 전전긍긍하고 있었다. 이미 김일성이 토지개혁을 하면서 무상으로 분배를 해주었다가 도로 빼앗아 가면서 인민들은 통곡의 눈물을 흘리고 있었다. 섣불리 토지개혁에 반발했다가 적발이라도 되면 하루아침에 아오지 탄광으로 보내졌다.

북한에서 아오지 탄광은 곧 죽음이라는 등식이 성립되었다. 어머니를 면회하고 돌아오자 감방 동료들은 부러운 눈빛으로 나에게 시선이 집중되었다.

"너 인호. 정말 복 많은 놈이다. 어머니 정성이 대단하시군."

이때 남의 집에 들어가 칼로 위협하여 금품을 빼앗다가 특수강도 혐의로 잡혀온 정 씨가 한숨을 쉬면서 한 마디 더 보태었다.

"에구. 내 팔자야. 나는 식구들이 어디로 이사를 갔는지도 모른다구. 골칫덩이인 나를 버리려고 멀리 떠나갔다는데 알 수가 없어."

이때를 놓칠세라 잡범 박 씨라는 사람도 여기에 빠질세라 순발력 있게 끼어들었다.

"우리 계집은 감옥살이 일 년 만에 새서방하고 눈이 맞아 삼십육계 줄행랑을 쳤으니 내 원 참 더러워서……."

이건 자기를 버리고 다른 남자의 품에 안긴 마누라를 욕하면서도 옛정을 잊지 못하고 그리워하고 있는 잡범들의 푸념이었다.

차입품과 동료애

나는 감옥 안에서 귀여움을 독차지했다. 차입품이 항상 넉넉했기 때문에 나이 많은 분들이 어린 나를 부드럽게 대해 주었다. 어머니가 다달이 보내주는 물건들은 나 혼자 쓰고도 남아서 감방 식구들에게도 나눠 주었다. 물건들이라고 해보았자 고무신, 양말, 내복, 겉옷, 장갑, 미숫가루 정도였지만 이런 것들은 수용소에서 지급하지 않는 것들이어서 값으로 따지기가 어려웠다.

이런 물건들을 골고루 나눠주니까 감방 식구들은 어린 나에게 신경을 무척 써주었다. 어머니는 아버지 옥바라지를 오래 해봐서 밖에서는 하찮은 것들이지만 감방에서는 소중하게 쓰인다는 것을 알고 있었다. 그런데 이번에는 색다른 물건이 들어있었다. 손으로 한 땀 한 땀 뜬 털양말이었다. 겉이 까칠까칠해서 자세히 들여다보니 어머니의 기다란 머리카락이 실에 박혀 있었다. 아들을 하늘같이 생각하여 겨울에 발이 시릴까봐 당신의 머리카락을 섞어서 짠 양말

147

을 넣어주신 것이었다. 나는 어머니가 짜주신 양말을 가슴에 안고 엉엉 울을 터트렸다. 모두들 양말을 만져보면서 울고 있는 나를 달랬다.

"인호야, 너 참 이런 어머니 세상에 없다. 네가 이렇게 감옥에 있는 데도 지극정성으로 대해주시는 어머니 잘 모셔야 한다. 알았지라우?"

나는 때로는 계모라는 이유로 어머니라고 선뜻 부르지 못했던 소행을 떠올렸다. 그동안 어머니라고 따뜻하게 불러 드리지 못한 것을 반성하면서 밤이 깊도록 눈물을 지었다. 나는 감방 동료들에게 어머니가 주신 물건들을 한 명도 서운하지 않도록 골고루 나눠주었다. 이것을 받은 그들의 눈에서는 고마움이 가득했다.

어렵고 극한 상황에서도 서로 돕고 염려하는 마음씨가 고맙게 느껴졌다. 때로는 가슴이 뭉클할 정도로 서로를 보살피면서 자유로운 날이 오기를 손꼽아 기다리고 있었다.

어머니가 다녀가신 지 며칠 후 나는 기어이 몸을 가눌 수 없을 정도로 깊은 병이 들었다. 이런저런 상심에 젖어 애를 태우다가 영양실조에 신경과민까지 겹쳐 지독한 몸살감기에 걸린 것이다.

동료들은 펄펄 끓는 내 몸을 어루만져 주고 이마에 찬물을 떠다가 수건을 적셔 밤을 새우면서 병간호를 해주었다.

감옥에서는 가벼운 체증이나 몸살 정도는 주물러서 치료를 했는데 그게 신통하게도 잘 들었다. 일종의 지압 효과를 본 것이 아닌가 싶었다. 내가 혼자서 끙끙거리며 앓고 있는 것이 측은했던지 잠을 교대로 안마를 해주었다. 내가 작업에서 빠지게 되어 동료들의 작업량이 그만큼 늘어났지만 불평 한마디 하는 이가 없었다.

하룻밤을 꼬박 새우며 교대로 안마를 해준 탓에 점차 온몸이 더워지고 땀을 비 오듯 흘리고 나니까 병이 나았다. 이걸 보면서 '지성이면 감천'이라는 옛말이 떠올랐다. 아침이 되니 몸이 한결 개운해졌다. 잠을 제대로 못 자면서 나를 간호해준 동료들이 너무 고마웠다. 이들은 하루 종일 중노동에 시달려서 늘 잠이 부족하였다. 그런데도 이들은 나를 위해 밤새워 교대로 간호를 해주었다.

"한 이틀만 더 쉬어도 몸이 거뜬하게 풀릴 텐데. 우리 샌님, 도련님이 오늘 어떻게 일을 하나?"

"나는 마누라가 있을 때는 종종 밤도 잘 새웠는데 마누라가 도망간 다음으로 이번이 처음일세……. 허허허."

이들은 내가 미안해 할까봐 농담까지 하였다. 이 고통스러운 감방에서 사심 없이 대해주는 동료애에 그저 고마울 뿐이었다.

수용소에서는 한 달에 한 번씩 일요일이면 김일성의과대학 인턴들이 나와서 건강을 검진해주었다. 하지만 이들이 하는 검진이라는 것은 말뿐이고 진짜 목적은 죄수들의 손가락 사이에 니코틴 성분이 있는지를 검사하는 것이었다. 만약 니코틴 성분이 검출되거나 의심이 가면 신상기록부에 이 사실을 적게 되어 있었다. 그러면 나중에 벌점을 매기고 그에 따라 가혹한 징벌이 떨어졌다.

혹한이 계속 이어지자 감방에서 동상에 걸리는 사람들이 늘어나고 있었다. 심한 사람은 손발이 문드러져 진물이 흘러나오고 거기에 피가 뒤엉켜 붙어 차마 눈 뜨고는 볼 수 없었다. 동상에는 특효약이 없어서 추위에 노출되지 않는 것이 치료의 전부였다.

피가 벌겋게 배어 의무실로 가기라도 하면 꾀병을 부린다면서 몽둥이로 패서 내쫓았다. 그날부터 대책 없이 방치하면 썩어 문드러지게 되었다. 이런 상태에서 의무실을 찾으면 치료를 할 생각은 안 하고 발가락이나 손가락을 잘라 버렸다. 그러니 나중에는 동상에 걸려도 의무실로 갈 생각을 못 하고 자기가 직접 치료하다가 호미로 막을 것을 가래로 막게 되었다. 수용소에서 반동 사상범들은 똥 치던 막대기만도 못하게 취급되었다. 교화소 소장은 죄수들이 동상으로 고생을 하고 있다는 사실을 잘 알면서도 아예 모르는 체 하였다.

한 해 두 해 시간이 가면서 감방 동료들은 서로 도우면서 자유를 누릴 수 있는 날을 애타게 기다리고 있었다. 또 과거의 잘못을 뉘우치면서 두 번 다시 이런 곳에 들어오지 않겠다고 굳게 다짐하였다, 이건 서로의 처지가 비슷한 데서 오는 동병상련이었다. 우리들은 서로의 아픔을 기꺼이 끌어 안아줄 수 있었다. 비록 감방에 갇혀있는 신세에서 '사람 위에 사람 없고 사람 밑에 사람 없다'는 진리를 믿었다.

시간이 흐를수록 수용소 안의 폭력은 점점 심해지고 있었다. 이걸 알면서도 누구 하나 문제를 삼는 이가 없었다. 공산당은 죄수들의 처형권을 수용소에 전적으로 맡겨놓고 있었다. 아무리 고통을 호소해도 의무실은 대충 훑어보고는 돌려보냈다.

한 번은 치질환자가 의무실을 찾아가 고통을 호소하였다. 50대 초반의 의사는 여러 사람 앞에서 옷을 벗으라고 하더니 눈을 찡그리고 환부를 들여다보았다. 잠시 후 빨간 머큐로크롬을 넓게 듬뿍 발라주더니 피마자기름을 먹으라고 주었다. 그리고는 엉거주춤 구부

리고 있던 죄수의 엉덩이를 냅다 걷어 차버렸다. 혹시 치료가 될까
해서 엉덩이를 까 보이고 있던 환자는 그대로 땅바닥에 코를 박았
다. 이마와 코에서는 피가 배어 있었다. 그 장면을 지켜보던 사람들
은 배꼽을 잡고 깔깔대며 웃었다. 이게 죄수들을 대하는 수용소 관
리들의 악질적인 행태였다. 이 죄수는 의사에게 보이면 치질을 치
료해줄까 해서 창피를 무릅쓴 것인데 치료는커녕 망신만 톡톡히 당
하고 말았다.

"에이, 이 사람아 엉덩이를 깐다고 해서 치질이 낫겠나. 저것들 의
사가 아니라 돌팔이라네. 치질에 빨간 머큐로크롬을 발라주는 의사
는 저 인간이 처음이네. 여기에 치질 약이 있으면 내 손에 장을 지지
겠네. 이 사람아."

그 환자는 얼마나 고통이 심했던지 오만상을 쓰면서 서둘러 자리
를 피하였다.

또 어떤 환자는 복통이 심하다고 하니 배에 역시 머큐로크롬을 발
라주더라는 것이다. 본궁수용소에서 머큐로크롬은 모든 병에 통하
는 만병통치약이었다.

이번에도 김일성대학의 인턴들이 와서 죄수들의 건강 상태를 조
사하였다. 이들은 소량의 식량으로 얼마만큼의 노동력을 얻을 수
있는지를 분석하여 당에 보고하였다. 죄수들을 연령별로 분류하여
시간의 경과에 따라 자연적으로 노동력이 감소되는 과정을 죽음과
연계시켜 통계를 내었다. 여기서 얻어진 통계는 북한 전역에 있는
수용소로 보내져 죄수들의 노동력을 착취하는 데 활용되었다.

이 통계를 기초로 해서 죽지 않고 노동력을 제공할 수 있을 정도의

최소의 식량을 제공하였다. 이것은 김일성의 지시로 시행되고 있었다. 이것은 또 북한 주민들에게 식량을 지급하는 량표(糧標)를 분배하는데 이용되었다. 북한에서 량표란 일종의 곡물표였다. 이것이 없으면 일가친척도 함부로 만날 수가 없었고 부모가 자식의 집을 방문할 때 량표가 없으면 구박을 받았다.

수용소 청소도 끝나고 진료소가 문을 닫으면 우리들은 감방에 우두커니 앉아 도를 닦았다. 도라는 게 가만히 앉아 있는 것이었다. 때로는 오늘 저녁밥에 무슨 국물이 따라 나올까하고 아무짝에도 쓸모없는 상상을 하였다. 이것이 감방 안의 도였다.

그런데 우리가 상상하는 일들이 희한하게 착착 맞아떨어지는 경우가 많았다. 멀건 시래깃국을 떠올리면 그날 저녁에 시래깃국이 나오고 다음 주에 누가 면회 올 것이라고 생각하면 그대로 되었다. 또 가까운 시일 안에 누가 사면을 받을 것이고 누가 죽을 것이라고 말하면 그렇게 이루어졌다. 우리가 말하는 것은 악담이 아니라 어떤 사람의 행동이나 상황을 보면서 예측을 한 것이었다.

나의 경우도 다른 사람들이 먼저 어머니가 면회 올 것으로 예측을 하면 얼마 안 있어 어머니가 면회를 오는 것이었다.

감방에서는 뭐니 뭐니 해도 먹는 문제가 가장 중요하였다. '목구멍이 포도청'이고 '잘 먹고 죽은 귀신이 때깔도 좋다'는 말처럼 잘 챙겨먹는 일이 우선이었다. 노동하는 시간만 빼고는 나머지 시간은 먹는 일에 쓰였다. 수단방법 안 가리고 먹을 것을 챙기는 게 감방의 미덕이었다. 이러니 너무 배고픈 나머지 남의 것을 슬쩍하는 사건이 종종 일어났다. '사흘 굶어 담장 안 넘는 놈 없다'는 말처럼 남의 미숫가루 도둑질이 가장 흔했다. 이러니 미숫가루를 가지고 있는 사람은 그걸 자루에 넣어 베고 잤다. 모두가 잠든 틈을 타서 살그머니 일어나 밀대를 미숫가루 자루에 꼽고 밤새 빨아먹었다. 다음 날 아침이면 미숫가루 베개가 헐렁해진 것을 알고 도둑맞은 사실을 큰 소리로 알렸다.

"내 미숫가루 빨아먹은 사람은 자수하라. 안 그러면 간수에게 알릴 것이다."

이때 우스운 일은 미숫가루 임자보다 다른 죄수들이 더욱더 열을 내면서 욕을 해대는 것이었다. 마치 자기 것을 잃어버린 것처럼 흥분해서 떠들었다. 그것은 같이 감방 안에서 고생하는 데 자기 배만 불리려는 부도덕한 행동을 왜 했느냐는 것이었다. 도둑이 아니면 자기에게도 한 줌이 돌아올 것인데 못 얻어 먹을까봐 지레 짐작으로 그러는 것이었다.

이때 감방장이 나서서 점잖게 자수를 권유하며 용의자를 색출하는 작업을 벌인다. 아침 배식이 되면 용의자는 드러나게 된다. 밤새 빨대로 미숫가루를 들이마신 죄수는 아침밥을 본체만체 하게 된다. 다른 사람들은 허겁지겁 밥을 먹는데 미숫가루 도둑은 억지로 밥을 쑤셔 넣는다. 우리들은 밥을 먹으면서도 미숫가루 도둑을 열심히 비판한다. 식사가 끝나면 감방장은 용의자로 지목되는 죄수에게 배급된 식수를 두어 컵 먹인다. 물을 두어 컵이나 마신 용의자는 배가 터질 것처럼 불러 가쁜 숨을 몰아쉬면서 헉헉대다가 5분도 안되어 자백하게 된다.

미숫가루가 물에 불어 위가 팽창되면 숨을 제대로 쉴 수 없게 되어 범인은 바로 드러나게 되어 자백을 안 할 수 없었던 것이다.

이렇게 도둑이 밝혀지면 담요로 둘둘 말아서 너나 할 것 없이 달려들어 때렸다. 이 체벌은 고통이 얼마나 심한지 고래고래 소리를 질러대다 까무러쳤다. 그 다음에도 이틀 동안 밥을 한 끼만 주고 남은 밥은 덮밥으로 나눠먹었다. 둘째는 사흘간 작업장 외에서는 물을 일체 주지 않았다. 바짝 목이 마른 미숫가루 도둑은 무릎을 꿇고 용서해달라고 싹싹 빌었지만 감방장은 눈 하나 깜짝하지 않았다. 셋째는 안마나 이 잡기를 한 달 간이나 도맡아서 해야 했다. 이 같은 벌칙은 감방장의 명령과 지시에 따라 철칙처럼 지켜졌다. 감정이 억눌려있던 죄수들의 감정이 폭발하면 도둑을 집단으로 린치를 가할 수도 있었다. 그러면 목숨이 위태로운 상황으로 전개될 우려가 있었다. 간간히 미숫가루 도둑이 체벌을 받다가 목숨을 잃는 경우도 더러 있었다. 죄수들의 분노와 먹을 것에 대한 집착은 아무도 말릴 수 없을 정도로 컸다. 집단으로 구타를 당하다 죽은 미숫가루 도둑은 배 터져서 죽은 행복한 놈이라는 조롱을 두고두고 받게 되었다. 우리는 미숫가루를 훔쳤다가 매를 맞고 기절을 한 죄수를 남겨두고 출역을 나갔다. 저녁에 돌아와 보니 아침점심을 건너뛴 그 도둑은 담요를 뒤집어쓴 채로 죽어 있었다.

저녁 배식이 되었지만 우리는 그가 죽었다는 것을 간수에게 알리지 않았다. 이것은 그의 밥을 배식 받아서 덮밥으로 나눠먹으려는 알량한 속셈이었다. 다음 날 아침 배식이 있고나서 작업장으로 나가기 전에 비로소 그의 죽음을 알렸다. 밥 두 덩이를 얻어먹으려고 우리는 송장과 함께 하룻밤을 보낸 것이다. 이것은 감방의 생존본

능이 적나라하게 노출된 하나의 사건에 불과하였다.

이렇게 살벌하기만 한 감옥에도 봄은 찾아왔다. 봄이 오면 수용소에서는 작업도구들을 나눠주었다. 다 닳아버린 곡괭이나 4분의 3쯤 닳아버린 삽을 주었다. 그러면 평소에 봐두었던 삽자루나 곡괭이 자루를 부러뜨려 몰래 감방 안으로 반입하였다.

이것으로 앙증맞은 복조리, 노리개, 조각 등을 만드는 데 요긴하게 썼다. 안 씨 노인은 나에게 참나무 자루가 달린 곡괭이를 건네주며 자루를 부러뜨려달라고 부탁하였다. 그러면 말을 조작해주겠다는 것이었다. 안 씨 노인은 나무토막이 생기자 어슬렁거리면서 망을 보았다. 그때 고약하기로 악명이 높은 간수가 내 번호를 불렀다.

"424."

깜짝 놀라 그에게 다가가니 있는 힘을 다해 엉덩이를 걷어차면서 욕지거리를 퍼부었다. 너무 얼떨결에 일어난 일이라 '왜 그러냐'고 말대꾸를 하였더니 더 심하게 발길질을 퍼부었다. 마침 주위에는 인기척이 전혀 없었다. 그래서 비록 삼수갑산(三水甲山)을 갈망정 분을 못 이겨 못된 간수를 두들겨 팼다. 애송이 간수는 얼마나 내게 악하게 굴었던지 작심하고 팼더니 그만 널브러졌다.

조금 있으니 경비과 간수 세 명이 몰려와 내게 몰매를 퍼부었다. 나는 정신없이 매를 맞다가 그만 실신하였다. 시간이 얼마나 흘렀는지 눈을 떠보니 사방이 캄캄하였다. 창이 있는 걸 보니 독방은 아닌 것 같았다. 독방은 사방이 벽으로 막혀서 빛 하나 들어오지 않았다. 독방에 있으면 밤낮을 구별할 수 없었고 며칠만 지나면 날짜도 까먹게 되었다. 그곳에서 얼마간 있다 보면 달이 가고 계절이 바뀌는 것을 몽땅 잊게 되었다.

갈증이 심해서 몸을 움직여보니 두 팔은 등 뒤로 돌아가 수갑에 채워져 있었는데 한 팔이 어깨 아래로 돌아가 수갑으로 연결되어 있었다. 이것을 우리는 '뒷수갑 채우기'라고 불렀다. 양팔을 그냥 뒤로 수갑을 채웠을 경우는 엉덩이 밑으로 빼어 손을 앞으로 내밀 수 있지만 뒷수갑 채우기는 그야말로 꼼짝할 수 없어 오로지 입으로 모든 것을 다 해결할 수밖에 없었다. 대소변도 그대로 옷에다 처리하였다. 뒷수갑 채우기는 인간이 고안한 고문 중에서 가장 가혹한 형벌 중의 하나였다.

나는 바닥에 뿌려진 밥을 입으로 먹고 넘어지기라도 하면 애벌레처럼 사방으로 몸부림을 쳐야 겨우 일어날 수 있었다.

독방의 시체와 동침

독방에서 조금씩 어둠이 눈에 익숙해져서 주변을 살펴보니 나 말고도 두 사람이 더 있었다. 둘 다 깊은 잠에 빠져 있는지 꼼짝도 하지 않았다. 밥을 제대로 먹지 못해 기운이 빠진 나도 그냥 잠이 들었다. 그때 철문이 덜컹하고 열리는 소리에 눈을 떠보니 간수 두 명이 들어섰다. 이들은 나는 본체만체 하고 엎어져 있는 사람 하나를 질질 끌고 나갔다. 사지가 축 늘어진 채 미동도 하지 않는 죄수를 끌고 나가는 걸 보니 온몸이 빳빳하게 굳은 것 같았다.

그렇다면 나는 시체 옆에서 이틀 밤을 꼬박 보낸 셈이었다.

감방 문이 다시 닫히고 누워있는 다른 사람 곁으로 슬금슬금 다가가 보니 역시 시체였다. 그 순간 머리카락이 쭈뼛쭈뼛 일어서면서 섬뜩한 생각이 들었다. 하지만 감옥에서 숱하게 많은 사람이 죽어나가는 것을 봐서 그런지 무서움도 그때 잠시 뿐이었다. 이 사람은 어떤 일로 감옥에 들어와서 주검이 되어 나가는지 자못 궁금했다. 나는 죽은 자들을 생각하니 연민의 정이 느껴졌다. 여기서 나라고 죽음에서 예외가 될 수는 없었다. 비록 생전에 얼굴도 모르고 이름을 불러본 적도 없는 사람이지만 죽어서라도 좋은 곳으로 가기를 빌어주었다.

나는 뒤로 팔이 비틀려 수갑이 채워져 눈을 부릅뜬 채 죽은 시체의 눈을 가까스로 감겨줄 수 있었다.

그런데 내가 독방에 갇혀 있는 동안 불행 중 다행이라고 할 수 있는 일이 일어났다. 비행사 출신의 김원덕 씨가 독방을 관리하게 된 것이었다. 그는 우익사상이 있는 간수들과 친분이 있어서 여러 가지 편의를 봐주었는데 밥 먹을 때나 용변을 볼 때 간수의 허락을 받아 잠시나마 수갑을 풀어주었다. 평소 배식의 4분의 1에 불과한 밥이 보기에 안쓰러웠던지 아무도 안 보는 틈을 타서 밥을 더 넣어주었다. 하루 24시간을 독방에 갇혀있자니 자유롭게 작업을 하던 때가 오히려 그리워졌다. 눈을 뜨고 죽은 시체가 구석에 있는 것 같았고 여기저기서 불쑥불쑥 나타나는 벌레들이 소름끼치게 징그러웠다.

온몸은 여기저기서 욱신거렸고 시퍼런 멍 자국이 생겨났다. 시체의 배설물에서는 구더기가 꿈틀거렸고 악취는 도저히 견딜 수 없을 정도로 고약했다. 시간이 지나자 코는 그 냄새에 길이 들었는지 그런대로 견딜 만 하였다. 정강이를 만져보니 군홧발에 차이고 긁혀서 피딱지가 말라붙어 있었다. 상처가 아무느라고 그런지 제아무리 긁어도 가려움이 가시지 않는 것이었다. 밤이 되니 그래도 조금은 서늘한 바람이 들어왔다. 그때 군홧발 소리가 저벅저벅 들리더니 감방문이 열렸다. 간수 두 명이 들것에 실려 있던 사람을 내동댕이치고는 사라졌다. 또 시체였다. 팔다리가 아직은 따스한 걸 보니 죽은 지 얼마 안 되는 것 같았다. 팔다리가 서로 꼬인 시체를 똑바르게 자리를 잡아 놓으려니 꽤 힘이 들었다.

포르말린 냄새가 진하게 나는 것으로 봐서 병사에서 곧장 이리로 실려 온 것 같았다. 그 시체 역시 한이 맺혔는지 눈을 허옇게 뜨고 있었다. 내가 눈을 감겨주니 험한 인상이 아기처럼 조금은 부드러워졌다. 다들 한 많은 인생들이었다. 집에서 죽었다면 가족들의 슬픔 속에 장례가 치러졌을 텐데 아무도 슬퍼해주는 사람이 없는 곳에서 죽어나간다는 것은 너무 허망한 일이었다.

김일성은 죄수들을 부려먹을 수 있을 때까지 부려먹다가 죽으면 거적 떼기로 덮어 내다버렸다. 죽은 자에 대해 아무런 기록도 남기지 않아 후일에 가족이 찾아와도 모른다는 식으로 넘어갔다.

하루는 저녁식사 시간이 훨씬 지난 것 같은데 배식을 하지 않는 것이었다. 이것도 형벌의 하나이겠지 생각하면서 누워 있었다. 옆에 시체 두 구를 놓고 누워 있으려니 내 육신도 마치 주검처럼 느껴졌다. 이대 내일이 어머니가 면회를 오는 날이라는 생각이 퍼뜩 들면서 가슴이 쿵쾅거리었다. 먼 길을 왔다가 후회하고 돌아갈 어머니를 생각하니 숨이 멎는 것 같았다. 분명히 면회는 안 될 것이고 물건들도 영치시켜주지 않을 것이다. 그러면 얼마나 실망이 클 것이며 두고두고 걱정을 하게 될 텐데 이게 얼마나 큰 불효를 하는 것인가. 어떻게 대처해야 할지 깜깜한 독방에서 도무지 엄두가 나지 않았다.

"내가 조금만 참았으면 이런 일은 없었을 텐데……."

어머니 면회일을 앞에 놓고 뒤늦은 후회를 해봤지만 이미 엎질러진 물이었다.

　이렇게 어머니를 걱정하고 있는데 이상한 소리가 들려오고 있었다. 두 귀를 곤두세우고 가만히 들어보니 가지각색의 소리가 다 들려왔다. 툭툭, 졸졸졸, 꾸룩꾸룩, 딱딱 하는 소리가 계속 이어졌다. 누가 벽을 두드리는가 싶으면 다시 시냇물이 흐르는 소리가 들리기도 하였다. 참 요상한 일이 다 있다 싶어 일어나서 들어보니 시체들에서 이런 소리가 나고 있었다. 조금 전에 들어온 시체의 가슴에 귀를 왼쪽 귀를 갖다 대었다. 그랬더니 시체에서 이상한 소리가 나는 것이었다. 그때 시체가 갑자기 '툭'하면서 일어설 것만 같아 혼비백산 뒤로 물러앉았지만 그 다음에는 별다른 일이 없었다. 아마 신체가 서서히 기능이 정지되면서 일어나는 현상으로 생각되었다. 이렇게 두 번씩이나 시체와 한 방에 있다는 것은 그리 기분 좋은 일이 아니었다. 이런 극한 상황에서 나는 두려움도 절망도 느껴 볼 수 있는 여유가 없었다. 벼랑 끝에서 피할 수 없다면 고통은 즐기라는 말이 떠올랐다.

　아무리 시체라고는 하지만 왜 그것을 내 방에 두었다가 가져가는지 도통 알 수 없었다. 아침에 일어나보니 내가 시체의 배를 베고 누워 있는 것이었다. 처음에는 꺼림칙하였지만 잠이 폭포수처럼 쏟아지면서 나도 모르게 시체의 배에 머리를 기댄 것이다. 죽은 자의 배는 탄력이 적당히 있어 편하였다. 아마 일주일쯤 되었을까 생각하고 있는데 감방 문이 열리고 간수가 들어오더니 수갑을 풀어주었다. 일시에 두 손을 자유롭게 놀릴 수 있어서 팔을 휘둘렀더니 톱으로 뼈를 써는 것처럼 통증이 느껴졌다. 집단 폭행을 당하고부터 줄곧 팔이 비틀려 묶여 있었기 때문이었다. 마침내 지긋지긋한 독방의 감금 생활도 끝났다. 감방으로 돌아오니 동료들이 반갑다면서

160

주물러주고 상처를 씻어주었다. 여기서 주물러주는 것은 만병통치약이었다. 내가 아무리 간수를 폭행했어도 우리는 감방의 한 식구였다. 어머니의 일이 궁금하다고 하자 모두들 알고 있다는 듯이 웃어주었다. 면회를 안 시켜주어 김원덕 씨가 다른 죄수의 이름으로 물품을 받아두었다는 것이었다.

평소 우익사상을 가지고 있던 간수가 면회를 담당하였기 때문에 어머니가 안심하도록 에둘러 말을 했다는 것이다. 이 말을 듣고 있으려니 울컥 눈물이 쏟아졌다. 서쪽 평양에서 동쪽 끝까지 아들 면회를 왔다가 헛걸음을 하고 돌아갔을 어머니를 생각하니 오장육부(五臟六腑)가 배배 꼬이는 것 같았다. 김원덕 씨와 감방 동료들에게 고맙다는 인사를 하였다.

1950년 4월 중순 경이었다. 눈코 뜰 새 없이 작업을 하고 있는데 연료를 보충하려는지 화차가 흥남비료공장 안에서 정차를 하고 있었다. 그 열차에는 인민군들이 꽉꽉 미어터질 정도로 들어차 있었다. 열차 밖에는 소련군 장교들 몇 명이 내려서서 저희들끼리 뭐라고 지껄이고 있었다. 흥남 5대 공장 중의 하나인 이곳 본궁 공장에는 간선철로와 지선을 포함하여 거의 모든 국유철도가 집중되어 있어 모든 열차들이 이곳을 거쳐 갔다. 김일성 공산당이 자리를 잡은 다음에 소련군은 본국으로 돌아갔다고 했는데 소련군이 보이니 뭔가 이상하였다. 연료를 공급받고 떠나가는 열차의 꽁무니를 보니 소련제 탱크가 가득 실려 있었다. 그날부터 수시로 소련제 마크가 붙은 무기들을 실은 열차들이 수도 없이 남쪽으로 내려갔다. 나는 혼자서 중얼거렸다.

"김일성 이놈이 일을 칠게 확실하구나. 그 뒤에는 스탈린이 조종을 하고 있다. 이를 어떻게 알리지?"

5월로 접어들어서는 인민군들을 빼곡히 실은 열차가 남으로 향하였다. 이들은 '빨치산가'를 부르면서 떠나갔다. 간수의 말을 들어보니까 인민군의 대군사가 남쪽 전방으로 계속 이동하고 있다는 것이었다. 나는 그때 뭔가 큰 일이 일어날 것으로 예측하였다. 김일성은 공식적인 자리에서 남침을 해서라도 하나의 조국이 되어야 한다고 수도 없이 떠들어대고 있었다. 나는 5월 중순에 면회 온 어머니를 통해 강창옥에게 이런 상황을 적어서 전달하였다.

6월 25일 아침 10시경 수용소에는 비상 사이렌이 쉴 새 없이 앵앵거렸고 이어서 수용소장은 긴급발표문을 낭독하였다.

"여기 있는 죄수들은 다음 지시사항을 듣고 동요하거나 질서를 파괴하는 행동을 하지 말라. 오늘 새벽 4시를 기해 남쪽의 괴뢰도당이 신성한 우리 국토에 중대한 도발을 하였다. 이건 분명히 남측의 오판에 의한 도발이다. 이에 대한 심판은 우리 인민군이 남측의 인민들을 미 제국주의의 압제에서 해방시키는 계기가 될 것이다. 너희들은 조금도 동요하지 말고 평소대로 행동하기 바란다. 만약 경거망동을 할 경우 나는 직권으로 총살할 수 있다는 것을 경고한다."

이건 감옥에 수용된 죄수들이 폭동을 일으키지 못하게 막으려는 포고문이었다. 나는 2년 전부터 흥남을 거쳐 소련제 무기를 실은 열차가 심심치 않게 남하하는 것을 보고 김일성과 스탈린이 큰일을 저지를 것으로 예측하고 있었다. 나의 예측이 딱 맞아 떨어진 것이었다. 수용소장의 일장 연설은 계속되었다.

제3부

인민군의 무차별 학살극

6·25전쟁 발발하다

"오늘 새벽 4시를 기하여 미 제국주의자의 지시를 받은 남반부 괴뢰도당이 38선 인근의 전 지역에 걸쳐서 대대적인 무력도발을 해왔다. 이리하여 우리의 용맹한 인민군들은 즉각 반격에 나섰으며 적들을 물리치고 있으니 동무들도 각오를 새로이 하여 더욱 분투노력을 해야 하며 더더욱 분발하여 조국해방의 역군이 되도록 노력하기 바랍니다. 이상이니 동무들은 어떤 사태가 돌발되더라고 동요하지 말고 맡은 바 책임을 완수하도록 힘쓰시오."

이 말을 들은 죄수들은 일시에 술렁거리며 놀란 토끼눈으로 저마다 의견을 내놓았지만 곧 이어 간수들의 지시에 따라 작업장으로 향하였다. 이때 김진수 목사는 전쟁이 벌어졌다는 소식에 갈피를 못잡고 우왕좌왕하고 있던 죄수들을 진정시키느라고 무던히 애를 썼다. 김 목사는 작업이 끝나고서야 나름대로 자신의 판단을 밝혔다. 그때 김 목사의 장세 판단은 정확하였다. 몇 달 전부터 탱크니 전투기 같은 무기가 남쪽으로 내려간 것은 남침을 하려는 빨갱이들의 준비 작업이었고, 이런 무기를 대준 스탈린의 사주를 받아 김일성이 전쟁을 일으켰다는 것이다. 김일성과 스탈린이 남쪽으로 쳐내려가 놓고서 남측이 먼저 도발했다며 사실을 왜곡하고 있다고 판단하였다. 우리는 김 목사의 설명을 듣고 나니 충분히 이해가 갔으며 이번 전쟁은 빨갱이들의 짓이라는데 확신을 갖게 되었다. 끔찍한 예감이 머리를 스치고 지나가 온몸은 공포로 휩싸이고 있었다. 이때 빨갱이가 이겨야 감옥에서 풀려날 것이라고 말하는 죄수들도 있었지만 내 생각은 그와는 정반대였다. 대개 잡범들은 김일성 일당이 한반도를 통일해야 자기들이 살 수 있다고 말하였다.

나는 공산당 타도를 외치다가 결사반동죄에 걸려 감옥에 와서 말로는 다 할 수 없는 고초를 당했고 우리들을 짐승만도 못하게 부려먹는 것을 경험했다. 그렇기 때문에 이번 전쟁에서 기필코 국군이 승리하여 김일성을 법의 심판대에 세워 역사를 바로 잡아야 한다고 생각하였다.

잡범들의 생각은 한참 짧았다. 자신들의 죄는 생각지도 않고 오로지 감옥에서 빠져나갈 궁리만 하였다. 나가봤자 김일성 일당은 또다시 잡범들을 모아서 노동력을 빼먹다가 소모품처럼 용도 폐기한다는 것은 안 보고도 알 수 있었다. 나는 이런 잡범들과 시국 얘기를 한다는 것이 돼지 목에 진주목걸이를 걸어주는 꼴이어서 될 수 있는 대로 입을 다물었다. 대부분의 죄수들은 나와 비슷한 생각을 가지고 있었지만 후환이 두려워 입 밖에 내질 못하고 눈치만 보고 있었다. 조국 광복을 위해 청춘을 감옥에서 보낸 이들은 두 눈을 감은 채

침통한 표정으로 말을 아끼고 있었다. 이러니 나이어린 나의 가슴은 알 수 없는 흥분으로 터질 것만 같았다.

전쟁은 일어났지만 죄수들에게는 별다른 변화가 없었다. 그저 일만 실컷 시키다가 죽든 살든 관심이 없었다. 하루는 김진수 목사와 가까이 만나서 얘기를 나눌 수 있었다.

"목사님, 김일성은 이번 전쟁은 남측이 도발했다고 하는데 그게 맞나요?"

"김 군, 그런 선전선동에 넘어가면 우리 장래가 위험해요. 자고로 전쟁이란 무기가 있고 도와주는 나라가 있는 쪽에서 하는 거지 무기 하나 변변한 게 없는 쪽에서 전쟁을 벌인다는 것은 상식적으로 이해가 안 되는 거요."

"네 목사님, 저도 그렇게 생각하고 있는데 김일성이 남측의 도발로 전쟁이 일어났다고 하니까 여쭤본 것입니다."

"해방 이후 5년 동안 김일성이 한 일은 무기 구입하고 스탈린과 마오쩌둥을 찾아가서 전쟁을 구걸한 것뿐이요. 그러면서 공산당을 반대하는 세력들을 처단한 것이오. 무엇보다 하나님을 부정하고 자기를 신격화하고 있어요."

"네, 저도 눈으로 보고 있어서 어느 정도는 알고 있습니다. 그러면 앞으로 전쟁은 어떻게 될 것 같나요?"

"이승만 정권은 이 전쟁을 감당할 수 없을 겁니다. 미군이 참전한다고 해도 이번 전쟁의 승패는 중공군이 판가름을 내줄 것입니다. 결국 소련과 중공이 뒤에 버티고 있는 한 힘이 들 겁니다."

"목사님, 잘 들었습니다."

"김 군은 고등학생 신분으로 참 장한 일을 했어요. 여기서 나가게 되면 남쪽으로 내려가요. 김일성이 있는 한 김 군은 희망을 찾을 수 없습니다. 거기서 조국을 위해 노력하시오. 그리고 어디를 가든 김 군을 지켜주신 예수님을 꼭 믿으시오."

"네, 알겠습니다."

나는 이날 대화를 끝으로 김진수 목사를 만나지 못하였다. 가끔 들리는 말로는 인민군이 남한의 90퍼센트를 장악하고 부산만 함락시키면 한반도는 김일성의 통치를 받게 된다는 것이었다.

8월로 접어들면서 우리는 목을 빼고 하늘을 쳐다보는 버릇이 생겼다. 우리는 어서 빨리 국군 전투기가 하늘에 나타나기를 학수고대하면서 하루하루를 보내었다. 우리는 기다리던 전투기가 나타나지 않자 적잖이 실망하였다. 그런데 어느 날 태극기를 단 기차와 화차들이 연일 북으로 올라오고 있는 것이었다. 나는 뛸 듯이 기뻤지만 마음속으로 그걸 새겨야만 하였다. 괜스레 내 성향을 드러냈다가 목숨이 위태로울 수 있었기 때문이었다. 자칫했다가 감방 안에 있는 죄수들의 성향과 폭력성이 어떻게 돌출할 지는 귀신도 몰랐다.

이때 간수들의 설명에 따르면, 계속 승전하는 인민군대가 남한에서 노획한 전리품들을 실어 나르고 있다는 것이었다. 이 얘기를 듣고 나니 나는 어디 의지할 데가 없어진 것처럼 비통에 잠겼다.

본궁 감옥에서는 승전보를 알리느라 매일 떠들썩했으며 밤에는 로동신문을 읽으면서 독보회를 가졌다. 로동신문은 남한에서 인민군이 계속해서 승리하고 있다고 대서특필하였다. 심지어 간수들 중에는 남한이 북침을 했다는 보도를 읽고 분개하여 인민군에 자원입

1950년 6월 27일 오후에 서울에 나타난 북한의 T-34 전차

대하겠다는 혈서를 써서 상부에 올리고 있었다.

전쟁의 소용돌이 속에서 8월의 가마솥 불볕더위가 기승을 부리고 있었다.

낙동강 전투에서 인민군이 한창 고전하고 있을 때였다. 하루는 반동 사상범과 흉악범만 제외하고 나머지 죄수 1000여 명을 인민군으로 차출한다는 것이었다. 전쟁이 끝나면 모든 죄를 사면해주고 공로에 따라 혁명열사라는 영웅칭호도 준다는 감언이설에 속아 죄수들은 감옥 문을 나섰다. 나중에 알고 보니 이들은 낙동강 전투에서 총알받이로 쓰였다는 것이다. 이들 가운데 살아남은 사람은 단 한 명도 없었다. 어쨌든 전쟁에서 이기고 있다는 로동신문을 읽으면서 반동 사상범들은 울분을 토하였다. 잡범들이 전쟁터로 끌려가고서부터 작업은 변화가 없었지만 밥은 반 토막으로 줄어들었다.

처음에는 우리들을 차별하려고 일부러 그러는 줄 알았으나 대한민국의 B29 편대가 폭격을 하는 것을 보고서야 대충 저들의 속사정을 짐작할 수 있었다. 나는 밥은 얼마든지 굶어도 좋으니까 남한이 전쟁을 수습해주기를 간절히 바랐다. 날이 갈수록 남한 전투기의 공습이 심해지고 있었다. 일하다가 몇 번씩 대피하게 되자 우리들은 속으로 이번에 김일성이 쫄딱 망하라고 쾌재를 불렀다. 죄수들은 작업 중 폭격이 있으면 가까운 노천의 참호나 방공호로 대피하였다. 우리는 남한의 전폭기가 북한의 공장을 폭파해주길 기대했지만 그냥 지나치는 것을 보면 여간 속상한 게 아니었다.

어떤 사람은 참호에서 뛰쳐나가 전폭기를 향해서 폭격지점을 손으로 흔들어 주다가 간수의 총에 맞아 죽기도 했다. 그는 내일 모레 출감한다면서 출감일을 손꼽아 기다리던 20대 학생으로 반공투사였다.

작업 중에 국군 전투기가 기총소사를 가해오면 용케도 죄수는 빼놓고 간수들만 사격을 했는데, 이때 간수들의 동작은 가관이었다. 이들은 죄수들이 도망가지 못하게 막으랴, 총알을 피하랴 전투기를 향해 시모노프 총으로 단발 사격을 하랴 허둥대는 그들의 모습은 불난 집의 날뛰는 강아지 같았다. 이런 날에 간수들은 벌레 씹은 표정이 되었다. 우리들은 간수들의 행패가 우리에게 불똥이 튀는 게 아닐까 걱정을 하면서 눈치를 보았다.

전쟁에서 인민군이 유엔군과 한국군에 밀리면서 배식은 형편없어졌다. 노동은 고되기는 마찬가지였지만 밥을 제대로 주지 않으니

까 차츰 굶어죽거나 병이 들어 죽는 죄수들이 늘어났다. 처음에는
씻지도 않은 삶은 통감자 한 개씩을 배식으로 주더니 다음에는 조밥
만 한 달 가량 주었다. 가을바람이 불어오자 조밥 대신에 메밀을 삶
아서 먹으라는 것이었다. 까끌까끌한 삼각형 모양의 껍질째 그대로
삶은 통 메밀이었다.

전쟁이 시작되자 면회를 금지시켰기 때문에 미숫가루도 더 이상
들어오지 않았다. 중노동에 시달리면서 식사까지 불량해지니 통메
밀이라도 먹지 않을 수 없었다. 메밀을 젓가락으로 으깨서 삼키는
데 목구멍이 따끔거려서 한참 쉬었다가 먹어야 했다. 배가 고프니
까 어쩔 수 없이 통메밀이라도 삼켰지만 나중이 더 큰 문제였다. 평
소 변비에 걸려있는 상태에서 배변을 보려니 소화가 안 된 메밀껍질
이 항문에 걸려 피가 나왔다. 그 고통은 이루 말로 다 적을 길이 없
다. 더구나 감자와 메밀만 먹다보니 식물의 독기로 입술은 전부 부
르터서 너덜너덜 헤졌다. 중노동과 영양실조로 반죽음 상태에서 살
아가면서도 한 가닥 실낱같은 희망에 기대를 걸고 있었다.

국군의 북진이었다. 어서 빨리 국군이 북진하여 우리를 구출해주
기를 간절히 바라고 있었다. 그러면 나라가 바로 설 것이라는 굳은
신념으로 고통을 견디어 내고 있었다. 이 같은 희망의 끈을 놓지 않
고부터 우리들의 눈빛만은 더욱 반짝거리고 있었다.

우리도 아군기가 출격하여 공습을 할 때 전쟁을 실감할 수 있었
다. 작업장에서 카바이드 재를 매립장으로 운반하는데 아군기가 흥
남 해안선을 타고 순식간에 공습을 해왔다. "항공"하는 간수의 호령
과 함께 옆에 보이는 토관 안으로 20여 명이 후다닥 뛰어 들어갔다.

171

꽝하는 굉음에 정신을 잃었다가 다시 눈을 떠보니 폭탄은 멀컹멀컹한 카바이드 매립지에 떨어져 터지지 않았고 그 진동으로 우리가 숨었던 토관이 50여 미터나 굴렀다. 조금 있다가 아군기가 사라지고 토관에서 기어 나오니 어느 틈에 간수들은 우리를 향해 총을 겨누며 다시 작업장으로 내몰았다. 새벽부터 한밤중까지 일을 시키니 죄수들은 제대로 먹지 못해 픽픽 쓰러지고 있었다. 이런데도 악질 간수들은 죄수들에게 총을 들이대면서 소리쳤다.

"악질 반동분자들은 죽어도 일하다 죽어야 한다."

광란의 대학살극

50년 10월 초순 어느 날, 밤이 이슥한데 간수가 방마다 찾아다니면서 몇 명의 이름을 불렀다. 며칠 전부터 간수들이 들떠서 왔다 갔다 하여 심상치 않다는 것을 알았지만 한 밤중에 이름을 부르는 이유가 궁금했다. 이날 대략 마흔 명이 잠을 자다가 불려나갔는데 간수들의 말로는 식량난으로 흥남교화소로 이감한다는 것이었다. 흥남교도소애 식량이 있으면 실어오면 되는데 이감을 한다는 것도 이해가 안 되었다. 본궁에서 흥남까지 차로 가면 30분도 안 걸리는 거리였다. 마흔 명 중에는 김진수 목사를 비롯해 중년층 이상이었으며 그 중에는 병자들도 많이 끼어 있었다. 나는 혹시 저 죄수들을 죽이려는 것이 아닌가 하는 불길한 생각도 들었다. 어둠속에서도 김진수 목사의 눈에서는 선한 빛이 흘러나오고 있었다. 김 목사는 나를 보더니 눈빛으로 걱정을 하지 말라고 안심을 시켜주었다. 이것이 내가 김 목사를 마지막으로 본 장면이었다. 한밤중에 이감을 시키는 저들의 처사는 아무리 좋게 봐도 이해가 안 되었다. 한 시간쯤 있으니까 돌아온 트럭 엔진 소리가 들리면서 작은 소동은 끝이 났다. 나는 이때부터 대학살이 본격적으로 시작된 것을 꿈에도 모르고 단지 불길하다고 생각만 하고 있었다. 한참 후 본궁교화소에서 죄수들을 학살하였다는 소식을 듣고부터 두려움에 떨었다. 아침에 일어나 간수들의 표정을 보니 그들 역시 불안과 흥분이 뒤섞여 꽤 복잡한 얼굴이었다.

작업장으로 죄수들을 몰아내는 그들의 말과 행동은 전에 비해 훨씬 더 난폭해졌고 눈가에는 살기등등(殺氣騰騰)하고 음울한 기운이 뿜어져 나오고 있었다. 로동신문은 지급이 끊겼고 가끔씩 풀이 죽어있는 간수들도 전쟁에 대해서는 한 마디도 안 한지 꽤 오래 되었다.

10월 14일 새벽 4시경, 간수들은 남아있던 죄수들을 모조리 교화소 공터에 집합시켰다. 본궁에 남아있던 죄수는 반동사상범 스무 명과 악질 흉악범 스무 명 해서 모두 마흔 명에 불과하였다.

간수들은 약 80여 명이었는데 이들은 한결같이 소련제 시모노프 소총으로 무장하고 있었다. 이들은 죄수들을 일렬로 세운 뒤 손목을 끈으로 묶은 후에 본궁수용소를 떠날 준비를 하였다. 이들의 말에 의하면 본궁수용소를 임시 문을 닫고 흥남수용소로 이감을 간다는 것이었다.

이런 가운데 죄수들은 자신들의 죽음을 예견하고 눈물을 흘리는 것이었다. 간수들은 뭔지 모르지만 허둥대는 게 이상하였고 밥도 안 주고 이감을 시킨다는 것도 앞뒤가 안 맞았다. 그들은 흡사 피에 굶주린 이리떼처럼 눈빛을 번뜩이면서 난폭하게 행동하였다. 아마 상부에서 어떤 특별한 지시를 받아놓고 있는 것 같았다.

목숨이 경각에 달린 마당에 간수들과 육탄전이라도 벌여보고 싶었지만 무장한 간수들이 너무 많아 포기하고 오로지 운명을 하늘에 맡기기로 하였다. 나는 절대절명의 순간에 김화식, 김진수 목사를 생각하면서 잠깐 기도를 하였다.

"평화로운 조국, 누구나 골고루 잘 사는 조국, 국민을 사랑하고 아껴주는 지도자가 있는 조국을 그리다가 이대로 죽고 마는 것입니까? 너무나 허망합니다. 저는 살아서 우리 조국이 번영하는 모습을 꼭 보고 싶습니다."

이렇게 죽음이 눈앞으로 다가오자 만감이 교차하였다. 어스름하게 먼동이 터오는 새벽하늘을 바라보니 울컥하고 눈물이 쏟아지는 것이었다.

간수들이 서두르고 날뛰면서 재촉하는 가운데 줄줄이 묶인 죄수들은 수용소 뒷문으로 나서서 흥남을 향해서 산길을 걷고 있을 때였다. 어디선가 벌떼소리처럼 웅성거리는 소리가 들려왔다. 행진을 멈추고 돌아다보니 마을 주민들이 리어카나 지게를 끌고 지고 하면서 수용소 안으로 들어가는 것이었다. 굶주림에 지친 주민들은 인민군이 철수한다는 소식을 듣고 떼를 지어 수용소 안으로 식량을 훔치러 가는 길이었다. 계속해서 식량을 실어 나르는 주민들의 모습을 보면서 우리 죄수들은 경악을 금할 수가 없었다. 주민들이 나르는 곡식의 양이 엄청나게 많았기 때문이었다. 저렇게 식량을 비축해놓고도 죄수들에게는 통모밀과 감자 한 개를 주고 중노동을 시켰다고 생각하니 분통이 터질 노릇이었다. 간수들의 소행을 생각하니 온몸이 부르르 떨리면서 당장이라도 패죽이고 싶은 충동이 일었다.

잠시도 쉬지 않고 곡식을 나르는 주민들의 모습을 지켜보고 있던 간수들은 이목이 두려웠던지 죄수들을 산비탈 아래에 있는 굴속으로 밀어 넣었다. 그리고는 한참 동안 그들은 뭔가 궁리를 하는 것 같았다. 우리가 들어간 곳은 산비탈 아래에 터널처럼 입구가 뚫린 방공호였다. 굴 안에서는 역겨운 비릿한 냄새가 풍겨 나오고 있었다. 굴 바닥에는 군데군데 물이 고여 있었는데 흙탕물 치고는 너무 붉었다. 그제야 나는 여기가 학살 장소로구나 하는 생각이 들었다. 간수들은 우리를 여기로 몰아넣고 6시간이나 방치하였다. 긴 시간을 이곳에서 보내는 동안 흡사 무덤 같은 예감이 들었다.

대충 어림잡아서 그 굴 안에는 70명 정도가 들어갈 수 있을 것 같았다. 우리가 죽임을 당할 장소가 여기라고 생각하니 기가 막혔다. 그런데도 사람들은 옷이 물에 젖을까봐 돌멩이를 찾아서 깔고 앉지를 않나 진흙이 조금이라도 묻으면 털어내기에 바빴다. 나는 여기서 살아날 방도를 열심히 찾아봤지만 기적이 일어나지 않으면 도저히 살아날 가망이 보이지 않았다. 이때 평양교화소에서 순교한 김화식 목사를 떠올렸다. 이 분은 죽음을 두려워하지 않고 모든 것을 하나님께 의탁하고 기도하다가 죽음을 당당하게 맞아들였다. 여기서 삶과 죽음은 내가 선택할 수 있는 여지가 깨알만큼도 없었다. 그러나 아직은 죽음을 단념하기에는 아직은 이른 것 같았다. 간수들은 뭔가 상부의 지시를 기다리고 있었다. 구사일생이라는 말도 떠올랐다. 나는 주민들이 수용소의 창고를 뒤져서 곡식을 꺼내가는 장면을 물끄러미 바라보았다. 가족을 먹여 살리려고 곡식을 머리에 이거나 지게에 지고 있는 저들이 오히려 부럽게 느껴졌다. 혹시나 저들이 힘을 합쳐서 우리를 도와준다면 군중의 힘으로 살아날 수도 있겠구나 하는 상상도 해보았다. 아무 것도 이루지 못하고 객사한 다고 생각하니 억울하기가 한이 없었다. 저 주민들이 다 돌아가고 나면 우리는 개죽음을 당하게 될 것이 확실하였다.

무릎 사이로 고개를 끼우고 내려다보니 주민들은 일개미처럼 곡 식자루를 들고 줄을 지어 집으로 가고 있었다.

"나도 살아야 겠다. 아직 죽을 때가 아니야. 왜 내가 죽어야 한단 말인가?"

고개를 살짝 들어보니 응용이와 병기도 고개를 떨어뜨리고 혼이 나간 사람처럼 멍하니 앉아 있었다. 우리 셋은 조양단을 만들어 소 련의 철수를 주장하다가 여기까지 오게 되었는데 우리 셋이 마지막 이 될 줄이야 누가 알았겠는가. 다른 죄수들은 입을 굳게 다물고 한 마디도 하지 않았다. 7시간이 지났지만 수용소로 가는 사람들의 줄 은 여전히 길었다. 아니 줄어들기는커녕 점점 더 늘어나고 있었으 니 본궁수용소에 비축된 식량이 엄청나게 많았던 것이다. 이렇게 식량을 잔뜩 비축을 해놓고도 죄수들을 굶겨 죽인 것이었다. 곡식 을 가져가는 인파의 행렬은 그칠 줄 모르고 계속 되고 있었다.

쌀 포대를 보면서 나는 죽기 전에 두부찌개에 하얀 입쌀밥을 실컷 먹어봤으면 하고 상상하니 군침이 돌았다. 어디서 무슨 지시라도 받았는지 간수들은 우리를 굴에서 다시 나오라고 하더니 이목을 피 해가며 산길로 행진을 시켰다. 내 왼쪽에서 걸어가던 강계 출신의 안형만 씨가 나의 오른쪽 귀에 대고 속삭였다.

"여기서 북으로 한 이삼십 리 더 가면 니켈광산이 있는데 우리들을 거기로 끌고 가는 모양 같네. 방향이 홍남하고는 비슷하지만 길이 다르잖소?"

"왜 니켈광산으로 끌고 가는 거요?"

"아니 이 사람아, 그걸 몰라서 묻는 건가!"

"아뇨……. 제가 아는 게 별로 없어서요. 저는 사회 경험이 없어 형님들만큼 모릅네다."

이렇게 말하니 안 씨는 금방 화를 풀었다. 아차하고 생각하니 우리가 가는 방향이 분명히 홍남 쪽이 아니었다. 홍남과 본궁 사이에서 북으로 향하여 50여 리 떨어진 곳에 니켈광산이 있다는 얘기는 전에 들어서 알고 있었다. 길가의 굴에서 우리를 처치하지 못한 간수들은 우리를 니켈광산으로 데리고 가서 죽이려는 것이었다. 이들은 이목도 있으니까 우리들을 이리저리 끌고 다니면서 처치하기에 마땅한 장소를 물색하고 있던 것이었다.

점점 다가가면서 방향을 추정해보니 니켈광산으로 데리고 가는 것이 분명하였다. 갱도에다 우리를 밀어 넣으면 간단하게 처치할 수 있었다. 우리를 생매장하려고 끌고 가는데 우리는 새벽부터 밥은 고사하고 물 한 모금 마시질 못해 갈증으로 온몸이 말라버리는 것 같았다. 일행은 그저 앞만 보고 기계적으로 걸어갔다.

기적은 있다

한참 걸어가니 저 멀리 니켈광산의 갱도가 상어 아가리처럼 입을 떡하니 벌리고 있었다. 저기에 우리들은 밀어 넣으려고 우리를 끌고 온 것 같았다. 갑자기 눈앞이 노랗게 되면서 겁이 났다.

"아, 이제는 꼼짝없이 죽게 되는구나. 그 험한 일본 놈들도 이렇게는 안했는데……. 결국 내 민족의 손에 죽게 되는구나."

이제는 죽게 된다는 공포감에 눈물이 주르르 흘러내렸다. 이때였다. 갑자기 우리 머리 위로 국군 전투기 한 대가 나타나 한 바퀴 빙 돌더니 사라졌다. 그러자 간수들은 우리들에게 채찍을 마구잡이로 휘두르는 것이었다. 우리들은 줄을 풀고 뿔뿔이 흩어졌다. 구멍 난 구럭에서 게들이 빠져나가듯 죄수들은 여기저기로 튀었다. 10여 분쯤 지나자 다시 나타난 전투기가 어쩜 그렇게 간수들만 골라서 사격을 하는지 정말 고소해서 웃음을 억지로 참았다. 넋이 빠진 간수들은 죄수들을 단속할 여지도 없이 달아나기 바빴다. 우선 나부터 살고보자는 것이었다. 그들은 지니고 있던 소총을 한 방도 제대로 쏴 보지 못하고 피범벅이 되어 쓰러졌다.

간수들이 달아난 발뒤꿈치 쪽으로 야전삽만한 크기의 총알 자국들이 따라다녔다. 간혹 간수들은 죄수들을 총으로 위협하기도 하고 전투기를 향해 총을 쏘았지만 우리들은 너무 기뻐서 환호성을 질렀다. 이때에 전투기는 길게 꼬리를 남기며 사라졌다. 매를 맞고 발길로 걷어차이며 줄을 재정비한 죄수들은 다시 행군을 계속 하였다. 혹시나 아군 전투기가 또 나타나겠지 하면서 간절히 기다렸지만 전투기는 끝내 나타나지 않았다. 생지옥이 입을 벌리고 우리를 기다리고 있었기에 발걸음이 천근만근 납덩이처럼 무거웠다.

간수들은 개머리판으로 우리의 등을 후려쳤다. 그때마다 우리는 신음소리를 내면서 땅바닥에 쓰러졌다. 옷은 다 헤지고 군데군데 긁힌 데서는 피가 스며 나와 울긋불긋 하였다. 얻어맞으면서 겨우 걸음을 옮기고 있을 때 말발굽 소리가 뒤쪽에서 요란하게 들려왔다. 간수들은 우리의 행진을 멈추게 하였다. 말이 가까이 오자 본궁 노무자수용소 계호과장이었다. 그는 허둥지둥 말에서 내리더니 간수들을 모아놓고 뭔가를 열심히 설명하고 있었다. 약 5분간의 구수회의가 끝나자 이번에는 간수들이 대오를 맞추어 줄을 섰다. 이때 가까운 야산 산등성이에서 총소리가 들려왔다. 우리는 국군과 인민군의 전투로 생각했지만 이건 교전의 총소리가 아니었다. 단순히 규칙적으로 단발 음만이 들려왔다. 흡사 신호탄과 같다는 생각이 들었다.

이 총소리와 때를 같이 하여 간수들의 대열이 움직였다. 우리에게는 말 한 마디 없이 북쪽으로 구보로 달려갔다. 우리는 간수들이 뛰어가는 것을 의아하게 바라보고만 있었다. 도무지 무슨 영문인지 알 수가 없었다. 새벽부터 하루 종일 물 한 방울 마시지 않아 머리가 핑글핑글 돌았다. 한참을 그렇게 서 있었다.

그때 누군가가 한 마디를 불쑥 던졌다.

"아니 빨갱이들이 도망갔어."

"우린 이제 살아난 거야."

"예? 살아났다구요?"

"여기 보라구. 간수들이 우리를 죽이게 된다구. 어디 틀렸어?"

어떻게 돌아가는지 연유를 몰랐지만 살아났다고 안도감을 느끼기에는 아직은 일러보였다. 저마다 땅바닥에 털썩 주저앉아서 오랏줄을 푸느라 정신이 없었다. 죽음의 문턱에서 벗어나자 다리에 맥이 풀리면서 더 이상 서 있을 수가 없었다.

"우리 진짜 살았수다래?"

이제야 살았다는 것을 실감하며 기쁨을 만끽하고 있는데 손에 총을 든 청년 스무 명이 우리를 향해 달려오고 있었다. 그 순간 나는 "이제 정말 죽었구나"하면서 고개를 들어 하늘을 바라보았다.

우리는 순간 이리저리 몸을 날려 숨었다. 하여튼 구멍만 보이면 머리부터 밀어 넣었다. 그때 달려온 청년들이 우리를 보고 소리를 질렀다.

"이보시오. 우리는 당신네들을 구하러 온 사람들이니 걱정 말고 이리들 나오시오!"

그들은 함흥지구 자치대 청년들이었다. 우리 죄수들을 모두 흥남수용소 뒤쪽에 있는 커다란 과수원으로 데리고 갔다. 그 과수원 주인은 목사라고 하였다. 그분의 이름은 생각해내려고 기억을 되살려보았지만 끝내 알아낼 수 없어서 안타까웠다. 과수원 목사 아들이 주민들을 모아 자치대를 결성한 다음 틈틈이 소수의 인민군들을 습격하여 무기를 빼앗아 비축하였다.

함흥지구자치대는 평소 본궁과 흥남수용소에 반공투사들이 많이 수용되어 있다는 것을 알고 있어 두 수용소의 동태를 살펴 기회를 엿보고 있었다. 먼저 일차로 끌려갔던 동료들에게 물어보니 그때는 상황이 너무 좋지 않아서 도저히 손을 쓸 수가 없어 학살을 막지 못하였다는 것이다. 이때 김진수 목사를 비롯하여 먼저 세상을 떠난 여섯 명의 동료들이 떠올라 안타까움이 컸다. 이들 자치대의 말에 따르면 흥남과 본궁수용소에서 한 날 한 시에 죄수들의 학살이 있었다고 한다. 흥남과 본궁수용소의 자치대원들은 죄수들이 끌려나오는 것을 알고 행동을 개시하였다. 간수와 죄수들이 모두 나간 후 두 수용소에는 소수의 인민군 고관들과 간부 몇 명 외에는 잔류인원이 거의 없다는 것을 알고 자치대원들이 수용소를 급습하여 이들을 생포하였다. 이들은 서류를 챙기고 소각하는 등 잔무를 처리하려고 남아 있다가 자치대원들에게 억류되었다. 자치대원들은 목숨을 살려줄 테니까 죄수들을 학살하지 말라는 전문을 보내도록 하였다.

몇 명의 자치대원들은 본궁에서부터 계속 우리를 살피면서 따라오다가 적시에 총소리를 내어 효과를 보았다. 이러자 간수들은 자치대를 국군 선발대로 오인하여 전령의 말을 듣고 삼십육계 줄행랑을 친 것이었다. 이들 자치대원들은 흥남에서도 같은 방법으로 많은 인명을 구출하였다. 이들은 소수이면서도 뛰어난 지략과 재치로 죽기 일보직전의 반공투사들을 구출하였다. 우리를 구출한 자치대원들은 우리가 고맙다고 거듭 인사를 해도 당연히 할 일을 한 것이라고 겸손하게 받아들였다. 이들을 보면서 뻔뻔하고 비리로 얼룩진 김일성 도당과는 양심적인 면에서 다르다는 것을 깨달았다.

과수원 입구로 많은 사람들이 걸어 들어오고 있었다. 자세히 보니 흥남수용소에 있었던 동료들이었다. 우리는 서로 얼싸안고 눈물을 흘리면서 살아있다는 것을 서로 축하하였다. 흥분과 기쁨에서 정신을 차린 우리는 누군가의 선창에 따라 만세삼창을 부른 후 먼저 저 세상으로 간 반공투사들의 넋을 달래주는 마음으로 묵념을 올렸다. 우리들은 과수원에서 몇 년 만에 후한 저녁 대접을 받고 기운을 차리고 각자 흩어졌다.

현지 치안대에 입대하다

　여든 명의 죄수들 가운데 나와 병기, 응용과 나머지 4명은 본궁에 남아서 자치대에 참여하였다. 어서 빨리 어머니가 계신 평양으로 달려가고 싶었지만 후퇴하는 빨갱이들을 놔두고 발길을 고향으로 돌릴 수가 없었다. 우리는 자치대와 함께 빨갱이 토벌작전을 대대적으로 벌였다. 야전수법으로 기습을 하고 함정으로 유인하여 소규모로 생포도 하였다. 감방에 인민군들을 가둬놓고 보초를 서려니까 마음이 묘해졌다. 불과 나흘전만 해도 나는 감방 안에서 죽음을 기다리고 있었던 처지였는데 이제는 역전되어 내가 감방을 감시한다는 게 영 실감이 나지 않았다. '인간사 새옹지마'라는 말이 있기는 하지만 지금의 내 처지를 생각하니 꿈속을 거닐고 있는 것 같았다.

　인민군 토벌작전을 시작한지 이틀째인 10월 16일, 우리가 그렇게 기다렸던 국군이 마침내 흥남으로 진입하였다. 국군들은 계속 북쪽으로 올라가고 있었다. 거기다 유엔군까지 흥남과 함흥지역에 진입하여 김일성을 생포하는 것은 시간문제로 보였다. 그때 혜산과 장전호 부근에서 살다 피란을 온 사람들은 개마고원 산악지역에 수십만 명의 중공군이 대기하고 있다는 첩보를 전해주었다. 국군과 유엔군이 흥남에 진입했지만 치안에는 손도 못 대고 북쪽으로 계속 진격하였다.

이때 국군 정훈장교가 우리를 만나고 싶다는 말을 전해왔다. 나와 병기 그리고 응용은 정훈장교를 만나러 갔다. 그는 국군의 애로사항을 설명한 다음 우리가 민간치안을 맡아달라고 부탁하였다. 우리들은 이 부탁을 받아들여서 정식으로 치안대를 발족시켰다. 치안대원은 500명에 육박하였으며 김원덕 씨를 치안대장으로 추대하였다. 우선 치안대는 흥남 5대 공장의 경비를 맡았다. 무기를 소지한 자들의 신고를 받아 무기를 회수하여 국군에게 넘겨주었다. 그러면서 빨갱이 잔당들을 토벌하고 악질 부역자들을 색출해내었다. 아침부터 밤까지 신명나게 돌아다니면서 민심을 청취하고 철시했던 상가들의 문을 열 수 있게 도와주었다. 이래서 흥남은 빠르게 안정을 되찾았고 혼란도 수그러들었다. 이렇게 보름쯤 지났을 때 국군 2진으로 특무사업을 담당하는 방첩부대(CIC) 3지구대가 흥남으로 들어왔다. 이들은 공백 기간 동안 자치대의 활동과 실적을 보고 받고 노고를 치하하였다. 그 자리에서 방첩부대 공병익 대장은 나를 포함하여 김병기, 김동국, 이응용, 조치호 등 다섯 명을 부르더니 방첩부대 3지구대에 현지 입대를 받아주겠다고 하였다. 그날 우리 다섯 명은 방첩대에 현지 입대하여 자치대 활동을 더 적극적으로 펼치게 되었다. 이 모든 것이 불과 3주 만에 이루어진 일들이라 나는 독주를 한 잔 마신 것처럼 정신이 혼미하였다.

홍남의 5대 공장 중에는 수은공장과 인조보석 공장이 있었는데 시설경비와 함께 생산품 경비도 중요하였다. 그런데 이 경비가 국군을 경계하는 경비가 되어버렸다. 국군 가운데 일부가 경비를 서는 치안대원을 위협하여 수은이며 보석을 가져가는 사건이 생긴 것이었다. 우리 5인은 국군과 동일한 신분이어서 어느 정도 막을 수는 있었지만 신분 보장이 안 되어 국군의 압력과 협박을 배겨낼 수가 없었다. 나중에 특무부대가 개입하여 막기는 했지만 국군을 믿었던 우리들은 크게 실망하였다. 적과의 전쟁보다는 잿밥에 마음을 더 두고 있는 일부 몰지각한 국군의 행태를 보면서 과연 저들이 김일성의 인민군을 무찌를 수 있을까 하는 걱정까지 하게 되었다. 5인 중 4인은 홍남에 남아서 치안대원으로 계속 활동하였고 나는 함흥에서 발족된 애국지사 시체 발굴위원회 위원으로 활약하였다. 말이 시체 발굴이지 그 참혹함이란 눈 뜨고는 볼 수 없을 정도였다. 아직은 10월이라서 홍남시에는 시체 썩는 냄새가 코를 찌르고 있었다. 미군이 지급한 마스크를 쓰기는 했지만 악취를 완전히 막아주지는 못하였다. 처음 시체 발굴을 시작한 곳은 함흥교화소의 학살 현장이었다. 100여 개가 되는 감방에는 처참하게 총에 맞아 죽은 시체들이 즐비하였고 팔과 다리 등이 누구의 것인지 모르게 잘려져 있었다. 한 마디로 아비규환이었다. 교화소 밖에 있는 변소 뚜껑을 열어보니 역시 거기에도 시체들이 가득하였다. 오물통의 뚜껑을 여니 도끼로 머리를 찍혀 골이 쏟아져 있는 시체들이 오물 속에 뒤범벅되어 있었다. 나는 이런 처참한 모습을 보고 행방불명된 김진수 목사

187

의 시신을 찾으려고 신경을 곤두세우고 있었다. 시체 발굴 작업은 괴뢰군 잔당들과 악질부역자들도 동참시켰더니 이들도 사람인지라 처참한 광경에 소나기 같은 눈물을 펑펑 흘리면서 울었다. 가족들의 시체를 찾으러 온 사람들과 구경꾼들은 그 처참한 광경에 경악하여 함께 울부짖었다. 시체 발굴 현장은 말 그대로 눈물바다가 되었다. 흥남이 다 떠내려갈 것처럼 통곡의 바다를 이루고 있었다.

내가 변소에서 시체를 발굴하고 있는데 교화소 뒷마당을 보니 돌무더기가 수북하게 쌓여 있는 게 보였다. 처음에는 그저 돌무더기로 알고 지나쳤는데 누가 내 발목을 잡는 것 같은 느낌이 들었다. 그래서 나는 그 중 하나의 돌무더기에서 돌덩이 몇 개를 들추었더니 핏자국이 묻어 있었다. 나머지 두 개의 돌무더기에서도 핏자국이 보였다. 시체발굴단 모두가 달려들어 돌무더기를 들춰내었다. 도끼로 여기저기 찍힌 여자의 뒷덜미가 피에 절어 있었다. 이 잔혹한 장면을 더 이상 설명하는 것이 부질없는 짓일 수도 있어 그만 생략하고 싶다. 나머지 돌무더기에서도 여성의 시체가 수북하게 쌓여있었다. 가족들은 시체의 옷과 신발, 반지, 이빨 등으로 신원을 확인하고 그만 넋을 잃고 통곡을 하였다. 옆에서 이를 지켜보고 있던 사람들도 함께 엉엉 울어주었다.

시체를 들어내자 호흡이 곤란할 정도로 악취가 심하게 났다. 나는 계속해서 김진수 목사의 시체를 찾는데 온 힘을 다 기울이고 있었다. 마지막 가시는 길을 챙겨드리지 못한 것이 한으로 맺혀있었다. 절망 속에서도 희망의 빛을 주고 가신 김 목사의 시체를 꼭 찾고야 말겠다고 서둘렀다.

인민군에 의해 살해되어 우물에 던져진 시신들(함흥)

　그러면서 피에 흠뻑 젖은 내 손을 바라보니 온몸이 부르르 떨렸다. 악취 때문에 기절할 것만 같았다. 교화소에 있는 세 개의 우물에서만 여학생들의 시체만 1000여구가 발굴되었다. 한창 순수하고 아름답게 자라나야 할 여학생들이 무슨 죄가 있어 이렇게 비참하게 죽어야 했을까 생각하니 분노가 치밀어 올라왔다. 어린 딸의 시체를 확인한 어느 어머니 하나는 냄새나는 시체를 끌어안고 하염없이 통곡을 하였다.

　빨갱이들은 여학생을 우물에 집어넣으려고 하는데 안 들어가려고 발버둥을 치는 학생, 다시 기어 올라오는 학생들의 머리를 사정없이 도끼로 내려찍었다. 살기 좋은 사회주의 국가, 지상낙원을 건설하겠다는 김일성 도당들이 자행한 학살 현장을 수습하면서 이 이상의 인간 지옥은 없을 것 같다는 생각이 들었다. 10월말로 접어들면서 국군과 유엔군이 마오쩌둥의 인민지원군과 전투를 시작했다는 소식이 간간이 들려왔다. 확실히 믿을 수는 없지만 주로 장전호 근처나 혜산, 초산 등지에서 피란을 나온 사람들의 입에서 나온 얘기들이어서 100퍼센트 지어낸 얘기는 아니었다. 이때부터 북조선의 평양 라디오방송은 송출을 중단했고 로동신문도 더 이상 발행되지 않고 있었다. 가끔 유엔군이 인민군의 항복을 권유하려고 공중에서 살포한 삐라들을 읽어보면 김일성은 압록강을 건너 중국으로 도망친 게 틀림없어 보였다. 이것을 보고 사람들은 한마디씩 하였다.

"이거 뭐야. 사흘이면 남조선을 점령하여 미 제국주의의 압제에서 남조선 인민들을 구출한다고 떵떵거리더니 만주로 도망쳤다구?"

"그러게 말이야. 도망가려면 얌전하게 갈 것이지 아무 죄도 없는 여학생들을 왜 학살하느냐 말이야. 에이, 김일성이 나쁜 놈들 같으니라구."

흥남에서만 수천 명의 무고한 시민들, 그중에서도 꽃다운 나이의 여학생들이 학살을 당하자 시민들은 김일성에게 완전히 등을 돌리고 원망하기 시작하였다.

우물 입구에서 한 길쯤 되는 깊이에서 발굴되는 시체들은 형체조차 알아볼 수 없었고 잘려진 사지들은 어느 시체의 것인지 분간할 수 없었다. 한 길 깊이가 더 되는 아래쪽으로는 비교적 손상이 덜하였다. 머리에만 도끼 자국이 있는 시체들이 차곡차곡 포개져 있었다. 이것을 보면서 김일성 공산당 무리들의 잔혹성을 만천하에 알려야겠다는 생각하게 되었다.

이쯤 되니 빨갱이들은 인간이 아닌 괴물이 아닐까 하는 착각이 들 정도였다. 어떻게 인간이 도끼를 휘둘러 무고한 사람들을 무참히 살해할 수가 있을까?

시체 발굴과 동시에 진상조사를 실시하였는데 우선 여학생들이 집단으로 학살된 배경이 궁금하였다. 이들 여학생들은 함흥 만수산 기슭에서 국군의 전투기의 폭격이 있자 윗저고리를 벗어 일제히 흔들면서 환호하였다는 이유로 즉결재판에 회부되어 함흥교화소에 감금되었다. 유엔군과 국군이 함흥으로 진격하자 빨갱이들은 이 여학생들을 잔혹하게 학살하고 압록강 변으로 도망을 친 것이다. 우리는 발굴한 시체들을 물로 씻어내어 가족들이 쉽게 찾을 수 있도록 밭고랑에 가마니를 깔고 길게 늘어놓았다. 그리고는 가족들이 나타나지 않는 시체들을 따로 모아놓고 위령제를 지내주었다. 함흥에서 학살된 사람들의 고향은 대부분 평양이었기 때문에 가족들이 오는 데 시간이 한참 걸렸다.

10월 중순이라 날씨는 선선했지만 시체는 빠르게 부패하였고 구더기들이 징그러워 더는 볼 수 없을 정도로 우글거렸다. 가족들은 눈물 반, 땀 반으로 이리 뛰고 저리 뛰면서 가족들의 시체를 찾으러 다녔다. 이들은 가족들의 시체라도 거둬야 한다는 집념에서 밥도 굶고 몇 날 며칠을 헤매고 다녔다. 이들은 아무데서나 빈터만 있으면 자리를 깔고 쪽잠을 잤고 먹을 것도 집에서 싸가지고 온 것들로 겨우 버티었다.

함흥교화소에서 시체 발굴 작업이 거의 끝나갈 무렵에 이승만 대통령이 함흥에 도착하였다. 이 대통령 환영식 겸 함경도민들의 김일성 공산당 만행을 폭로하는 규탄대회가 함흥시청 앞에서 열렸다.

이 대통령은 규탄대회가 끝난 뒤 우리 발굴단을 불러 노고를 치하하였다. 이 대통령은 함흥교화소 학살현장을 직접 들러보고는 눈물을 흘렸다.

규탄대회 후 나는 지독한 몸살에 걸렸다. 사지가 쑤시고 두통이 심해서 머리를 쳐들 수도 없었다. 거기다가 수많은 환영(幻影)들이 사방에서 떠다니고 있는 것 같았다. 불쌍한 영혼들은 고통으로 일그러져 내게 억울함을 풀어달라고 호소하는 것 같았다. 나는 물 한 모금 마시지 못하고 꼬박 사흘을 누워 끙끙 앓았다. 시체를 발굴했던 사람들은 모두가 나와 비슷한 증상에 시달렸다. 며칠 후 어느 정도 기운을 차린 우리들은 다시 발굴현장으로 나갔다.

함흥교화소에서 서북쪽으로 약 2킬로미터 떨어진 곳에 50~70미터쯤 되는 석굴이 10여 개가 있었다. 이곳을 발굴해 보라는 제보를 받고 가보니 주변이 돌로 막혀 있어 다이너마이트로 폭파하여 겨우 입구를 찾아내었다. 흙더미를 파헤치니 검게 그을리고 살이 헤어진 시체들이 끝없이 나왔다. 인민군들은 이 석굴 속에 사람들을 몰아넣고 무차별 사격을 하여 학살한 다음 다이너마이트를 터트려 석굴을 매몰시켜 버렸던 것이다. 여기서 발굴한 시체들은 도저히 형체를 알아볼 수 없을 정도로 훼손되고 불에 타버렸다. 우리들은 신원 파악을 포기하고 15,000여 구의 시체를 한 군데 묻어주고 합동위령제를 지내주었다.

주민들의 말에 의하면 인민군의 후퇴가 시작되자 매일 어디선가 트럭들이 사람들을 무진장 실어 날랐고 이때마다 커다란 폭음소리가 들려왔다는 것이었다.

"왜 공산당 빨갱이들은 이런 끔찍한 학살을 한 것일까?

무슨 이유로 천인공노할 잔인한 짓들을 한 것인가?

이게 모두 전쟁 탓이란 말인가?

아니다. 분명 전쟁 탓만은 아니다."

도저히 우리 머리로는 셀 수조차 없는 시체들을 보고 있으려니 머리가 빙글빙글 돌 지경이었다. 내 눈으로 보고 있는 이 모든 일들이 꿈속에서 일어난 것은 아닐까? 하고 혼동이 되었다.

내 뺨을 꼬집어보고서야 비로소 이것이 현실이라는 것을 알 정도로 정신이 혼동되었다. 이곳의 사후처리가 마무리되자 장례위원들은 덕산의 니켈광산으로 옮겨갔다.

이곳은 본궁수용소에 있던 우리가 죽음의 문턱에서 구사일생으로 목숨을 건진 곳이었다. 나는 니켈광산 굴 앞에서 잠깐 상념에 잠겼다.

"아, 본궁수용소 간수들이 나를 여기다 집어넣어 죽이려 했었구나. 나는 이제 덤으로 사는 인생이다. 김일성의 만행을 고발해야겠다. 가자, 남쪽으로 가자."

이날 니켈광산에서 나는 남쪽으로 내려가기로 작심을 하였다. 자기 백성을 무참하게 학살하는 공산당이 나를 어떻게 대할지는 여기를 보면 알 수 있을 것 같았다.

니켈광산은 생각보다 규모가 컸다. 모두 수직으로 깊이 파 들어간

갱이었다. 카바이드로 불을 밝히고 보니 갱 입구 바닥이 온통 피로 얼룩져있었다. 바닥에 피가 흥건하게 깔려있어 걸을 때마다 미끌미끌 하였다. 핏물이 질척한 돌덩어리를 들춰내니 차마 말로 표현할 수 없을 정도로 처참한 몰골의 시체들이 깔려있었다. 반경 10여 미터의 굴속에는 핏물에 잠긴 시체들이 으스러지거나 깨어진 상태로 차곡차곡 포개져 있었다. 우리는 양수기 4대를 동원하여 핏물을 빼내면서 시체를 수습하였다. 우리와 함께 일하는 사람들은 온몸이 벌겋게 피로 물들었고 시체를 한구씩 들어내어 갱도 밖으로 운반할 때는 몰려있던 사람들이 부역자라고 침을 뱉었다. 얼굴은 침과 눈물과 땀으로 범벅이 되어 도저히 사람이라고 할 수 없게 되었다. 이들은 마치 외계에서 온 괴물처럼 보였다.

100여 구의 시체들을 들어내자 다시 돌덩이가 나왔다. 계속 돌을 걷어내자 또 시체들이 나왔다. 이들 시체들에 총탄자국이 없는 것으로 보아서 인민군들이 갱도 안으로 산 채로 떠밀어서 생매장한 것 같았다. 시체들의 손에는 하나같이 밧줄로 묶여있었다. 100여 명쯤 손발을 묶어서 갱도 안으로 밀어 넣었던 것이다. 갱도 안은 지하수와 돌과 시체가 한데 섞이고 눌려서 참혹한 피의 바다를 이루었다.

이곳에서 발굴한 시체는 대략 21,000만 구에서 30,000 구 가량 되었다. 니켈광산의 고된 시체 발굴 작업이 끝나자 나는 또 다시 열병으로 앓아 누었다.

사흘 후 몸을 추스르고 기운을 조금 되찾자 이번에는 너무 끔직한 악몽에 시달려야만 하였다. 밤새 목이 없는 사람, 팔다리가 없는 사람, 장기가 쏟아져 나온 사람과 온몸에서 검붉은 피를 철철 흘리는 사람들이 아우성을 치면서 살려달라고 울부짖었다.

나는 숨이 막혀 죽을 것 같은 고통으로 팔다리를 허공에 대고 휘졌다가 깨어났다. 눈을 떠도 시체요, 잠이 들어도 온통 시체뿐이었다. 끼니가 되어 밥숟갈을 들어도 밥알이 목구멍으로 넘어가질 않아 숟갈을 도로 내려놓았다. 꿈에서 환영이 나타나고 밥을 먹지 못하니 몸과 마음이 갈수록 쇠잔해졌다. 이때부터 나에게 가끔 혼자 하나님을 원망하는 버릇이 생겼다.

"신이시여. 당신이 정녕 계시다면 이렇게 참혹한 살육을 보고만 계셨나요? 억울하게 죽어간 생명들의 원한을 누가 갚아줘야 하나요?"

김진수 목사 시신을 찾다

　　점점 시간이 흐르면서 함흥지역의 시체 발굴 작업은 마무리되었지만 흥남과 본궁수용소에서 일차 학살 때 죽은 동료들의 시신의 행방은 여전히 오리무중이었다. 시체발굴위원회의 일이 거의 끝나갈 무렵에 낯익은 시체들이 발견되었다는 신고가 들어왔다. 일흔이 넘은 노파가 사무실로 찾아와 자기가 사는 동네에서 시신이 발견되었다고 설명했다. 나는 그 노파를 마주보고 앉았다. 우선 사실 여부를 판단하려고 노파의 표정 하나하나를 뜯어보았다.

　　"시체가 발견된 경위부터 얘기해보시죠."

　　"우리 집에서 개를 기르고 있는데 이 개가 나갔다 저녁에 집으로 돌아올 때 사람 뼈 같은 걸 물고 와서 뜯는 것이었어요."

　　"그 전에는 그런 일이 없었나요?"

　　"그럼요. 이 얘기를 이웃집에 했더니 그 개도 비슷한 일이 있었다는 거였어요."

아무리 봐도 개가 물고 오는 뼈가 사람의 것 같았다고 한다. 노파는 그날부터 개를 유심히 살폈더니 흥남수용소 뒤쪽에 있는 언덕으로 가더라는 것이다. 그 노인의 눈썰미는 정확했다. 구멍이 난 곳을 파헤쳐보니 굴 입구가 보였고 거기서 심하게 부패한 시체가 무더기로 나왔다. 시체 썩는 악취가 산을 덮고도 남을 정도로 심했다. 땀을 흠뻑 뒤집어쓰면서 시체를 발굴했더니 흥남과 본궁수용소에서 함께 있던 동료들의 것이었다. 시체 한 구에 서너 발의 총알이 관통되어 있었다. 어떤 시체는 기관총을 맞아 형체를 알아볼 수조차 없었다. 인민군들은 총알을 아끼느라 죽창으로 찔러 살해하기도 하였다. 나는 김진수 목사의 시신을 찾으려고 눈을 부릅뜨고 움직였다.

두어 시간 후 신의주 학생 의거로 투옥된 학생들 시신 사이에서 김 목사 시신이 발견되었다. 나는 무슨 보물이라도 찾은 것처럼 너무 기뻐 소리쳤다.

"야, 찾았다. 찾았어. 김진수 목사 시신이 여기 있다."

다들 달려와 김 목사의 시신을 쳐다보더니 금세 눈물이 글썽글썽 흘러내리는 것이었다. 나는 김 목사가 어디론가 끌려가던 마지막 날에 입고 있던 옷을 기억하고 있었다. 그 덕분에 시신의 옷을 보고서 김 목사를 알아보았다. 늘 자상하던 그의 얼굴이 고통으로 심하게 일그러져 있어 옷이 아니면 알아 볼 수 없을 정도였다. 그 분은 두 손을 기도하듯 가지런히 모으고 있었다. 시신을 보는 순간 수용소에서 나를 위해 기도해주던 그분의 모습이 떠올랐다.

1957년 2월, 나는 군복을 벗은 지 얼마 안 되어 뭘 할까 기웃거리고 있었다. 하루는 외삼촌한테서 전화가 걸려왔다.

"인호냐?"

"네, 그렇습니다."

"나다."

"아, 외삼촌이시군요. 무슨 일이세요?"

"너 요즘 뭐하며 지내나 궁금해서 전화 걸어 봤다."

"아직은 제대한 지 얼마 안 되어 그저 관망만 하면서 지내고 있어요."

"그래. 서두르지 말고 천천히 찾아야 한다. 아참, 너 모레 한경직 목사님이 우리 집으로 심방 오시니까 와서 기도나 해라. 어쩔래?"

나는 특별히 하는 일도 없는데다가 외삼촌의 말이라면 고분고분 듣는 편이어서 수요일 밤에 외삼촌댁으로 찾아갔다. 벌써 가족들은 한경직 목사를 중심으로 둥글게 모여 앉아 기도하고 있었다. 나는 약간 뒤에 떨어져 앉아 다른 사람들이 하는 대로 따라서 기도하였다. 얼마 후 기도가 끝나고 서로 소개하는 시간이었다. 외삼촌은 한 목사에게 나를 소개하였다.

"목사님, 얘가 제 조카 김인호입니다. 북한의 두 군데 교화소에서 순교하신 목사님의 최후를 직접 목격하였습니다."

"아니, 어디서 어떤 목사님을 봤단 말이요?"

내가 약간 머뭇거리고 있으니 외삼촌이 어서 말하라고 채근하였다.

"제가 김화식, 김진수 두 분 목사님의 마지막 가는 길을 지켜봤습니다."

"아니, 그게 사실이요. 사실이란 말이요? 그게 언제요?"

인민군에 의해 살해된 함흥의 양민들 시신

한 목사는 눈을 크게 뜨고 반복해서 물었다. 그러자 한 목사는 두 손으로 내 손을 꼭 잡더니 무릎을 꿇더니 바로 눈물을 흘리면서 기도하였다. 이건 두 분의 걸출한 목회자를 앗아간 민족분단의 고통이 되살아났기 때문이었다. 얼마 있어 눈물을 그친 한 목사는 두 분의 최후 모습을 물었다. 나는 두 분 목사의 마지막 가는 모습을 비교적 소상하게 설명해주었다.

함흥에서 몇 달간 시체발굴단으로 일하면서 얼마나 울었는지 이루 헤아릴 수가 없다. 검게 변색 되어 말라붙은 시체들 앞에서 목을 놓고 울었다. 비록 죄를 지어 만난 동료들이지만 그들이 생지옥으로 떠나가는 것을 막아주지 못한 데 대한 죄책감 때문에 시신을 수습하면서 대성통곡하였다. 하루도 눈물이 마를 날이 없을 정도였다.

우리 시체발굴단은 종횡무진 활동하면서 주민들의 신고가 들어오길 기다렸다. 인민군들은 퇴각하면서 주민들을 무참하게 살해하고 달아났다. 어떤 마을은 한 사람도 안 남기고 모조리 학살당하기도 하였다. 나는 흥남교화소에서 잠깐 쉬다가 구석에 실험실이라고 음각으로 새겨진 나무간판을 발견하였다.

'아니 교화소에 실험실이 왜 필요한 걸까?'

이건 정말 뜻밖이었다. 글씨는 송판에 한자로 되어 있었다. 잘 드는 칼로 새긴 글씨는 족히 30년은 넘었을 것 같았다. 실험실 입구부터 찬찬히 살피기 시작하였다. 우선 실험실 입구에 잡초가 몇 그루 자라고 있었다. 강아지풀, 까마중, 애기똥풀 같은 한해살이 풀이었다. 이걸로 봐서 작년에도 누군가 이 건물에 출입했던 것 같았다. 양쪽으로 열리는 문에는 일제 스미토 자물쇠가 채워져 있었다. 나는 안을 들여다보고 싶은 호기심이 생겼다. 나는 병기와 응용이를 불러서 지원을 요청하였다. 응용이 노루발을 자물쇠에 걸고 앞으로 당기자 문은 맥없이 열렸다.

우리 셋은 진공상태로 빨려가는 것처럼 들어갔다. 주변을 두리번거리던 병기가 고개를 흔들면서 입을 열었다.

"야, 뭐 이렇게 으스스하냐? 꼭 지옥에 온 거 같다."

그 안은 근무자들이 잠깐 외출한 것으로 착각이 될 정도로 먼지만 약간 쌓여 있었다. 병원에서 흔히 볼 수 있는 이동침대도 서너 개가 있었다. 우리는 "임상실험실, 관계자 외 출입금지"라고 빨간색으로 쓰인 105호로 들어갔다. 그러자 몸이 으슬으슬하더니 비릿한 냄새가 코에 닿았다. 점차 어둠에 익숙해지자 105호 안에 있는 것들이눈에 들어왔다. 대부분이 의사들이 쓰는 가위, 수술용 칼, 핀셋, 절단기, 소독기, 소독약, 유리병 같은 수술도구들이 어지럽게 쌓여 있었다. 아마 유엔군의 폭격이 갑자기 시작되자 미처 처리하지 못하고 도피한 것 같았다. 우리는 여기서 궁금증이 더 커졌다. 여기 흥남교화소에 있는 동안 죄수 환자들을 수술했다는 얘기를 한 번도 들은 적이 없었다. 일제 수술도구를 살펴보니 얼마 전에도 수술을 했던 것처럼 멀쩡했다. 수술대처럼 보이는 받침대의 먼지를 털어냈더니 반질반질 윤이 났다. 이걸로 봐서 사용을 중단한 시기가 그리 오래된 것 같지 않았다. 병기가 수술도구와 도마처럼 생긴 것들을 뒤집자 역시 비릿한 냄새가 느껴졌다. 아까 먹은 점심을 토할 것 같아서 손으로 코와 입을 막았다. 누렇게 색이 바랜 서랍을 당겼다. 꿈쩍도 않자 응용이 노루발을 들고 다가와서 서랍에 노루발을 걸고 아래로 내리자 우지끈 소리가 나면서 열렸다. 서랍 안에는 그대로 가득 들어있었다. 원래 있던 순서대로 열람하다 한 순간 표지에 남로당이라고 적혀있는 것을 보고 숨이 턱 막혔다. 여기서 이루어진 생체실험에 남로당이 관여되어 있다는 것이 증명되었다. 해방 이후 김일성은 적은 비용으로 효과가 확실한 미생물 무기개발에 공을 들였다는 소문이 흥남교화소에서 사실로 드러난 것이다. 공산당은 흥남교화소 안에서 생체실험실과 미생물 무기연구소를 함께 운영하고 있었던 것이다. 여기서는 죄수들을 언제든지 데려다가 연구대상으로 삼을 수 있었다.

"1945~1950 생체실험보고서 북조선 인민민주공화국(남로당)"

이것으로 미루어 일제시대부터 교화소에서 생체실험을 하고 있

202

다는 소문이 헛소문이 아니었다는 것으로 확인되었다. 그동안 막연했던 소문이 사실이었다. 북한은 일본의 731부대의 시설들을 인계받아 생체실험을 했다는 것이다. 교화소에서 가끔 멀쩡한 어느 날 갑자기 죄수가 사라지는 일이 자주 있었다. 또 김일성의과대학 인턴들이 다른 데는 빼놓고 흥남교화소에서 실습을 하였다. 우리는 평양에 돌아와 김일성의대에 다니던 강창옥에게 이 사실을 말했더니 그녀는 그리 놀라지 않았다. 이미 김일성의대 학생들은 거기서 생체실험을 하고 있다는 사실을 알고 있다는 것이었다.

"응용아, 병기야. 이건 대박이다. 서류들을 좀 챙겨가자."

나는 서랍을 열고 증거를 확보하였다. 김일성을 단죄하려면 증거가 많으면 많을수록 좋았다. 그때 생체실험동의서가 눈에 띄었다.

"생체실험동의서라……. 이게 뭔 말이야. 생체실험을 하면 죽는 건데 당사자가 그걸 동의해준다?"

이건 아무리 생각해도 앞뒤가 맞지 않는 불공정계약이었다. 동의서는 대충 이랬다.

'이병추, 본인은 김일성 수령 동지와 인민의 행복을 위하여 이 몸을 기꺼이 생체실험의 제물로 바친다. 나는 내 몸을 생체실험에 바쳐 죽어서라도 김일성 수령과 인민에게 내 죄를 속죄하고자 한다. 단기 4281년.'

이 동의서는 일제시대부터 생체실험을 하면서 받아둔 것을 보관하고 있는 것으로 보였다.

"아. 인간 마루타가 여기에서 진행되었구나. 이걸 국제사회에 알려야겠다."

마루타 피실험자들은 살아있는 채로 실험 중에 고통스럽게 죽어 갔다. 인류 역사상 가장 잔인한 인명살상 범죄가 이곳에서 일어났다고 생각하니 몸서리가 쳐졌다. 대략 일본군 731부대의 흥남지부쯤 되지 않았을까 싶었다. 우리 셋은 마루타 희생자들의 영혼들에게 고개 숙여 위로하였다. 학살과 생체실험, 이 둘 중에 어느 게 더 나쁜지는 판단이 서지 않았다. 다만 둘 다 인명을 살상하였기 때문에 반인륜범죄라는 것은 분명한 사실이었다.

이런 가운데 함흥지역의 날씨는 11월로 접어들면서 급격하게 차가워지고 있었다. 우리들은 문득 가족들이 보고 싶었다. 또 전쟁이 어떻게 전개되고 있는지도 궁금하였다.

이제 고향 앞으로

1950년 11월 14일, 국군 방첩부대 3지구대는 진격하는 아군을 따라서 북청까지 올라갔다. 이쯤에서 곰곰이 생각하니 지난 한 달 동안 내가 맡았던 일은 너무 끔찍하고 무서워 다른 생각을 할 틈이 없었던 것 같았다. 다만, 우리가 속했던 방첩부대가 함흥을 떠나니 앞으로의 진로를 두고 나는 깊은 고민에 빠지게 되었다. 공병익 부대장은 우리 동료 6명에게 일본 오키나와 장교훈련소에서 교육을 받고 정식으로 임관하는 게 어떠냐고 물었다. 우리들 6명은 심사숙고를 한 끝에 일단 고향으로 돌아가기로 작심하였다. 그래도 부대장은 우리들에게 군대에 계속 남아달라고 요청하였다. 우리는 오랜 감옥 생활로 사회와 격리되어 있었기 때문에 가족과 상의해서 결정하겠다고 하였다. 어찌 되었건 우리에게는 가족들의 안부가 가장 궁금하였기 때문이었다. 더구나 전시라서 하루 빨리 식구들을 만나고 싶어서 안달이었다. 무엇보다 전쟁이 어떻게 종결될지 아무도 모른다는 것이었다. 전쟁의 불확실성이 우리를 옥죄고 있었다. 나는 김일성 체제에 대한 환멸을 느낄 만큼 느꼈기 때문에 하루라도 빨리 북한을 등지고 싶은 마음뿐이었다. 만약 이 체제가 계속된다면 김일성은 나를 그대로 보고만 있지 않을 것은 너무나 뻔하였다. 이때 문득 내가 떠나면 어머니는 누가 돌보나 하는 생각이 들었다. 또 '아버지와 생모의 묘는 누가 관리하지?' 하는 걱정도 앞섰다. 공병익 부대장은 우리의 처지를 십분 이해하고 일단 고향으로 가도록 조치해주었다. 우리들은 단기 3개월짜리 현역 군인의 옷을 벗었다.

우리는 고향으로 가기로 결정하고도 공병익 부대장의 권유를 받아들였다면 더는 고생을 하지 않았을 텐데 하면서 후회하였다. 우리는 귀가허가증과 특무대원 증명서, 공병익 부대장 친필 소개서를 품에 넣고서 고향으로 떠났다. 흥남에서부터 평양으로 가려면 원산 근처의 덕원으로 내려갔다가 마식령 고개를 넘어야 했다. 흥남에서 꼬박 이틀을 걸어 덕원에 도착했다.

11월의 날씨는 제법 쌀쌀했지만 군복에다 코트까지 끼어 입어 추운지를 몰랐다. 더구나 한 시간에 6킬로미터로 빠르게 걸으니 몸이 후끈후끈 달아올랐다. 우리는 국군 진지가 보이면 찾아가서 끼니를 해결하기도 하였다. 마음은 벌써 집에 가 있었다. 그때 우리 눈앞에 시커먼 산이 떡하니 다가왔다.

험하기로 둘째가라면 울고 간다는 마식령의 여든여덟 고개를 마주하였다. 고개 초입부터 전쟁의 흔적이 군데군데 눈에 들어왔다. 산비탈에는 총에 맞은 병사들의 주검이 어지럽게 흩어져 있었다. 도랑에는 국군과 인민군이 서로 얼싸안고 쓰러져 있었다. 살아서는 서로 총부리를 겨누었지만 죽어서 만큼은 서로 용서하고 하나가 된 것 같았다.

이처럼 끔찍한 이 모습을 보면서 동족끼리 죽여야 하는 현실이 서글퍼졌다. 함흥에서 시신을 수도 없이 보고 만졌지만 산속에서 죽어간 병사들의 시체를 다시 대하니 전쟁이 빨리 끝나야 할 것 같았다. 우리는 동족끼리 이념이 다르다는 이유 하나만으로 전국의 산하에 피를 뿌리고 있었다.

전사자 중에는 눈을 뜨고 총을 잡은 채로 죽은 군인도 더러 있었다. 골짜기에는 이들이 쏘고 던진 탄피와 수류탄이 수북하게 쌓여 있었다. 우리는 무기를 소지하지 않고 출발하여 유사시 방어막이 없었지만 죽은 병사의 소총으로 무장을 하였다. 우리가 넘어갈 여든여덟 고개는 험하기로 악명이 높은 곳이었다. 이 지역에는 인민군 패잔병 일개 사단이 곳곳에 숨어 있어 일반인의 통행이 금지되고 있었다. 우리는 고향으로 가다가 죽어도 여한이 없다는 각오로 그 고개를 넘었다. 배가 고프면 도토리를 까먹으면서 서로 의지하며 120여 리나 되는 여든여덟 고개를 가볍게 통과하여 함경남도 문천군 마전 부락에 도착하였다. 그곳에는 미군 10연대가 인민군들을 토벌하고 있었다. 우리는 염치불구하고 전투 중인 10연대를 찾아가 주린 배를 채웠다. 오랜만에 음식다운 음식을 먹었다. 10연대는 인민군에 포위되어 있었으며 보급품은 낙하산으로 받고 있었다. 통역관은 우리가 넘을 아흔아홉 고개에는 인민군이 많이 숨어있으니 마전에 있다가 평정이 되면 출발하라고 권하였다. 며칠간 마전에 머물고 있으려니 첫눈이 내렸다. 눈발은 점점 굵어지고 있었다. 함흥에서 이곳까지 치열한 전투가 없어서 우리 6명은 아흔아홉 고개를 돌파하기로 마음을 정했다. 새벽에 마전에서 출발하여 온종일 걸었더니 심술궂게 짐승처럼 웅크리고 있는 아흔아홉 고개가 우리를 막아섰다.

그런데 산봉우리 중턱에 다다랐을 때 앞서가던 조치호가 갑자기 두 손을 번쩍 쳐드는 것이었다.

우리가 깜짝 놀라서 엉거주춤하니 조치호가 소리치면서 뛰어 왔다. 우리들은 영문도 모르고 무작정 따라서 뛰고 있는데 등 뒤에서 '따따다다'하는 따발총 소리가 울렸다. 잠시 후 총소리가 잦아들자 오던 길로 달려가 보니 동료들은 다행히 모두 무사하였다. 인민군들이 쏘아댄 총알이 나무에 박혔지만 우리는 털끝만한 상처도 입지 않고 멀쩡하였다. 골짜기로 내려와 비로소 안도의 한숨을 내쉬며 조치호에게 자초지종을 물었다.

"내가 막 고개를 넘어서는 순간 열대여섯 명의 인민군이 마주 오는 거였어. 몸을 숨기려고 하는데 총을 겨누며 '손들엇!' 하기에 두 손을 다 들었지."

인민군은 그때서야 총을 쏘려고 안전장치를 풀기에 잽싸게 뛰어서 목숨을 건졌다면서 무용담을 늘어놓았다.

우리들은 씁쓰레한 도토리로 저녁을 먹으면서 앞으로의 행로를 어떻게 할지 토론을 벌였다. 여든여덟 고개를 쉽게 넘었기에 정신이 안이해졌다는데 다들 동의하였다. 이제부터는 정신을 더 차려서 어렵더라도 산등성을 타고 몸을 숨기며 아흔아홉 고개를 돌파하기로 작정하였다.

11월 하순인데도 산에는 반 길이나 푹푹 빠질 정도로 눈이 쌓여 있었다. 눈길에 발이 자꾸만 빠지니 갈수록 앞으로 나아가는 속도가 떨어졌다.

우리 여섯은 밤이 되자 눈을 긁어내고 낙엽을 모아 보금자리를 만들어 그 안에 폭 들어가서 눈을 붙였다. 날씨는 영하 5도까지 떨어지고 낙엽 사이로 찬바람이 술술 들어왔다. 나는 인민군에게 쫓길 때 너무 다급한 나머지 외투를 벗어던지는 바람에 추위에 떨어야 했다. 새벽에 우리는 입김을 허옇게 내쉬며 서쪽을 향해 산길로 걸어갔다. 일주일을 주야로 걷고 또 걸었더니 발은 부르트고 바지는 너덜너덜 해졌고 신발은 밑창이 닳아서 물이 새었다. 제대로 먹지도 못하고 추위에 산등성을 걸으니 손등은 쩍쩍 갈라져 피가 나왔다. 부르튼 발가락에는 고름이 잡혀 제대로 걸을 수가 없었다. 운동화 밖으로까지 핏빛이 배어 나왔다. 배는 고프고 날은 추워서 마을을 찾아가 묵어가기로 하였다. 전쟁 중에 이건 목숨을 담보로 하는 대모험이었다. 한참을 헤맨 끝에 땅거미 질 무렵에야 초가 서너 채를 찾았다. 좀 더 어두워지기를 기다리면서 동정을 살폈지만 별 이상이 없었다. 일행은 조심조심 사립문을 열고 안으로 들어갔다. 병기가 목소리를 낮게 깔고 주인을 불렀다.

"여보세요. 주인 계세요. 지나가는 학생들입니다."

낮은 목소리로 몇 번 부르니까 예순 중반이 넘어 보이는 할머니가 방문을 열고 내다보았다. 이때 조치호가 앞으로 불쑥 나섰다.

"할머니, 우리들은 학생들입니다. 길을 잃고 헤매느라 밥도 못 먹고 잠도 못 잤어요. 하룻밤만 묵어가게 해주세요."

209

치호는 그러면서 차디찬 맨땅에 덥석 무릎을 꿇고 고개를 숙였다. 말라빠진 강아지 한 마리가 천방지축 이리 뛰고 저리 뛰면서 깽깽 짖어댔다. 할머니는 고개를 끄덕이며 턱으로 헛간 쪽에 있는 방으로 들어가라고 허락했다. 우리들은 어서 몸을 녹이려고 방으로 들어갔다. 다리를 쭉 펴고 몸을 녹이고 있는데 할머니가 먹을 것을 푸짐하게 가지고 왔다. 강냉이밥에 껍질 채 삶은 감자가 전부였지만 씁쓰름한 도토리에 비하면 천국에 온 기분이었다.

할머니가 군불을 때주니 방바닥이 쩔쩔 끓어서 얼어붙은 삭신을 녹일 수 있었다.

할머니께 맛있게 먹었다고 인사를 드리고 이 지역의 동정을 살펴보았다. 그때 할머니가 먼저 주의를 주었다.

"이쪽에는 인민군들이 많이 몰려 있어 가끔 산에서 내려와 밥을 가져가고 잠도 자고 간다우."

너무 뜻밖의 첩보에 우리는 바짝 긴장하였다. 또 인민군과 마주치면 이번에는 끝장이라 생각하고 보초를 세웠다. 나머지는 그 사이에 피로를 풀면 되었다. 응용이가 일번 타자로 망을 보겠다고 자원하였다. 우리는 모처럼 맛있는 음식으로 주린 배를 채우고서 세상 모르게 잠이 들었다. 얼마나 잠들었을까 응용이가 다급한 목소리로 우리를 흔들어 깨웠다. 눈을 떠보니 강아지가 극성스럽게 짖어대고 있었다. 창호지 구멍으로 밖을 내다보니 달빛 아래 예닐곱 명의 인민군이 걸어오는 모습이 보였다. 그들과의 거리는 불과 15미터밖에 안 되었다. 우리들은 창문으로 재빨리 빠져나가 사방으로 뿔뿔이 흩어져 숨었다. 평소 동작이 좀 굼뜬 편인 나와 응용은 급한 김에 나무 위로 기어 올라갔다. 그랬더니 강아지가 나무를 올려다보며 죽어라고 짖고 있었다. 그놈이 우리의 애간장을 다 녹이고 있었다. 인민군은 나무 아래에서 강아지가 계속 짖어대자 권총을 꺼내어 강아지 머리에 총구를 대고 방아쇠를 당겼다. 강아지는 깨갱 하더니 늘어졌다. 인민군은 강아지가 자기들을 보고 짖는 것으로 오해한 것 같았다. 산골에 '탕' 하는 총소리가 울리더니 사방은 쥐 죽은 듯 고요해졌다. 그러자 노인 내외가 뛰어 나와 강아지를 왜 죽였느냐고 따지는 것이었다.

그러자 인민군은 가차 없이 노인 내외에게 두 발의 총을 더 쏘았다. 할아버지가 먼저 넘어졌고 뒤이어 할머니가 엎어졌다. 땅바닥에는 선혈이 낭자하게 흘렀다. 이런 끔찍한 살육의 현장을 나무 위에서 목격하면서 분노가 솟구쳤지만 어쩔 수 없었다. 피를 흘리며 죽은 강아지 옆에 노인 부부도 쓰러져 있었다. 인민군들은 능청맞게 부엌으로 들어가서 음식을 만들어 먹고 나갔다. 조금 있으니까 인민군 10여 명이 왁자지껄 떠들면서 또 집안으로 들어왔다. 응용이와 나는 앙상한 가지 위에 오래 있다가는 들킬 것 같아 지붕으로 기어 올라갔다. 그런데 지붕에 발을 대자마자 '우두둑' 소리가 났다. 흠칫 놀라서 발아래를 보았더니 겉은 잡초로 얼기설기 엮였고 속은 나무껍질로 덮여 있었다. 우리들은 부스럭거리는 소리 때문에 지붕 꼭대기에서 꼼짝없이 엎드려 밤을 새웠다. 북쪽 산간지방의 초겨울 날씨는 감히 남한의 한겨울에 비할 바가 못 되었다. 파리한 달빛 아래 우리들은 그야말로 동태가 되어 버렸다. 밤새 '덜덜덜' 떨고 있으려니 밤이 어찌나 길던지 돌아버릴 것 같았다. 인민군들은 잠도 안

자는지 불을 환하게 켜놓고 연신 들락거렸다. 밤이 이슥해지자 건너편 계곡에서 곡괭이와 삽으로 땅을 파는 소리가 들려왔다. 그들은 밤새 교대로 작업을 하는지 수시로 사람이 바뀌었다. 뭘 하느라고 그런지 '탁탁탁' 하는 망치 소리가 쉬지 않고 들려왔다. 먼동이 틀 무렵이 되자 인민군 스무 명이 들어오더니 아침밥을 먹고는 어디론가로 가버렸다. 이들이 떠난 후 지붕에서 내려와 방으로 들어가니 온몸에서 열이 펄펄 끓었다. 나는 또 지독한 몸살에 걸렸다. 갈 길은 구만 리 같은데 정말 난감한 일이었다. 밤새 꽁꽁 얼어붙었던 몸이 풀리자 잠이 스르르 쏟아졌다. 나는 맥이 풀려서 누워있는데 4명의 동료들이 아무 탈 없이 돌아왔다. 날이 훤하게 밝자 우리는 우선 인민군의 총에 맞아 죽은 노부부의 장례를 치러주기로 하였다. 흥남과 함흥 그리고 본궁교화소에서 숱하게 많은 시신들을 수습한 전력이 있어 이건 소꿉장난에 불과하였다.

우선 이불 속을 뜯어서 두 분을 염한 다음에 구덩이를 파고 묻었다. 그 옆에 두 분이 자식처럼 아꼈던 강아지도 정성껏 묻어주었다. 치호가 집안을 뒤져 과일주를 찾아내었다. 그는 술 한 잔 따르고 대표로 큰절을 올렸다. 두 분이 있었기에 우리가 몸을 추스르고 고향으로 돌아갈 수 있게 되었다. 강아지는 불쌍하게도 우리 대신 죽게 되었다.

우리들은 혹시 가족이나 친지가 찾아오면 알 수 있도록 망자의 이름과 사망 일시, 사건 내용들을 자세히 기록하여 안방과 부엌 두 군데에 붙여 놓았다.

동료들은 어젯밤에 인민군들이 밤새 땅을 팠는데 나가서 한 번 살

미군에 사로잡힌 인민군 병사들의 심문 모습

펴보자고 하였다. 응용이와 나도 밤에 들었던 곡괭이, 삽질소리가 어딘지 모르게 수상하다고 생각하였다. 우리들은 인민군이 물러가기는 했지만 위험을 무릅쓰고 여기저기를 조사하였다. 30여 분을 헤매다가 아흔아홉 고개 굽은 길에 위장해 놓은 구덩이를 찾아내었다. 인민군들은 차량이나 전차가 지나가다가 그 구덩이 아래 수백 길의 낭떠러지로 떨어지게 위장해두었던 것이다. 갑자기 마전에 주둔하고 있는 미군 10연대가 떠올랐다. 우리가 떠나올 때 통역장교는 10연대가 며칠 안에 국군과 함께 북진할 것이라고 얘기했었다. 마전에서 북으로 진격하려면 이 길을 통과하지 않고는 다른 길이 없

213

었다. 인민군들은 이런 사정을 알고서 함정을 파놓은 것이었다. 더구나 이 함정은 굽은 길에 만들었기 때문에 열이면 열 모두 걸려들게 되어 있었다. 우리들은 한 번 거쳐 온 마전으로 다시 갈 수도 없고 함정이 있다는 것을 어떻게든 알려야 했기에 무한정 여기서 10연대를 기다리기로 했다.

점심을 지어먹고 한나절을 무료하게 기다렸지만 미군들은 나타나지 않았다. 이때 김동국은 이미 함정을 피해 지나갔을 수도 있으니 집으로 가자면서 짜증을 냈다. 나는 며칠 안에 이동할 것이라는 통역관의 말이 떠올라 여기를 그냥 떠날 수가 없었다. 차츰 의견이 분분해지자 병기가 나서서 중재를 섰다. 결론은 며칠이 걸려도 사고는 막아야 한다는 쪽으로 의견이 모아졌다.

나는 미군이 오기를 기다리면서 길바닥에 낙서를 하였다.

"어머니, 어머니, 어머니……."

오직 어머니만을 수십 번은 썼다가 지우기를 반복하였다. 어머니 세 자만 생각해도 저절로 눈물이 날 만큼 고마운 분이셨다.

역시 기다린 보람은 있었다. 미군 10연대 기갑사단이 땅을 크르릉 울리면서 서서히 다가오고 있었다. 우리는 옷을 벗어 흔들면서 '스톱 스톱' 하고 외쳤다. 그때 통역대위가 지프에서 내렸다. 연대장은 우리가 귀찮다는 듯이 인상을 썼다. 이것을 보고 우리는 마음이 언짢았으나 앞에 인민군이 만든 함정이 있다는 것을 알려주었다. 이 말을 듣자 통역관은 깜짝 놀라 연대장에게 보고를 하였다.

그랬더니 연대장은 얼굴빛이 확 달라지며 지프에서 뛰어 내렸다. 낭떠러지로 이어져 있는 함정을 살펴보고는 놀라서 한동안 말을 잊고 있었다. 이동하는 미군을 몰살시키려고 인민군이 지형을 교묘하게 이용하여 만든 함정을 망연자실 바라보고만 있었다.

연대장은 우리들의 손을 잡고 "탱큐 베리 머치"를 연발하면서 놓을 줄을 몰랐다. 아마 이것을 모르고 지나갔다면 선두에 선 연대장이 먼저 희생되었을 것이다. 정찰대의 세밀한 정찰이 끝나자 이들은 구덩이에 중장비들을 밀어 넣었다. 다시 마전으로 돌아가야 하는데 덩치가 크고 길이가 긴 중장비들은 돌릴 수가 없어 그것들로 함정을 메운 것이었다. 통역관은 우리를 마전까지 데려다 주겠다고 제안했지만 갈 길이 바빠서 사양하였다. 알고 보니 10연대는 북진한다는 것과는 달리 인민군 토벌만 담당하는 부대였다. 오늘도 인민군 잔당을 토벌하려고 나섰다가 우리들의 신고로 큰 화를 면하게 된 것이었다. 미군은 다시 우리들에게 마전으로 돌아가니 같이 갔다가 평정이 되면 고향으로 가는 게 안전하다고 하였다. 사실 마전에서 대림리로 가게 되면 고향 가는 길이 훨씬 가까웠다. 결국 우리들은 미군 수송차량을 타고 마전으로 돌아갔다. 처음에는 우리도 마전에서 대림리로 가고 싶었지만 거기는 워낙 인민군들이 들끓고 있어서 산길을 택하였다. 미군들이 바로 그곳을 평정한다고 하여 가벼운 마음으로 다시 마전에 들렀다.

마전에서 10연대는 전에 비해 우리를 융숭하게 대접해주었다. 낮이면 수송기가 낙하해주는 A레이션만 골라 먹으라고 주었으며 막사에서 잘 수 있도록 편의를 베풀었다. 이렇게 하룻밤과 한나절을 보냈다. 미군은 인민군이나 중공의 인진지원군은 코빼기도 안 보이는 데 박격포만 쏘아대더니 모두 평정되었다는 것이었다. 이들은

215

박격포 사격을 중지하더니 서로 희희낙락 웃고 있었다. 우리 일행은 별 희한한 전투도 다 있다고 생각하면서 10연대 정문을 나왔다.

이때 평안남도 양덕군 대림리 청장년 70여 명이 인민군을 피해 마전에 머물고 있었다. 우리는 이들에게서 대림리가 평정되었다는 소식을 듣게 되었다. 통역대위가 며칠 더 있다가라고 잡았지만 대림리 사람들을 따라가기로 하고 C레이션 깡통 몇 개를 주머니에 넣고서 길을 나섰다.

인민군이 양민을 학살하다

대림리 청장년들은 선두에 태극기를 앞세우고 행진하였다. 우리들은 그들 뒤에서 좌우를 살피면서 따라가는데 별 이상은 없는 것 같았다. 한동안 즐거운 마음으로 발걸음을 내딛었다. 그런데 대림리로 이어지는 다리를 건너려는 순간 뒤쪽에서 '따다다' 콩 볶는 소리가 들리며 총알이 날아왔다. 사람들은 혼비백산하여 다리를 서로 먼저 건너려고 허둥댔지만 건너편에서 인민군들이 총을 쏘아대며 다가오고 있었다.

앞뒤에서 총탄이 날아오니 사람들은 나무토막처럼 픽픽 쓰러졌다. 우리들은 무작정 산기슭으로 내달렸다. 가쁜 숨을 몰아쉬며 내려다보니 한 패의 인민군들이 다리 건너편에서 집중사격을 하고 있었다. 이날 인민군 틈에 들어 있던 수십 명의 양민들이 몰살당했다. 부상자 몇 명은 포로가 되어 인민군에게 잡혀갔고 우리들은 재빠르게 산기슭으로 뛰어가 몸을 숨겼기에 천운으로 목숨을 건질 수 있었다. 산에서 내려다보니 다리 위는 금세 선혈로 벌겋게 물이 들어 있었다. 마흔 명 가량의 대림리 주민들이 두 손을 치켜들고 항복하였다. 그러자 인민군들은 더 이상 사격을 하지 않았다. 인민군은 인원을 점검하느라 왔다 갔다 하더니 소리를 질렀다.

"이 반동분자 새끼들은 전부 처치하라우야. 알갔어?"

"알갔수다래. 그렇게 합세."

이 말을 들으니 마을 사람들은 반미치광이가 된 것처럼 통곡을 하였다. 얼마 후 다리를 절룩거리는 사람, 팔에서 피가 뚝뚝 떨어지는 사람들이 고통으로 얼굴이 일그러져 앉아 있었다. 아마도 인민군은 부상자들을 추려내고 있는 것 같았다.

주민들을 두 개의 그룹으로 나누더니 인민군들은 일제히 총격을 가하였다. 인민군들은 부상당한 양민들을 추려낸 뒤 사살하였다. 스무 명이 선 채로 총알 세례를 받고 우수수 쓰러져 갔다. 인민군은 양민이 손을 들고 살려달라고 애걸하는데도 마치 사격연습 하듯 총을 쏘았다. 그들은 추호의 인정도 없이 망설이지도 않고 파리 잡듯이 양민들을 학살하였다.

한 차례의 총격이 멈춘 뒤 인민군들은 나머지 성한 사람들을 에워싸더니 어딘가로 끌고 갔다.

끌려가는 양민들은 얼이 빠져 허깨비처럼 휘청거리면서 걸어갔다. 지금 그 다리 이름은 생각이 나지 않지만 강원도와 황해도 그리고 함경도로 통하는 삼거리에 있었다. 이 다리 주변에서는 늘 아군과 인민군이 치열하게 쟁탈전을 벌였다. 우리들은 인민군의 눈을 피해 아흔아홉 고개 산중턱을 타고 눈 속을 허우적거리면서 150여리를 걸어서 대림리에 도착하였다.

대림리는 30호쯤 되는 작은 마을인데 노인들만 남아서 마을을 지키고 있었다. 산중의 고원지대인 대림리는 일제시대부터 담배를 재배해서 제법 살림이 넉넉한 동네였다. 한동안 마을의 동태를 살폈더니 인민군의 모습은 보이지 않았다.

우리가 마을로 들어서자 개들이 컹컹 짖어대었고 주민들이 문을 빠끔히 열고 내다보았다. 그들은 우리를 보더니 반가운지 어디서 오느냐고 꼬치꼬치 캐물었다. 이 난리 통에 바깥소식이 궁금하였던 것이다. 우리가 마전에서 왔다고 했더니 우르르 달려들어 마전으로 피란을 떠난 식구들의 안부를 물었다. 차마 뭐라고 말해야 위로가 될지 몰라 침묵을 지키자 한 노인이 자기네 집으로 가자고 하였다. 이 분은 옥수수밥에다 삶은 감자를 한 상 차려서 내놓았다. 우리는 진수성찬을 허겁지겁 다 해치우고 마루에 드러누웠다. 꼬박 하루를 추위에 떨면서 헤맸기에 시골집 마루에 누우니 그렇게 편할 수가 없었다. 조금 쉬고 나니 마을사람들에게 가족들의 안부를 어떻게 설명을 해야 위로가 될 지 걱정이 되었다. 주인노인이 담배를 가지고 방으로 들어와 앉았다. 노인들 앞에서 담배를 피우기가 어려워서 머쓱하게 앉아있자 노인들이 먼저 말아 피우더니 우리보고 어서 피우라고 권했다. 이때서야 미안해하면서 담배를 말아 피웠다. 담배를 못 피는 나만 멀뚱멀뚱 앉아 있으려니까 노인이 침울한 표정으로 입을 뗐다. 그 순간 사실대로 얘기해야 한다고 생각하니 나는 가슴이 덜컥 내려앉는 것 같았다.

"우리 동네 청년들은 만네 보았음둥?"

모두 담배를 피우느라 다 알면서도 묵묵부답이었다. 그런데도 노인의 질문은 계속되었다.

"어찌 되었음둥? 아는 대로 말 좀 해줍세."

아무도 좀처럼 입을 떼지 않으니 나는 대답을 해주는 게 도리라고 여겼다. 인민군이 대림리 양민들을 총으로 쏴죽이고 일부는 잡아갔다고 했더니 노인은 굳은 표정으로 밖으로 나갔다. 나는 이런 비보를 전달하다 보니 괜스레 내가 죄인이 된 심정이었다. 우리가 미군 10연대의 병력을 위험에서 구해주었는데 그들은 다음 날부터 식량이 부족하다면서 우리들을 노골적으로 푸대접하는 것이었다. 사실 우리는 그들의 생명의 은인이었는데도 말이다. 게다가 미군은 미처 평정이 안 된 지역으로 양민들을 들여보내어 죽게 만들었다. 이것은 전적으로 상황을 오판한 미군 10연대 장교들의 책임이었다. 찬 기운을 머금은 저녁노을이 붉게 물들기 시작하였다. 잠시 후 방을 나갔던 노인이 다시 들어왔다.

"미안하지만 여기는 인민군이 무시로 출몰하니까 고생스럽더라도 밖에서 자는 게 안전하겠음둥."

인민군은 산골에 와서 먹고 자는 문제를 성출로 해결하고 있었다. 성출이란 김일성이 직접 지어낸 말로 성스런 갹출을 의미하였다. 간단히 성스런 조국의 통일에 헌신하는 인민군을 먹이고 입혀주면 전쟁이 끝난 후 특별히 대우를 하겠다는 것이었다. 이것을 빌미로 인민군은 닥치는 대로 양민들의 식량과 금품, 가축, 보석들을 노략질하였다. 미리 얘기하지만 김일성은 전쟁이 끝나고 특별대우를 해주기는커녕 성분조사를 거쳐 산간오지의 성출에 참여한 수십만 명의 양민들을 학살하거나 아오지 탄광으로 보냈다. 이건 김일성이 얼마나 남한 땅이 탐났으면 인민군을 먹일 식량과 입힐 옷도 준비하지 않고 스탈린과 마오쩌둥만 믿고 전쟁을 일으켰는지 알 수 있는 대목이었다. 대림리 부근에는 빨갱이들이 우글거린다는 노인의 말에 우리는 움츠러들었다. 마을에서 좀 떨어진 이 집 뒤꼍에 외양간으로 갔다.

중학교 생물 선생이었던 차병수 씨와 나는 외양간 콩깍지 더미위에서 눈을 붙였다. 여기에 있던 암소는 인민군이 성출이란 명분으로 약탈해갔다고 한다. 나머지 4명은 들녘의 갈대밭으로 들어가서 짚을 깔고 잠을 청했다. 외양간은 썰렁했지만 그런대로 바람이 안들어와 편하게 잠을 잘 수 있었다.

별 탈 없이 아침이 밝아왔다. 아침에 노인이 우리들을 불러서 방으로 들어가니 따끈한 방바닥에 네 명은 언제 왔는지 코를 골면서 자고 있었다. 북방의 11월에 갈대밭에서 잠이 왔을까 생각하니 측은해 보였다.

"그래, 더 자거라."

등이 따뜻한 데서 깊은 잠에 떨어진 동료들을 그대로 자도록 놔두었다.

노인이 아침상을 봐오기에 동료들의 발을 툭툭 건드렸더니 전부가 후다닥 일어났다. 오랜 긴장 속에서 습관이 되어 있었기 때문이었다.

"얘들아, 노인 어른께서 밥상을 차려오셨다. 어르신 정성을 생각해 얼른 식사를 하자."

221

네 명은 눈곱도 안 떼고 밥상머리에 앉더니 후루룩 날아갈 것 같은 메조 밥에 간장 한 가지를 가지고 '마파람에 게 눈 감추듯' 뚝딱 한 그릇을 해치웠다. 전쟁 통에 이런 밥이라도 배부르게 먹을 수 있다는 건 행운이었다.

그런데 이때 뜻밖의 사단이 생겼다. 다들 밥을 잘 먹는데 나만 밥을 먹을 수 없었다. 젓가락을 든 손이 부들부들 떨려서 푸슬푸슬한 조밥을 입으로 가져갈 수가 없었다. 이런 내 모습을 보면서도 동료들은 자기 입에 밥을 퍼 넣느라 정신이 없었다.

나는 수전증이 더 심해져 제아무리 용을 써봤지만 밥을 먹을 수가 없었다. 몇 번이나 밥을 먹으려고 해봤지만 더 떨리는 것이다. 밥상을 그대로 물리자 물끄러미 나를 바리보고 있던 응용이 입을 열었다.

"야, 어제 저녁도 아무 이상이 없었는데 갑자기 왜 그러지? 어디가 잘못되어 손이 떨리는 거야?"

이응용은 쯧쯧쯧 혀를 차면서 밖으로 나가더니 바로 되돌아오면서 소리쳤다.

"모두 피하라우. 괴뢰군이 들이닥치고 있다우."

문틈으로 내다보니 쉰 명쯤 되는 인민군들이 마을로 몰려오고 있었다. 우리들은 쏜살같이 뒷문으로 빠져나가 집들이 모여 있는 마을로 들어갔다. 납작 엎드려서 기다시피 가고 있는데 창고가 눈에 들어왔다. 앞쪽의 괴뢰군에게 들킬 것 같아 뒤를 살펴보니 바닥에서 1.5미터 위에 통풍구가 있었다. 괴뢰군들이 우리 쪽으로 오고 있는지 군홧발 소리가 점점 가까이 들려왔다. 응용이 후다닥 뛰어서 통풍구 속으로 몸을 날렸다. 그 뒤를 이어서 병기가 따라 들어갔다.

나는 영 자신이 없어 진땀을 흘리면서 머뭇거렸다. 병기가 안에서 나를 보고 손짓을 하였다.

"인호야! 너, 거기서 뭘 해. 눈 딱 감고 뛰어 보라우야!"

병기가 보기에 딱했는지 안에서 손짓으로 용기를 주었다. 나는 병기가 시키는 대로 눈을 질끈 감고 멧돼지처럼 돌진했더니 짚더미 속으로 털썩 떨어졌다. 한 10초만 늦었어도 인민군한테 잡혔을 것이다. 우리들은 쥐새끼마냥 옹기종기 모여서 쌓여있는 물건들을 뒤졌다. 사방은 어두워 사물을 분간할 수 없었지만 감방에서 길들여진 우리의 촉은 죽지 않고 여전하였다.

물엿 항아리, 말린 담뱃잎, 무, 좁쌀과 강냉이가 구석구석에 박혀 있었다. 먼저 먹성 좋은 병기가 물엿항아리에 들어있는 무를 꺼내 어적어적 씹었다. 다음은 강냉이, 감자 순으로 요절을 내었다. 30분이 흘렀지만 창고 근처에는 아무런 기척도 없었다. 응용이가 담배 잎을 마느라 부스럭거렸다. 감방에서 하던 대로 돌아가며 담배 한 모금씩 마시고는 연기를 벽에다 뿜어냈다.

담배 불을 끄고 조금 있으니까 '저벅저벅' 발자국 소리가 들렸다. 우리는 다시 긴장이 되어 귀를 벽에 붙이고 숨을 죽이고 있으니 인민군들의 말이 들려왔다.

"이 간나이 새끼들이 어드메로 튀었지비?"

"벌써, 어드메로 기어들어가 숨어있는 것 같지비?"

"이 간나이 생포하면 상도 받고 한 계급 승진하겠지비?"

"아무렴 그렇겠지비?"

인민군들끼리 서로 말을 주고받으면서 지나가는 소리가 들려왔다. 겨우 놀란 가슴을 쓸어내리고 있는데 누군가가 창고 문을 열쇠로 딸깍딸깍 두드리는 것이었다. 그 순간 머리털이 쭈뼛 곤두서는 것 같았다.

"이보시라요. 빨갱이 새끼 놈들 다 갔으니 이젠 나와도 되겠음둥."

"분명히 갔나요?"

"그렇지비."

우리 애간장을 그렇게도 다 녹였던 소리는 창고주인이 낸 것이었다. 창고 문을 열고 나가니 그 앞에 예순 초반의 주인이 우리를 맞았다. 그가 이끄는 대로 어제 묵었던 노인의 집으로 갔다. 노인은 우리를 자식처럼 어루만지며 눈물을 글썽였다.

"아까 왔던 인민군들은 성출 나온 게 아니라 국군 패잔병을 추적하러 나왔지비."

아까 그놈들한테 걸려들었으면 뼈도 못 추렸을 것 같았다. 그자들이 마전 골짜기에서 낡은 군복으로 우리를 기억하고 있는 것 같았다. 인민군은 패색이 짙어가고 있는데 우리들 몇 사람을 잡겠다고 돌아다니는 걸 보니 안 되어 보이기도 했다.

이때 김일성은 평안북도 강계에 머물다가 국군이 압록강으로 진격하자 마누라 김정숙과 여덟 살짜리 아들 김정일만 데리고 만주로 도망쳐서 전투를 지휘하고 있었다.

거기서 김일성은 인민군 패잔병이 있는 곳에 나타난 사람은 군인, 양민 가리지 말고 모두 사살하라는 특별령을 내렸다. 이때 중공군은 압록강 변에 병력을 대기시켜놓고 전투 개시 명령을 기다리고 있었다.

우리는 노인에게 고맙다는 인사를 정중하게 드리고 양덕군 동양으로 방향을 정해 걸어갔다. 대림리에서 출발할 때까지 우리를 구출해준 대림리 청년치안대 청장년들은 단 한 명도 살아 돌아오지 못했다.

우리는 나름대로 인민군이 거쳐 갔으니 더는 나타나지 않을 것으로 판단하고 국도를 따라 걸었다. 따뜻한 온돌방에서 잠을 실컷 자고 맛 있는 음식을 맛보았더니 더는 눈 덮인 산길을 걷고 싶지 않았다.

혹시나 인민군 잔당이 없나 사방을 경계하면서 대림면 소재지로 향하였다. 대림리에서 면소재지까지는 십리 길이었다.

오랜만에 화창한 날에 큰길로 걸어가니 기분이 상쾌하였다. 우리가 면소재지 앞 삼거리로 들어서는데 별안간 '손들엇!' 소리가 들렸다. 인민군 예닐곱 명이 우리에게 시모노프 총을 겨누며 다가왔다. 그 순간 우리는 누가 시키지도 않았는데 옆의 나무 사이로 뛰어 들어갔다. 나는 달리기에는 소질이 없어 병기와는 30여 미터나 뒤에 쳐졌다. 꼴찌에서 두 번째인 응용이와도 10여 미터나 벌어져 있었다. 나는 죽자 사자 뛰면서 목덜미에 총알이 박힌 것처럼 근질거렸다. 모퉁이에서 산중턱으로 기어 올라갔다. 일행은 계속 산을 타고 기다시피 하면서 서너 시간을 걸었다. 이따금씩 초가가 보였다. 쉬고 싶은 마음은 굴뚝같았지만 쫓기고 있는 처지에 그럴 수가 없었다. 집에 들어갈 생각은 엄두도 못 내고 짚더미 속에서 잠깐 휴식을 하였다. 짚더미 속에는 겨울을 나려고 저장해 둔 감자들이 가득하였다. 응용이와 병기는 감자를 꺼내더니 와작와작 소리를 내며 씹었다. 수전증으로 아침을 먹지 못한 내 입안에 군침이 돌았다. 목이

225

타는 것 같아 감자 하나를 베어 무니 약간 비리긴 했지만 억지로 삼켰다. 갈증은 어느 정도 가셨지만 날감자는 비위에 잘 맞지 않았다. 하나 더 먹을까 하고 깨물었더니 역한 냄새가 나서 바구니에 던졌다. 짚단 속에서 늘어지게 한 잠을 자고난 응용이가 말하였다.

"친구들, 이젠 고만 갑시다래. 우물쭈물 하다가 인민군이 또 쫓아오면 어쩌갔어?"

그는 한참 부스럭거리더니 짚단 속에서 빠져나갔다. 나는 발이 벌겋게 헤지고 물집이 잡혀 욱신욱신 쑤셔서 당장 걸을 수가 없었다. 이런 때는 항상 내가 문제였다.

"야, 내 발이 육회가 되었으니끼 조금만 더 쉬었다 가자우."

이때 어디선가 발자국 소리가 부산하게 들려왔다. 인민군들은 두런두런 떠들면서 왔다 갔다 하면서 집안을 수색하고 있었다. 모두들 숨을 죽이고 바깥 동정을 살피고 있는데 총소리가 요란하게 들렸다. 우리는 독 안에 든 쥐와 같은 신세가 되어 꼼짝할 수가 없었다. 갑자기 짚단 속으로 번득이는 칼날이 슉슉 들어왔다. 나는 입을 두 손으로 꽉 틀어막고 눈을 질끈 감았다. 인민군들은 짚단 몇 개를 골라서 찔러보고는 별일이 없자 그냥 가버렸다. 절체절명의 고비를 넘기니 온몸에서 기운이 다 빠져서 축 쳐졌다. 손가락 하나도 꼼지락거리고 싶지 않았다. 몸은 물에 빠진 솜뭉치처럼 천근만근이었다. 인민군들은 서로 대화를 하면서 걸어갔다.

"고 에미나이레 낯짝이 반반해서 죽이긴 아깝더구만이."

"죽일라구는 안했는데 어찌나 사납게 굴던지……. 이 간나이 새끼들은 어디로 튀었지비?"

"김인호, 그 간나 개새끼는 악질 반동범이라구. 꼭 잡아야디 놓티면 곤란하단 말이오. 동무들 날래 찾아보자요."

이것 참, 인민군의 입에서 '김인호'를 꼭 찍어서 얘기할 줄을 누가 알았으랴. 인민군이 '김인호'라고 말하는 것을 듣는 순간 내 머리털은 빳빳하게 일어섰다. 인민군들이 내 이름을 어떻게 알았을까 하고 이리저리 머리를 굴려보았지만 도무지 알 수가 없었다.

그런데 내 이름을 들먹인 인민군의 음성이 어디선가 자주 들은 것 같았다. 인민군이 내 이름을 알고 있다는 것이 꺼림칙하여 발걸음이 떨어지지 않았다. 금방이라도 '네가 김인호지?' 하면서 나타날 것만 같았다. 여섯 명 모두를 훑어보니 한 군데도 다친 사람이 없어서 천만 다행이었다. 응용이가 걸걸한 목소리로 오른손으로 목을 긋는 시늉을 하자 모두들 배꼽을 쥐고 웃었다.

"야, 인호야. 네 발이 부르트지 않았드랬으면 우리 전부 총각귀신 될 뻔 했드랬구만."

이번에는 병기가 나서서 익살을 부렸다.

"아침에도 인호가 손을 덜덜 떠는 바람에 목숨을 건졌잖니? 이거 인호한테 신이 강림한 모양이구나. 참 사는 것도 여러 개디가 있구먼. 이만하면 우리도 불사신이 되었지 안캤나?"

"아까 괴뢰군이 칼로 집단을 쑤실 때 말이야 칼끝이 발바닥에 닿을 듯 말듯 간질이는 통에 간지럼을 참느라 죽을 뻔 하지 안았 카서."

일행은 응용이가 얘기하는 표정과 말이 하도 우스워서 눈물이 쏙 빠지도록 한바탕 웃었다.

인민군에 쫓기는 김인호

큰길로 걸어가다 된통 당한 적이 있는 우리 일행은 다시 산길로 접어들었다. 눈이 가닥가닥 가늘게 내렸다. 솔솔 떨어지는 눈은 목과 소매 속으로 파고들었다. 밤새 눈이 쌓인 산길을 걸으니 동상에 걸린 발가락은 아예 감각이 마비되어 시린 줄을 몰랐다. 자꾸 하품이 나고 졸음이 왔지만 서로서로 격려하면서 앞으로 나아갔다. 새벽녘에 내리는 은색 빛의 눈발은 무척이나 아름다웠다. 마치 한 폭의 산수화를 바라보는 기분이었다. 이런 눈을 맞으며 잠깐이나마 불운했던 우리의 처지를 잊을 수 있었다. 산기슭 아래에 작은 마을이 보였다. 짐작을 해보니 동양이라는 동네일 것 같았다. 당장이라도 내려가서 요기도 하고 쉬었다 가고 싶었지만 애써 참으며 능선을 타고 걸어갔다.

동이 훤하게 터오자 민가와 사람들의 모습이 드문드문 보이기 시작하였다. 움직이는 군인들의 복장으로 보니 국군 같았지만 더 살

229

펴보기로 하였다. 날씨가 추워지자 인민군들이 전사한 국군의 옷을 벗겨서 입고 있는 것을 더러 보았기 때문이었다. 마을 가까이 있다가 지나가는 민간인에게 물으니 산 위에 국군 해병 1개 대대가 주둔하고 있다고 알려주었다. 마을을 지나 산등성이에 있는 해병대를 찾아가 방첩부대 대원 신분증을 보여주었더니 우리를 반갑게 맞아주었다. 이 지역에서 인민군과 전투가 치열하게 벌어지고 있다는 것도 알게 되었다. 우리는 이 부대에서 동상 치료를 받으며 이틀을 머물렀다.

내가 이 부대에서 보니 전쟁이 아이들의 병정놀이만도 못하였다. 동양은 임시 완충지대로 이편 산정에는 국군 해병대가 주둔하고 있고 우리가 넘어온 쪽의 산정에는 괴뢰군이 주둔하고 있었다.

그 사이에 동양이란 마을이 있었던 것이다. 국군과 인민군의 직접적인 교전은 서로 피하고 있는 것 같았다. 밤이면 인민군들이 마을로 내려와 활개를 치고 다녔다. 그러다 낮이 되면 국군이 활보하여 동양을 밤낮으로 사이좋게 나눠 쓰고 있었다. 이러니 전쟁 통에 죽어나는 것은 주민들이었다. 주민들은 인민군이 두려워 국군 얘기를 한 마디도 하지 않았다. 마을을 살펴보고 다니는데 아낙네 서너 명이 우리를 아는 것처럼 다가와서 말을 걸었다.

"아유, 이 양반들이 아직도 살아 있었구랴."

영문을 몰라서 어리둥절 서있는 우리를 쳐다보던 50대 초반의 아낙이 설명하였다.

"우리는 대림리 사람들이요. 젊은이들도 마전에서 대림리로 간다고 치안대와 함께 출발했지요? 생각나세요?"

이 아낙들은 치안대 뒤를 따라가던 피란민 중의 몇 사람들이었다. 이 아낙들이 이 북새통에 어떻게 살았는지 궁금했다. 다른 아낙이 이야기를 받았다.

"우리는 대림리로 가는 다릿목에서 살았는데 인민군이 산길로 끌고 갔시오. 산골에 이르자 사오십 명의 인민군 병력이 집결해 있었다우. 거기서 인민군이 성출해온 곡식 낟가리를 이고 지고 날랐지요."

인민군은 밤이면 막사에서 잠을 재우고 일부는 부대 근처 민가에서 재웠다는 것이다. 별을 단 인민군 장교들은 민가에서 저녁밥을 먹는 둥 마는 둥 하더니 부대로 들어갔다는 것이다.

아낙네들은 밤이 이슥해지자 인민군 부대에서 탈출하였다. 추위도 굶주림도 잊고 산길을 헤매다가 동양으로 왔다는 것이다. 이들은 인민군들이 예닐곱 명의 뒤를 쫓고 있는데 그들의 얘기를 들어보면 우리가 틀림없다는 것이었다. 도망치던 놈이 군복외투를 벗어던지고 튀었는데 그 주머니에서 방첩부대 대원 신분증이 나왔다는 것이다. 추적대의 인민군 한 명이 외투의 주인인 악질반동분자를 전부터 잘 알고 있다고 떠벌리는 말을 들으니 그가 추적하는 인물이 나였다는 것이 분명했다.

우리 일행은 너무 졸음이 쏟아져 폭격을 받지 않은 어느 오두막에서 잠깐이라도 눈을 붙여 볼까하고 살금살금 다가갔다. 그러나 찢어진 문풍지 사이로 안을 들여다보고 우리 모두는 그 자리에서 얼어붙었다. 인민군 6명이 군복을 입은 채로 뒤엉켜 잠에 골아 떨어져 있었기 때문이었다.

이 모습을 보고는 소스라치게 놀라서 심장이 금방이라도 멈출 것

만 같았다. 그 남루한 군복에 따발총을 옆에 끼고 잠들어 있었다. 한
편으로 이런 모습을 보니 이들이 측은하고 불쌍해 보였다. 같은 피
를 나눈 젊은이들끼리 서로 총부리를 겨누는 것은 순전히 김일성의
한반도 적화야욕 때문이었다. 그 중 한 명의 얼굴을 보니 본궁수용
소에서 같은 방을 쓰던 동기라는 것을 알게 되었다. 이때부터 나는
어떻게 하면 들키지 않고 도망칠까 하고 궁리하게 되었다. 세상에
아는 놈이 더 무섭다는 말이 헛말은 아니었다. 그 친구는 38선 접경
지역의 장단이 고향이었다. 해방이 되자 그의 큰형은 남으로 내려
갔고 둘째와 자기는 피란민 보따리를 날라주고 있었다. 그 후 둘째
형은 공산당을 열렬히 추종해서 인민군 장교가 되어 고향에 남게 되
었다. 그는 38선 지역에 머물다가 피란민들 짐을 운반하는 척하면
서 값나가는 것들을 슬쩍 챙겼다. 세상에 꼬리가 길면 밟힌다는 말
은 진리였다. 도둑질을 너무 드러내놓고 하다가 덜미가 잡혔다. 죄
명은 사유재산 약취죄였다. 그래서 본궁수용소에 들어오게 되어 나
를 만났고 나와 한 방을 쓰게 되면서 서로 알게 되었다. 그는 약삭빠
르게 교도관의 밀정노릇을 도맡아 하는 똥개분자였다. 6·25전쟁이
터지자 다른 잡범들 사이에 끼어서 인민군 총알받이가 되었다. 그
는 총알받이로라도 전쟁에 참여하여 속죄하고 싶었던 것이다. 우리
는 저런 놈들을 생포하려다 너무 벅찰 것 같아 진작 포기하였다.

인민군에 철천지한(徹天之恨)이 맺혔던 조치호가 이를 부득부득
갈면서 말문을 열었다.

"야, 그놈들 말이다. 아흔아홉 고개에서 맞닥뜨렸던 인민군들의
졸개들이 맞는다우. 내 장담한다."

응용이 약간 벌어진 문틈으로 그들을 한 번 더 자세히 관찰하고 나더니 고개를 주억거렸다.

"쉿! 되놈의 새끼들 수류탄으루 까부시자우. 그 수밖에 없엇!"

"맞다. 네 말이 틀림없다. 날래 까부셔 버리자우."

아흔아홉 고개에서 인민군에게 호되게 당했던 조치호가 단호하게 결정을 내렸다. 아흔아홉 고개부터 영웅칭호를 받고 싶어 찰거머리처럼 우리를 뒤쫓아 온 인민군들에게는 조금은 안 된 일이었지만 이건 엄연한 전쟁터였다. 이들은 한 순간의 방심으로 우리를 생포하려다 되레 생명을 잃게 되었으니 말이다. 그러나 우리 신분을 알고 있어서 그냥 넘어갈 수는 없었다. 전쟁에서는 적를 죽이지 않으면 내가 죽게 마련이었다. 네 명이 수류탄을 한 발씩 까서 방으로 집어 던졌다. 요란한 폭음과 함께 사방으로 살점과 피가 '팟팟' 튀었다. 우리는 추적자를 처단한 후 좀 더 느긋하게 움직일 수 있었다. 이것으로 공병익 대장이 만들어준 신분증으로 나를 추격하던 인민군들을 제거하게 되었다. 밤이 되자 인민군들은 산위에 횃불을 길게 밝혀서 병력이 많은 것처럼 꾸몄다. 이 마을은 날이 새면 국군의 세상이 되었고 밤이면 인민군의 세상이 펼쳐졌다. 이러니 주민들은 누구편도 함부로 들지 못하고 어중간한 입장에 서게 되었다.

우리는 여기서 처음으로 중공군이 출몰했다는 청천벽력 같은 비보를 전해 들었다. 밤이 되어 부대로 가는 길목에서 인기척이 들려왔다. 몇 사람이 지나가면서 지껄이는 말을 들으니 틀림없이 중국말이었다.

나는 중국에서 학교에 다닌 적이 있어 저들의 말이 중국말이라는

파괴된 소련제 T-34 전차 옆으로 진군하는 미군들

것을 알았다. 나는 일행에게 손짓하여 한데 불러 모았다.

"애들아, 이거 정말 큰일이다."

동국이가 눈을 왕방울만 하게 뜨더니 되물었다.

"뭔데 그래. 톡 까놓고 얘기해봐."

"조금 전 지나간 군인은 인민군이 아니었어……."

"응? 그럼 뭔데?"

"중공군이었어. 드디어 마오쩌둥이 중공군을 전쟁에 투입했단 말이야. 알간?"

모두들 중공군이라는 세 글자만 들어도 공포에 떨었다. 지난 5년

동안 국공 내전으로 길들여진 중공군 중에서 팔로군 출신들은 총보다는 요상한 전술로 상대방을 혼비백산하게 만드는 재주를 부렸다. 여기서 우리는 중공군이 북한 땅에 발을 들여놓았다고 확신하였다. 이러니 우리들의 마음은 수천 길 물속으로 침몰하는 것 같았다. 자꾸만 불길한 생각이 들면서 발길이 점점 무거워졌다. 압록강을 건넌 중공군들은 미군 정찰기의 감시를 피하려고 위장용으로 등에 나무 하나씩 지고 다녔다. 인민지원군들은 미군 정찰기가 나타나면 나무를 땅에 대고 주저앉아 버렸다. 이 얘기를 들으니 1800년 전의 '삼국지'에서 썼던 전술을 다시 끌어내 쓰는 중공군이 예사롭지 않게 느껴졌다. 이때 유엔사령부는 수비에 유리한 평양에서 원산을 잇는 선까지 진격하는 것으로 목표를 정해놓고 있었다. 우리가 고향으로 가는 길이 바로 맥아더 유엔사령관이 설정한 유엔군의 공격선이었고 거기까지 중공군이 밀고 내려온 것이다. 우리는 유엔군과 중공군이 부딪히게 되는 핫스팟지역을 통과하고 있던 것이었다. 이건 '나를 죽여주세요!'하는 것이나 다름없는 행동이었다. 이처럼 공군이나 해군의 지원을 전혀 받지 못하는 중공군은 춘추전국시대부터 내려오는 전통적인 기습 전술부터 야습, 매복, 우회, 포위 등의 운동전을 다 들고 나와서 유엔군에 맞섰다. 이 가운데 유엔군의 전투 의지에 치명적인 위축을 준 것이 야습과 매복이었다. 바로 한 치 코앞도 분간할 수 없는 깜깜한 밤에 사방에서 벌떼처럼 뛰쳐나와 총을 쏴대면 유엔군은 총 한 방 제대로 쏴보지 못하고 허둥대었다.

중공군은 항상 정면 대결보다는 측면에서 허를 찌르는 전법을 구사하였다. 낮에는 산속에 숨어서 잠이나 자다가 어두워지면 슬슬 일어나 구닥다리 전술로 유엔군을 괴롭혔다. 당시 20대 초반의 젊은 미군병사들은 중공군의 해괴망측한 전술에 그만 전의를 상실하고 도망치기 바빴다고 한다. 유엔군은 귀신에 홀린 것처럼 전의를 상실하게 되었다.

역시 아니나 다를까 주위가 깜깜해지자 처연(悽然)한 나팔소리가 사방에서 들려오고 있었다. 그 가락이 어찌나 애련했던지 갑자기 세상살이가 싫어지는 것 같았다. 나는 "아하, 이 소리가 사람을 우수에 젖게 만들어 싸울 의지를 약화시키는 구나!" 하고 생각하였다. 음악이 구슬프게 들려오자 모두 집어치우고 고향으로 가고 싶었다. 이때 해병대 박 대위가 내 등을 가볍게 툭툭 치더니 말을 걸어왔다.

"이봐요. 되놈의 나팔소리를 들으면 고향 생각이 절로 들고 눈물이 나겠지만 저 소리에 취했다가는 큰일납네다. 허허허……."

해병 장교는 애수에 젖은 나팔소리는 진격과 돌격의 신호이고 반대로 빠른 음악은 퇴각을 알리는 것이라고 알기 쉽게 설명해주었다.

"참, 고놈들 묘한 전술을 다 쓰고 있수다래."

내가 반응을 보이자 해군 장교는 항우와 유방의 전투에서 있었던 사면초가(四面楚歌)를 예로 들어주었다.

어쨌든 초패왕 항우의 군사는 초나라 음악을 듣고 향수병에 걸려 전쟁에서 졌다. 애절한 나팔소리가 절정에 이르더니 횃불의 숫자가 급격히 불어났다. 조금 있으니까 구수한 참기름 냄새가 온 산에 넘쳤다. 해병장교의 설명으로는 참기름 냄새를 퍼뜨려 사제 밥이 그리운 국군의 창자를 뒤틀리게 하여 전투력을 떨어뜨리는 전술이라고 했다. 중공군은 국공 내전에서도 이것으로 장제스의 군대를 누르는데 톡톡히 제미를 보았다. 정말 구수한 참기름 냄새를 맡으니 어머니가 지으신 집밥이 그리워서 미칠 것만 같았다.

'아하, 중공군이 이걸 노리는 거구나.'

중공군의 전투는 도저히 이해할 수 없는 구석이 많았다. 밤에 교전이 있었는데 서로 멀찌감치 떨어져 총만 요란하게 쏘더니 진격도 후퇴도 없이 휴전에 들어갔다.

어느 정도 피로가 풀리자 우리 6명은 양덕으로 걸어갔다. 동양을 떠나 온천면으로 가는 산길로 접어들었다. 그때 한 떼의 인민군이 나타나더니 우리가 가는 길을 막아섰다. 한 놈이 권총을 겨누면서 앞으로 나섰다.

"너희들, 꼼짝 말고 거기 서라. 너희들은 뭐하는 놈이냐?"

이놈은 혀가 좀 짧은지 약간 아둔한 말투로 소리쳤다. 나는 이놈의 말을 듣자마자 직감적으로 중공군이라는 확신이 섰다. 사방은 너무 평평하고 밝아서 도망칠 수가 없었다. 우리는 임기응변으로 대처하여 진퇴양난에서 벗어나는 수밖에 달리 길이 없다고 생각했다.

"우리는 인민군을 보조하는 노무자들인데 지금 양덕으로 모이라는 지시를 받고 가는 중이라요. 해치지 마시라요."

응용이가 즉흥적으로 떠벌렸다. 중공군 장교는 눈을 멀뚱멀뚱 뜨고 대충 알아들었다는 표정을 짓더니 우리 일행을 유심히 뜯어보았다. 그러더니 권총을 다시 집어넣고 가도 좋다고 손짓을 하였다. 우리들은 고개를 숙여 인사를 하고 빠져나와 그가 시야에서 사리지자 걸음아 날 살려라 도망쳤다. 이번에도 즉흥적으로 얼을 빼서 목숨은 건졌지만 언제까지 이것이 통할 수는 없었다. 어느 정도 거리가 멀어지자 동국이 비아냥거리는 투로 말을 하였다.

"아니 무신 놈의 군인이 저따우로 헐렁하냐. 싸라기밥만 드셨는지 말의 반 토막만 하고 있네. 원……."

우리를 검문한 분대장만 유고슬라비아 산 소총을 둘러메고 있었다. 다른 놈들은 맨손으로 멀거니 우리를 바라보고 있었다. 전쟁이 한창인데 총도 제대로 지급이 안 되었다는 게 코미디였다. 여기에 한 술 더 떠서 이들의 행색은 거지가 보면 "아이고 우리 형님"하면서 덤벼들 것만 같았다.

"야 그 새끼덜에 비하면 우리는 왕자더라. 꼬질꼬질한 땟국이 흐르는 꼬락서니를 보네 까니 전쟁터에 나올 게 아니라 길에서 한 푼만 적선하쇼 하면 딱이겠더라. 하하하……."

이번에도 병기가 구성진 입담으로 우리들을 꼴딱 넘어가게 만들었다. 아까 그놈은 영양실조에 걸린 것처럼 얼굴이 누렇게 들떠있어 동냥 나온 각설이 꼴이었다.

"하여튼 우리 목숨을 지켜준 은혜는 잊지말자구!"

이래서 우리는 또 한 번 신나게 웃어 제켰다. 나도 이들에게 질세라 한 마디를 보태지 않을 수 없었다.

"참으로 고맙소! 엉터리 중공군들이여!"

중공군이 맨몸뚱이로 밀어붙이는 인해전술이라는 것을 몰랐던 우리들에게 중공군의 행동은 그저 신기하게만 보였다. 양덕을 약간 못 미쳐서 석탕온천(石湯溫泉)을 알리는 간판이 눈에 들어왔다. 평소 같으면 사람들로 북적거렸을 온천마을이 초파일을 지낸 절간처럼 적막하였다.

마을로 들어가니 집들은 다 파괴되어 금방이라도 귀신이 나올 것만 같았다. 눈을 부릅뜨고 찾아봐도 성한 집이라고는 하나도 없었다. 사람을 만나는 게 무서운 우리들의 처지에서 보면 잘 된 일이었다.

해가 넘어가자 마을로 들어가니 밭고랑에서 허연 김이 모락모락 피어오르고 있었다. 발로 흙을 툭툭 파니까 물기가 촉촉하게 배어 있었다.

"야, 이거 죽여주는데. 이름 그대로 온천이구먼."

응용이가 펄펄 끓는 온천물을 내려다보면서 혼잣말로 흥얼거리고 있었다.

폭삭 가라앉은 건물 안에는 주검들이 여기저기 어지럽게 널려 있었다. 몇 발짝 다가가니 시체에서 나는 고약한 악취가 오장육부까지 파고들어 숨쉬기가 힘들었다. 우리는 누가 뭐랄 것도 없이 나란히 서서 고인들의 명복을 빌어주었다. 서로의 얼굴을 쳐다보니 눈가에 눈물이 번지고 있었다.

"이승에서 고단했던 삶은 다 잊으래요. 이제 전쟁이 없는 평화의 땅에서 영면하시래요."

우리는 사납게 무너져 내린 골목에서 어슬렁거리는데 털이 반쯤 그을린 수컷 개 한 마리가 금방 우리를 삼킬 것처럼 으르렁거렸다. 평소에 개를 끔찍이 좋아하는 병기는 이 개가 불쌍했는지 개를 보고 뭐라고 중얼거렸다.

"아이고. 너도 나라와 시대를 잘못 만나서 몸이 무진장 상했구나. 이리 오너라. 쯧쯧쯧……."

병기가 개를 부르자 조금 전까지 이빨을 드러내놓고 컹컹 짖어대던 개가 순한 양이 되었다. 병기는 주머니를 뒤지더니 노인 집에서 뭉쳐 넣었던 조밥 덩어리를 개에게 던졌다. 아무리 말을 못하는 짐승이지만 상처가 난 것을 보니 속이 비위가 상하였다. 병기가 던져준 조밥을 먹는 데 정신이 온통 팔려있는 개를 두고 300여 미터쯤 걸으니 온천탕이 나타났다.

원래는 대중탕이었는데 폭격으로 지붕이 날아가는 바람에 자연스레 노천탕이 되었다. 둥그런 탕 안에서는 뜨거운 물이 부글부글 솟구치고 있었다.

시멘트로 된 온천 바닥은 여러 차례 폭격을 맞았는지 군데군데 볼썽사납게 푹푹 패여 있었다. 그래도 물은 수정처럼 맑고 깨끗하였다. 이때 누가 먼저랄 것도 없이 옷을 훌러덩 벗어던지고 탕 안으로 뛰어들었다. 3년 넘도록 물만 추겼던 우리들은 물 만난 물고기처럼 원 없이 목욕을 즐겼다. 손으로 등을 미니 마치 우동가락 굵기의 때가 밀려나왔다. 옆에는 거두지 않은 시체가 즐비한데 우리만 살겠다고 목욕을 하려니까 영혼들에게 미안한 생각이 들었다. 바닥에 쓰다 남은 비누조각이 있어 비누거품을 내면서 오랜만에 제대로 목욕을 하였다.

궁하면 신통방통이라고 온천물에 몸을 담갔더니 찢어지고 멍이 들었던 부위에 새살이 돋아났다. 석탕의 유황온천이 상처에 효험이 있다는 말을 어려서 어른들에게 들은 적이 있었다. 내 생전에 말로만 듣던 석탕온천에서 목욕을 하리라고는 꿈에서도 생각지 못한 일이었다.

목욕을 하고 나니 낡고 누덕누덕 기운 옷을 더는 입고 싶지 않았다. 옷을 입으려고 뒤집어 훌훌 털었더니 뭔가 후드득 떨어지는 게 보였다. 바닥에서 꿈틀대는 게 있어 자세히 들여다보니 쌀알만 한 이[蝨]였다. 하도 징그러워서 옷을 이리저리 세게 흔들었지만 이는 얼마나 잘 들러붙었는지 떨어지지 않았다.

"얘들이 뭐 먹을 게 있다구. 나한테서 이렇게 달라붙어 있는 거지?"

동국이 옷을 털다가 힘이 들었는지 툴툴거렸다. 이어서 넉살좋기로 '둘째가라면 서러워 할' 병기 차례가 되었다.

"아니 무슨 말을 기리 하는 거요. 먹을 게 와 없갔어? 여기 포동포동 알토란같은 살코기가 있는데……."

이 말에 모두들 눈물을 흘리면서 한바탕 웃음파티를 벌였다. 늘 지치고 쫓기는 생활에서 병기는 간간히 우리에게 웃음을 선사했다. 대충 이를 털어내고 옷을 입은 다음 양덕으로 향하였다. 멀리 양덕이 보일 때에 한 떼의 청년들이 "양덕청년치안대"라고 쓴 현수막을 들고 다가오고 있었다. 한 눈에 보니 민간인이어서 안심하고 계속 걸어갔다. 상대방을 알 수 있을 정도의 거리가 되자 청년들이 먼저 말을 걸어왔다.

"뭐 하러 어디로 가는가요?"

"고향으로 가고 있지요."

"고향이 어디라요?"

"평양이라요."

고향이 평양이라고 밝히자 양덕 청년치안대원들은 양덕으로 가면 위험해서 안 된다고 극구 말리는 것이었다. 지금 북쪽에서 인민

241

군과 중공군이 합세하여 쳐들어오니까 국군과 유엔군이 동시에 후퇴하고 있다는 것이었다.

이 말을 듣고 나니 나오는 게 한숨뿐이었다. 그렇게 통일을 기원했건만 화력이 막강한 유엔군마저 밀리고 있다는 소식을 들으니 믿어지지 않았다. 그때 중공은 해군과 공군도 없었다. 오직 지구상에서 가장 많은 육군 병력을 가진 국가일 뿐이었다. 김일성이 전쟁을 일으키면 중공군이 참전할 것이라는 얘기를 벌써 몇 년 전부터 예견되어 있었다. 국공 내전에서 마오쩌둥이 승리해 대륙을 장악했지만 전쟁에서 돌아온 군인들에게 일자리를 마련해주는 일로 골머리를 앓고 있었다고 한다. 양덕의 청년들은 계속해서 한 걸음이라도 남쪽으로 가는 게 안전하다고 거듭 충고를 하였다. 그러면서 우리보고 양덕에 가거든 치안대장을 찾아가라면서 주소를 알려주었다.

꿈에서조차 잊지 못한 내 고향 평양이 이렇게 멀 줄이야 미처 몰랐다. 가도 가도 제자리에서 맴돌고 있는 느낌이었다.

늘 인민군에 쫓기면서 고생고생 눈길을 걸어와 이제 고향이 지척인데 여기서 남쪽으로 방향을 돌릴 수는 없었다. 고향이 멀지 않은데 인민군과 중공군이 밀고 온다는 말을 들으니 눈앞이 깜깜하였다. 우리는 일단 결정을 보류하고 양덕으로 가기로 하였다. 너무 상심이 되어 아무도 말 한 마디 안하고 터벅터벅 땅만 보고 걸었다. 양덕으로 들어가니 다들 피란을 떠났는지 침묵만이 흐르고 있었다. 기둥 하나 제대로 남아 있는 집이 없었다.

치안대원들이 알려준 건물로 찾아가니 양덕 치안대장이 혼자서 손에 침을 묻히면서 서류를 뒤적거리고 있었다. 그는 우리를 보자마자 어서 남하하라고 자꾸만 종용하였다. 시간이 많지 않다는 것이었다. 이 전쟁이 끝나면 김일성은 피의 숙청을 할 것이라는 등 잔뜩 겁을 주었다. 치안대장의 말을 듣고 보니 꼭 무시만 할 게 아니란 판단도 섰다. 본인의 목숨이 붙어있어야 가족도 볼 수 있다는 말은 맞는 말이었다. 평양의 가족들이 혹시 피란을 갔을지 모르니 남쪽으로 가서 찾는 게 현명하다는 것이었다.

물론 그른 얘기는 아니지만 그렇다고 선뜻 결정을 내릴 수가 없었다. 치안대장에게 후퇴로를 물어보니 우선 원산 쪽으로 갔다가 동양을 거쳐 남하하라는 것이었다. 이 말을 듣자 우리들 머리에서 쥐가 나는 것 같았다. 소름이 끼치고 힘이 빠져나갔다. 죽을 고생을 하면서 넘어온 그 길로 되돌아간다는 것은 죽기보다 싫었다. 게다가 동양에도 이미 중공군이 들이닥쳤기 때문에 그리 가는 것은 섶을 지고 불속으로 뛰어드는 짓이었다.

우리는 죽을 때 죽더라도 고향으로 가자고 결의하였다. 치안대장에게 고맙다고 인사를 하고 다들 밖으로 나왔다.

"자 자, 슬슬 배가 고픈데 어드메 먹을 게 있나 찾아보자구."

병기가 바닥으로 푹 가라앉은 분위기를 조금이나마 띄워보려고 먹는 얘기부터 꺼냈다. 일행은 여기 기웃 저기 기웃하면서 입에 넣을 수 있는 것이나 입을 수 있는 옷가지들을 찾아서 헤맸다. 좀 성한 집에 들어가니 미처 챙겨 가져가지 못한 음식과 옷가지들이 더러 남아 있었다. 대충 배를 채운 뒤 새 옷으로 바꿔 입었다. 안방부터 사랑방까지 샅샅이 뒤지니 무명 속내의에다 겉옷들도 꽤 쓸 만한 게 있어서 맘에 드는 대로 골라잡았다. 심지어 레닌 모자까지 쓰니까 조선 인민민주의공화국에서 일류 멋쟁이가 된 기분이었다.

배를 어느 정도 채우고 옷을 바꿔 입은 다음 안리 쪽으로 행군을 시작하였다. 평양은 점점 가까워 오고 있었다. 평양에서 아들이 이제나 저제나 올까 하고 애타게 기다리고 있을 어머니의 모습이 허공에 보이는 듯 했다.

그리운 내 고향 평양

우리는 양덕읍에서 약 80여 리 떨어진 곳에 도착하였다. 여기서 대동강을 건너면 꿈에도 잊지 못한 평양에 닿게 되었다. 죽기를 각오하고 고향을 찾아가는 우리 일행은 부지런히 걸어서 안리 중간의 신성천을 바라보게 되었다. 우리 일행은 안리 쪽으로 걷고 있었다. 피란민들이 소달구지를 끌고 신성천을 향해 걸어가고 있는 모습이 멀리서 보였다. 다리도 아프고 휴식도 취할 겸 풀숲에 털썩 앉아있는데 정체불명의 폭격기 한 대가 신성천을 향해 쌩하고 날아갔다. 우리는 본능적으로 땅바닥에 낙지처럼 바짝 엎드렸다. 그러면서 머리를 살짝 들어 하늘을 보니 틀림없는 미군 전투기였다. 인민군들의 머리 위로 날아간 폭격기는 요란한 굉음을 내면서 서쪽으로 사라져 갔다. 그때 인민군들의 대열에서 불기둥이 빙빙 돌더니 삽시간에 불바다가 되었다. 이것이 말로만 듣던 네이팜탄의 위력이었다. 순식간에 인민군들은 귀신처럼 흔적도 없이 사라졌다. 그 많던 군인들이 '아야' 소리 한 마디 못하고 어디로 사려졌는지 흔적조차 남지 않았다.

네이팜탄을 맞은 황소 등에 불이 붙자 길길이 뛰면서 고통스럽게 울고 있었다. 비록 말 못하는 짐승이지만 비명을 지르면서 죽어가는 장면을 목격하니 속이 메스꺼웠다. 이 장면을 보고 한 사나흘은 뭘 먹어도 맛을 느낄 수 없었다. 소는 미친 듯이 날뛰면서 지르는 비명이 산을 쩌렁쩌렁 울렸다. 몸부림을 치던 소는 30분 만에 재로 남았다.

우리는 고향을 눈앞에 두고 우울한 기분으로 평안남도 선천군 안리로 접어들었다. 주먹만 한 함박눈이 펑펑 쏟아지면서 도저히 앞으로 나갈 수가 없어 이따금씩 행군을 멈추었다. 그러다 눈이 소강상태를 보이면 다시 걷기 시작하였다. 눈길을 헤치면서 대략 40여 리를 걸었을까? 하얀 눈 속에 안온하게 파묻힌 조그만 마을이 나타났다. 이곳이 안리였다. 여기서 대동강만 건너면 바로 평양이었다. 대동강 상류에 인접하고 있는 안리는 부촌이었다. 40여 호쯤 되는 집들은 모두 기와를 얹어 산뜻하게 보였다. 시골에서 흔히 볼 수 있는 초가집은 단 한 채도 없었다. 안리를 바라보니 우리 가슴은 두근두근 고동치기 시작하였다. 눈은 여전히 펑펑 내리고 있었다. 이제부터 우리는 더 이상 눈 덮인 산길을 걷지 않아도 되고 배를 곯지 않아도 된다는 생각에 안도감이 들었다. 그러나 그런 기대감도 잠시뿐이었다. 12월 하순인데도 대동강이 꽁꽁 얼지 않은 상태였던 것이다. 대동강은 결빙된 얼음들이 상류에서 떠내려 와야 사람이 건널 수 있었다. 대동강을 눈앞에 두고도 강을 건널 수 없는 현실이 분명해지자 우리들의 한껏 부풀어 올랐던 기대감은 바람 빠진 풍선처럼 쭈그러들었다. 아직도 얼음이 둥둥 떠 있는 강 건너 저편을 망연자실 바라보다 발길을 돌려야 했다.

텅 빈 마을로 돌아오니 모두 피란을 떠나고 노인들 몇 분만 남아 있었다. 노인들은 우리들의 차림새로 봐서 인민군인 줄 알고 아무 말도 않고 마음대로 하라는 손짓만 하였다. 인민군은 말만 들어도 넌더리가 난다는 표정이었다. 우리들은 신분을 밝히고 설명을 하자 그제야 경직되었던 얼굴이 풀렸다. 여든이 훨씬 넘은 노인이 앞장서서 언덕을 오르면서 우리들을 안내하였다.

동네에서 조금 떨어진 언덕에 집이 한 채 있었다. 무슨 일이 생기면 연락할 테니 당분간 여기서 지내라고 하였다. 노인의 얘기로는 다음 주면 대동강이 얼어붙을 테니 여기서 쉬었다가 건너라는 것이었다. 마음은 벌써 룽라도여관 우리 집에 가 있었지만 달리 방도가 없어 그대로 따랐다. 조그만 토방 집이었지만 생솔을 꺾어다 군불을 때니 외풍도 없이 따뜻하였다.

할아버지는 하루에 한 번씩 어김없이 들러서 음식과 물건들을 갖다놓고 가버렸다. 마치 제비가 새끼에게 먹일 잠자리나 땅강아지를 물고 오는 것 같았다. 식구들을 다 피란 보내고 혼자 집을 지키다가 우리들이 오자 친손자처럼 정성을 쏟고 있었다. 할아버지는 마을에 돌아다니던 닭이며 돼지를 끌어다 놓고는 잡아먹으라고 하였다. 우리는 밥상에 올라온 돼지고기나 삼계탕은 먹을 줄 알았지만 막상 잡아서 먹으려니 엄두가 나지 않아 망설였다.

우리 6명은 닭 한 마리 잡는데도 엄동설한에 구슬땀을 흘려야 했다. 닭은 서로 당번을 정해 잡아서 식탁에 올릴 수 있었다. 병기나 치호는 그런대로 잡았는데 문제는 나와 응용이에게 있었다. 나는 살아있는 닭을 잡아먹는다는 것이 무슨 죄를 짓는 것처럼 꺼려졌다. 그런데 허우대가 멀쩡한 응용이가 닭 한 마리를 놓고 쩔쩔 매는 모습을 보니 웃음이 터져 나왔다. 응용이는 한참 동안 끙끙대더니 닭을 잡기는 했는데 얼마나 주물렀는지 털이 거의 다 빠져버리고 없었다. 잡은 닭을 끓는 물에 넣고 털을 뽑고 자시고 할 필요도 없었다. 그러면서 한다는 말이 걸작이었다.

"야, 이것도 일이라구 아무나 못 하갔어. 닭 한 마리 잡다가 내가 먼저 숨이 넘어가갔네."

다음 번 닭 잡는 당번은 내 차례였다. 시간이 다가오자 이만저만 고민이 아니었다. 평소에 벌레 한 마리 죽이지 못하는 나약한 나는 닭을 떠올리기만 해도 진땀이 흘렀다. 거기다가 병기와 치호는 내가 잡은 닭고기가 맛이 있을 것 같다면서 유들유들 놀려대었다. 닭을 잡으려니 닭은 살아보겠다고 발버둥을 치다가 저만치 달아났다. 잔뜩 용기를 내서 닭을 붙잡으면 어느새 쏙 빠져나가 푸드득 대며 날아갔다. 나는 닭이 이렇게 잘 나는 짐승인지 그제야 알았다. 모두들 마루에 걸터앉아서 내가 하는 꼴을 보고 킬킬 웃어대었다.

"인호, 인호! 잘 한다! 닭을 잡아라. 인호야!"

나머지 5명은 구호를 외치면서 응원을 하고 있었다. 결국 안 되겠다 싶었는지 닭을 잡는 일에서 나를 제외시켜 주었다. 대신 설거지를 전담하기로 약속하였다. 그날 밤 반가운 소식을 듣게 되었다. 노인은 어디서 들었는지 오늘 밤부터 수은주가 영하 10도 이하로 떨어

미군 B-29 폭격기의 폭격으로 무너진 대동강 철교

진다는 것이었다. 아닌 게 아니라 밥을 먹고 밖으로 나오니 하늘은 비취빛처럼 파랗기만 한데 찬바람이 쌩쌩 불기 시작하였다. 잠깐 손을 내놓았더니 곧 마비가 될 것처럼 추웠다. 찬바람이 불면서 이 불처럼 출렁이던 대동강도 서서히 동작을 멈추고 있었다. 그날부터 일주일쯤 지났을 때 노인은 이제는 강을 건널 수 있다고 알려주었다.

우리들은 며칠 동안 노인의 인정어린 배려로 잘 먹고 잘 자서 그런지 얼굴이 환하게 피었다. 우리 일행은 노인 앞에서 큰 절을 올리고 대동강 변으로 향했다. 이렇게 고향으로 가는 길이 우여곡절이 많고 힘이 들 줄을 누가 알았겠는가.

막상 강을 건너려니까 두려움이 앞섰다. 이제는 진짜 공산당 소굴로 들어가는 것이니 두 명씩 짝을 지어 움직이기로 하였다. 서로 무사히 건너서 평양에서 다시 만나기로 하였다. 3조로 나누어 20분씩 간격을 두고 강을 건너갔다. 마지막으로 나와 조치호가 건널 차례가 되자 그동안 우리를 돌봐준 할아버지가 혼자 계실 것을 생각하니 안쓰러워졌다. 할아버지는 한 뼘은 족히 되는 수염을 쓰다듬으면서 어서 건너라고 손짓을 했다. 며칠 동안 정이 든 할아버지와 헤어지려니 섭섭하여 발길이 떨어지지 않았다. 가족도 없이 혼자 계실 걸 생각하니 마음에 걸렸다.

"할아버지, 부디 오래 사세요. 내년 봄에 꼭 찾아뵐게요."

"그럼. 혹시 얼음이 깨질지도 모르니 꼭 두 팔을 벌리고 건너라고. 알았지? 내 말 건성으로 들으면 안 돼……."

우리 둘은 마지막으로 얼음판에 살며시 발을 디디었다. 얼음 위에 발을 딛고 보니 저편 언덕 너머로 김동국과 병기의 뒷모습이 사라지는 것이 보였다. 별 탈은 없어 보였다. 한가운데서 뒤돌아보니 노인은 우리가 무사히 건너는지 계속 지켜보고 있었다. 그만 들어가시라고 손짓을 했더니 고개를 숙이고 눈물을 훔치고 있었다.

아마 우리를 떠나보내며 피란 떠난 가족과 인민군으로 전쟁터에 자간 손자 생각이 난 것 같았다.

'젊은이들 고생 많이 했으니 부디 좋은 세상에서 행복하게 살라'고 당부하던 모습이 선했다. 대동강은 며칠 동안 강추위가 이어지면서 꽁꽁 얼어서 안전했다. 불어오는 찬바람을 가슴으로 맞으면서 미끄럼질을 타듯이 건너갔다. 잠시나마 우리 둘은 동심으로 돌아가 휘파람을 불면서 눈을 뭉쳐서 던지기도 했다. 그런데 강을 건너면서 고민거리가 생겼다. 평양을 들어갈 때 철길을 따라갈 것인지 아니면 국도를 타고 들어갈 것인지 망설여졌다.

우리는 고민 끝에 국도를 택하였다. 산길을 걷던 때와는 다르게 평지를 걸으니까 단숨에 강동을 지나쳤다. 강동에서 80리만 더 가면 평양이었다. 한참을 걸어도 사람 하나 보이지 않았다.

사내 둘이서 걷고 있으려니까 조금은 무료하였다. 앞에 간 친구들은 잘 가고 있을까? 궁금해졌다.

우리들은 숱하게 생사고비를 넘겼지만 한 사람도 낙오되지 않고 무사히 고향의 집으로 돌아가고 있었다.

그런데 웬걸 모퉁이를 돌자 세 사람이 마주 오고 있었는데 남자 둘과 여자가 무거운 보따리를 이고지고 다가왔다. 얼핏 보니 피란민은 아니었다. 걸음을 늦추고 그들의 행색을 관찰하였다. 우리 또래의 청년들은 인민군으로 끌려가고 없는데 대낮에 병력자원이 되고도 남을 청년 둘이 한가롭게 걷는다는 건 누구든지 이상하게 보고도 남았다. 불안한 마음을 억누르면서 길가에 털썩 앉았다. 그들은 쉬고 있는 우리 앞으로 다가오더니 옆에 보따리를 내려놓았다.

"아이고 힘들어 죽겠음메. 동무들은 어드메로 가는 길이라요?"

돼지를 똑 닮은 작자가 우리를 보더니 대뜸 물었다.

"평양에 가오."

조치호가 느긋하게 대답하였다.

"평양에는 무슨 일로 가오?"

그 작자가 되물었다. 이 사람의 말투나 행색으로 보니 공산당원처럼 보였다.

"평양이 내 고향이오."

내가 대답하자 돼지는 다그치듯이 되물었다.

"동무들 신분증 가지고 있소?"

"아니, 이보시오. 지금 내일 죽을지 모레 죽을지 한 치 앞을 모르는 난리 통에 신분증이고 나발이고 어드렇게 챙겨 가지고 다닐 정신이 있갔소?"

이번에는 조치호가 제법 당차게 되받아쳤다. 그런데도 돼지는 수그러들기는커녕 더 땅땅 거리고 있었다.

"아니 동무들 사람 웃기지 마라우. 전시에 신분증도 없이 어딜 나다니는 게요. 평양에서는 도대체 뭘 했드랬소?"

"우린 평양민청에서 근무하는 사람인데 동무들이야말로 뭐 하는 사람들이래요?"

이번에는 내가 선뜻 나서서 조금도 꿀리지 않고 당당하게 따지고 들어갔다.

"그럼 동무들 잠깐 나 좀 봅시다래."

돼지가 조금 수그러진 자세로 일행에서 열 걸음쯤 떨어진 곳으로 나를 끌고 갔다. 거기서 돼지는 자기 입을 내 왼쪽 귀에 가까이 대더니 아까보다 부드럽게 말을 하였다.

"동무들 나는 회창군 당위원장인데 내레 피양에 피신을 갔다가 돌아가는 길이외다. 기래서 피양민청에 대해서는 훤하니 알구 있시요. 기래도 자꾸 거짓말 하갔시요?"

그의 얼굴을 보아하니 얘기를 좀 보태가지고 우리를 윽박지르는 것이었다. 나는 이쯤에서 무거운 보따리가 문제라는 것을 알게 되었다.

"동무들 가만히 보니 끼니 무슨 사정이 있는 모양인데, 이 보따리를 회창까지만 날라주면 회창에 가서 동무들의 신분증이며 통행증을 맹글어 줄 수 있으니 끼니 기렇게 합시다래."

우리는 평양민청에 가서 증명서를 다시 만들겠다고 뻗댔더니 돼지는 금세 애원하는 목소리로 우리를 살살 구슬렸다.

"이 동무들이 힘든 것 같으니 도와주는 셈 치구 그렇게 하세."

치호가 나를 보고 눈을 깜박거렸다. 우리는 보따리 하나씩을 등에 지고 마지못해 도와주는 것처럼 돼지를 따라나섰다. 보따리에는 카키색 군용 담요와 군복이 가득했으며 그 안에 또 다른 물건이 들어 있는지 무게가 제법 나갔다. 아마도 이놈은 진성 공산당원으로 '방귀깨나 뀌고 있는 놈'처럼 보였다. 그래서 전쟁 통에 한밑천 단단히 잡은 게 틀림없어 보였다.

"동무는 도대체 피양에서 무슨 일을 했기에 사물이 이리도 많소?"

치호가 이 작자의 성분을 떠보느라 유들유들 말을 거니 돼지가 치호의 작전에 말려드는 것 같았다.

"내레 피양에서 음식점을 했다우. 그만, 그만. 이런 사적인 질문은 그만하라우야."

이놈은 자기 신분이 더는 드러나는 게 싫었던지 엉너리를 치는 것이었다. 강동에서 회창까지는 근 백여 리가 솔찮은 길이어서 쉬지 않고 걸어도 한밤중에 도착할 것 같았다. 한참 걸으니 어느덧 사위가 껌껌해졌다. 앞으로 한 삼십 리길을 더 가야 하는데 은근히 불안해졌다. 돼지는 우리가 불안해하는 것을 눈치 챘는지 넌지시 달래었다.

"동무들 괜스레 걱정 마시라요. 내래 사나이로 한 약속인데 알아서 할 터이니 회창까지만 갑시다래."

여기서 그만 돌아가겠다는 우리를 달래서 보따리를 들고 가도록 하려고 애썼다.

"동무들 내 말대로 하면 훗날 다 덕이 될 터이니 마음 놓고 마저 갑시다요."

우리는 이왕에 내친걸음이다 싶어 발걸음을 더 부지런히 재촉하였다. 숨 가쁘게 고개를 넘어가자 멀리서 등불이 깜박이며 회창이 보였다. 한겨울에 땀을 뻘뻘 흘리고 입김을 헉헉 뿜어내며 새벽 3시가 약간 안 되어 회창에 도착하였다.

돼지는 회창군 당위원장으로 위엄을 떨면서 한밤중에 동네를 시찰하였다. 이걸 보더니 치호가 약간 꼴사납다는 식으로 말을 던졌다.

"야 인호야. 저치 말이야 오밤중에 뭐한다고 쥐약 먹은 강아지처럼 쏘다닌다냐?"

나도 그걸 보고 참을 수 없어 한 마디 더 얹어주었다.

"저건 호랑이 없는 골에 토끼가 왕 노릇 하는 거지 뭐. 안 그렇니?"

다들 피란을 떠나는 바람에 썰렁한 마을에 공산당원으로 추정되는 청년들이 돼지 시중을 들고 있었다. 돼지는 상냥하게 웃으며 그들을 예우해주었다.

"동무들, 내레 하룻밤 편히 쉬도록 방을 준비했으니 푹 자고 아침에 봅시다래."

그런데도 불안하고 밖의 동정에 신경이 쓰여서 도저히 깊은 잠을 이룰 수가 없었다.

날이 밝자 신분증이고 뭐고 다 때려치우고 빨리 떠나고 싶은 마음뿐이었다. 그때 청년 하나가 다가오더니 우리보고 조금만 기다리라는 것이었다. 마음을 진정하고 있으려니 돼지가 밥상을 직접 들고 왔다. 셋이서 겸상을 하는데 반찬이 푸짐하였는데 불고기까지 곁들여 있었다. 나는 불고기를 한 점 입에 넣고 씹으면서 빈정거리는 투로 말을 걸었다.

"당위원장 동무는 지금은 조국해방전쟁이라서 온 인민이 초근목피(草根木皮)로 하루하루 때우고 있는데 이런 불고기를 항상 먹소?"

이 말을 들은 돼지는 빙그레 웃으며 반죽 좋게 설명했다. 혹시나 전시에 불고기를 먹었다는 소문이 중앙당에라도 들어가는 날에는 혹독한 자아비판은 물론 자칫하면 아오지 탄광으로 쫓겨날 수 있었다.

"어젯밤 소가 폭격을 맞아 저절로 익어서 불고기로 해먹게 되었소."

이 말을 들으니 신성천에서 네이팜탄을 맞고 길길이 날뛰다 죽은 소들이 떠올라서 나는 불고기를 집어 먹었던 젓가락을 바지에 쓱쓱 문지르고 나서 다른 반찬을 집었다. 아침식사를 마치자마자 떠나겠다고 했더니 돼지는 잠깐 기다리라더니 밖으로 나갔다. 아침을 잘 먹이고서 설마 우리를 죽이지는 않겠지 하면서 안심하고 있었다. 조금 있으니 돼지가 돌아왔다. 그는 회창군 당위원장 직인이 큼지막하게 찍혀있는 신분증을 건네주었다. 진짜 신분증이었다. 돼지는 자기 비리가 알려질까 봐 그랬는지 모르지만 약속을 지켰다. 회창까지 보따리를 지고 가느라 힘은 들었지만 융숭한 대접을 받고 신분증까지 얻으니 어깨에 힘이 들어갔다. 우리는 평양을 향해 빠르게 걸어갔다.

1951년 1월 7일, 우리는 드디어 평양에 입성하였다.

어머니가 계신 내 고향, 얼마나 그리웠던가. 꼬박 3년 만에 찾아왔다.

우리는 평양 부벽루 근처 릉라도여관으로 가는 길목에서 경무관을 만났다. 북한의 경무관은 우리의 헌병에 해당되었다.

그가 증명서를 보자고 하기에 돼지 동무가 만들어준 신분증을 보여주니 경례를 붙이며 통과시켜 주었다.

"거 기분 괜찮은데."

"이 정도면 꽤 쓸만하갔군."

조치호와 나는 앞으로 살아갈 방안을 궁리하며 집에 거의 다왔다는 생각에서 안심하고 평양시내로 들어섰다. 그런데 평양 시내의 3분의 1 정도가 폭격으로 폭삭 주저앉아 있었다. 지붕은 다 날아갔는데 신기하게도 굴뚝만 멀쩡하게 서 있었다. 삐죽삐죽 서있는 굴뚝은 묘비처럼 보여 기분이 우울하였다. 우리 둘은 본 평양 초입에서 헤어졌다. 서로 마음이 급해 길에서 작별하였다. 이날 이후 나는 조치호를 다시는 만나지 못했다.

집이 가까워질수록 마음은 더 초조해졌다.

'혹시 집이 폭격으로 날아가 버렸다면?'

'어머니와 삼촌이 피란을 떠났으면?'

별별 상상을 다 하면서 종종걸음으로 집으로 향했다. 해괴망측한 공상이 머릿속에 스치니 등에서는 식은땀이 흐르고 있었다. 드디어 릉라도여관 골목길로 접어드니 폭격을 맞아 2층이 주저앉아 있었다.

눈이 푹푹 쌓인 거리에 굴뚝만이 멀쩡하게 서있는 살벌한 풍경을 보니 눈물이 왈칵 쏟아졌다.

"아, 우리 집이 어쩌다 이리 된 거야. 어머니는? 삼촌은?"

나는 절규하는 듯이 두 손을 불끈 쥐고 떨었다. 단숨에 뛰어 들어가 어머니 품에 안겨 울고 싶었지만 신중하게 행동하였다. 혹시 안에 누가 있을지 먼저 알아보고 들어가는 게 좋을 것 같았다. 골목으로 들어서 대문 밖에서 안뜰을 들여다보았더니 댓돌위에 하얀 고무신 한 켤레가 가지런히 놓여 있었다. 이제야 나는 안심하고 대문을 열고 들어가 어머니를 불렀다.

"어머니, 어머니! 저 인호가 왔시야요."

내 목소리를 들은 어머니가 버선발로 뛰어 나왔다. 나를 보자마자 안아주셨는데 심장의 고동소리가 불규칙하게 뛰고 있었다.

"인호, 네가 돌아왔구나. 살아서 이렇게 왔구나."

"어머니, 며칠 늦었어요."

하얀 버선목까지 눈 속에 묻혔는데 어머님은 한동안 나를 안고 있었다.

"자, 추운데 어서 들어가자."

어머니는 나를 방으로 데리고 들어가더니 목 놓아 울었다. 항상 정갈하게 생활하신 어머니는 이 날만은 자제력을 잃어버린 것 같았다. 나도 어머니와 마찬가지로 주체할 수 없을 정도로 눈물을 흘렸다.

257

"어머니. 이제 그만 우세요."

"엊그제 응용이가 집엘 왔지 않더냐. 그래 네 소식을 물었더니 이렇다 저렇다 말이 없지 뭐냐? 에구 그래서 네가 영 잘못된 줄 알았다."

어머니는 서둘러 눈물을 훔치고 나더니 밥상을 차리려고 부엌으로 들어갔다. 부엌에서 풍기는 구수한 음식 냄새를 맡으니까 집에 왔다는 실감이 났다.

"아, 그렇게도 못 잊었던 고향의 집에 내가 돌아온 거구나."

그 순간 온몸에서 기운이 빠져나가면서 졸음이 쏟아져 내렸다. 그때 삼촌이 들어왔다. 삼촌은 어머니의 동생으로 내가 감옥에 가 있는 동안 살림을 도맡아 하였다.

"야, 우리 인호 네가 진짜로 살아왔구나. 누님 고만 우시라요. 대동강에 홍수 나겠수다. 인호야 일어나 보라우."

잠결에 비몽사몽 삼촌이 하는 말을 들었지만 피로가 한꺼번에 밀려와 도저히 일어날 수가 없었다. 너무 피곤하니 몸과 마음이 따로 놀았다. 겨우 눈을 비비고 일어나니 서글서글한 삼촌의 얼굴이 코앞에 있었다.

"야, 새끼래. 왜 그리 동작이 굼뜬 기야. 응용이도 병기두 다 엊그제 돌아왔는데 넌 뭘 하다 이제 나타난 기야. 니가 죽었다구 울구불구 하는 니 엄마를 달래느라구 내 진땀을 얼마나 뺀 줄이나 알간?"

오랜만에 만난 가족이었지만 그동안 겪었던 서러움이 복받쳐 어머니 손을 잡고 어린아이처럼 펑펑 울었다. 우리 집은 순식간에 눈물바다가 되었다. 이때 삼촌이 손등으로 눈물을 훔치더니 말을 하였다.

"니 콩밥을 실컷 먹구두 쩰쩰 우는 기야. 하하하……."

삼촌이 호탕하게 웃자 어머니의 표정도 덩달아 한결 밝아지는 것
이었다. 어머니가 차려준 저녁 밥상에는 그동안 꿈속에서나 그려봤
던 별난 반찬들이 다 올라와 있었다.

나는 속으로 '밥아, 너 본지 참 오래구나'하면서 숟가락을 들었다.
햄이나 소시지는 유엔군이 후퇴하면서 남기고 간 레이션 창고에서
어머니가 가져온 것들이었다. 어머니가 지어주신 쌀밥에 된장찌개
를 얼마나 그리워했던가. 감옥에서 아침저녁으로 노역을 다닐 때
구수한 된장찌개 냄새를 맡으며 침을 삼켰던 일이 떠올랐다. 밥상
을 물리고 세 식구가 모여 앉아 그동안 밀린 얘기를 나누었다. 나는
가급적 고생한 얘기는 꺼내지 않으려고 무진 애썼지만 내 얘기를 듣
자 어머니는 금세 눈물을 훔쳤다. 어머니는 잠시도 나에게서 눈을
떼지 않고 손이며 얼굴을 어루만졌다. 얘기를 다 못하고 나는 그 자
리에 골아 떨어져 12시간 넘게 잠을 잤다.

다음 날 아침을 늦게 먹고서 응용이를 보러 갔다. 응용이 어머니
는 나를 보더니 자기 자식을 만난 것처럼 내 손을 잡고는 눈시울을
붉혔다. 방으로 들어갔더니 응용이 역시 어린애처럼 곯아떨어져 있
었다. 나는 응용이 옆구리를 발로 툭툭 쳤는데도 일어날 줄을 몰랐다.

"인호야, 쟨 집에 오더니 저렇게 잠만 잔다. 어디 아픈 게 아니냐?"

내가 응용이를 깨우는 사이에 응용이 어머니는 다락문을 열고 올
라가서 누군가를 불렀다.

"여보게 내려오게. 응용이 친구가 왔네. 어서 오게."

이때 응용이는 눈을 뜨더니 내 손을 잡고 기뻐서 어쩔 줄 몰라 하

였다.

"기럼 기럼. 내레 네가 무사히 돌아올 줄 알았지. 네 오마니가 하도 불길한 생각만 하기에 네 소식 모른다고 딱 잡아 떼었디."

응용은 이틀째가 되어도 영 소식이 없어 은근히 걱정은 했지만 기다리면 올 것으로 철석같이 믿었던 것이다. 역시 곰처럼 우직한 응용이다운 처신이었다. 그때 다락문이 드르륵 열리더니 웬 남자 하나가 내려오는 것이었다. 응용이가 일어서더니 그 남자를 부축하여 앉혔다. 어딘가 장애가 있는 것 같았다.

"인호야, 친척 형인데 빨갱이가 쏜 총알이 다리에 박혔대. 그래서 다리를 좀 절게 되었거든."

그가 걸을 때 보니 왼쪽 다리가 약간 쩔뚝거렸다. 나이는 나보다 열 살이나 더 많아 보였고 키는 좀 작아 땅딸막했지만 체격은 차돌처럼 다부지게 생겼다. 그 남자는 나에게 자신을 소개하였다.

"인호 군. 나도 고생을 죽도록 했지요. 유인용이라고 하오. 반동죄로 투옥되었다가 구사일생으로 목숨을 건졌수다래."

그는 전쟁 전에 보건성 의약품 생산 관리처에 근무하면서 북괴 기밀문서를 빼돌리다가 동지들과 함께 체포되었다고 말하였다. 인민재판에서 17년의 징역형을 선고 받고 몇 군데 감옥을 전전하다가 재동수용소에서 전쟁을 만났다는 것이다. 거기서 정치범 일제 학살에 걸려 요행히 다리에 총알을 맞았는데 죽은 척 하고 있다가 흙더미를 파고 나왔다고 말하였다. 응용이 어머니는 아들처럼 반동죄에 걸려 옥살이를 한 유인용을 극진히 보살펴주었다. 평양 시민들은 일시 후퇴한 국군이 다시 오길 눈이 빠져라 하고 기다렸다. 날이 가고 달이 바뀌어도 국군의 소식이 없자 당황하기 시작하였다. 공산당은 점점 체계가 잡혀가면서 총과 군수품을 조사한다는 구실로 집안을 샅샅이 뒤졌다. 그런 식으로 월남 가족이나 국군이 입성했을 때 협조한 사실이 있는 신 반동분자들을 암암리에 색출해 내었다. 이제는 다락방에 숨어서 공산당의 눈길을 피할 수 없는 상황이 되었다.

제**4**부

미완으로 끝난 통일촉진대

지하아지트 생활

　고향의 품으로 돌아왔다는 안도감도 잠시뿐 당장 하루하루가 가
시방석이었다. 언제 군사동원부 요원들이 집으로 들이 닥칠지 몰라
맘대로 움직일 수도 없었다. 이들은 수시로 찾아다니면서 불시에
수색을 하였다. 이때 김일성은 전쟁에서 패색이 짙어지자 패전의
책임을 전가하는데 혈안이 되어 있었다. 그는 자기 측근들에게 패
전의 구실을 붙여서 하나하나 제거하고 있었다. 이러한 현실을 풍
문으로 들은 주민들은 남쪽으로 가려고 은밀하게 탈출 루트를 알아
봤지만 38선이 닫혔다는 사실을 알고는 포기하였다. 이미 때를 놓
쳐 버리고 만 것이었다.

　집에 온 지 한 달 만에 나는 삼촌과 함께 어둠을 틈타서 마당 구석
의 변소 아래에 지하호를 만드는 작업을 시작하였다. 땅을 3미터 깊
이로 파낸 뒤 변소 오물통 밑으로 길이 2.5미터, 폭 1.5미터 정도의
공간을 만들었다. 이곳에서 공산당의 불시검문을 피하려는 것이었

다. 공산당은 눈에 쌍심지를 켜고 집집마다 돌면서 군대를 안 갔거나 반동행위를 한 사람들을 찾고 있었다. 삼촌은 나무토막을 잘라서 사방과 바닥에 박고 그 위에 덮어서 그럴 듯한 지하아지트를 구축하였다. 불빛 한 점 없는 곳에서 소리 없이 삽과 곡괭이로 땅을 파내려니 힘이 서너 배는 더 들었다. 나와 피 한 방울 안 섞인 삼촌은 조카의 안전을 생각해서 몸이 녹초가 되어서도 밤늦게까지 토굴을 만드는 일에 매달렸다. 삼촌은 계모의 동생이었으니 나와는 남남이나 다름없는 사이였다.

그런 데도 나를 그처럼 아껴주니 삼촌은 눈물이 날 정도로 고마운 분이었다. 그는 고무신 공장을 운영하면서 장사가 좀 안 되어도 늘 표정은 변함없이 밝았다. 걱정을 초월해서 사는 분이어서 얼굴에는 늘 웃음기가 흘렀다. 오히려 내 얼굴에 근심스런 표정이 보이면 안심시키려고 들었다.

"인호야, 너 혹시 이런 말을 들어본 적이 있수다래?"

"무슨 말이라요? 삼촌."

"그럼 한 번 들어보라우. 우리가 걱정을 해서 걱정이 없어지면 걱정 없겠지만 그게 걱정이다. 어떠니?"

"이건 머리털 나고 처음 들어보는 기라요."

"인호야, 걱정은 인간의 숙명인기다. 걱정이 없으면 그건 즘생이나 마찬가지다. 알갔니?"

삼촌이 하는 우스갯소리를 듣고 어머니와 나는 데굴데굴 구르면서 얼마나 웃었던지 뱃가죽이 당기고 눈물까지 나왔다.

"삼촌, 걱정을 한다고 걱정이 어디 가는 기 아니라요. 하늘이 무너져도 솟구칠 구멍이 있더라고, 며칠 쉬면서 차차 살아가날 방법을 궁리해 볼끼라요."

이때부터 남쪽으로 내려가는 길만이 내가 살 수 있는 유일한 출구로 생각되었다. 그동안 죽을 고비를 숱하게 넘기고 살아남았는데 한 번뿐인 인생을 김일성의 손에서 끝내고 싶지는 않았다. 나는 김일성의 잔학성과 거짓을 이미 겪어서 훤하게 알고 있었다.

두 사람이 겨우 발 뻗고 누울 수 있는 지하 공간에 유인용 씨와 함께 지내려니 여간 불편한 게 아니었다. 사정이 그리하여 부득이 하여 눈치만 보던 유인용 씨가 자진해서 다른 데로 옮겨갔고 우리 집 아지트에서는 나와 응용이만 숨어 있게 되었다.

어머니는 유인용을 대동강 변에서 홀로 지내던 응용의 작은 이모네 집으로 옮겨 주었다. 원래 바느질 솜씨가 좋았던 응용이 어머니는 바느질 품삯과 세탁소 수입으로 응용이와 유인용의 뒷바라지를 하였다. 응용이 아버지는 해방 후 불온사상을 유포했다는 죄로 체포되어 총살로 생을 마감하였다. 그런데도 응용이 어머니는 조금도 힘들어 하지 않고 늘 조용히 웃음만 지었다. 응용이 어머니는 유인용의 식비까지 부담할 수 있었다.

지하아지트에서 생활한 지 보름쯤 되었을 때 응용이의 동생 응주가 집으로 돌아왔다. 그동안 가족들은 응주가 후퇴하는 국군을 따라 월남한 것으로 알고 있었다. 응주가 불쑥 나타나자 가족들은 깜짝 놀라 벌어진 입을 다물지 못하였다.

평양에서 조금 늦게 떠났던 응주는 황해도 해주 쪽으로 피란을 갔는데 악천후로 발이 묶이는 바람에 월남의 기회를 놓쳤다고 했다.

그때는 육로로는 월남할 수는 없었고 도서지방으로 월남할 수 있었는데 고래에게 잡혀 먹힐까봐 주저앉았다고 너스레를 떠는 바람에 한바탕 웃음소동이 벌어지고 말았다. 어쩔 수 없어 해주의 조그만 인쇄소에서 직공으로 일하면서 기회를 보다가 가망이 없어 다시 집으로 돌아왔다는 것이다.

그런데 응주가 돌아오면서 고민거리가 하나 더 늘어났다. 응용이에 더해 동생 응주까지 반동가족에 합류하면서 들키기라도 하면 총살은 뻔한 일이었다. 이러니 응주마저도 지하아지트로 대피하게 되었다. 한 사람이 더 늘어나니까 응용이 어머니의 고생은 말로는 다할 수 없었다.

응용이 어머니는 두 아들의 식량을 대주어야 했고 여동생 집에 숨어있는 유인용의 뒤치다꺼리를 하다 보니 날이 갈수록 수척해졌다.

우리는 변기통 밑의 지하아지트에 은둔하고 있으면서 처음에는 책도 읽고 장기도 두면서 시간을 보냈으나 몇 달이 지나도 국군이 다시 평양을 탈환한다는 소식이 들리지 않았다. 축축한 지하에서 몇 달을 보내니 햇빛이 그리워 견딜 수가 없었다. 셋이 번갈아서 몸살을 심하게 앓아눕자 어른들은 걱정이 태산이었다. 가끔 색다른 음식이나 미제 레이션 깡통이라도 들어오면 우리들부터 먹었다. 어머니들의 정성과 희생을 생각하면 목구멍에 맛있는 음식이 넘어가지 않았다. 기다리던 국군의 진격 소식은 오지 않고 삼시세끼 밥만 축내는 벌레 같은 삶에 서서히 짜증이 나기 시작하였다. 20대 초반의 젊은이들이 땅속의 변기통 아래서 썩고 있기에는 너무 답답하고 숨이 막혔다. 밥을 먹어도 소화가 안 되고 가슴에 얹혀 있었다.

　지하 생활이 넉 달째 접어들고 있을 때 어머니가 아지트의 벽을 가볍게 두드렸다. 급하게 상의할 일이 생겼다면서 지하아지트로 들어오더니 한숨부터 내쉬었다. 조금 전에 병기 어머니가 릉라도여관에 다녀갔는데 병기가 숨을 데가 없어 걱정하더라는 것이었다. 그동안 병기는 강서 외가에 내내 숨어있었는데 변두리에 숨어있자니 남의 이목을 피하기 어려워 사정이 허락하면 우리와 함께 있고 싶다는 것이었다. 그 말을 듣자마자 우리는 바로 병기를 데리고 오라고 하였다. 우리가 병기를 맞겠다는 데도 어머니는 수심이 가득한 얼굴로 나갔다. 비좁은 지하에서 4명이 지내려면 불편하고 위험 부담이 그만큼 커지기 때문이었다. 사흘 후 병기는 꺼칠한 얼굴로 지하에 들어왔다. 우리는 돌아가면서 병기를 부둥켜안아 주었다.

　"야 병기 새끼레. 잘 있었구만. 그동안 어드렇게 지냈어?"

　너무 반갑고 궁금한 마음에 이것저것 물으니 병기는 얘기 보따리를 술술 풀어놓았다. 안리 대동강 변에서 헤어진 병기는 동국이와 함께 무사히 동국이의 고향인 순안까지 함께 갔다가 어머니가 있는 외가로 가서 계속 거기 있었다고 했다. 우리 둘의 신변이 궁금하여 어머니를 여관에 보내어 지하아지트에 있다는 소식을 듣고 무작정 소달구지에 실려서 오게 되었다는 것이었다. 하늘의 도움으로 살아왔다고 기뻐하던 우리들은 어머니들의 애간장을 태우는 생활로 접어들었다. 이건 불효 가운데 가장 큰 불효였다. 지하에 갇혀있던 우리들은 슬슬 요령이 생기면서 교대로 마당에 나가 심호흡도 하면서 햇볕을 쬐었다.

　4월 중순으로 접어들었을 때였다. 화창한 날씨가 며칠씩 이어지고 산과 들에는 개나리며 진달래가 흐드러지게 피어 있었다. 햇빛과 맑은 공기 생각이 간절했던 나와 응용이는 밤에 마당가에 살그머니 나와 있었다. 그날따라 안개가 뽀얗게 끼어 있어 답답한 가슴이 더 짓눌리었다. 가끔씩 B29 폭격기 한두 대가 평양 변두리를 폭격하고 돌아가는 것 말고는 특별한 조짐이 없었다. 풀이 죽은 우리들은 남쪽 하늘을 쳐다보면서 눈물을 흘렸다. 국군의 진격을 눈이 빠져라 기다리면서 하늘에 대고 원망도 했다. 이대로 가면 우리 목숨은 죽은 거나 마찬가지였다. 그런데 다시 지하로 들어가려는 찰나 공중에서 요란한 전투기의 굉음이 들려왔다. 고개를 들어 하늘을 바라보니 잠시 후 전투기가 모습을 드러내었다. 남에서 평양 쪽으로 날아온 전투기는 한 20여 대가 넘었는데 다시 남쪽으로 선회하면서 깡통 같이 생긴 것들을 계속해서 떨어뜨렸다. 그러자 바람결에 휘발유 같은 기름 냄새가 코를 찔렀으며 안개가 자욱하게 낀 하늘의 색깔이 엷은 보라색으로 바뀌었다. 휘발유 냄새가 사방에서 풍겨 나오고 있을 때 공중 투하를 마친 전투기들이 일제히 소이탄을 투하하였다. 삽시간에 곳곳에서 불기둥이 일어나더니 집이며 농작물이며 모든 것이 불길에 휩싸였다. 금세 불길이 마을을 덮치면서 대낮처럼 훤해졌다. 이런 아비규환은 없을 것 같았다. 속옷 바람으로 뛰쳐나오는 사람, 숟가락을 들고 기어 나오는 사람, 애를 업는다는 게 베개를 들쳐 업은 아낙네들까지 그 일대는 지옥이나 다름없었다.

우리 집 마당에도 소이탄의 불똥이 튀었지만 삼촌이 잽싸게 모래와 흙을 덮어서 껐다. 소이탄의 무수한 파편들은 다시 조각조각 부서지며 불꽃을 일으키기 때문에 불을 잡기가 여간 어려운 게 아니었다. 소이탄은 영락없이 도깨비불이었다. 불은 꺼도 꺼도 끝없이 번져나갔다. 삼촌을 따라 정신없이 불을 끄다보니 응용이와 나는 도망자 신분이라는 것을 깜빡하고 동네 사람들에게 모습을 드러내고 말았다. 가슴이 떨려서 지하로 들어와서야 경솔하게 행동한 것을 후회했지만 이미 엎질러진 물이었다. 혹시나 주민들의 신고를 받고 내무서나 보위부에서 들이닥치는 게 아닐까 하여 목구멍으로 밥 한 톨도 넘어가지 않았다. 다행히도 우리들을 목격했던 주민들은 신고를 하지 않은 것 같았다. 다음 날 어머니는 시내로 들어갔다 오더니 그날 폭격으로 평양은 거의 폐허가 되었다고 실상을 전해주었다. 자기 집이 전소당한 사람들이 대부분이었지만 유엔군의 폭격에 대해 불평을 하는 사람은 없었다는 것이었다. 심지어 더 폭격을 하여 김일성과 중공의 인민지원군을 쓸어버려야 한다고 말하는 사람도 있었다는 것이었다.

심지어 어떤 사람은 자기 집이 불타고 있는데도 유엔군의 폭격에 박수를 치더라는 것이다. 이것은 그만큼 김일성 일당 독재로 5년이나 혹독한 고통을 겪은 데다 앞으로 있을 김일성의 패악질을 불 보듯 뻔히 내다보고 있었기 때문이었다.

우리처럼 숨어 지내야 하는 반동분자들은 물론 이북의 모든 주민들은 유엔군과 국군이 다시 오기를 학수고대하면서 그것으로 위안을 삼고 있었다. 우리 집 릉라도여관에서 소련정치보위부, 사회안전성, 내무성, 김일성의과대학 등 북괴의 중요기관들이 가까이 있어서 유엔군 전투기의 일차 폭격 목표가 되었던 것이다. 대대적인 소각작전이 있으면서 이 지역의 90퍼센트 이상이 파괴되었다. 응

용이네 집도 불에 타서 흔적조차 찾을 수가 없었다. 응용이 어머니
는 불 타버린 집터를 바라보면서 낙담에 빠졌다. 그러나 어머니는
이것저것 가져다가 바라크 형태의 가건물을 지었다. 어머니는 여자
혼자의 힘으로 임시 거처를 거뜬히 만들었다. 남편이 반동분자로
몰려 총살을 당했지만 모든 아픔을 가슴에 묻고 고통을 꿋꿋이 이겨
내는 모습은 우리에게 힘이 되어 주었다.

물바다 지하아지트

우리에게 희망이 될 만한 소식 하나 없이 6월이 왔다. 전쟁이 터진 지 일 년이 다 되었지만 이렇다 할 국면 전환은 없었다. 다만 중국이 항미원조(抗美援朝)라는 그럴듯한 명분으로 전쟁에 뛰어들었다는 것이 변화라면 변화였다. 본격적인 더위가 시작되는 6월, 두 평도 안 되는 좁은 지하에서 네 명의 장정이 살을 맞대고 있으려니 여간 답답한 게 아니었다. 그래도 병기가 입담을 과시하고 응용이의 능청스런 맞장구가 죽이 맞아 실컷 웃을 수 있어 그나마 세월 가는 줄 모르고 지낼 수 있었다.

하지만 아무런 대책 없이 은둔기간이 길어지면서 모두들 신경질적으로 변했다. 이제는 툭하면 사소한 일에도 언성을 높여 싸우기 일쑤였다. 여름이 다가 올수록 습기는 높아져 온몸이 찐득거렸으며 오물에서 나는 악취는 머리를 빙빙 돌게 만들었다.

간간히 비가 내려 축축해지면서 징그럽게 생긴 돈벌레나 바퀴벌레들이 바닥을 설설 기어 다니기 시작하였다. 인간이 지구에서 사라지면 다음에는 곤충이 주인이 될 것이라는 말이 괜한 말은 아닌 것 같았다. 벌레들은 잡아도 잡아도 어디서 오는지 스멀스멀 기어나왔다. 하루는 너무 심하다 싶을 정도로 바닥에 축축한 것 같아서 살펴보니 지하 바닥에 물이 괴어 있었다. 처음에는 깡통으로 퍼낼 수 있을 정도로 물이 차오르더니 점차 물의 양이 크게 불어났다. 점점 깡통으로 퍼낼 수 있는 형편을 넘어서고 있었다.

조금 있으니 어머니가 황급히 지하아지트 문을 열더니 이상이 없느냐고 물었다. 전날 밤부터 조금씩 내리던 비가 오전부터 장대비로 변해 주룩주룩 쏟아지고 있었다. 미처 배수가 안 된 물이 지하로 스며들고 있었다. 어머니가 가져다준 양동이로 물을 쉬지 않고 퍼 날랐다. 물의 양이 많아지자 할 수 없이 지하의 문을 활짝 열어놓고 밖으로 퍼 날랐지만 계속 들어오는 물을 감당할 수 없었다. 뿌옇게 비안개를 내뿜으며 퍼붓는 폭우는 여간해서 그칠 것 같지 않았다. 이미 마당에도 3센티미터의 빗물이 고여 있었다. 한 시간이 넘게 양동이로 물을 퍼냈지만 물은 점점 더 불어나고 있었다. 물을 퍼내다 가망이 없을 것 같아 우리는 두 손을 들고 말았다. 그 순간 갑자기 물마루가 들이닥쳤다. 후다닥 몸을 돌리니 이미 변소의 오물이 뒤섞인 흙탕물이 지하로 콸콸 쏟아져 들어왔다. 우리는 지하아지트에서 물에 빠진 생쥐 꼴로 빠져나와 침수되기 시작한 집의 다락방으로 기어 올라갔다. 몸에서는 구린내가 풀풀 나고 있었다. 이때 어머니가 오더니 밖에 나가서 들은 소식을 전해주었다.

"애들아, 아군 폭격기가 대동강 주변을 폭격하다가 대동강 제방

을 무너뜨렸다고 한다. 계속된 폭우로 이미 강물은 찰랑찰랑 할 정
도로 불어있던 차에 둑이 터져서 강 수위보다 낮은 지역에 있던 부
벽루 일대가 삽시간에 물바다가 되었단다.”

주민들은 보따리 하나만 겨우 옆구리에 끼고 석이산으로 대피하
였다는 것이다. 어머니와 삼촌은 우리와 함께 뗏목을 엮느라고 피
란대열에서 뒤처지게 되었다. 폭우 속에 비지땀을 흘리면서 뗏목을
엉성하게나마 완성했다. 어머니는 따로 싸두었던 곡식자루를 다락
방으로 올려주면서 집이 완전히 침수되면 뗏목을 타고 진남포로 해
서 남으로 내려가라고 당부하고 삼촌과 함께 대피하였다. 그때 이
미 물은 허리춤까지 차오르고 있었다. 물에서는 고약한 악취가 나
고 있었고 물은 곧 집을 집어 삼킬 것 같았다. 젓가락 굵기 만한 빗줄
기는 도무지 가늘어질 줄을 모르고 쏟아지고 있었다. 빗줄기를 바
라만 보고 있던 병기가 입을 열었다.

“내레 말을 안 하니 끼니 곰팡이가 필 것 같다우야. 이거 어디 하
늘에 구멍이 뚫린 것 아닌가? 하늘이 김일성이 놈에게 벌을 주는 게
아닌가베. 또 김일성한테 죽임을 당한 원혼들이 비로 원수를 갚는
게 아닌가?”

병기는 폭우가 내리는 배경을 그럴 듯하게 풀이하였다. 대체로 김
일성에게 학살당한 무고한 원혼들이 이번 비로 김일성을 벌을 주는
것이라는데 의견이 모아졌다. 삼촌이 북한을 탈출할 때 쓰라고 만
들어준 뗏목은 릉라도여관 일층 창문 옆에서 찰랑대는 물위에서 흔
들거렸다. 폭우는 언제 그칠지 도통 감을 잡을 수가 없었다. 하늘은
먹구름으로 덮여있어 앞으로도 서너 시간은 더 비가 내릴 것 같았다.

우리 넷은 그칠 줄 모르고 내리는 비를 가슴 졸이며 바라보고 있었다. 모두들 속수무책으로 바라만 보고 있었다. 다들 마른 침만 꿀꺽 삼키면서 속으로 비가 그치길 바랄뿐이었다. 집들이 물에 잠기자 사방에서 딱딱거리며 기둥과 석가래, 대들보가 물러앉는 소리가 들렸다. 집이 반쯤 잠기더니 수위는 더 높아지지 않고 멈추었다. 갖가지 오물들이 악취를 풍기며 둥둥 떠 있었다. 별의별 잡동사니들이 떠다니다가 나무나 전봇대에 걸려 너풀대고 있었다. 한 시간쯤 있으니 물이 빠지며 수위가 조금씩 낮아지고 있었다. 마치 바닷가의 썰물과 밀물이 연상되었다. 석이산으로 피신했던 주민들은 하룻밤을 오들오들 떨면서 보내고 이튿날 아침에야 돌아왔다. 밤을 틈타서 우리는 지하를 깨끗하게 청소하고 정돈하였다. 깨끗한 물을 떠다가 구석구석을 닦아내고 걸레질을 하였더니 그런대로 있을 만 하였다. 물난리가 지나갔는데도 당국은 방역을 해주기는커녕 수재민들이 먹을 게 없어 고생이 이만저만이 아닌데도 담당자는 코빼기도 비치지 않았다. 이러니 물난리의 후유증이 없을 리가 만무했다.

물난리가 난지 불과 사흘째 되는 날부터 뇌염, 장티푸스, 콜레라, 이질 같은 수인성 질병이 평양에 창궐하기 시작하였다. 전쟁 중이어서 주민들은 약 한 번 제대로 써보지 못하고 떼거리로 죽어갔다. 누구랄 것도 없이 영양 결핍에 전쟁에 지쳐있어서 병에 대한 면역력이 거의 바닥이었다. 속수무책으로 사람들이 죽어나갔지만 빨갱이들은 소독 한 번 안 해주고 라디오 방송으로 이번 질병의 원인을 규명하는 데만 열을 올렸다. 여름 내내 평양에서만 5천 명이 넘는 사람들이 전염병으로 죽어나갔지만 이들의 죽음을 슬퍼할 겨를조차 없었다. 비교적 건장한 젊은이들이 시신을 대충 얽어매서 공동묘지에 집단으로 매장하였다. 이런데도 김일성은 평양 주민들에게 어떤 배려도 없었다. 심지어 이번에 죽은 사람들을 반동분자로 하늘의 심판을 받은 것이라는 해괴망측한 소문을 퍼트리고 있었다.

얼마 있어 김일성은 이번 수해와 질병의 원인을 연구했다면서 발표했는데 그것을 보고 실소를 금할 수가 없었다. 비가 내려 전염병이 돈 것은 국군과 연합군의 첩자들이 북반부에 침입하여 우물과 농작물에 세균을 살포하였기 때문이라는 것이었다. 이 방송을 들은 주민들은 방역 한 번 안 해준 놈들이 말은 잘 들러댄다면서 비난하였다. 김일성의 선전선동을 액면 그대로 받아들이는 사람들은 별로 없었다. 우리 집은 어머니의 각별한 주의와 깔끔한 소독으로 우리들은 아무런 탈이 없이 무사하였다. 이때부터 어머니와 삼촌은 지쳤지만 새로운 지하아지트를 좀 떨어진 곳에 밤을 틈타서 파기 시작하였다. 물난리가 지나간 지 보름쯤 있으니까 어머니는 우리들을 새로 만든 지하아지트로 데리고 갔다. 두 분이 만든 지하아지트는 더는 흠 잡을 데 없이 완벽하였다. 우리 4명을 염두에 두고 만들었기에 새로운 지하아지트는 여유 있게 만들어졌다. 새 지하아지트는 릉라도여관 부속건물 아래에 만들어져 쉽게 찾을 수가 없었다. 새 아지트는 부엌의 함실아궁이로 들어가게 되어 있었다. 이 함실아궁이를 매일 밤 들락거리면서 지하아지트를 만든 어머니와 삼촌의 지극한 정성에 우리는 감사를 드렸다. 어머니의 손을 보니 손톱이 거의 닳아버렸고 손등과 팔뚝 군데군데 상처가 보였다. 아궁이를 따라 쭉 들어가 콘크리트 바닥을 들어내면 지하아지트 입구가 나타났다. 우리들은 안전한 거처를 보면서 기쁜 마음으로 이사를 준비하였다.

응용이와 병기는 나무판자로 제법 그럴싸한 선반을 매었고 응주와 나는 시멘트를 반죽하여 내부를 매끈하게 발랐다. 손재주가 띄어난 응주는 지하아지트 위에 있는 삼촌 공장의 발전기에서 전기를 끌어왔다. 우리들은 지하아지트 한쪽 벽을 40센티미터쯤 우묵하게 파내어 붙박이장도 설치하였다. 그렇게 하니 깨끗하고 안락한 합숙소가 완성되었다. 이틀에 걸쳐 한밤중에 살림살이를 옮기니 마음이 전보다 훨씬 편해졌다. 붙박이장에 이불을 넣고 선반에는 몇 권 안 되는 책도 진열하였다. 밥상으로 쓰는 사각탁자에 9석짜리 광석 라디오까지 올려놓으니 제법 그럴싸한 사무실이 만들어졌다.

요강에 용변을 보는 것이 무척 불편하였지만 어머니는 불평 한 마디 없이 하루에 세 번씩 요강을 비워주었다.

그즈음 안정을 되찾은 공산당은 전쟁 전의 공민증을 새로운 임시 증명서로 바꾸니 전 인민은 협조하라는 현수막을 걸었다. 전쟁 초기에 공산당이 패주할 때 문서들을 태우기도 했고 뒤죽박죽되어 임시공민증을 발급한다는 것이었다. 전쟁으로 심했던 인구 이동도 줄어들면서 진성 반동분자를 가려내자는 데 그 목적이 있었다. 공산당은 임시증명서를 발급하는데도 성분조사를 여간 까다롭게 하는 게 아니었다. 동시에 반동분자나 월남자들의 가족들을 가려내고 있어 우리들은 임시 공민증을 받을 생각을 일찌감치 접어 버렸다. 우리 신분이 노출되는 날이면 삼족을 멸하는 화를 입을 수도 있었기 때문이었다. 그런 가운데 거리에서는 검문검색이 한층 더 강화되었으며 미처 남하하지 않고 숨어있는 반동분자들을 색출하려고 집집마다 들쑤시고 있었다.

그럭저럭 여름이 가고 아군의 폭격은 변함없이 이어졌지만 전쟁은 질질 늘어지고 있었다. 축구 경기에서 골은 나오지 않고 서로 볼만 왔다 갔다 하는 그런 상황이었다. 우리들은 유엔방송에서 흘러나오는 음악을 듣고 있는데 벨 소리가 두 번 울렸다. 검색이 강화되자 삼촌이 비상벨을 설치하여 주었다. 두 번 길게 울리면 어머니의 호출이었고 한 번 짧게 울리면 위험하니 주의하라는 신호였다.

벨이 두 번 길게 울려 안방으로 들어갔더니 방안에는 온통 책들로 가득했다. 어머니는 책 무더기에 파묻혀서 책을 고르고 있었다. 내가 책을 보고 놀라서 선 채로 훑어보니 소설, 인문학서, 과학서, 월간잡지, 기술서, 자기계발서 등 종류도 다양했다. 어머니가 낮에 외출했다 돌아오다 도립병원 부근에서 아군기의 폭격을 만나 대피했다가 폭격이 끝나 집으로 가려다 커다란 항아리 세 개를 보았다는 것이다. 항아리가 깨져 있어서 들여다보니 그 안에 책으로 가득해서 우리들에게 읽게 하려고 리어카로 실어왔다는 것이다.

어머니는 지하에서 빈둥거리며 짜증만 내는 우리들을 생각해서 책을 실어왔다. 이처럼 어머니는 자신의 삶은 다 내던지고 오직 우리들만을 생각하면서 살고 있었다. 어머니가 추려준 대로 책들을 지하아지트로 가지고 오니 모두들 반가워 어쩔 줄을 모르고 달려들어 책을 챙겼다.

지하에서 무료하던 차에 이 책들은 시간을 알차게 보내는데 도움이 되었다. 또한 배움에 대한 갈증을 느끼고 있던 우리들에게 이 책들은 3년 가뭄에 단비와 같았다. 이 책 주인은 얼마나 책을 애지중지 했으면 생사를 가르는 피란길에 나서면서 항아리에 책을 보관하고 떠났을까 생각하였다.

　인문서부터 과학서까지 골고루 다 있는 걸로 봐서 이 책 주인은 대단한 지식인이 틀림없어 보였다.

　나는 속으로 이 책의 주인에 대해 경외심을 가지지 않을 수 없었다. 이튿날부터 탁자에 둘러 앉아 독서삼매경에 빠지니 현실의 괴로움을 잊을 수 있었다. 또 잡념을 버리고 독서에 빠지니 마음도 차분하게 안정이 되어가고 있었다. 우리는 독서를 통해 실의와 절망의 늪에서 벗어날 수 있는 지혜를 발견하였다. 이렇게 독서에 흠뻑 빠져 있는데 지하에 귀뚜라미 소리가 들려왔다. 어느덧 가을이 온 것이다. 나는 은은한 전등불 아래서 프랑스 소설가 '빅토르 위고'(Victor-Marie Hugo, 1802~1885)의 레 미제라블(Les Misérables)을 읽고 있었다. 그 주인공 장발장(Jean Valjean)은 비참한 삶에서 꺾이지 않는 생에 대한 도전과 위안을 발견하였다. 지금은 '레미제라블'이라고 되어 있지만 지금 생각하니 그때의 제목은 '너 참 불쌍타'였던 것으로 기억된다.

　가을이 온 듯한데 벌써 기온은 떨어지고 있었다. 곧 겨울이 올 것이고 그러면 또 한 해가 속절없이 가게 되는 것이다. 그해 가을은 유난히 짧았다. 압록강 쪽에서 불어오는 삭풍(朔風)은 매섭도록 추웠다. 나는 눈이라도 펑펑 내리는 밤이면 몰래 혼자 마당에 나가서 추운 줄도 모르고 허공을 바라보았다.

　독립운동에 모든 것을 다 바치고 해방 석 달 전에 세상을 떠난 아버지가 보고 싶었다. 또 고등학교 2학년 때 중국으로 떠나간 아버지를 그리다가 돌아가신 생모도 그리웠다.

"아아, 이렇게 시간을 죽이고 있으면 안 되지. 이 청춘은 지나가면 다시는 붙잡을 수 없는 소중한 것이지."

나는 지하에서 울적하면 노래도 부르고 때로는 눈물도 흘리면서 불면의 시간을 보내야 했다. 나의 삶이 이렇게 끝나는가 생각하면 숨이 멎을 것만 같았다. 겨울이 왔지만 지하에 난방을 할 수가 없었다. 초겨울에는 옷을 껴입고 그럭저럭 지냈는데 한겨울이 되자 도저히 추워서 견딜 수가 없었다. 그런데 궁하면 통한다는 말이 있듯이 응주가 기발한 난방기를 발명하였다. 80촉짜리 일제 미쓰비시 전구를 구해다가 겉에 얇은 대나무로 테를 씌웠다. 백열전구에서 나오는 열로 손을 녹일 수 있어 좋았다. 우리들이 추위에 떠는 것을 가만히 보고만 있을 수 없었는지 어머니는 물을 팔팔 끓여서 미제 깡통에 채워서 담요로 싸서 갖다 주었다. 밤이면 이불속에 넣고 발을 따뜻하게 하니 잠을 잘 수 있었다. 아침까지 식지 않고 있어 그 물로 세수까지 할 수 있었다. 어머니의 따뜻한 배려로 지하에서 생활하는 데 큰 불편은 없었다. 우리는 둥그렇게 모여 앉아 비빔밥을 해 먹으면서 노닥거렸지만 우리들 때문에 어머니가 겪는 경제적인 부담은 이루 말로 다 할 수 없었다.

응용이 어머니는 세탁소를 하면서 인민군복을 수선하여 먹고 사는 데는 지장이 없었다. 병기 어머니는 친정에서 집안일을 꾸리며 추렴을 했으며 우리 집은 삼촌이 고무신 공장을 운영하면서 유지해 나가고 있었다. 어쨌든 전시에 가정 형편이 넉넉한 집은 한 집도 없었다. 매일 밤을 새워 바느질을 하느라 응용이 어머니는 지쳐가고 있었다. 더 안 된 것은 병기 어머니였다. 열흘에서 보름 사이에 한 번씩 식량을 가지고 와서 지하에 있는 아들을 살펴보고 갔는데 병기 어머니는 제대로 먹지 못해 얼굴이 수척해지고 있었다. 우리 집이야 삼촌이 고무신 공장을 하니까 간간히 어머니가 패물을 처분하는 눈치이긴 했지만 생계에는 큰 걱정은 없었다.

어머니들이 가져다주는 쌀밥과 조밥을 섞어서 비빔밥을 만들어 먹었지만 어른들이 겪고 있는 고충을 생각하면 밥이 목구멍으로 넘어가질 않았다. 멀쩡한 장정들이 지하에서 밥만 축내고 있으니 체면이 말이 아니었다. 우리가 몇 번 밥을 남겨서 내보냈더니 어머니가 나를 불렀다.

"인호야, 너희들끼리 무슨 갈등이 있는 게 아니냐? 반찬이 나빠서 그러는 게냐? 혼자 다 먹어도 시원찮을 나이에 이렇게 밥을 남기는 이유가 뭐냐? 똑바로 대답 좀 해보라마."

나는 달리 무어라 딱 부러지게 대답을 할 수가 없었다.

"어머니 그런 게 아니어요."

나는 짧게 한 마디 하고 발치께만 바라보고 있으려니 어머니는 콧물을 훌쩍 들이키더니 더는 묻지 않고 함실아궁이로 나갔다. 착잡한 마음으로 지하로 돌아오니 모두들 침통한 표정을 짓고 있었다. 병기가 먼저 말문을 열었다.

"야, 우리 언제까디나 이 꼴로 땅속에 있어야 하는 기야."

"내가 알우? 형들이 알지?"

응주가 약간 자조 섞인 목소리로 받았다. 병기는 응주의 대답이 못마땅한 듯 인상을 쓰면서 말을 계속 하였다.

"난 더 이상 이 꼴로는 못 살갔다. 오마니 절궈 죽이면서까지 내가 구차하게 살아야 한단 말인가? 난 죽든 살든 여기서 나가갔어!"

병기의 처절한 절규를 들으면서 모두가 꿀 먹은 벙어리 표정이었다. 병기는 말이 없는 친구들이 야속했는지 사납게 소리치면서 울부짖었다.

"야, 인호야. 이렇게 살자고 우리가 흥남교화소에서 여기까지 죽을 고비를 열두 번이나 넘기면서 살아온 것은 아니지?"

사실 병기뿐만 아니라 우리 모두의 울분이며 통곡이었다. 당장이라도 뛰쳐나가려는 병기를 붙잡고 실랑이를 하고 있는데 어머니가 음료수를 가지고 들어왔다. 당황하여 어쩔 줄을 모르는 우리들을 앉혀놓고 준엄한 목소리로 꾸짖었다.

"사람이 태어나는 순간부터 목숨은 자신만의 것이 아니다. 부모들이 이렇게 고생을 하는 것은 이럴 수밖에 다른 방도가 없기 때문이야. 너희들이 이제 와서 딴 생각을 먹으면 부모들의 명도 끝나는 거야. 부모 앞에서 자식이 먼저 죽는 것도 큰 불효이거늘 이런 고생쯤 하나 못 참고 경거망동을 하는 게냐!"

어머니는 미처 말끝은 못 맺고 그만 울음을 터뜨렸다. 자신이 겪어낸 인고의 세월이 아무런 열매를 맺지 못하고 허물어지는 것 같아서 흘리는 눈물이었다.

"이 험한 세상을 겪으면서 오로지 너희들을 바라보며 사는데 제발 조금만 더 참고 기다렸다가 좋은 기회를 만들어 보자꾸나. 기다리면 때가 오는 법이다."

어머니가 말을 마치고 밖으로 나가자 응주가 눈빛을 반짝이며 말을 하였다.

"형님들, 내가 해주로 피란을 갔었잖아요. 거기서 연백평야(延白平野)를 지나서 해안가로 나가면 이남의 섬으로 넘어갈 수 있어요. 섬이 그리 멀지 않아서 쉽게 갈 수 있어요."

그쪽 지리는 자기가 가봤으니 계획만 잘 잡으면 이남으로 가는 건 문제는 아니라는 말이 갑자기 튀어나오니 모두들 얼떨떨하였다.

"지금 아군의 반격은 시원찮고 그렇다고 무한정 토굴에서 살 수도 없으니 우리 힘과 지혜로 탈출을 해보죠."

일단 지리를 잘 알고 있다는 것은 탈출에 도움이 된다는 것은 알겠는데 과연 성공할 수 있을지 자신이 없었다. 응주는 형들을 바라보면서 뭔가 쓰다 달다 답변을 기다렸지만 모두들 바닥만 쳐다보고 있었다. 모두들 말이 없자 응주가 다시 입을 열었다.

"형님들, 흥남교화소에서 피양까지 오느라 얼마나 아슬아슬한 고비를 넘겼어요. 지금 전쟁 통에 38선이 닫히기는 했지만 해주 쪽으로 해서 이남으로 가는 것은 일도 아녀요."

이때 어머니 때문에 맘이 아파서 잠자코 있던 내가 조심스럽게 입을 열었다.

"응주 자네 말이 맞네. 우리가 행동을 해보기도 전에 두려움을 갖는다는 것은 남자답지 못하네. 지금 시간을 끌면 끌수록 이남으로 가는 게 더 어려워질 걸세. 김일성은 지금 패전의 책임을 반동분자에게 돌려서 분위기를 전환하려고 발악을 하고 있다. 서두르지 않으면 영영 못가고 말걸세."

이날은 서로들 여기까지 얘기를 하고 잠이 들었다. 며칠 후 지하로 전혀 뜻하지 않은 손님이 찾아왔다. 나의 외사촌 강창옥이 집에 들렀다가 어머니에게 내 소식을 듣고는 지하로 들어왔다. 창옥이는 생글생글 웃으면서 내 손부터 잡았다.

"인호야, 그동안 땅속에서 노시느라고 까마귀소식들이었구만."

평소 쾌활한 소식 그대로였다. 나와 동갑이었지만 생일이 두 달 앞선 창옥이는 어려서부터 내가 누나라 거니 네가 동생이라 거니 하면서 자랐다. 김일성의과대학에 다니던 창옥은 비록 여자였지만 남자 못지않은 배짱과 용기가 있었다. 서너 시간을 지하에서 대화를 나눈 후 창옥은 걸쭉한 말을 남기고 자리를 떴다.

"아니, 장개도 안간 총각들이 두더지 같이 땅속에서 뭘 하고 있우. 이남에 가서 체네(처녀)들 좀 울려야디. 다들 용기를 내라고. 내 며칠 방법을 강구해보고 다시 올 테니 꿈들 잘 꾸고 기다리고 있어 보라요."

사실 김일성이 눈에 불을 켜고 찾고 있는 진성 반동분자들이 넷이나 있는 지하로 웬만한 배짱으로는 감히 찾아올 생각을 할 수 없었다. 여기 와서 우리와 접선했다는 것만으로도 아오지 탄광 행의 형벌을 피할 수가 없었다.

이렇게 뜻하지 않은 여자 방문객을 맞으면서 우리들은 한결 용기를 낼 수 있었으며 생각이 적극적으로 바뀌고 있었다. 창옥이가 말하고 간 방법을 기다리면서 우리들은 꿈에 부풀어 있었다. 창옥은 남자 이상의 판단력과 정세 분석력을 갖추고 있었다.

우리는 창옥을 기다리면서 마음은 벌써 남한으로 가있었다.

탈출을 도모하다

우리들은 북한에서 탈출하기로 마음을 정한 다음에 어른들께 우리의 의중을 알리기로 했다. 그날 밤, 이슥해지자 각자 집으로 향했다. 병기는 강서까지 갈 수 없어서 어머니가 오는 날 말씀을 드리기로 하였다. 초승달이 서쪽 지평선에 걸려 있는 시간에 응용이는 지하에서 빠져나와 자기 집으로 향했다.

응용이가 방으로 들어서니 어머니는 시름에 잠긴 표정으로 인민군복을 손질하고 있었다. 아들이 나타나자 어머니는 등잔불 심지를 돋우었다. 방이 약간 밝아졌다. 응용은 용기를 내었다. 지금 전선이 숨 가쁘게 돌아가고 있는데 머뭇거릴 여유가 별로 없었다.

"웬일이냐? 이 밤에 이 에미한테 뭐 할 얘기가 있느냐?"

"네, 어머니……."

우리만 잘 살겠다고 어머니를 북에 남겨두고 홀로 남으로 간다는 것은 정말 불효 중의 최악의 불효였다. 형제가 동시에 남한으로 가겠다는 말을 차마 못하고 우물쭈물하고 있었다. 이때 응용은 더 이상 미룰 수가 없어 사실대로 털어놓았다.

"어머니, 저희 형제는 작심을 했습네다. 어머니께 더 이상 폐를 끼칠 수도 없고 여기 있으면 저희들은 정상적으로 살 수가 없습네다. 그래서 남한으로 탈출하기로 작정을 했습네다."

"알았다. 나도 너희들을 돌보기에는 이제 나이가 많이 들어 힘에 부친다. 너네들 스스로 살길을 찾아가라. 오늘 돌아가면 절대로 여기 올 생각을 마라. 군사동원부 간나 새끼들이 하루에도 몇 번씩 들른다."

나는 어머니를 보러 간 응용이가 은근히 걱정이 되었다. 혹시나 재수 없게 검문에 걸리는 게 아닐까 하는 방정맞은 생각이 자꾸만 들었다. 나는 어머니가 있는 방문을 열고 발뒤꿈치를 들고 들어갔다. 어머니를 북에 두고 남한으로 가겠다는 말이 차마 입에서 나오질 않아서 우물쭈물하고 있었다. 내 표정만 살피고 있던 어머니가 갑자기 불 밝기를 낮추었다. 어머니의 손짓에 따라 나는 다락으로 소리 없이 올라갔다. 거기서 숨을 죽이고 있으려니 남자들의 발자국 소리가 점점 크게 들려왔다. 이어서 어머니의 말에 남자들의 컬컬한 목소리가 섞여 있었다.

나는 불안한 마음을 억누르면서 창문으로 내다보니 40여 명의 건장한 남자들이 어머니에게 뭔가 열심히 설명하고 있었다. 얼핏 들으니 군사동원부에서 나왔다고 말하는 것 같았다. 이들은 군 기피자나 미필자를 색출하면서 동시에 반동분자들까지 수색하고 있었다. 이들이 끌고 다니는 기다란 통나무만 봐도 사람들은 무서워 벌벌 떨었다. 저승사자가 따로 없었다. 이들이 건넌방 장롱을 뒤질 때 나는 순간적인 판단으로 다락방에서 나가야 살 수 있다는 직감이 들었다. 마루로 통하는 창문을 살그머니 열고 잽싸게 마루로 이어진 천장 아래 봇장 위로 몸을 날렸다. 봇장에 엎드려 마루 아래를 보니 다락이 있는 방으로 10명이 들어가고 나머지는 통나무로 마루를 쿵쿵 울릴 때마다 천장까지 울려서 아래로 떨어질 것만 같았다. 이들은 집안 구석구석을 전등으로 비추면서 수색하였다. 손전등의 불빛이 내가 엎드려 있는 봇장을 훑고 지나갔지만 다행히 전등 빛이 약해서 보이지 않았다. 다행히도 운이 따라 주었기에 때문이었다. 나는 놀란 가슴을 쓸어내리면서 숨을 죽였다. 이들이 통나무로 벽이나 바닥을 울려보는 것은 지하아지트가 있는지 알아내려는 것이었다. 이들은 집안 수색을 마친 뒤에 부엌, 헛간, 변소 등을 조사하러 밖으로 나갔다. 이때 나는 응용이와 나오면서 지하아지트 문을 꼭 닫지 않은 것 같은 생각이 들었다.

"혹시 지하아지트에서 전등 불빛이 함실아궁이로 흘러나오지는 않을까? 장난이 심한 병기가 응주와 장난을 치면서 소리를 지르는 것은 아닐까? 음악을 좋아하는 응주가 라디오를 크게 틀어놓고 있지는 않을까"

별별 불안한 생각들이 나를 괴롭혔지만 그런들 어찌하겠는가 하는 자포자기 심정이 되었다. 우리들의 운명을 하늘에 맡길 수밖에 없었다. 하늘이 돕지 않는데 그걸 우리가 어쩌겠는가 하는 생각도 하였다.

"집으로 간 응용이는 어떻게 되었을까? 응용이 집은 폭격으로 무너져 바라크로 지어서 숨을 데도 없을 덴데."

온갖 걱정으로 가슴이 퍽하고 터질 것만 같았다. 팔다리가 후들후들 떨리고 온몸에서는 진땀이 흘렀다. 여기서 단 한 명이라도 걸리는 날이면 다른 사람은 물론이고 애꿎은 부모형제들까지 날벼락을 맞게 되는 것이다. 함실아궁이 앞에는 타다 남은 장작들로 위장을 해두었기 때문에 큰 걱정은 안 되었지만 가장 불안한 것은 병기의 고함소리였다. 병기는 응주가 살살 약을 올리면 5분도 못 참고 버럭버럭 소리를 지르는 것이 습관이었다. 건성으로 싸움질을 하면서 희희낙락했던 일들이 이렇게 가슴을 짓누를 줄은 몰랐다. 두 시간 가량을 봇장에 엎드려 붙어 있으니 다리가 자꾸만 아래로 쳐지며 가슴이 저려왔다. 폭이 불과 한 자밖에 안 되는 나무위에서 몸을 의지하고 있으니 여간 힘든 게 아니었다. 사지가 뻣뻣하게 마비되는 것 같았다. 한참 후에 어머니가 안으로 들어왔다.

"인호야, 인호야. 너 어드메 있니? 이젠 나려오마."

어머니는 하얗게 질려서 대답을 기다리고 있었다.

"오마니, 저 여기 있시오."

겨우 대답을 하니 어머니는 아연실색 어쩔 줄 모르고 고개를 들어 올려다보았다.

"야, 너 혼자 내려올 수 있갔네? 네레 참 용타. 얼른 가서 사다리를 가져올 테니 꼼짝 말고 거기 있어라."

"아니예요. 저 혼자 살살 다락으로 해서 내려갈 테니 그냥 계시라요."

내가 천천히 다락을 향해 몸을 뒤로 밀 때 마다 어머니는 두 손을 맞잡고 긴장한 표정으로 위를 쳐다보고 있었다. 다락에서 내려오니 내 몸은 비 맞은 생쥐처럼 온통 땀으로 절어있었다.

"오마니, 별일 없었댔지요?"

어머니도 긴장이 풀어지며 기진맥진하여 고개를 끄덕이는 것으로 대답을 대신하였다. 반쯤 초죽음이 되어 지하로 돌아오니 병기는 전등불을 환하게 켜놓고 배꼽을 드러내놓은 채 세상모르게 자고 있었다. 응주는 라디오를 켜놓고 거기서 나오는 음악에 발장단을 맞추고 있었다. 후줄근한 내 모습이 그저 우스웠는지 응주는 대뜸 농담부터 던졌다.

"아니, 형은 어드메 가서 볼 차기하고 왔수?"

나는 대답 대신에 빙그레 웃어주었다. 기력도 없는 데다 응용이가 걱정이 되어 대꾸할 기분이 아니었다. 들뜬 속을 가라앉히며 구석에 기댔다가 깜빡 잠이 들었던 모양이다. 꿈속에 발자국 소리가 나서 눈을 뜨니 응용이가 어정쩡한 모습으로 서 있었다.

병기와 응주는 응용이 주위를 돌면서 코를 벌름거리며 킁킁거리고 있었다. 그리고 보니 무슨 거름냄새 비슷한 악취가 풍겨왔다.

"니, 어드렇게 된 기가? 말 좀 해보려무나."

내가 자꾸 물어도 응용이는 아무 대답도 안하고 배시시 웃고만 있었다. 여전히 자기 주위를 돌면서 코를 벌렁거리는 병기와 응주를 밀어붙이고 바닥에 털썩 주저앉더니 아까 일어난 사건의 전말을 털어놓았다. 응용이는 얘기하기 전에 눈물부터 흘렸다. 나는 손수건을 꺼내 응용의 눈물을 닦아주었다. 뭔가 심상치 않은 일이 있었던 것 같았다.

"내가 어머니와 얘기를 하고 있는데 괜히 등골에서 식은땀이 나며 불안해졌어. 어머니 역시 내 기색이 이상했던지 밖으로 나갔다가 멀리서 걸어오는 문화성 군사동원부의 무리를 본 거지. 나는 허둥지둥 집에서 나와서 골목의 공중변소로 들어갔지 안캤어. 변소는 폭격으로 다 무너지고 굴뚝만 남아있었어. 일단 변소로 들어간 이상 다른 데로 피신하려고 나갈 수 없었어. 변소 창으로 동태를 살피니 이들이 앞집부터 수색을 하더라구. 앞집에서 나온 빨갱이들이 다시 우리 집으로 들어오기에 두 눈을 질끈 감고 똥통 속으로 들어가 발판 밑에 머리를 숨기지 안았갔어. 한 시간 이상을 똥물 속에 서 있으니 온몸이 간지러워서 견딜 수가 없었어."

여기까지 말한 응용은 숨이 가빴는지 잠시 말을 멈추었다. 가슴까지 차오른 똥에서는 구더기가 오물거렸으며 응용의 몸으로 기어오르더라는 것이다. 그때 갑자기 변소 문이 열리기에 깜짝 놀라서 발판 밑으로 머리를 숙였더니 오줌줄기가 머리에 떨어졌다고 하였다. 그러면서 처음의 오줌벼락은 여자가 내렸다는 말을 빼놓지 않았다. 오줌과 똥으로 범벅이 된 얼굴을 어쩌지도 못하고 있으려니 숨이 턱턱 막혀서 정신을 잃을 지경이었다는 것이다. 그때 남자들이 지껄이면서 지나가는 발자국 소리가 들려왔다는 것이다. 앞뒤 가릴 것 없이 변소에서 뛰쳐나와 집에서 대충 목욕을 하고 지하아지트로 돌아왔다는 것이다. 응용의 몸에서는 며칠을 두고 악취가 풍겼다. 똥독이 올랐는지 온몸은 뻘젛게 부풀었고 가려움증이 심해져 호박 긁듯 하였다. 응용은 똥물에 익사하기 직전에 살아난 몸이라며 구린내 때문에 코를 감싸 쥐는 우리에게 오히려 큰소리를 떵떵 치고 있었다.

　사흘 후에 들으니 군사동원부 빨갱이들이 삼촌의 고무신공장에 와서 통나무로 바닥을 일일이 두드렸다는 것이다. 하지만 공장의 마룻바닥과 지하아지트의 천장 사이에는 반길 가량의 흙으로 매립을 했기 때문에 들키지 않았다. 이것은 미리 이런 일이 있을 것으로 예상하고 삼촌이 머리를 쓴 것이었다. 잠깐 외출을 나간 응용이는 십 년을 감수하였다. 이렇게 빨갱이들의 검색이 극성을 부리니 아군의 진격을 바라고 마냥 평양에 머물 수가 없었다. 우리들은 이날 밤 남으로 가다 죽더라도 탈출하기로 굳게 약속을 하고 구체적으로 작전을 짰다. 먼저 어머니한테 부탁하여 지도부터 구하였다. 이 지도에 응주의 기억을 되살려 세밀한 탈출 경로를 그려 넣었다. 그런데 문제는 거리를 나다닐 수 있는 임시증명서를 확보하는 것이 문제였다. 임시증명서만 있으면 목숨을 걸고 탈출을 한 번 시도해보고 싶었다.

증명서를 위조하다

며칠 후 외사촌 강창옥이 뜻하지 않은 희소식을 가지고 지하아지트에 들렀다. 그녀는 그동안 우익성향의 공산당 기관원들에게 의식적으로 접근하여 간부 2명을 포섭했다는 것이었다. 조금만 더 친숙해지면 웬만한 도움은 받을 수 있다는 것이었다. 우리가 그려놓은 약도를 보더니 어떻게 해서든지 월남할 수 있도록 도울 테니 기다려 달라는 것이었다. 자그마한 체구에 안경 너머로 눈빛을 반짝이며 요리조리 궁리하는 창옥은 우리의 구세주나 다름없었다. 1952년 4월 20일, 강창옥은 의과대학에 다니는 친구라면서 최명신을 데리고 지하로 들어왔다. 그녀는 키는 작고 오동통한 창옥이와 달리 키도 크고 얼굴도 상당한 미인이었다. 서글서글한 몸매에 살짝 눈웃음을 짓는 최명신은 아주 냉철하게 우리의 탈출계획을 검토하면서 용기를 주었다.

"이렇게 사나이답지 못하게 사는 것 보다는 차라리 모험을 해보다 죽는 편이 훨씬 낫디요. 창옥이와 내가 밖에서 힘써 볼 테니까 동지들은 각오를 새롭게 하고 더 나은 방법을 강구해 보시라요."

단 한 번의 만남으로 우리는 최명신과 동지가 되었다. 서로 뜻이 통하는 까닭에 남녀의 차이를 느낄 겨를도 없이 그저 우리를 구해 줄 은인으로만 생각되었다. 두 여성이 돌아가고 난 다음 우리들은 나름대로 머리를 열심히 굴리면서 묘안을 짜내었다. 그러나 지하에 갇혀있다는 한계를 벗어날 수가 없었다. 일의 진척이 있을 수 없어 누군가의 도움이 없이는 한 발짝도 움직일 수 없었다. 상황이 이러하니 두 여성의 도움만 목을 빼고 기다리는 신세가 되어가고 있었다. 하지만 일단 탈출하기로 약속을 한 이상 그대로 밀어붙이기로 하였다. 우리가 지금까지 장부로서 겪을 수 있는 굴욕이란 굴욕은 다 겪었으니 이제는 그 굴욕에 대한 복수를 하겠다고 설득을 하였다. 나는 당나라 재상이었던 왕파(王播)의 예를 들어서 장부의 굴욕이 때로는 피와 살이 된다는 것을 설명하였다. 나는 세 명을 앞에 앉히고 강론을 시작하였다.

"동지들, 어디 어디 한 번 내 얘기 들어 보갔어? 반후종(飯後鐘)이라는 고사야. 그러니끼 당나라 때 양주에 혜조사(惠照寺)란 절에서 있던 일이야. 이 절에서 왕파란 젊은이가 공부하면서 밥을 얻어먹고 있었지. 중들은 밥만 축내는 왕파가 미웠던지 밥 먹기 전에 치는 종을 밥을 다 먹고 쳤다는 기야. 왕파가 종소릴 듣고 달려갔더니 다 가버렸더라는 기야. 하도 기가 막혀 눈물을 머금고 짐을 싸서 절을 떠나면서 담벼락에 글을 남겼다네. '올라보니 식사는 다 끝났구나. 부끄럽도다. 중들은 밥 먹은 후에야 종을 치누나(上堂已了各西

296

東 慙愧闍梨飯後鐘).'이 굴욕을 당하고 왕파는 더 정진하여 후에 재상이 되었다네."

이 얘기가 끝나자 강창옥과 최명신은 어쩔 줄 몰라 박수를 치면서 나의 해박한 인문지식을 침이 마르도록 칭송하였다.

"야, 인호가 이걸 언제 배웠지? 정말 대단하다. 지금 너희들이 겪고 있는 굴욕은 성공의 원동력이 될 수 있어."

"이거 정말 감동적이야."

나는 계속해서 마무리를 하려고 설명을 하였다.

"그래 누구든지 큰 길을 가려면 굴욕이 따르게 마련이라는 것을 왕파는 얘기해주고 있다네. 우리가 겪은 굴욕은 이루 말할 수 없네. 남한으로 내려가기까지 어떤 굴욕이 우리를 괴롭힐지 모르네."

우리의 목표가 생기고 지원자가 나타나니 지하아지트의 분위기는 반전되어 웃음이 끊이지 않고 있었다. 조그만 일에도 짜증을 내고 서로 투덕거리는 일도 없었다. 밥상머리에서 어머니를 생각하면서 눈물을 흘리던 병기의 나약한 모습도 더 이상 볼 수 없게 되었다. 우리에게는 다시 희망이 철철 넘치고 있었던 것이다. 이틀이 지나서 창옥이와 명신은 보따리 하나씩을 옆구리에 끼고 찾아왔다.

"아이고……. 우리 체네들이 아예 짐을 싸들고 여기로 살러 오시나 보구래."

병기가 밉지 않게 너스레를 떨자 두 여성의 얼굴은 발갛게 상기되면서 수줍은 표정으로 바뀌었다.

"아유. 주착좀 떨지 말라요. 이 보따리를 좀 풀어보구서 주착을 떨어두 떨으시구래."

그러면서 창옥이가 내민 보자기를 풀어보니 거기에는 인쇄 잉크, 필기용구, 지우개, 도장밥 등 별난 잡다한 게 다 들어있었다.

"창옥아, 우리더러 삐라나 한 번 더 뿌리고 아주 죽으란 소리는 아니 갔지?"

창옥은 기가 막힌다는 표정으로 내게 눈을 살짝 흘겼다. 명신이가 들고 온 보따리는 좀 더 묵직했다. 그 안에는 겉이 광택이 나는 특수 인쇄용지가 가득 들어있었다.

"두더지 오라바니들, 이거이 바로 공민증을 만드는 용지야요. 이것들을 개디고서 공민증을 위조해보라는 니야기야요."

불과 한 달 사이에 공산당은 임시증명서를 공민증으로 대체하고 있었다. 공민증을 만드는 재료는 사회안전성 문화부 소속인 인민군 포병장교가 빼주었다는 것이다. 다짜고짜 공민증을 위조하라는 말에 엄두가 나질 않아 멍하니 앉아있는데 응주가 불쑥 나섰다.

"위조라면 본인이 전문이니끼니 세 동무들은 조수 노릇을 충분히 해줘야 갔시다."

우리가 감옥에 있을 때 응주가 인쇄소에 취직을 했다는 얘기를 들은 기억이 떠올랐다.

"기래. 응주 너라면 할 수 있갔다. 워낙 손재주가 있는데다 인쇄소 직공 노릇을 했으니 충분히 할 수 있갔어"

이때 응주는 얼굴에 다소 실망한 표정을 짓더니 나를 보면서 말을 하는 것이었다.

"아이구. 형님. 다 좋은데, 칭찬 끝에 '인쇄소 직공'이 웬 말이라요, 지금부터 형들은 모두 내 조수가 되는 거야요."

응주는 제법 어깨에 힘을 주면서 헛기침까지 하였다. 우리들이 주고받는 얘기가 우스웠던지 무뚝뚝하던 창옥이가 기가 차다는 표정으로 피식 웃었다. 이날부터 응주는 공민증을 위조하는 작업에 들어갔다. 응주는 손재간을 십분 발휘하여 공민증에 필요한 직인과 고무인을 새겼다.

과연 응주의 솜씨는 예술이었다. 수풍발전소의 그림이 들어있는 관할청의 직인에 있는 물줄기 하나도 틀림없이 그대로 새겼다. 가짜가 진짜보다 더 정교하였다. 활자로 찍어낸 공민증의 글씨를 하나하나 일일이 나무로 똑같이 팠다. 물론 뜻대로 안되어서 신경질을 내고 도장 파는 칼들을 내동댕이치기도 했지만 결국은 진짜처럼 묘사해내었다. 응주의 집념은 정말 대단하였다.

응주가 정신을 한 군데로 모으고 인쇄하는 것을 보니 익살을 잘 떨고 까불던 응주가 맞는지 내 눈이 의심스러울 정도였다. 눈에는 뻘건 핏발이 서고 나무를 깎다가 벤 상처로 응주의 손끝은 너덜너덜 헤어져 차마 볼 수가 없을 지경이었다. 그래도 마침내 해내고야 마는 것을 보고 감격을 하였다. 그동안 아무 것도 못하고 있는 형들의 입장에서 미안할 따름이었다.

그 다음에 용지에 간격을 맞춰서 잉크로 찍어내는 작업에 들어갔다. 글자와 직인들은 거의 완벽하여 별 문제가 없었지만 공민증의 네 귀퉁이에 있는 단순한 줄무늬가 말썽을 부렸다.

나무로 파내서 찍으니 도저히 선을 똑같이 낼 수가 없었다. 궁리 끝에 함석판을 오려서 찍었더니 선을 겨우 흉내는 낼 수 있었지만 일정하게 찍어내는 것이 힘들었다. 공민증 한 매를 만드는데 줄잡아 150여 장의 파지가 나왔다.

당시 북괴의 공민증 용지는 모두가 소련에서 수입한 것이어서 공산당 고위층의 협조가 없이는 구할 수가 없었다. 이 어려운 일을 창옥이와 명신이가 해결해주어 용지를 충분히 사용하면서 연습할 수 있었다. 160여장의 용지를 버린 다음에야 겨우 4매의 공민증을 똑같이 위조할 수 있었다. 이것을 강창옥과 최명신의 진짜 공민증과 대조했더니 육안으로는 구별할 수 없었다. 강창옥은 진짜와 가짜를 구별할 수 없을 정도로 정교하다면서 응주의 노고를 치하하였다.

우리들은 어머니가 만들어준 빈대떡으로 공민증 위조에 성공한 것을 자축을 하였다. 한 번의 성공으로 나머지 통행증은 한결 수월하게 위조할 수 있었다. 그런데 진짜 문제는 사진이었다. 사진은 밖에 나가지 않으면 찍을 수가 없어 고민이 컸다. 대낮에 밖에 나갔다가 군사동원부 요원이나 진성 빨갱이에게 걸리는 날이면 그걸로 모든 게 물거품이 될 수 있었다. 우리는 동네 사진관을 피해서 다른 동네 사진관을 이용하기로 했다. 아무런 증명서도 없이 거리를 다닐 수 없다는 것이 문제였다. 그래서 우리는 밤을 틈타 한 명씩 사진관에 가기로 하였다. 그런데 지하에서 오래 생활을 한 탓에 우리들은 밖에 나가기만 하면 금방 탄로가 날 정도로 얼굴이 하얗게 변해 있었다. 원시인처럼 장발에다 수염이 더부룩하고 병자처럼 얼굴이 새하야니까 얼굴을 햇볕에 그을리기로 하였다. 어머니는 네 명의 머리를 적당하게 다듬어 주고 수염도 말끔하게 밀어주었다. 우리가 봐도 얼굴이 단정해졌다. 이발을 마친 다음 우리는 다락의 천정에 폭격 맞은 것처럼 구멍을 뚫고 햇볕이 들어오게 하였다. 낮이면 교대로 다락에 누워 뚫어진 천정 구멍에 얼굴과 두 손을 대고 일광욕을 하였다. 며칠씩 해바라기를 하자 갑자기 자극을 받은 피부는 일광욕에 견디지 못하고 코를 중심으로 껍질이 홀랑홀랑 벗겨졌다. 얼굴이 모두 얼룩얼룩하여 피부병 버짐이 잔뜩 핀 것 같았다. 서너 번에 걸쳐 허물을 벗은 다음에야 겨우 얼굴이 정상적으로 돌아왔다. 이제 사진관으로 찾아가는 간 떨리는 외출이 남았다. 숨어서 가기에 좋은 사진관을 물색하던 어머니는 기림이 송림사진관을 지목하였다. 일번 타자로 내가 먼저 스릴이 넘치는 사진 촬영 나들이를 가게 되었다. 저녁식사를 마치고 9시 경에 출발하였다. 10여 미터 앞에서는 삼촌이 망을 보면서 길을 안내하였고 뒤에서는 어머니가 주위를 살폈다. 나는 분주소를 피해서 들길을 빙빙 돌아서 무사히 기림리 사진관에 도착하였다. 똑같은 방법으로 우리 네 명은 무사히 사진을 찍을 수 있었다. 사흘 후 어머니가 사진을 찾으러 기림리에 갔더니 사진사는 증명사진을 건네주면서 한 마디 던졌다.

"이제 더는 숨어 있을 수가 없어요. 무슨 수를 써서라도 월남시키시라요."

이 말을 듣고 어머니는 가슴에서 폭탄이 쾅하고 터지는 것 같았다고 한다. 잠시 초점을 잃고 멍하니 서있는 어머니에게 사진사는 안심하라는 듯이 웃음을 지었다는 것이다.

"젊은이들이 무사히 월남해서 잘 살아야디요."

사진사는 이 말을 하면서 사진을 내주었다. 오밤중에 사진을 찍으러 다니는 것은 의심을 사고도 남을 일이었는데 정말 천운이 따랐기에 망정이지 재수가 없었으면 탄로 나고 말았을 것이었다. 더구나 고약한 사진사를 만나기라도 했으면 군사동원부나 내무서에 신고를 하고도 남았을 것이다. 어머니는 사진을 찾아들고 오면서 등에 땀깨나 흘렸다. 하지만 그 뒤로 사진과 관련하여 별다른 일은 일어나지 않았다. 그때만 해도 공산당을 기피하여 숨어 지내는 젊은이들이 왕왕 있었고 이웃들은 서로 어려운 사정을 잘 알아서 눈감아주었다.

창옥과 응주는 사진을 증명서에 붙이고 향나무 직인을 망치로 내리쳐서 철인을 찍으니 진짜 공민증과 비교해도 흠잡을 데가 한군데도 없었다. 진짜보다 더 진짜 같이 위조된 공민증을 들여다보면서 우리들은 박수를 쳤다.

나는 이 공민증을 가지고 밖으로 나가서 효력을 시험해보기로 하였다. 슬슬 인적이 드문 길을 골라서 중화 부근까지 돌아다녀 보았다. 오랜만에 바깥 공기를 마시니 기분은 상쾌했지만 다리가 끊어질 것처럼 아팠다. 오랜 감방 생활과 지하생활에서 근육이 다 풀려버렸기 때문이었다. 대동강 부근에서 경무관이 나를 불러 세웠다. 가슴이 쿵쾅거렸지만 애써 참으면서 검문에 협조하였다. 그는 내가 보여준 공민증을 한참 불빛에 비춰보더니 경례를 붙이며 공민증을 돌려주었다. 무사통과였다. 나는 안도감과 함께 더 큰 자신감을 얻고 돌아왔다. 갑자기 정지되었던 피가 온몸을 다시 돌기 시작하는 느낌이었다. 우리들이 위조한 공민증이 완벽하다는 것이 입증되었기 때문이었다. 서둘러 지하아지트로 돌아와 체험담을 털어놓으니 모두가 기뻐서 어쩔 줄 모르는 것이었다.

6월의 더운 열기가 서서히 고개를 드는 중순경 밤에 창옥이와 명신이 지하아지트로 찾아왔다. 외사촌 창옥은 얼굴에 미소를 머금고 그 동안의 성과를 보고하였다. 창옥의 집은 원래는 오성에 있었지만 폭격이 워낙 심해서 기림리 국민학교 옆으로 이사하였다. 김일성이 전쟁을 일으키자 기림국민학교는 국군포로수용소가 되었다. 창옥은 아침저녁으로 이곳을 유심히 관찰해보니 포로들에 대한 대우가 너무 나쁘다는 것을 알게 되었다. 특히 급수시설이 안되어 있어 포로들은 콜레라나 이질 같은 수인성의 전염병에 잘 걸렸다. 이러자 공산당은 할 수 없이 수용소 밖의 급수시설을 이용하도록 허용하였다. 그래서 국군 포로들은 밖으로 물을 길러 나올 수 있게 되었다. 이때부터 강창옥은 급수소를 접선장소로 삼아 국군 포로들과 뜻을 모으고 조직을 만들었다. 그 조직이 바로 대한민국 통일촉진대였다.

대한민국 통일촉진대

대한민국 통일촉진대가 강창옥의 주도로 평양에서 비밀리에 조직되었다. 워낙 공산당이 비밀조직을 엄하게 단속하였기 때문에 지하로 숨어들었다. 이들 국군 포로들은 국군이 북진했을 때 자치치안대로 활동하다가 국군 후퇴 시 미처 남하하지 못한 사람들을 규합하여 통일촉진대를 발족시켰던 것이다. 이들은 주로 산속에 숨어서 결정적인 때를 엿보고 있었다.

우리는 탈출에만 관심을 두고 있었기 때문에 이런 조직의 필요성을 크게 느낄 수 없었기에 강창옥과 최명신의 활동은 대단하다고 느꼈다. 하지만 우리 넷은 지하아지트와 무관하다는 생각이 들어 동상이몽의 입장을 보이고 있었다. 우리들이 어정쩡한 입장을 보이자 두 여성은 자신들의 의중을 설명하기 시작하였다.

우리 넷이 남한에 정착하여 이남의 군 당국과 선이 닿게 되면 우리 대한민국 통일촉진대 대원들의 힘을 빌려 북진통일의 꿈을 이룰 수 있다는 것을 알려달라는 것이었다. 두 여성의 설명을 들어보니 이해가 가는 대목이었다. 남한에서 무기를 공중으로 투하하면 촉진대 대원들이 그 무기로 적진의 후방을 교란시킨다는 전략이었다. 일정 기간 적의 후방을 완전하게 차단하면 북진통일이 가능하게 된다는 것이었다.

반공산당 운동을 한다고 설쳐댔던 남자들도 감히 생각하지 못한 일을 두 여성이 준비하여 실행에 옮길 수 있게 계획했다는 사실에 놀랐다. 새삼 우리의 좁은 안목과 나 한 사람의 안위에 치우쳐 행동한 것이 부끄럽기만 하였다. 진정 대한의 젊은 여성들의 지혜와 용기는 칭찬할 만 했다. 주변의 이목을 피하여 어둠속으로 총총히 사라지는 두 여성의 뒷모습을 바라보면서 우리들의 짧은 소견과 무능에 대해 거듭 반성하였다. 아는 사람을 만날까봐 고개를 떨어뜨리고 다녔으나 이렇게 거리를 당당하게 활보하니까 삶에 대한 의욕이 한껏 솟구쳤다. 그동안 평양은 많이 달라졌다. 대동교는 집중 폭격을 얼마나 받았던지 날림보수의 흔적이 누덕누덕 기운 넝마처럼 보였다. 그러고도 사고가 나지 않는 것은 기적으로 부를 수밖에 없을 것 같았다. 공산당은 급한 김에 보수를 하기는 했지만 기술도 자금도 없는 실정에 저임금의 미숙련 중국인 기술자들을 대거 데려다가 땜질 처방을 한 다음 서둘러 철교를 개통하였다.

멀리서 바라보니 중국인 기술자들이 철교를 보수하고 있었고 그 옆에는 인민군들이 무장을 한 채 작업을 감시하고 있었다. 나는 어린 시절을 중국에서 보내었기 때문에 겉모습만으로 중국인을 감별할 수 있었다. 어떻게 해서 중국인이 북한에서 철교를 보수하고 있는 것인지 궁금했다.

곰곰이 생각하니 고개가 끄덕여졌다. 저 중국인들은 장제스가 지휘했던 중앙군의 군인들이었다. 이들은 중국이 공산화되면서 노무자 신세로 전락한 것이었다. 저들은 정상적인 노무자가 아닌 포로보면 틀림없을 것 같았다.

하루는 본 평양 근처를 지나다 아주 해괴한 광경을 목격하고 걸음을 멈추고 지켜보았다. 일흔 살 가까이 된 할머니가 마당에서 서성이고 있었는데 옷의 등판에 하얀 페인트로 "월"자가 크게 쓰여 있는 것이었다. 아무리 생각해봐도 그게 뭘 의미하는지 알 수가 없었다. 그 할머니가 집안으로 들어가는 바람에 더 이상 물어보지 못하고 집으로 왔다. 집에 와서 삼촌한테 물었더니 빨갱이들이 전시에 국군에 부역한 자의 가족이나 월남한 자의 가족들을 색출하여 거주지역과 왕래범위를 제한시키려고 옷에다 '월남자'의 앞글자인 "월"자만 옷에다 써서 외부인과의 접촉을 통제한다는 것이다. 몇 번 시험 삼아 외출하면서 이런 험한 꼴을 당하는 사람이 한둘이 아니라는 사실을 알게 되었다. 이런 광경을 평양 시가지에서도 볼 수 있었지만 대부분 지하 아흔아홉 계단 건물로 선전한 군사회의장이 있는 본 평양에 주로 모여 있었다. 강창옥의 얘기에 의하면 빨갱이들은 이들 요주의 인물들을 지정하여 산간지방으로 이주시키고 있다는 것이었다.

빨갱이들은 이때부터 수용소를 만들어 죽도록 노동력을 착취하기 시작한 것이었다. 그때 소문에 따르면 이미 산간오지로 이주를 당한 사람들이 상당수 있었다. 일차로 함경도에서 오지 중의 오지로 꼽히는 삼수와 갑산 등지로 쫓아냈다. 가족을 뿔뿔이 흩뜨려서

성별로 나눈 후 산악지대로 보내어 농토를 개간하는 일을 시켰다는 것이다. 얼마만큼의 농토를 개간하면 다시 다른 벽지로 이주시켜 죽을 때까지 노동을 시킨다는 것이다. 또 전쟁이 끝난 후에는 악질 분자들의 씨를 제거한다는 명분으로 급기야 정관수술을 시키고 아이들을 부모와 분리시켜 집단탁아소에 몰아넣었다. 공산당은 체제 유지에 혈안이 되어 인간의 기본적인 생존권은 눈에 보이지 않았다.

한 달쯤 지난 1952년 7월 1일, 두 여학생은 오랜만에 지하아지트로 다시 찾아왔다. 이들은 얼굴에 희색(喜色)을 띄우며 평소의 과묵한 성격과는 달리 조금은 들뜬 목소리로 반가운 소식을 전해주었다. 이들은 노평헌이라는 인민군 철도국원을 알게 되었는데 공산주의에 염증을 느껴 남으로 탈출할 기회를 엿보고 있다는 것이었다.

노평헌의 약혼녀 이희숙은 강창옥과 어려서부터 친구였기에 자연스럽게 연이 닿았다는 것이다. 그리고 저녁 퇴근시간에 우리 지하아지트로 찾아오겠다는 것이었다. 어머니는 이 말을 듣자 여러 사람이 지하아지트에 드나드는 것이 불안하여 못마땅한 표정을 지었다. 어쨌든 우리가 남으로 가려면 여러 사람의 지원과 협조가 필요하였기에 어머니는 부지런히 망을 보셨다.

창옥의 말대로 사흘째 되는 날 밤 인민군복 차림의 사나이가 지하아지트로 찾아왔다. 그는 자기가 노평헌이라고 밝히면서 이번 탈출에 자기도 넣어달라고 애걸하였다. 그는 젊은 우리들과 사상이 같다는 것이 확인되어 금세 친숙해졌다. 창옥과 명신이 전해준 국군 포로들의 첩보들을 정리하고 있는 중에 노평헌이 우리들을 찾은 것이다. 노평헌은 아주 간절한 요청이 있다고 하여 우리들은 모두 그의 입을 바라보았다.

"내레 친구 하나가 남한에서 첩보 임무를 띠고 북한에 침투했다가 사정이 여의치 않아 우리 집으로 왔는데 지금은 다른 곳에 숨어 있다우. 이 친구를 당분간 여기에 피신시켜 주시라요."

얘기를 들어보니 사정은 딱하였지만 공간이 협소하고 사람들이 이곳에 드나들다 보면 군사동원부에 노출이 될 위험이 커지게 되었다. 그러면 모든 일이 수포로 돌아가게 될 수 있었다. 이런 상황에서 얼굴도 이름도 모르는 사람을 선뜻 아지트로 받아들일 수가 없었다. 우리들의 입장을 이해한 노평헌은 자기 친구 석기봉은 조금도 이상이 없는 사람이라고 거듭 강조하였다.

석기봉은 어려서부터 노평헌과 친구 사이였는데 1·4후퇴 때 남하하여 강화도의 6004 호크부대 첩보대에 들어갔다는 것이다. 거기서 훈련을 마치고 이번에 평양으로 침투했는데 모든 상황이 활동하기에 불리해서 자기 약혼녀인 이희숙의 집에 숨어 있다는 것이다. 석기봉이 수상한 인물이 아니라는 것을 알고 그를 받아들였다. 나는 불안에 떠는 어머니를 설득하느라 진땀깨나 흘려야 했다. 자꾸 사람이 늘어나니 당연히 식사 문제가 현안으로 떠올랐다. 식사를 마련하려고 쌀이니 반찬이니 사들이다 보면 누군가가 저 집은 왜 저렇게 많이 사는 게야 하고 의심을 살 수도 있었다. 이미 보위부나 내무성은 이런 행동을 하는 사람들을 은밀하게 추적하고 있었다. 하지만 우리는 석기봉을 빨갱이로부터 보호해야 한다는 데 의견의 일치를 보았다. 분명히 석기봉은 침입 루트를 알고 있어 우리의 탈출에 도움이 될 사람이었다.

다음 날 밤 석기봉이 창옥을 따라서 우리 집으로 찾아왔다. 그의 말을 들어보니 북한 사정에 어두운 국군은 북한 첩보를 캐내려고 여러 수단을 다 썼지만 그리 만족할 만한 실적을 거두지 못하고 있고 더구나 인명의 손실 또한 너무 커서 주춤하고 있다는 것이었다. 그래서 국군은 북한에 거점을 개척하는 방법을 찾고 있으며 자기가 이런 목적을 띠고 침투했다고 설명하였다. 국군은 암암리에 확고한 거점과 조직을 만든 뒤에 필요할 때 남한에서 무기를 공급하여 인민군들의 행동을 마비시킨다는 전략을 세우고 있다는 것이었다. 그러기 위해서는 당연히 북한의 사전 동태 파악이 가장 필요하였다.

나는 석기봉에게 우리의 탈출계획을 소상하게 설명하고 위조한 공민증, 통행증, 주사증 등을 차례로 보여주었다. 우리가 위조한 공민증을 보더니 진짜보다 더 정교하다며 감탄을 연발하였다.

"야, 이거 정말 놀랍네요. 저도 구분을 못하겠네요. 이런 것만 남한으로 들고 가도 대단한 성과가 됩니다."

"이제 석 선생이 함께 하니 자신감이 넘칩니다."

"제가 해안선을 따라 연백지구를 거쳐 평양에 잠입했으니까 탈출 루트는 걱정 놓으십시오."

그는 거듭해서 우리를 안심시켰다. 석기봉이 우리하고 남한으로 가기로 결정하자 창옥과 명신은 신분 좋고 점조직 활용에 능숙한 동지들을 만나서 일차 목적을 달성했다고 기뻐하였다.

또한 그는 이차 침투를 감행하여 거점을 확장하겠다는 의지를 밝혔다. 서로 절실하게 필요한 사람을 만나게 되었다. 이날부터 우리는 본격적으로 탈출계획을 진행하기로 했다. 석기봉의 말에 따르면

두 달 전에 자기가 잠입할 당시에 벌써 연백지구의 농가를 집단 이주시키고 있었으며 인민군 철도국원들이 농사를 짓는 집단농장 체제로 바뀌고 있다는 것이었다. 민가와 민간인들이 있어야 남하하기가 편리한데 이러한 정황은 우리에게는 불리하였다. 하지만 이런 상황을 사전에 알게 된 것만도 참 다행이었다. 민간인들이 이주하고 군인들이 농사를 짓는다니 어떻게 대처해야 좋을지 갑갑했다.

속수무책으로 골머리를 앓고 있을 때 노평헌이 철도국원인 친구 장원학을 데리고 왔다. 일행이 낯선 얼굴이어서 경계심을 품고 노평헌을 바라보니 그는 태연하게 웃으며 말하였다.

"자자…… 그만들 쳐다보라우야. 이 친구는 믿어도 되는 사람이야. 우리에게 적극 협조하갔다구 해서 같이 온 거야."

다들 긴장을 안 풀고 믿지 못하겠다는 눈총으로 바라보니 장원학이 좀 어색한 웃음을 띠면서 말했다.

"나를 꼭 데려가 달라구 하는 건 아니야요. 그저 돕고 싶어서 온 거야요. 그리구 좋은 생각도 있을 것 같아서 따라온 겁네다요."

어차피 다 드러난 것이라 감추고 자시고 할 게 없게 되었다. 어떻게 탈출해야 할지 아직은 결정된 게 없다고 말했더니 장원학이 눈빛을 반짝이며 답변하였다.

"기러믄 동지들이 철도국원 행세를 하문 되지 않갔시요? 동지들은 증명서 위조도 전문이니끼니 걱정할 것 없고요. 철도국원 복장은 똑같이 만들거나 빼돌리면 되지요?"

이건 너무나 멋진 전략이었다. 장원학이 술술 막힘없이 얘기를 하니까 너무나도 엄청나고 희한한 것 같아 모두들 입을 다물고만 있었다.

311

개성 부근에 작전을 위해 낙하하고 있는 미 공군 병사들

"기렇지. 나하고 장 동지가 바로 인민군 철도국원 빨갱인데 증명
서는 우리 것을 보고 위조하면 되니까 참 이거 누이 좋고 매부 좋고
구만."

우리들은 노평헌이 하는 말을 들으면서 만족해서 빙그레 웃었다.
이틀 후 창옥이 수염이 꺼칠한 사내 둘을 더 데리고 왔다. 이들은 국
군 포로로 대한민국 통일촉진대 대원 정의석과 권오섭이었다.

강창옥은 그동안 이번 탈출에 국군 포로도 포함시켜야 한다고 주
장해 왔다. 우리의 계획을 들더니 권오섭은 석기봉에게 신분을 확

인할 수 있는 증서를 요구하였다.

석기봉은 잠시 망설이더니 속옷 깊숙이 실로 꿰매둔 대한민국 공군 첩보대의 인식표와 가슴 안자락에서 태극기와 미 공군 니콜스 소령의 6004 첩보부대 마크를 보여주었다.

권오섭은 석기봉이 내놓은 증명서를 보고서 그를 와락 끌어 안아주었다. 이처럼 극적인 상봉이 김일성이 거주하는 적지의 수도에서 이루어진 것이다. 석기봉은 권오섭의 행동이야말로 군인다운 처신이라면서 감탄하였다.

이날 일차로 탈출할 인원이 선정되었다. 지하아지트에 있는 네 명과 철도국원 노평헌, 국군 포로 정의석, 안내원 석기봉까지 모두 7명이었다. 정의석과 권오섭은 의심을 받지 않으려고 서둘러 포로수용소로 들어갔다. 이들은 물을 길러 나왔다가 포로들이 물을 긷고 있는 어수선한 틈을 타서 창옥이와 명신이 사이에 섞여서 나온 것이었다.

우리는 일단 증명서를 위조하는 작업에 착수하였다. 노평헌이 가지고 온 증명서는 11장이었다. 그러니 77장을 찍어야 했다. 매일 밤을 새워 작업을 하니 죽어나는 것은 응주였다. 우리들은 정교하게 찍어내는 일을 했지만 응주는 혼자서 도장을 파고 글자체를 새겨야 했기 때문이었다.

노평헌은 장원학의 도움으로 철도국원 복장 일체를 몰래 빼가지고 나왔다. 이것을 견본으로 응용이 어머니가 암시장에서 군복 천을 구해다 밤새 재봉틀을 돌려 옷을 지어냈다. 인민군 군복을 전문으로 수선했던 응용이 어머니는 귀신도 울고 갈 정도로 철도국원의

313

복장을 똑같이 만들었다.

모자도 진짜처럼 만들었는데 군장이 골칫거리였다. 군장은 주물로 만들기 때문에 우리들의 힘으로 제작할 수 있는 게 아니었다. 그리고 한 달에 두 번 있는 조수간만을 이용해 남쪽으로 들어가야 하기 때문에 시간이 촉박하였다. 모자에 부착할 군장 때문에 애를 태우고 있다는 소식을 들은 장원학과 노평헌이 나서서 구하기로 했다. 계급장까지 부착한 철도국원 군복을 입고서 모두가 배를 쥐어 잡고 한바탕 웃었다. 며칠 간 지하에서 제식훈련과 인민군가를 열심히 연습하였다. 드디어 출발일이 하루 앞으로 다가왔다. 어머니는 쌀과 보리, 콩을 볶아 미숫가루를 만들어 주었다. 미숫가루를 만들면서 자기 신세가 기구해서 그런지 울었다. 고무신을 만드는 삼촌은 중공제 농구화를 한 치의 오차도 없이 그대로 베껴냈다. 그때 농사짓는 철도국원의 복장은 군복을 입고 식량을 담는 자루를 어깨에서 허리로 메고 그 위에 그물로 된 주머니를 뒤집어 씌웠다. 그물 주머니는 풀잎을 꽂아 위장하기 위한 것이며 이 주머니 속에는 밥그릇, 숟가락 같은 식기를 넣었다. 등위에 여벌의 중공제 농구화나 운동화를 달랑달랑 매달았다.

우리들은 각자 받은 군복과 모자를 써보고 절로 감탄사를 연발하였다. 응용이 어머니는 군복 천을 여러 번 비벼 빨아서 중고처럼 허름하게 만든 다음 바느질하였다. 이처럼 나의 외사촌 강창옥은 꼭 필요한 사람을 적시에 찾아내어 우리에게 연결시켜 주었다.

탈출에 절대 필요한 지리에 밝은 석기봉이 합류하면서 우리의 탈출계획은 구체적으로 세워졌다. 만약 석기봉이 없었다면 길바닥에서 헤매다가 보위부로 끌려갈 수도 있다고 생각하니 오금이 저려왔다.

노평헌과 장원학이 없었으면 철도국원 모자에 부착하는 군장을 구할 수 없었을 것이다. 군장이 없는 모자는 누가 봐도 철도국원으로 인정하지 않았을 것이다. 중공제 농구화, 공민증, 미숫가루, 사진 등을 열거해보니 이게 한 사람의 힘으로는 도저히 될 수 없는 일이었다. 이중 하나라도 빠지게 되면 평양에서 앉아서 공산당의 밥이 되고 말았을 것이다. 우리의 탈출에 참여한 사람들은 환상의 콤비였던 것이다. 그런데 자정이 넘었는데도 군장을 책임진 노평헌은 나타나지 않았다. 우리들은 마음을 자작자작 졸이면서 기다렸지만 종무소식이었다. 그래도 눈도 안 붙이고 기다린 보람은 있었던지 새벽 3시가 넘어서 두 사람은 고양이 걸음으로 살금살금 들어왔다. 우리는 안도의 숨을 내쉬면서 두 사람의 입에서 무슨 말이 나올까 하고 바라보았다. 둘이 자기 주머니를 뒤집으니까 군장 스무 개가 쨍그랑하면서 쏟아졌다. 당장 7개만 있으면 되는데도 이차 탈출까지 생각하고 넉넉하게 들고 왔다면서 둘은 '키들키들' 웃었다.

"아니 간나 새끼들이 잠을 안자니 끼니 우리가 일을 할 수 없었더래요. 잠든 척하고 기다리는 우리도 눈깔이 빠지는 줄 알았지 않갔시요."

노평헌이 그간의 사정을 밝히자 모두들 가볍게 박수를 쳐주었다. 군장을 모자에 달았더니 진짜가 울고 갈 만큼 그럴 듯 해보였다. 이제 준비는 다 끝났다. 이때였다. 안방에서 호출을 알리는 벨소리가 두 번 길게 울렸다.

응용이를 앞세워 방에 들어가니 어머니와 응용이 어머니가 삼촌과 같이 앉아 있었다. 응용이 어머니는 입을 굳게 다물고 있었고 어머니가 가라앉은 목소리로 말을 하였다.

"인호야, 준비는 잘 되고 있느냐?"

"네, 조금 전 모자에 다는 군장이 들어와서 준비는 끝났습네다."

"너희 둘을 부른 건 다른 게 아니다. 유인용을 이번 탈출 대열에 넣어라."

"어머니, 그러면 군복도 다시 맞춰야 하고 증명서도 다시 만들어야 합네다."

"어려운 부탁인 거 나도 다 안다. 이 에미 말대로 받아줘라."

우리 둘은 부리나케 지하로 내려와 상의를 했지만 결과는 뻔하였다. 그래서 유인용에게는 이차 탈출의 기회를 주기로 했다. 하지만 이런 결과를 어른들께 말했더니 응용이 어머니는 눈물로 우리에게 호소하는 것이었다.

"걔는 이미 안식구와 12살짜리 아들 그리고 15살짜리 딸을 공산당에게 잃었다. 또 잡혀 반동분자였다는 사실이 드러나면 걔도 죽음을 면할 수 없게 된다. 오갈 데 없는 불쌍한 인간 하나 구제하는 셈 치고 제발 이번에 데리고 내려가라우야."

응용이 어머니는 반동으로 몰려 가족을 다 잃고 혼자 남은 유인용이 불쌍해서 그렇게 챙기고 있었다. 사실 우리는 누구보다도 반동분자의 종말이 어떻다는 것은 훤히 알고 있었다. 그런데 출발을 코앞에 두고 갑자기 사람을 바꾸라고 하니 여건이 갖춰지지 않은 것을 어쩌랴? 그런데 이미 정해진 사람 가운데 누굴 빼고 유인용을 넣는단 말인가? 우리 둘은 죽을죄라도 지은 것처럼 진땀을 뻘뻘 흘리면서 응용이 어머니를 설득하였다.

"어머니, 조금 있으면 출발해야 하는데 갑자기 사람을 바꾸기가 힘듭네다. 군복하고 공민증부터 11가지 증명서를 준비하려면 시간이 지체됩니다요. 이미 연백에 다 연락을 해두었고 또 물때가 맞아야 섬으로 건너갈 수 있습네다요."

응용이는 거의 울음 반의 목소리로 어머니 손을 잡고 간절하게 호소했건만 통하지 않는 것이었다.

"응용아, 인호야, 이번에 응주를 빼고 갸는 이차에 가게 해라."

그러자 이번에는 인호가 나서서 어머니를 설득하였다.

"어머니, 응주가 안 가면 길을 아는 사람이 없습네다. 길을 잃으면 도로 아미타불입니다. 어머니…."

"난 모르갔다. 불쌍한 애 하나 살려주어라. 어이구, 어쩌다가 저렇게 되었는지. 이 모양으로 살려고 우리가 그렇게 해방을 기다렸나 원 참."

이번에 어머니는 울음으로 불쌍한 유인용을 챙기라고 사정하였다. 우리 둘은 어머니를 설득하는 일에 실패하고 지하로 돌아왔다. 일차 탈출자 명단에서 빠진 권오섭은 이미 포로수용소로 돌아가고 없었다. 창옥이와 명신이가 탈출자 일행과 남아서 우리를 기다리고 있었다. 두 여자의 얼굴에는 수심이 가득하여 평소 고왔던 모습이 사라지고 그늘이 져있었다.

출발 시간을 얼마 안 남겨 놓고 이런 돌발변수가 생기니 모두들 넋을 놓고 앉아 있었다.

오늘의 주인공 유인용은 우리가 출발한 뒤 지하에 머물다가 이차

317

출발 때까지 기다리려고 어제 낮부터 와서 머물고 있었다.

그런데 자기 문제로 출발부터 일이 꼬이자 미안해서 그런지 그는 몸 둘 곳을 모르고 어정쩡한 자세로 앉아 있었다.

조금 있으니까 어머니가 웅용이와 웅주 형제를 따로 불러서 얘기를 하였다.

"내가 지금까지 살아오면서 너희 형제들이 하는 일에 이래라 저래라 한 적이 없다. 이번에 유인용을 데리고 가고 웅주는 빠져라."

지하아지트로 돌아온 웅주의 표정은 금방 울음을 터뜨리기라도 할 것처럼 침통한 표정이었다. 이 말을 듣자 당사자인 유인용은 물론 우리들도 결사적으로 반대하였다. 함께 지하아지트에서 오랫동안 고생을 한데다가 공민증부터 통행증까지 손이 부르트면서 모두 만든 웅주는 이차로 내려가라는 말에 허탈해서 무기력하게 앉아 있었다.

우리들의 거센 반발에도 웅주 어머니의 고집을 도저히 꺾을 수가 없었다. 웅주는 보위부나 국가선전부에 발각되어도 반동분자가 아니니까 큰일은 없을 것이라는 것이었다. 반면에 유인용은 발각되는 즉시 극형에 처해지니 순서를 바꿔야 한다는 것이었다.

침통한 모습으로 눈을 살짝 감고 있던 웅주가 입을 열었다. 우리들의 시선은 일시에 웅주에게 쏠렸다.

"형님, 그럼 형님이 먼저 떠나시라요."

그는 가능한 침착하게 말을 하려고 애쓰고 있었지만 말끝은 떨리고 있었다. 형인 웅용은 고개를 떨어뜨린 채 말없이 눈물만 뚝뚝 흘리고 있었다.

석기봉이 출발시간이 임박했다면서 채근을 하니 응주는 입었던 철도국원의 군복이며 신발을 다 벗었다. 유인용이 미안한 마음에 허공을 바라보고 있으니까 응주가 또 말을 하였다.

"형님, 이번엔 형님이 나가시라요. 다음번에 형님들이 또 데리러 오면 되지 않갔시오. 어서 일어나시라요."

이때 유인용이 일어서더니 눈물을 흘리면서 애절한 목소리로 말하였다.

"난 여러분들과 함께 갈 자격이 없는 사람이외다. 예정대로 응주가 나가야디요."

이때 응용의 어머니는 유인용을 보고 엄하게 꾸짖으면서 울음을 터뜨렸다.

"일가붙이도 없는 주제에 여기서 개죽음을 당하면 조상 앞에 어찌 서겠느냐. 이번에 응주가 어려운 결정을 했다. 내려갈 준비를 하여라."

석 동지는 일행에게 출발 시간이 되었다고 알리면서 동녘 하늘을 쳐다보았다. 모두들 울음을 참느라 눈시울이 벌겋게 물들어 있었다.

"응주야 미안하다. 여러분, 고맙습네다래."

유인용이 응주의 철도군인의 복장을 입고 공민증을 챙기고 있는 동안 이번에 헤어지면 살아서 볼 수 있을지 모르는 피붙이들을 잡고 흐느껴 울었다. 지하아지트는 서러움과 쓰라림을 참지 못하고 쏟아내는 오열로 뒤범벅이 되어 있었다. 석 동지는 눈물을 훔치고 헛기침을 해가면서 출발을 거듭 재촉하였다.

"자, 출발 한 시간 전입네. 지금 하고 싶은 말이 있으면 다 하라우요. 딱 한 시간 드리겠습네다."

　인호는 어머니와 삼촌 앞에서 큰절을 올리다가 설움에 복받쳐 엎드려 흐느끼고 있었다. 아버지, 생모, 누나들의 얼굴이 빠르게 스치고 지나갔다.

　"어머니, 삼촌. 두 분 모두 만수무강하시라요. 살붙이도 아닌 저를 보살펴주신 은혜는 백골난망입네다. 오마니, 좋은 날이 오면 꼭 모시러 오갔습네다."

　옆에 서있는 창옥의 눈에서도 눈물이 흐르고 있었다. 반동분자로 낙인이 찍혀 여기서는 더 살 수 없는 우리를 남으로 보내려고 자신의 위험은 아랑곳하지 않고 도와주는 창옥은 정말 고마운 사람이었다. 그녀는 나의 왼쪽 옆구리 옷깃을 슬그머니 당기더니 저 구석으로 끌고 갔다.

　"인호야, 이걸 줄 테니까 목에 걸어라."

　창옥은 자기 목에 걸려있던 십자가 목걸이를 풀어서 인호 손에 꼭 쥐어 주었다.

　"이걸 몸에 지니고 있으면 어떤 고난이 닥쳐도 무사히 헤쳐 나갈 수 있을게야. 내 말 잊지 마."

　그때 나는 어떤 종교를 믿고 있지 않았지만 어려서부터 기독교 집안에서 자라난 창옥이는 늘 이 목걸이를 걸고 있었다.

　"이건 예수님이 돌아가실 때 십자가와 똑같은 뽕나무 십자가란 말이야. 날래 목에 걸으라우."

　"고마워. 잊지 않을게. 다음 2차에 응주하고 내려와."

　"알았어. 이번에 내려가면 니콜스 정보대장이 너를 요긴하게 쓸 거다. 그 분은 여기에 많은 사람을 심어놓고 있다. 서로들 몰라. 이

문서들을 그 분께 전달하면 네 위상이 크게 올라갈 것이다."

강창옥은 내가 평양을 떠나오던 마지막 날에서야 비로소 미 공군 도널드 니콜스 첩보대장의 이름을 처음으로 들먹였다.

"이 서류들은 뭐야?"

"여기 북한의 신 공항, 군사기지, 군수품 공장, 인민군 훈련소 위치, 관공서들의 좌표(座標)가 표시된 5만분의 1 지도다. 이게 없으니까 유엔군 전투기가 엉뚱한 데 폭탄을 떨어뜨리고 있다. 인호야, 이 안에 김일성의 집무실의 좌표가 그려진 서류도 들어있다."

지도상에서 좌표란 평면상에서 어떤 지점의 위치를, 원점에서 가로와 세로의 거리로 나타낸 것이었다. 결국 지도의 위도 · 경도와 원리가 같은 것이다.

나는 여기서 강창옥이 미 공군 정보대 도널드 니콜스가 평양에 심어놓은 휴민트라는 것을 분명히 알게 되었다. 1946년 3월, 백의사 단원 이성열이 김일성을 암살하려는 공작도 니콜스의 지시였다는 것을 어렴풋이나마 알고 있었다. 그 이듬해 7월, 도널드 니콜스가 평양을 방문하였을 때 강창옥을 만난 것으로 짐작은 하고 있었다.

강창옥은 꿋꿋하면서도 침착한 목소리로 나를 격려해주었다. 좋은 동지, 사심 없는 애국자, 자기를 버리고 정의롭게 살아온 누이, 강창옥은 정말 잊을 수 없는 사람이었다. 석기봉이 우리에게 허용한 시간도 이제는 10여 분밖에 남지 않았다. 전쟁으로 폐허가 된 평양은 암흑천지였다. 평양의 밤은 점점 깊어가고 시민들은 모두 잠들었다. "자 이제 떠나자! 남으로 가자!"하고 나는 속으로 외쳤다.

탈출자를 선정하다

1951년 5월부터 시작된 김일성의 피의 숙청은 그칠 줄 모르고 계속 되고 있었다. 그래서 평양을 비롯해 이북 전역에서는 피비린내가 코를 찌르고 있었다. 북한은 공포의 도가니로 변하였다.

이 숙청의 목적은 주민들을 길들이기 위한 전초전이었다.

지리멸렬한 전쟁에 염증을 느끼기 시작한 북한 주민들의 불평불만을 다른 곳으로 돌리려고 피를 뿌리고 있었다.

처음엔 주로 치안대 가담자나 월남자 가족들을 대상으로 처형하였다. 특히 국군의 편을 들어주는 치안대 가담자에게는 가혹한 처벌이 내려졌다. 즉석에서 자아비판 하게 한 뒤 거리에서 공개처형을 하고 있었다. 이렇게 시작된 유혈 숙청은 사상범이나 반동사범을 대상으로 계속 이어지고 있었다.

형식적인 인민재판으로 총살을 하는 것은 그저 몇 건 되지 않고 대부분이 집단으로 즉결 심판을 한 뒤 한꺼번에 총살하거나 총알을 아낀다고 구덩이에 몰아넣고 생매장하였다.

"어머니, 지금까지 이렇게 숙청된 사람은 얼마나 되나요?"

"그걸 내가 어떻게 알겠냐만 평양, 사리원, 안주, 신의주에서만 5만 명이 넘는다고 하더라. 피 비린내 때문에 숨을 쉴 수 없다."

어머니는 내 손을 한시도 놓지 않고 계속 만지고 있었다. 어머니는 손수건을 꺼내어 내 눈물을 닦아 주더니 말을 이어갔다.

"네 아버지나 나나 일제의 압제에서 벗어나려고 독립운동을 했는데 늑대 잡으니까 호랑이 온다더니 그 꼴이 되었구나. 일제보다 김일성이 하는 짓이 훨씬 더 사납다. 어찌 살아야 할지 막막하다."

나는 어머니의 애타는 절규를 들으면서 용기를 내어 그동안 묻어두고 있던 말을 꺼냈다.

"어머니, 한 번 피의 맛을 본 김일성은 반대파의 씨가 마를 때까지 숙청을 할 겁니다. 이번에 저랑 남으로 내려가시죠?"

내 말을 들은 어머니는 얼굴이 빨갛게 변하더니 느릿느릿 말하는 것이었다.

"인호야, 나는 죽어도 여기에 뼈를 묻을란다. 내 나이 일흔이면 살만큼 살았다. 안 갈란다. 그런 말은 더 하지마라."

어머니는 너무 완강하게 거부하니 더는 얘기할 수 없었다.

우리가 마땅한 공작 거점을 찾고 있는 것을 보고 어머니는 기림리 창옥이네 집으로 연락하였다. 어머니는 어서 창옥이네로 가라고 등을 떠밀었다. 창옥이 부모와 통화하고는 우리 둘을 창옥이네로 보내주었다. 창옥이네 집은 생각보다 널찍해서 은신처로 알맞았다. 전찻길을 따라서 기림리로 가고 있는데 곳곳에서 중공군과 인민군이 한데 뒤섞여 비지땀을 뻘뻘 흘리면서 도로를 복구하고 있었다. 두 달 전과 다름없이 평양은 새까만 잿더미 그대로였다. 어디 한군데도 성한 곳이 없었다. 스탈린 거리의 컴컴한 모퉁이를 막 돌아서자 누군가 우리 앞으로 다가서며 내 손을 덥석 잡았다. 깜짝 놀라서 손을 빼고 바라보니 두 달 전 우리하고 탈출했던 노평헌이었다.

"아니 동무들, 이게 웬일 이야요?

두 달 전 탈출하여 용매도에 함께 있던 노평헌이 무슨 일로 철도국원 복장으로 평양에서 밤거리를 배회하고 있는지 알 수 없었다. 우리를 보더니 길에서 눈물을 뚝뚝 흘리는 것이었다. 우리는 노평헌을 골목으로 끌고 들어가 그의 얘기를 들어보니 우리와 처지가 비슷하였다. 용매도에서 석기봉과 함께 지내던 그는 단기 첩보교육을 이수하고 평양으로 침투하였다. 그런데 공작 과정에 차질이 생겨서 귀환 날짜를 놓쳤다는 것이다.

여기 있는 다른 공작원들을 알지 못하기 때문에 하루하루를 불안에 떨며 숨어 지내고 있다는 것이었다. 오늘도 동평양에 있는 친구 집에 종일 숨어 있다가 밤 늦게 나왔다 우리를 만났다면서 울먹였다. 심지어 대동강에 몸을 던질까도 생각했다면서 우리를 만나 안도의 숨을 쉬었다.

우리는 길에서 철도국원이 눈물을 흘리고 쑥덕거리는 게 수상하게 보일 수 있어 일단은 헤어졌다. 우리와 함께 있으려는 노평헌을 달래서 보내고 외가인 강창옥이네로 갔다. 밤늦게 들어가니 강창옥은 우리 둘을 방으로 안내하면서 너무 말하였다.

"인호야, 이렇게 빨리 다시 올 줄은 꿈에도 생각지 못했어."

"이게 내 팔자인가 봐. 누나."

"얘는 너 아직도 운명 같은 것을 믿고 있니?"

"그게 아니고 우리 둘이 제일 용감하고 믿음이 갔나봐."

강창옥은 우리를 보더니 반가워하면서 눈물을 글썽거렸다. 그리고는 우리가 재침투한 목적부터 물었다. 나는 니콜스 소령의 특명을 받고 오게 되었다고 밝혔다. 조금 있으니 최명신이 방실방실 웃으면서 방으로 들어섰다. 좀 과묵하고 조용한 명신은 이날도 간단한 목례로 인사를 대신하였다. 서로 의논을 한 결과 통일촉진대는 희망적이었다. 창옥이와 명신은 두 달 동안 대한민국 통일촉진대를 무리 없이 확장하여 정비해두었고 현직 공산당원들도 대다수 포섭해놓고 있었다. 이래서 우리의 공작에 결정적인 도움이 될 것이라는 확신이 섰다. 우리는 다음 날부터 촉진대 간부진과 좌담회를 열어 구체적인 작전을 짜게 되었다. 지도와 위치를 세밀하게 대조하여 유사시 무기를 대량으로 투하할 수 있는 장소를 물색하여 좌표를 그려 넣었다. 또 새롭게 들어선 공산당 시설물을 표시하고 공산당의 기밀을 빼내는 방법을 연구하였다. 우리는 아지트 기밀을 지키려고 간부들 좌담회를 촉진대 회원인 신국현의 집에서 열었다. 우리는 평양 조직들을 체계적으로 정비하여 다음 공작원들도 계속 이용하게 하고 기존의 조직원들을 상대로 공작용품의 사용방법과 첩보수집 과정에서 우선순위를 식별하는 요령과 수집한 첩보를 보고서로 작성하는 방법을 자세하게 교육시켰다. 국군 포로 한두 명을 포함하여 가급적 현직 당원이나 인민군 출신자를 포섭해 동반 탈출하는 것을 작전임무로 정하였다.

우리의 귀환일은 10월 1일이어서 실제로 공작일은 기껏해야 보름이 채 안 되었다. 그러나 두 여성 동지의 헌신적인 노력과 지원으로 시간을 충분히 벌었고 공작내용도 알차게 되었다. 강창옥은 지구별로 대한민국 통일촉진대 책임자를 선임해두었다. 이건 여성들의 힘이라고 믿어지지 않을 정도로 잘 짜여 있었다. 우리는 촉진대 책임자들을 모아놓고 첩보교육을 시켰지만 대부분이 야전군 출신들이라서 교육이 무색할 정도였다. 또한 여성 동지들은 미리 포섭해 둔 공산당 당원들을 통해 기밀을 빼내었다. 모든 일이 순풍에 돛 단 배 나가듯 순조롭게 이뤄지고 있었다.

우리가 10월 1일에 남쪽으로 돌아가기로 정하였다. 이날이 하루하루 가까워 오고 있었다. 우리는 이번에 남으로 내려갈 탈출자 12명을 선정하였다. 이글부대 감찰과장 이응용과 공작과장 김인호를 필두로 통일촉진대 지부장 김정일, 낙오된 공작원 노평헌, 국군 포로 통일촉진대 책임자 권오섭, 평양시영 철공소 직원이며 통일촉진대 대원 이응주, 평양철도국 직원이며 통일촉진대 대원인 이용준, 평양시립제일병원 통계과장이며 통일촉진대 대원인 장득찬, 국군 포로 통일촉진대 대원 한영우, 평양일보 기자이며 통일촉진대 대원 장수형, 평양사범전문학교 교사 한광수, 평양철도국 국원이며 통일촉진대 대원인 장홍팔 등이 탈출자 명단에 이름을 올렸다. 이제는 오직 무사히 북한 땅을 벗어나는 일만 남겨놓고 있었다. 대부분의 공작은 창옥이와 명신이 다 해놓았기 때문에 특별히 위험한 일은 없었다. 다만 내려가는 길에 검문소가 늘어났다는 것이 부담이 되었다. 두 여성 동지 덕분에 공작일도 단축하고 편히 지내면서 첩보

활동을 했지만 탈출 방법이 고민이었다. 늦어도 10월 1일에 출발하기로 했지만 증명서와 철도국원 복장, 차량 등이 미비해 출발 날짜를 연기하였다. 웅주는 밤잠을 설치면서 12명의 증명서를 위조했지만 사정이 전과 많이 달라져 있었다. 철도국원 복장은 웅주 어머니가 만들어야 하는데 폭격으로 집이 날아가 버려서 시간이 많이 걸렸다.

강창옥은 매일 음식을 해대느라고 온 식구가 발 벗고 나섰고 어머니는 어머니대로 아침부터 밤까지 동분서주 뛰었다. 여러 사람의 지원으로 일단 탈출준비는 마쳤지만 걸어서 내려간다는 것이 문제였다. 따라서 12명 전부가 철도국원 복장으로 걸어서 남하하려던 애초의 계획은 위험성이 높아서 일찍 포기하였다. 지난 7월의 일차 탈출 때보다 얼추 세어도 검문소가 세 배 이상 늘어났다는 것이다.

마을 입구에 꼭 검문소가 있었으며 낯선 사람은 무조건 신고를 하도록 되었다. 게다가 증명서만 검문하는 것이 아니고 반드시 상부에 조회를 하게 되어 있어 걸어서 남하하는 것은 무척 위험하였다. 낙오된 공작원 노평헌이 길에서 눈물을 흘리면서 우리를 보고 반가워했던 그 심정이 이해가 되고 남았다. 남한으로 걸어서 절대로 탈출할 수 없는 환경으로 바뀌었다.

매일 밤에 촉진대 간부와 탈출자들은 머리를 짜내었지만 이렇다 할 대안이 나오지 않았다.

머리를 굴리면서 며칠을 보내고 있는데 촉진대 강서지구 책임자 강성만이 기막힌 대안을 가지고 나타났다. 강성만이 살고 있는 동네에 사회안전성에 근무하는 사람의 신상을 잘 알고 있는데 이걸 잘 이용하면 쉽게 탈출할 수 있다는 것이었다. 이 말에 모두들 눈동자를 반짝이고 침을 삼키면서 강성만의 다음 말을 기다렸다.

"그 친구레, 내가 아주 잘 아는데 빨갱이 말로 하자면 출신성분에 흠집이 있는 사람이디요. 아, 그런데 이 사람이 어느 날 갑자기 사회 안전성에 근무를 하게 되었다고 않칸시오? 알구보니끼니 서류를 허위로 작성해서 다니게 된 것이라요."

강성만은 그러니 사회안전성 직원을 잘 설득해 포섭하면 차량으로 탈출할 수 있다는 것이었다. 사상적으로 특별한 빨갱이도 아니고 호구지책으로 가짜 당원인 입장에 있으니 설득이 가능하다는 것이다.

이튿날 동이 트자 강창옥과 최명신은 강서로 달려가서 사회안전성에 근무하는 윤근삼을 만났다. 강성만의 말대로 그는 우리의 제안을 순순히 받아주었다. 윤근삼은 사회안전성 사상범 전문 취급소인 5처5부에 근무하며 운전수 일도 하고 있어 우리들의 탈출 작업에 많은 도움을 줄 수 있는 위치에 있었다.

면담을 마친 윤근삼은 같은 직장에서 운전수로 일하는 정경일을 설득하여 우리들의 탈출 작업에 끌어들였다. 응주는 사회안전성 차량의 긴급출동증을 위조하여 탈출 작업을 모두 마쳤다.

우리는 출발일을 10월 6일 밤으로 5일을 늦췄다. 가능한 많은 사람을 데리고 가고 싶었지만 짧은 일정 때문에 부득이 인원을 제한하였다. 이런 가운데 니콜스 소령이 지시한 공작들은 100퍼센트 완수하였다. 나머지 희망자는 이듬해 봄에 차례로 서해안을 통해 개별적으로 남하시키기로 했다. 정해진 시간에 해안으로 나오면 안내자나 공작원들을 근거리에 침투시켜서 이들 월남자들을 데려오면 되었다. 불과 며칠간이었지만 부담만 잔뜩 지우고 또 정든 이들과 헤어지려고 하니 심사가 울적하였다. 우리는 밤 9시에 출발하기로 하였다. 7시쯤 사방이 어두워지자 어머니는 미숫가루 포대와 쌀자루를 머리에 이고 창옥이네로 왔다.

이번에는 차량으로 통과하니 식사를 할 기회가 없다고 하는데도 어머니는 혹시 잘못되었을 때 요긴할 것이라면서 식량을 준비하였다. 나는 어머니의 자식 사랑을 말로 표현을 못하고 그저 앉아있는데 의외로 어머니는 냉정하게 말하였다.

"인호야! 이 시간 이후 너는 내 자식이 아니다. 다시는 날 에미라고 생각하지 마라. 남편도 없이 전실 자식을 그만큼 뒷바라지했으면 할 만큼 한 거다. 그러니 다시는 날 에미라구 부를 생각도 말고 또 찾아올 필요도 없다. 이제는 나도 좀 편히 살고 싶구나."

아주 냉담하게 말을 마친 어머니는 일어나 방을 나섰다. 뭐라고 말해야 좋을지 몰라 황급히 따라 나서며 방문으로 다가서니 어머니는 신발을 허둥지둥 신고 소맷자락으로 눈물을 닦으며 뜨락을 돌아나갔다. 달려가 어머니를 잡고 원 없이 한 번 울고 싶었지만 동료들의 기분을 생각하여 억제하였다. 응용이 어머니 역시 계속 흐느끼면서 아들에게 신신 당부하고 있었다.

"응용아! 너도 네 아우 데리고 이남에 가므는 이거이 마지막 걸음인 줄 알아야 한다."

"어마니, 제가 연락을 하면 꼭 약속 장소로 나오셔야만 되는 기야요?"

응용이는 콧물을 훌쩍이며 어머니와 훗날을 기약했지만 응용의 어머니는 막무가내로 고개를 가로 저었다.

"이 에미는 이제 곧 죽을 목숨이나 진배없으니 끼니 너희들이나 잘 살면 되는 기야. 암, 다시는 이런 걸음으로 에미 속을 썩이면 안 되는 기야? 에미도 그렇게 알고 있갔어?"

어머니는 내 생각은 그만 하고 이남에서 너희들만 잘 살면 된다고 몇 번이고 당부하다가 떨어지지 않는 발걸음을 옮겼다.

그때 창옥이가 옆방에서 나를 보자는 것이었다.

"인호야, 이제 여기는 로마제국의 네로보다 더한 공포정치가 활개치고 있다. 김일성이 전쟁을 하면 석 달 만에 남조선을 장악하겠다고 떵떵거렸지만 약속을 못 지켰으니까 패전의 책임을 아래로 전가하고 있다. 지금 행방이 묘연한 간부가 수도 없이 많다. 들리는 말로는 외상 박헌영도 감금되었다고 한다. 이건 김일성이 제어할 수 있는 당 간부 명단이고, 이거는 김일성이 암살하려는 남조선 요인들 명단이다. 여기 네 이름도 들어있으니까 각별히 조심해야 한다. 니콜스 소령은 김일성의 암살 명단에 보니 네 번째로 올라있더라. 그러니 경호를 단단히 하라고 보고해라. 김일성은 공개 석상에서 너와 응용이를 자기 손으로 직접 죽이겠다고 할 정도로 화가 잔뜩 나있다."

"누나, 알았어. 다음에 연락이 닿으면 연백군 청담면 해안으로 나와요. 남한에 와서 자유롭게 꿈을 펼쳐 보세요."

내가 이렇게 말하자 창옥은 그저 웃는 것으로 답변을 대신하였다. 사실, 나는 창옥과 명신의 운명이 적잖이 걱정이 되었다. 강창옥이 도널드 니콜스의 휴민트라는 게 밝혀지면 최명신까지도 목숨을 부지할 수 없었다.

조금 있으니 창옥과 명신이 출발을 알렸다. 앞에서는 창옥이가, 뒤에서는 명신이 망을 보면서 우리를 집결지로 끌고 갔다.

긴장과 초조한 마음으로 약속장소로 따라가는 우리들은 밤 9시가 너무 멀게만 느껴졌다. 시내를 이리저리 돌아서 집결장소로 가니 윤근삼과 정경일만 빼고는 다 나와 있었다. 약속시간이 10분이나 지났지만 가장 핵심 요원이 나타나지 않아 우리들의 애간장은 녹아들고 있었다.

"아니, 이거 무슨 사단이 난 건 아닌가?"

괜히 걱정이 되어 도무지 뭘 어떻게 해야 할지 막막하였다. 전날 밤 국군 포로수용소에서 미리 빠져나와 기다리던 포로 권오섭과 한영우가 더 걱정하였다.

"혹시 사회안전성 사람들이 잘못된 게 아닐까요? 그들은 원래 촉진대 대원도 아니었으니 그렇게 믿음이 가질 않는군요. 괜하니 기밀만 누설한 건 아닌지……. 정말 초조해 미치겠군."

권오섭이 불길한 말을 마치니까 이번에는 한영우가 또 다른 걱정을 늘어놓았다.

"그러면 혹시 우리가 어젯밤에 탈출한 게 발각된 것은 아닐까?"

이들은 부정적인 대화를 주고받고 있는데 그때 쓰리쿼터 한 대가 으슥한 모퉁이에서 돌아 나왔다. 헤드라이트를 끄고 저속으로 엉금엉금 기다시피 다가오고 있었다. 운전석의 윤근삼이 소리를 죽여가면서 지시하였다.

"동무들, 뛰어요. 얼른 반추럭으로 날래 올라들 타라요. 긴급출동이란 말이외다!"

윤근삼의 태연한 행동에 불안감은 다 사라지고 모든 일이 잘 될 것이라는 희망이 보였다. 우리가 뛰어서 차에 오르자 30미터쯤 떨어진 곳에서 우리를 보고 있던 창옥과 명신이 손을 흔들면서 작별인사를 하였다. 이별은 빨랐다. 어둠속에 희미한 모습으로 손을 흔들던 두 여성의 얼굴은 순식간에 어둠속으로 빨려들었다. 특별히 성능이 우수한 사회안전성의 작전용 쓰리쿼터는 쏜살같이 평양 시내를 가로질러 달렸다.

"약속시간보다 일찍 나오는 바람에 기림리 전차 차고 부근을 빙빙 돌다보니 조금 늦게 됐시요. 얼마나 가슴이 쿵쿵 거리던지 혼이 났시요. 이제는 동무들을 보니 끼니 심장이 제대로 뛰는구만요."

그러면서 윤근삼은 너털웃음을 터뜨렸다.

길거리 경비초소에는 경무관의 모습이 보이지 않았다. 다들 들어가서 잠자고 있는 것 같았다. 밤 9시였지만 가끔 사람들이 종종걸음으로 걸어가고 있는 것이 눈에 들어왔다. 앞뒤로 경계를 하면서 트럭은 대동강 변에 닿았다.

폭격으로 무너진 대동교는 판자와 목재로 얼기설기 땜질을 해놓고 임시로 차량을 통행시키고 있었다. 속도를 줄이고 대동교를 건너자마자 쓰리쿼터는 속력을 내어 남쪽으로 들입다 달렸다. 가끔씩 중공군들이 참호에서 얼굴만 빠끔히 내밀고서 뭔 차가 저렇게 달리는가하고 바라보았다. 비상출동이라는 딱지를 달고 거침없이 내달리는 사회안전성 작전차량의 위세에 놀랐는지 그저 보고만 있었다. 이때 뜻밖의 문제가 터졌다. 역포를 지나 중화가 보이는 지점에서 차에서 갑자기 요란한 굉음이 나면서 차체가 흔들렸다. 윤근삼이 내려서 보더니 왼쪽 뒷바퀴에 펑크가 났다고 말하였다. 그 말을 듣는 순간 모두의 얼굴은 검게 변하였다. 예비 타이어로 바꿔 끼우고 다들 덤벼들어 펌프질을 했지만 타이어는 조금도 부풀지 않았다.

처음 타이어에 박혀 구멍을 냈던 핀들이 채 빠지지 않은데 튜브를 갈아 끼워서 새 튜브마저 구멍이 나고 말았다. 참으로 난감한 일이 벌어지고 말았다. 차를 버리고 걸어서 간다고 해도 버려진 차량을 수배하게 되면 모든 일이 허사가 될 것은 뻔한 일이었다. 그러면 숙청 대상 일호인 반동사범으로 몰려 일가족이 몰살을 당하게 되었다. 한동안 근심스런 얼굴로 의논을 했지만 서로 얼굴도 모르는 사람들이어 의견이 하나로 뭉쳐지지 않았다. 일부는 운전병인 두 동지들만 되돌아가서 정비를 해가지고 오자고 했으며 촉진대 대원들은 가까운 중화까지만 가서 거기서부터 걸어서 월남하자고 주장했다. 하지만 두 가지 모두 쉬운 일이 아니었고 자칫하면 큰 사단으로 발전될 수 있었다. 응용이와 나는 얼마 동안의 궁리 끝에 어려운 결단을 내리고 동의를 구하였다.

"자, 여러분. 일단 전원이 차량을 타고 평양으로 되돌아가서 다음날 아침 각각 근무처에 출근을 하여 평시와 똑같이 일을 한 뒤에 밤 9시에 다시 집결하기로 합시다."

내가 이렇게 설명하자 모두들 반대하였다. 지옥의 소굴에서 벗어나 자유를 만끽하려는 찰나에 이들은 어떤 희생을 치르더라도 늑대의 아가리로 다시 되돌아가지 않겠다는 것이었다. 참으로 난감한 국면이었다. 이들의 마음이나 내 마음이 서로 다룰 수가 없었다. 그

래서 나는 모두가 살아날 수 있는 방법을 택했는데 저렇게 중구난
방으로 떠들어대니 어디서부터 설득해야 할지 갈피를 잡을 수 없었
다. 우리는 단순히 탈출자의 위치가 아니라 특수한 사명을 부여받
고 북파된 공작원의 신분이었다. 여기서 여론에 밀려 일을 그르칠
수는 없었다. 우리가 살아날 수 있는 길은 평양으로 차를 돌려 타이
어를 교체하고 다시 출발하는 것이었다. 나는 윤근삼에게 명령을
내렸다.

"어서 평양으로 차를 돌리시오."

내 명령이 절도가 있고 당당하게 들렸는지 다들 한 마디도 없었
다. 실망한 데다 불안해지자 눈을 감고 기도하는 사람, 만사를 운에
맡기고 있는 사람들로 구분되고 있었다. 바람이 빠져 납작해진 타
이어로 평양을 향해서 내달렸다. 전속력으로 달리니 자동차 바퀴의
프레임이 노면에 긁히면서 불꽃이 튀고 찍찍거리는 소리가 밤하늘
에 울려 퍼졌다. 평양 시내에 들어서자 차를 살살 달래가며 지나는
데 경무원이 공포탄을 쏘면서 쫓아왔다. 차를 세운 경무원은 눈을
부라리며 윤근삼에게 소리쳤다.

"동무는 인민군대의 소중한 차량을 그따우로 훼손시키고 다녀도
되는 가요? 당장 차에서 내리시오! 즉시 정비를 해야 쓰갔소."

우리는 경무관의 당당한 기세에 마음이 졸았으나 윤근삼은 배짱
을 튀기면서 한술 더 떠서 대들었다.

"경무원 동무! 이 차는 사회안전성의 작전차량이오. 긴급한 작전
이 있어 출동했다가 돌아가는 길이외다. 급한 보고를 해야 하는데
이 따위 차량 한 대 때문에 전 인민의 생명이 걸린 보고가 늦어지고

작전이 실패해도 된단 말이요? 게다가 동무는 겨우 경무원 주제에 사회안전성의 작전 차량을 지체시켜도 된단 말이오! 동무 정신 차리라우야!"

윤근삼의 논리 정연하고 사나운 기세에 멀뚱멀뚱 눈을 뜨고 있던 경무원을 뒤에 두고 대동교를 통과하여 한 명씩 내려서 해산하였다. 다시 창옥의 집으로 돌아간 우리는 곧 잠이 들었다. 아침에 일어나니 윤근삼과 정경일이 걱정이 되었다. 늦은 밤에 차량을 운전하고 가다가 의심을 받게 되면 어쩌나 하는 걱정에 입맛이 깔깔하여 밥이 안 넘어갔다. 오후 3시가 되도록 별다른 이상 진후가 없어서 일단은 안심하였다.

흥부교로 건너다

차량이 말썽을 부려 출발일이 10월 7일 밤 9시로 하루가 더 늦어졌다. 우리들은 어제 그 장소에 모여서 차량을 기다렸다. 윤근삼과 정경일도 아무 일도 없었다는 듯 상쾌한 표정이었다. 어두컴컴한 평양 시내를 지나 대동교에 이르니 입구에 새끼줄이 쳐져 있고 통행을 차단한다는 표지판이 붙어 있었다.

"이거 뭐가 잘못된 걸까요?"

"혹시 우리가 수용소에서 탈출한 게 들통 난 게 아닐까요?"

항상 걱정을 짊어지고 다니는 권오섭이 불안한 낯빛으로 말하자 한광수가 안심을 시켜 주었다.

"아니외다. 아까 저녁 무렵에 전투기 두 대가 날아와서 꽝꽝 거렸는데 다리가 또 끊어진 모양입네다."

"아, 오늘도 폭격이 있었습네까?"

"기럼요, 오늘 폭격도 대단했시오."

약간 활기를 되찾은 일행의 눈빛은 희망과 설렘으로 반짝거렸다.

"기럼 흥부다리로 건너가야 되겠구만요."

윤근삼은 아주 신나게 차를 돌려서 속력을 내었다. 대동강에는 흥부교라는 다리가 하나 더 있었는데 이 다리는 늘 물에 잠겨 있는 수중교(水中橋)였다. 흥부교는 부벽루 근처의 여울목에 있었는데 공중에서는 식별이 안 된다. 이 다리는 전시나 비상시에 사용되었다. 하지만 아무리 위세 좋은 사회안전성 작전 차량이라도 전쟁 용도의 다리를 쉽게 건너기는 힘들었다. 엄격한 절차를 거쳐야만 통과가 가능했으므로 일단 부벽루로 올라가는 샛길에 차를 세우고 야간의 부대이동을 기다렸다. 항상 야간에 부대 이동이 있었으므로 밤이 깊어져야만 되었다. 이때 평양 전역은 유엔군의 폭격을 피하려고 등화관제를 하고 있어서 사방은 깜깜하였다. 그래서 차량을 숨기기에도 안성맞춤이었다. 사실 일반 사람들은 이런 흥부교가 있다는 사실조차도 몰랐다. 윤근삼은 평양의 작전 지리를 손바닥에 올려놓고 읽었다.

밤 11시가 되자 경무원들이 낮은 촉광의 플래시 불빛으로 차량을 유도하고 있었다. 이동부대 차량들은 라이트를 끈 채 천천히 플래시 불빛의 인도를 받아 움직이는 게 보였다. 이러니 깜깜한 어둠속에서 차량의 대열로 끼어드는 일은 누워서 떡 먹기보다 쉬웠다. 흥부교를 건너자 작전차량들은 모래사장에 정렬하였다. 우리가 탄 차량은 어수선한 틈을 타서 옆길로 빠져 나갔다. 도로를 복구하려고 깔아놓은 잡석 때문에 차체가 들썩거렸다. 요동이 하도 심해 엉덩이가 얼얼할 정도였다. 이렇게 신이 나서 한참 달리고 있는데 갑자기 쩽하면서 헤드라이트가 튀어 오른 돌덩이에 맞아 깨졌다. 밤길을 외눈박이로 조심조심 몰았지만 얼마 못가서 하나 남은 라이트마저 똑같이 깨졌다. 윤근삼은 험한 길을 한밤중에 운전하면서 간간히 한숨을 내쉬었으나 아주 능숙하게 운전을 하고 있어 그나마 안심이 되었다. 라이트 두 개가 다 깨지고 보니 그의 고통은 여간 심한 것이 아니었다. 우리는 궁리 끝에 공작품 가운데 플래시가 몇 개 있다는 것을 생각해 내었다.

플래시를 꺼내보니 불은 잘 들어왔다. 이때부터 우리는 교대로 윤근삼의 야간 운전을 지원하였다. 두 명이 차의 양 옆으로 프레임과 보닛 사이에 매달려 비춰주었다. 덜컹거리는 차에 매달려서 플래시를 비춰주는 것은 쉬운 일은 아니었다. 서로 자청하여 나서서 교대가 빠르게 이뤄졌다. 윤근삼은 플래시 불빛에 의지하여 땀을 뻘뻘 흘리면서 쉬지 않고 남쪽으로 차를 몰았다. 황주를 지나자 아군 정찰기 한 대가 조명탄을 투하하더니 곧 이어 쇠붙이에 붙어서 폭발하는 나비탄을 투하하였다. 그리고는 기총소사를 맹렬하게 하였다. 바로 앞에서 벌어진 광경에 놀랄 틈도 없이 차를 샛길로 돌리고 모두 차에서 내려 대피하였다. 여기저기서 인민군들이 공습을 알리려고 신호탄을 발사하는 소리가 나고 전투기의 공습이 있다는 신호인 '항공'하고 외치는 소리가 들려왔다.

재빨리 대피하면서 주위를 살펴보니 샛길에 괴뢰군 전투기 격납고가 나무와 풀로 교묘하게 위장되어 있었다. 윤근삼의 말에 의하면 평양에서 황주까지의 20여 킬로미터의 도로를 50미터 노폭으로 넓게 만들어 전투기가 뜨고 내릴 수 있는 활주로로 사용한다는 것이었다. 전투기 격납고는 주로 산기슭의 지하에 구축했으며 사방에서 이런 공사가 진행되고 있었다. 이처럼 김일성은 해방 이후 5년을 오로지 전쟁 준비에 몰두하였다. 그러면서 김일성은 남조선은 전쟁 준비를 못하게 남로당이니 빨치산을 통해서 선동과 반란을 일으켰다.

우리들은 황주의 공습에서 다행히 피해를 입지 않아 다시 차에 타고 사리원을 향해 달려갔다. 사리원에 거의 닿을 무렵 때 아니게 이상한 마차가 보였다. 짐칸이 비정상으로 부풀려진 마차에서 섬뜩한 짐승소리가 들리고 있었다. 마차를 앞질러 가서 보니 앞 칸에 중공군이 자기들끼리 뭔가 수작을 벌이고 있었다.

"되놈의 짼내비 새끼들은 울음소리도 기분 나쁘다니까."

잠자코 있던 장수형이 느닷없이 얼토당토않은 말을 하였다. 그러자 응용이가 물었다.

"지금 말한 그거이 무슨 소린가?"

"저거이 바루 고릴라 부대라는 게 아니갔시오? 중공군 놈들이 고릴라나 원숭이한테 아편주사를 놓아 그걸 미끼로 삼아서 고릴라에게 수류탄을 투척하는 방법을 반복해서 훈련시켜 개디구 전투에 내보내서 전과를 올리는 거야요."

장수형의 말을 더 들어보니 기가 막혔다. 중공군은 유인원에게 먹이와 아편주사로 중독을 시킨 다음 수류탄 한 개를 던지면 먹이를 주거나 아편주사를 놓아주고 칭찬을 하여 길을 들인 다음 전방으로 보낸다는 것이다. 거기서 유인원에게 수류탄을 쥐어주고 목표물을 지적하면 가차 없이 그곳에 폭탄을 명중시킨 유인원은 먹이를 받거나 아편주사를 맞으려고 다시 온다는 것이다. 또 중공군들은 곰들을 훈련시켜 대포나 박격포 같은 중화기들을 산악지역으로 운반하고 있었다. 정말 중공군은 기상천외한 발상으로 전쟁을 치르고 있었다. 중공군은 이른바 동물전투부대를 적절히 응용하고 있었다. 우리가 탄 차가 사리원을 지날 무렵 길에서 괴뢰군 장교가 손을 흔들어 정지하라고 하였다. 검문소도 아닌 곳에서 괴뢰군이 차를 세우라고 하자 겁이 나긴 했지만 순순히 차를 세웠다.

"중좌동무! 무슨 일이시오?"

응용이 제법 목에 힘을 주고 먼저 말을 걸었다.

"동무들, 내레 공무 수행을 하느라 밤길을 걸어야 하는데 가는 데까지 만이라도 좀 태워줄 수 있갔소?"

그는 공손한 말투로 부탁하는 것이었다.

"과히 멀지 않은 길이면 뒤로 타시구래."

응용이 쉽게 허락하자 중좌는 냉큼 차에 올라탔다. 때 아니게 괴뢰군 장교가 차에 타자 차안에는 긴장감이 묵직하게 흐르고 있었다. 분위기가 좀 어색했는지 중좌가 말을 꺼냈다.

"동무들은 어드메로 가는 길이오?"

"이 차는 사회안전성의 작전차량입네다. 수사 차 비밀리에 모 처로 출동하는 중이오."

윤근삼이 무뚝뚝한 목소리로 사회안전성 운운 하니 중좌는 위세에 눌려서 더 이상 쓸데없는 질문을 하지 않았다. 적재함 앞쪽에 떡하니 서있는 중좌의 뒤통수를 바라보며 장수형이 속삭였다.

"어디 으슥한 곳이 나타나면 저놈을 싹 해치웁시다레."

그러나 쓸 데 없이 단 일초도 지체할 여유가 없었고 괴뢰군 중좌는 우리를 추호도 의심하는 빛이 보이지 않았으므로 구태여 죽일 필요가 없었다. 길가에는 짚단 속에 들어앉아서 고개만 빠끔 내밀고 있는 초병들이 널려 있어서 경계가 필요하였다. 그런데 이 중좌가 얼마 안 가서 우리에게 구사일생의 도움을 주었다. 증명서는 완벽하게 갖추고 있었지만 주검문소에서는 전화로 조회하는 일이 통례였으므로 자연 마음을 졸이게 되었다.

"운행증을 보이시오."

윤근삼이 뒤적거리면서 증명서를 꺼내려 하자 괴뢰군 중좌가 내려서 앞쪽으로 다가가며 경무원의 경례를 받았다.

"경무원 동무! 이 동무들은 사회안전성 소속으로 긴급출동을 나가는 길이오. 시간이 바쁜 동무들이니 그냥 통과시키시오."

괴뢰군 중좌가 말을 하자 경무원은 윤근삼이 꺼낸 증명서를 도로 집어넣으라고 손짓을 하며 바로 통과시켰다.

"동무들, 수고하시오. 고맙소."

괴뢰군 중좌는 우리에게 작별인사까지 던졌다. 그는 차를 태워준 은혜에 톡톡히 보답하고 떠나갔다. 중좌는 손바닥이 다 보이도록 경례를 붙이고 검문소 안으로 사라졌다.

이때 사리원은 아군의 반복된 폭격으로 평양 못지않게 잿더미가 되어있었다. 전쟁 전에는 평양에 버금갈 정도로 번창하였던 사리원은 매캐한 화약 냄새로 숨을 제대로 쉴 수도 없었다.

남쪽으로 내려오면서 대부분의 도시가 이런 모양으로 폐허가 되었는데 김일성은 모든 책임을 부하들에게 돌리고 무차별 숙청을 자행하고 있었다. 내 왼쪽 주머니에는 김일성이 처단한 당 간부들의 명단이 들어있다. 강창옥이 작성한 것으로 직책, 처형날짜와 죄목, 처형방법들이 자세히 기록되어 있었다. 이런 도시들을 보니 마음이 쾡하니 비어 있는 것 같았다. 괴뢰군 중좌 덕택에 수월하게 주검문소를 통과하고 나니 사기가 충천하였다. 사리원에서 약 50리쯤 달렸을 때 두 갈래 갈림길을 마주하였다.

길을 모르겠다던 윤근삼이 잠시 고개를 갸우뚱했으나 일행들 중에 밤길을 분간할 수 있을 정도로 지리에 밝은 사람이 없었다. 그는 일단 왼쪽 방향의 길로 핸들을 꺾었다.

"아니, 이 저수지 길을 보니 해주로 가는 길이군. 차를 돌려서 다시 가야겠는데……."

컴컴한 밤길에 차를 돌리느라 전원이 매달려 낑낑거렸다. 잘못 들어온 길을 나가려는데 갑자기 아군 폭격기가 우리의 쓰리쿼터를 발견하고 맹렬하게 기총소사를 퍼부었다. 차체는 나뭇잎과 풀로 위장하였는데도 우리를 향해 정확하게 사격하였다. 아마도 플래시 불빛이 목표가 되었던 것 같았다. 차를 수풀 속으로 황급히 밀어 넣고 까투리처럼 뿔뿔이 흩어져 숨었다. 비몽사몽 졸던 사람들은 별안간 총소리가 나자 누가 시키지도 않았는데 순식간에 사라져 버렸다. 간신히 위기를 모면하고서 차를 원래 방향으로 돌리려고 옆의 소로로 조금 전진했을 때였다. 요란한 중국말이 들리며 어둠속에서 착검한 총으로 무장한 중공군 한 패가 나타났다. 이들은 자기들끼리 요란스럽게 떠들면서 우리더러 소로의 안쪽으로 따라오라고 손짓하였다.

"이거 다 와서 죽는 거이 아냐? 수류탄으로 까부시자우."

뭔가 예감이 불길한 것 같아서 수군거리자 장수형이 나서며 제지하였다. 그는 중공군에게 유창한 중국말로 말을 걸었다. 장수형의 말을 들은 중공군 장교는 겨누었던 총을 내리면서 '하오(好)'하면서 가라는 시늉을 하였다. 중국말로 '하오'는 가도 된다는 뜻이었다. 장수형의 설명에 의하면 소로 안쪽에 중공군의 비밀부대가 주둔하고 있는데 느닷없이 우리가 차를 들이대고 시끄럽게 굴어서 조사를 하겠다는 것이었다. 예기치 않은 장수형의 유창한 중국말 실력 덕분에 우리들은 또 한 번의 위기를 넘기게 되었다. 연백지구가 멀지 않았는지 허허벌판이 나타나기 시작하였다. 안도감으로 마음이 평온해지는가 싶더니 갑자기 차체가 기우뚱거리면서 논에 있는 물웅덩이로 스르르 미끄러졌다. 윤근삼이 운전석에서 내리면서 아주 미안한 표정으로 일행에게 사과하였다.

"동무들, 미안하오, 잠시 다른 생각을 하다가 그만 실수를 했구만요. 얼마나 더 가야 목적지가 나옵네까?"

앞으로 대충 100리쯤은 더 달려야 연백의 실오리에 있는 고정간첩 아지트에 닿을 것 같았다. 차를 버리고 걸어가기에는 너무 먼 거리였다. 이때에 운전사를 탓하고 있을 때가 아니었다.

밤새 덜컹대는 길을 쉬지 않고 운전을 한 탓에 피로해서 깜빡 졸았던 것 같았다. 낑낑거리면서 수고를 하고 있는데 황금 같은 시간만 죽어가고 있었다.

30여분을 차를 들어내려고 노력했지만 허사였다. 앞으로 한두 시간 안에 해안가에 도착하지 못하면 탈출의 기회는 영영 사라지고 말수도 있었다. 잠시 땅바닥에 앉아서 쉬고 있는데 응용이가 소리를 질렀다.

"동무들, 어떻게 하든 원상복구를 시켜야 하오. 자, 어버이 수령 동지를 기리면서 일심으루다가 한 번 도전해봅시다."

응용은 일행의 숨어있는 한 점의 힘도 다 모으려고 어버이 수령 동지를 끌어다 붙였다. 북한에서 수령 동지는 어렵고 힘이 들 때 해결이 되어주는 하나의 주문이었다.

그는 주술사라도 된 것처럼 힘차게 기합을 넣었다.

"하나 두울 세엣! 어영차 으라찻차차…."

우리는 응용의 우렁찬 구령에 맞춰서 힘을 모았다. 그랬더니 거짓말처럼 차체가 번쩍 들리는 것이었다. 도로에 차를 올려놓은 우리들은 땀을 닦으면서 서로 쳐다보고 웃었다. 허리춤까지 웅덩이 물로 젖은 옷을 대충 쥐어짜 입으면서도 마냥 유쾌하였다.

우리가 탁영대 근처의 작은 마을에 도착하니 새벽 5시였다. 남의 눈을 피해서 식사를 간단히 끝내고, 저녁 무렵까지 교대로 잠을 잤다. 피로가 풀린 사람은 경계를 섰고 조금이라도 몸이 이상하면 서로 주물러주었다. 사방이 어두컴컴해지자 연백군 봉북면 풍양리에 있는 전병식의 집으로 달렸다. 그의 집에 도착하니 전병식은 웃으면서 우리를 반갑게 맞아주었다. 공산당이 무서워 우리를 쌀쌀맞게 대했던 전병식이지만 우리가 무사히 돌아오자 그렇게 반가워 어쩔 줄을 몰랐다. 그는 자기 매형 조경렬은 무사히 교동도 이글부대로 돌아갔다고 알려주었다.

윤근삼을 비롯해 서너 명은 차를 고치는 척하며 부속을 떼었다 붙였다 하면서 동정을 살폈다. 일단 안전한 고정간첩의 아지트에 도착은 했지만 또 다른 고민이 기다리고 있었다. 며칠 째 일기가 나빠서 근거리 안내인들의 침투가 없었다는 것이다. 근거리 안내인이 없으면 부대와 통신이 단절되기 때문에 섬으로 들어갈 수 없었다. 악천후는 약간 수그러지기는 했지만 안내인이 침투하기에는 아직도 물길이 사나웠다. 전병식은 기상조건이 좋아지기를 기다리는 수밖에 없다고 말하였다. 밤이 되었지만 우리를 데리고 갈 안내인은 나타나지 않았다. 안내인도 선박도 없이 바다를 건너가기로 하였다. 이틀이나 직장에 출근하지 않는 현직의 동지들과 훔친 차량의 수배가 마음에 걸렸다. 만약 사라진 사람과 도난당한 차량을 알고 수배를 내리면 이곳 해안에 철통같은 경계가 영순위로 내려질 것은 안 봐도 뻔하였다. 우리가 도주한 다음 차량의 행방으로 연루자가 드러날 수 있어 가능한 한 해안선 가까이에서 폐기하기로 했다. 밤 9시에 전병식의 집에서 나와 해안가로 나갔다. 만일의 사태에 대비하여 전병식의 집에 숨겨두었던 무기들 가운데 카빈 소총과 수류탄을 나눠서 품속에 넣었다. 응용이와 나는 탄창에 6연발의 실탄이 들어있는 권총을 오른쪽 옆구리에 찼다. 장수형은 기관단총을 멜빵으로 왼쪽 어깨에 걸고 허름한 옷으로 가렸다.

우리가 탄 차가 연안읍을 지날 때 길에서 경무원이 차를 세우고 검문하였다.

"동무들, 무슨 일로 어디로 가는 길이오?"

"아, 우린 사회안전성의 수사요원들이오. 모종의 위중한 사건이 일어나 수사하려고 철도국원으로 위장하고 해안가로 가는 중이라요."

앞좌석에서 웅용이 점잖게 대답을 하자 그를 잠시 쳐다본 경무관은 황송한 표정으로 증명서도 안 보고 통과시켜주었다.

"그렇습니까? 수고 많습니다."

그는 경례를 붙이고 다른 볼 일이 있는지 건너편 검문소 안으로 들어갔다. 우리는 전병식이 그려준 약도를 보면서 해안가 2킬로미터 근접지인 연백군 호남면 석천리까지 가는 길에 군데군데 그려진 보초막의 표시를 보고 일일이 확인하였다.

"동지들! 이제부터 일일이 검문을 받다가는 무슨 사단이 날지 모르니 웬만하면 그냥 통과하는 방법으루다가 합시다래."

웅용의 제안에 따라 일행은 품속에 품고 있던 무기들을 꺼내들고 힘차게 빨갱이 군가를 불렀다. 석천리로 진입하기 전에 초소가 눈에 띄었지만 군가를 부르면서 전속력으로 통과하였다. 쓰리쿼터에서 모두 일어서서 오른손 주먹을 불끈 쥐고 아래위로 흔들면서 김일성 장군의 노래를 불렀다. 이 모습을 봤다면 백이면 백이 모두 열성당원으로 착각하였을 것이다.

'장백산 줄기줄기 피어린 자욱

압록강 굽이굽이 피어린 자욱

오늘도 자유조선 꽃다발 우에

력력히 비쳐주는 거룩한 자욱

아, 그 이름도 그리운 우리의 장군

아, 그 이름도 빛나는 김일성 장군…….'

우리를 검문하려던 초병들은 급한 작전차량으로 알고 별다른 제지를 하지 않고 멀뚱히 바라만 보고 있었다. 우리가 탄 쓰리쿼터는 해안가로 접근하고 있었다. 차가 진입할 수 있는 데까지 들어간 일행은 잽싸게 차량을 해체해 버렸다. 혹시 차량이 발견되더라도 차를 쓰지 못하게 중요한 부품을 떼어내 풀밭에 팽개쳤다. 나는 갯벌을 걸으면서 부대의 동지들이 선박 출동 신호를 받아주기를 빌었다. 이제 갯벌에 내려선 마당에 두려울 것이 없었다. 지금까지 천우신조로 여기까지 왔는데 하늘이 나를 버린다면 그건 운명으로 받아들이기로 하였다.

무기도 갖고 있겠다 어두워서 은신하기에 아주 용이해 적에게 발각되어도 별로 걱정할 것은 없었다. 다만, 선박이 제때 출동해줄 것인지만 걱정이 되었다.

너울이 머리까지 치고 있는 가운데 나는 플래시로 깜빡깜빡 건너편 아군초소에 신호를 보내었다. 후미진 곳에서 신호를 계속 보내고 있는 동안 응용은 일행을 인솔하면서 전투태세를 갖추고 있었다. 신호를 보내고 초조하게 기다렸지만 아군에게서 아무런 반응이 없었다. 몇 사람이 돌아가면서 신호를 보냈지만 팔만 아플 뿐이었다.

"동지들, 날이 밝으면 헤엄을 쳐서라도 건너는 수밖에 없을 것 같군요. 모두들 수영엔 자신이 있을 테지요?"

응용이가 일행에게 사정을 말하며 안타까운 눈빛으로 나를 바라보았다. 이렇게 응용이 나를 바라보는 것은 우리 둘만이 알고 있는 비밀이 있었기 때문이었다. 외아들로 귀엽게 자라난 나는 부모의 철저한 감독 때문에 수영을 배울 수 있는 기회가 없었다. 대동강이 엎어지면 코앞인 데서 자랐어도 맥주병이었다.

"만약 헤엄 쳐서 바다를 건너가야 한다면 나는 여기서 망을 보갔시오. 만일에 발각되면 나 혼자 접전하면서 시간을 끌 테니 동지들은 다른 생각 말고 사력을 다해 수영을 하시오."

내가 응용에게 간절한 눈빛으로 소신을 밝히자 일행은 침통해져 대답이 없었다. 잠시 후 내 곁으로 다가온 응용은 나의 손을 꼭 잡고 나지막이 말하였다.

"인호! 나도 너와 같이 남겠어. 내레 어드렇게 혼자 갈 수 있갔어? 우리는 동지야. 살아도 같이 살구 죽어도 같이 죽어야 해! 용기를 내자우."

이 말을 듣고 나니 그저 감격뿐이었다. 이런 친구가 옆에 있으니 여기서 죽어도 여한이 없을 것 같았다.

"뎌 친구들이레, 자빠뎌서 잠이나 자는가 보군. 무심하구만. 이럴 수이가 있는 거이가? 내 부대에 가면 저것들 그냥 둘 수가 없을 것 같아."

약이 바짝 오른 응용이는 독설을 퍼부으면서 역정을 내었다. 나역시 맥이 빠지면서 아군기지의 동료들이 무지하게 야속하게만 느껴졌다.

"진짜루 어드렇게 할 게 없이요. 물귀신이 되나, 빨갱이 귀신이 되나 마찬가지니 끼니 이제 결판을 내는 수밖에 없갔시오, 동지들, 각각 무기는 내려놓고 헤엄칠 준비를 하시라요!"

응용이는 마지막으로 신호를 한 번 더 보내겠다면서 섬을 향하여 라이트를 깜빡거렸지만 깜깜 무소식이었다.

대동강 변에서 자란 사람들은 어느 정도 수영에는 자신이 있었기에 묵묵히 옷차림을 간단히 하고 앞으로 나섰다. 일행에게 방향을 알려준 응용이는 나와 함께 일행의 뒷전에서 무기를 들고 접전태세를 갖추었다. 바로 이때였다. 건너편 초소가 아닌 바다 한가운데서 신호가 갯벌 쪽으로 번쩍였다. 일행은 행동을 중지하고 좌우를 살피니 뒤쪽의 갯벌에서 인기척이 들려왔다. 응용이가 큰 소리로 날카롭게 외쳤다.

"거기 누구냣!"

일단의 무리들이 어둠속에서 황급하게 도망치고 있었다. 도망치는 무리들을 추격하면서 보니 전부 민간인 복장이었다.

"그만 멈추시오! 우리는 인민군이 아니오!"

그러자 달아나던 일행은 멈추었다. 그래도 몇몇은 갯벌 저편으로 끝내 사라졌다. 민간인들에게 우리의 신분을 밝히고 달아난 이들의 신분을 알아봤더니 이들은 월남하는 피란민들이었다. 이들을 인솔했던 아군의 첩보대원은 우리 일행의 복장과 무기를 보고 인민군으로 오인하여 죽자 살자 적지로 다시 도망친 것이었다.

배는 계속 라이트로 신호를 보내고 있었다. 재빠르게 응용이 플래시로 응답신호를 하는 동안 나는 우리 일행과 피란민들을 정렬시키고 안정을 되찾도록 다독였다. 10분쯤 있으니 단기통짜리 발동선 한 척이 '통통통' 소리를 내면서 모습을 드러내었다.

"빨리 빨리들 올라오시오!"

우리는 독촉을 받으면서 배에 올라서 인원을 세어보니 40명이었다. 이 배는 우리 이글부대와 다른 소속인 타이거여단의 공작선이었다. 우리는 해안가를 벗어나서 모선으로 갈아탔다. 함장은 우리에게 그간의 사정을 들은 후 우리를 따뜻하게 대해주었다. 우리를 적으로 오인하여 적지로 다시 돌아간 사람들이 걱정이 되었다. 함장은 그들은 아지트로 돌아가서 다음 기회에 탈출하면 되니까 걱정하지 말라고 위로하였다. 우리 12명이 이글부대에 도착하니 죽은 사람이 돌아온 것처럼 반겨주었다. 덩실덩실 춤을 추는 동료도 있었고 나를 업고서 마당을 한 바퀴 돌아주기도 하였다. 하지만 그렇게 신호를 보냈는데도 잠만 잔 동료들이 야속하여 분노가 치밀어 올랐다.

"야, 동료가 인민군에게 발각되어 죽을지도 모르는데 편히 자빠져서 잠만 잔다는 게 말이 되요!"

응용이도 나에게 질세라 고래고래 소리를 지르고 있었다.

"당신 같은 사람들과 죽음을 같이 나누겠다고 생각한 내가 잘못이었소!"

응용이와 나는 미친 듯이 허공에다가 대고 공포탄을 발사하며 소란을 피웠다. 정말 생각 같아서는 모두 죽여버리고 싶었지만 지금까지 생사를 같이 한 동료들이었기에 미움을 버리고 소란을 멈추었다. 그래도 나이가 우리보다 한참 많은 유인용과 정의석이 진심으로 미안하다고 사과하였다. 이것으로 언짢으나마 화해는 이루어진 셈이었다. 이건 상부에 보고되면 영창에 들어가는 것은 물론이고 군사법정에 설 수도 있는 위중한 사건이었다. 나와 응용이는 이 문제를 더 이상 입에 올리지 않았다.

우리는 귀환 즉시 사령부에 보고하니 첩보의 양이 방대하고 첩보의 품질이 높다는 게 알려졌다. 이러자 별도로 미 공군 심문관 3명이 교동도에 급파되었다. 그리하여 이글부대는 창설 두 달 만에 6·25전쟁 첩보의 핵심기지로 떠올랐다. 미 공군 심문관은 2주간 이글부대에 머물면서 우리들을 면담하였다, 나는 강창옥이 니콜스 소령에게 친전(親展)으로 보낸 첩보는 소중하게 간직하고 있다가 오류동의 니콜스 사무실에서 만나 전달하였다. 미 공군 심문관은 이게 다 평양 출신자들이었기 때문에 가능한 업적이라는 보고서를 상부에 올렸다. 이때 니콜스는 우리의 빛나는 공적을 치하하는 메시지를 보내왔다.

이글부대는 창설되자마자 불과 서너 달 만에 커다란 축제 분위기에 휩싸였다. 연일 축제 무드가 계속 되자 이번 경사의 주인공인 나와 응용이의 어깨에 힘이 들어갔다.

드디어 남으로 떠나다

1952년 7월 7일 새벽 3시30분. 우리들은 오늘이 평양에서 마지막 날일 수 있다는 아쉬움에 눈물을 흘리며 떨어지지 못하고 있었다. 지하아지트에서 홀로 남게 된 응주는 형의 손을 부여잡고 서럽게 울었다. 혹시 전쟁이 끝나 38선이 굳어져 남으로 못 가게 되는 게 아닌가 해서 더 슬펐다. 공포정치로 국민들을 벌레만큼도 안 여기는 김일성 체제에서 계속 살아갈 생각을 하니 앞이 캄캄하였던 것이다. 그 때 석기봉이 나직한 목소리로 일행을 향해 말하였다.

"자아, 이별은 이만큼 했으면 되었습네다. 너무 하면 대동강이 넘쳐서 차가 못갑네다. 증명서가 잘 있는지 한 번 더 챙기고 출발하갔습네다."

우리는 증명서가 제대로 있는지를 확인하고 어깨에 힘을 넣고 골목길을 돌아 큰길로 들어섰다. 집에서 10분 남짓 걸으니까 대동강변 황금리에 있는 삼일여관이 보였다. 우리는 사전에 이 여관 앞에서 모이기로 약속이 되어 있었다.

이른 새벽에 여관으로 들어가고 있는 우리들의 모습은 새벽에 비상훈련에 나가는 철도국원의 행색이었다. 모두가 비장한 각오에다 지나치게 긴장을 하고 있어 표정은 돌덩이처럼 굳어 있었다. 삼촌이 사전에 답사한 대로 대동교는 유엔기의 폭격으로 두 동강이 나 있었다. 동평양으로 가려면 대동강을 건너야만 했다. 삼촌이 배를 알아보는 동안 우리들은 여관에서 대기하였다.

20여 분쯤 있으니 삼촌과 응주가 나오라고 신호를 보내왔다. 지하아지트에서 우리보다 10분쯤 앞서 출발했던 삼촌과 응주는 배를 강변에 대어 놓았다. 이번에 함께 못가는 응주는 차마 뒤를 돌아보지 못하고 여관에서 나갔다.

삼촌은 마디가 굵은 손으로 우리들의 손을 차례로 잡으며 무사히 월남하기를 빌어주었다.

"남에 가서 부디 잘 살라우! 이차 침투는 부질없는 짓이니 딴 생각일랑 말고 행복하게 살아야 하는 기야."

물안개가 자욱하게 깔려있어 위치를 분간할 수 없어 뱃사공을 따라 강 언덕을 내려가 겨우 배에 올랐다. 배가 안개 속으로 들어가자 숨이 턱 막혔다. 7월 초의 무더위가 습기 속에 열기를 가두고 있어 찜통처럼 후끈하였다. 뱃사공이 느릿느릿 노를 젓자 배는 물결 따라 앞으로 나아갔다. 배가 강 한가운데에 있을 때 이응주와 장원학이 강가로 내려오고 있는 게 보였다. 두 사람의 얼굴은 눈물에 가려 제대로 보이지 않았다. 배가 흘러가는 방향으로 걸으면서 눈물을 훔치는 모습을 보니 가슴이 미어터질 것 같았다. 응주의 형인 응용은 아예 고개를 무릎 사이에 파묻고 닭똥 같은 눈물을 흘리고 있었다.

부모 형제를 남겨두고 혈혈단신으로 물 섧고 낯선 곳으로 떠나가는 슬픔에 복받쳐 나오는 눈물이었다.

응주는 두 손을 모아서 입에 대고 우리를 향하여 소리 지르는 시늉을 하고 있었다.

"형, 나도 다음번엔 꼭 가겠시요. 꼭 데리러 와줄 테지요? 형 꼭 와주는 거디요?"

배 한 가운데서 고개를 숙이고 훌쩍훌쩍 대고 있던 응용이가 일어서더니 뱃전으로 나갔다.

"응주야, 알았다. 빨리 돌아올 테니 그때 같이 가자. 어머니 잘 모시고 있어라."

유엔군의 폭격으로 폭삭 무너진 대동교를 지나면서 인민군이 보초를 서고 있었지만 우리가 탄 배에 대해서는 관심을 두지 않았다. 이제 장원학과 응주의 모습은 저 멀리 개미만 하게 보였다.

우리가 탄 배가 대동강 한가운데 이르자 석 동지가 주위를 환기시켰다. 다들 눈물을 닦고 코를 풀었지만 울어서 벌게진 얼굴은 눈물자국이 보였다. 인민군의 의심을 받지 않으려고 복장을 가지런히 하고 마음을 단정시키려고 무진 애를 썼다.

30분쯤 지나서 배는 동평양 강 언덕에 도착하였다. 이미 동쪽 하늘이 훤하게 벗겨지고 있었다. 우리는 사공에게 고맙다는 인사를 하고 언덕을 올라 소로로 접어들었다. 대로로 나가려고 우회를 했더니 옥수수 설탕공장이 보였다.

동평양에는 삼각산, 사동탄광, 비행장이 있어 인민군의 왕래가 잦았으며 그만큼 검문검색도 철두철미하였다.

옥수수 설탕공장 앞에 있는 분주소를 지날 때 내무서원들은 우리들을 쳐다만 보고 검문은 하지 않았다.

우리는 은근히 걱정하고 있었는데 다행히 아무 일 없이 지날 수 있었다. 역포로 가는 대로로 접어드니 또 경비초소가 나타났다. 이때 진짜 철도국원인 노평헌이 앞서서 당당하게 걸어가는 모습을 보고 자신감을 가졌다. 초소 앞에 있던 경무원 두 명이 멈추라는 신호를 보내왔다.

노평헌은 우리 일행을 연백의 과수농장으로 일하러 가는 오성의 철도국원들이라고 경무원에게 보고하였다. 이들은 일행에게 증명서를 제시하라고 명령하였다. 이때 내 등골에서는 식은땀이 벌레 기어가는 것처럼 꾸물꾸물 흐르고 있었다. 이럴수록 애써 태연한 척하면서 목에 걸고 있던 증명서 주머니의 매듭을 풀었다. 검문의 첫 관문에서 11가지 증명서의 효력을 검증받게 되었다. 나는 허리를 꼿꼿이 세우고 검문을 받았다.

경무원은 단체증부터 거주확인증, 공민증, 군사증, 철도국원증, 여행증, 직장근무증, 위생검사증, 추천서, 당원증, 직업동맹증, 신원보증서, 량표 등을 대충 훑어 본 뒤 경례를 하면서 통과시켰다. 앞장 선 노평헌의 선창으로 인민군가나 빨치산군가를 목청껏 부르며 행진하였다. 이걸 보면서 사람들은 한 치의 의심도 없는 충성스런 인민군이 지나간다고 응원을 보내주었다.

우리가 역포를 지나서 중화로 들어서자 배에서 꼬르륵 소리가 났다. 노평헌이 이 마을에서 점심을 먹고 가자고 제안하였다. 늘 무언

가에 쫓기는 것 같은 환상에 시달리는 우리들은 한 끼쯤 굶더라도 더 가다가 먹자고 막무가내였다.

그랬더니 노평헌은 량표를 잔뜩 들고 있으면서 굶어죽는 게 말이 안 된다는 것이었다. 마을 입구에는 인민군이 주둔하고 있는 게 보였다. 노평헌은 인민군 초소로 다가가 철도국원증과 여행증, 단체증을 경비원에게 제시하며 점심을 먹을 수 있도록 해달라고 부탁하였다. 잠시 증명서를 검문하던 인민군 소좌는 수고한다고 치하한 뒤 마을 인민위원장을 불렀다. 우리는 30대 젊은 여맹위원장을 따라 초대소 밥공장으로 갔다. 각자 량표를 한 장씩 떼어주자 식량을 타다가 밥을 지어주었다. 뜨끈한 밥을 양껏 먹고는 다시 용매도(龍媒島)를 향하여 행군하였다. 인적이 뜸한 논둑길로 들어서자 인민군에게 밥을 얻어먹은 소감을 한 마디씩 던졌다. 먼저 병기부터 약간 비아냥거리듯이 소감을 말하였다.

"거어 충성스런 인민군대의 밥을 공짜로 먹으니 끼니 맛이 아주 유별나구만. 소화도 잘 되고 말이요. 이거이 모두 김일성 어버이 수령 덕이 아니 갔어?"

이번에는 노평헌이 흥남교화소에서 노역을 했던 병기의 말을 이어 받아서 한 마디 하였다.

"아니 그래 3년 동안 감옥에서 콩밥을 원 없이 먹고도 공짜 밥이 여태 맛있습네까?"

이렇게 일행은 서로 웃으면서 잠시라도 고통을 잊었다. 땀으로 범벅이 되어 남으로 남으로 내려가고 있었다.

우리는 중화를 지나 황주가 지적인 마을에 도착해서 숙식을 제공

받았다. 혹시나 밤에 우리를 추적하는 자가 있을까봐 둘씩 교대로 보초를 섰다. 다행이 밤에는 아무 일도 없었다. 우리는 아침밥까지 얻어먹고 힘차게 발걸음을 내딛었다. 그런데 오랫동안 지하에서 은 둔생활을 했던 나와 응용이와 병기는 피로에 지친데다 발에 물집까지 잡혀 500미터도 못 가고 주저앉았다. 발에는 군데군데 피부가 벗겨져 살이 벌겋게 드러나 있었다. 물집을 터뜨리고 성냥골을 떼어내 상처에 붙이고 불로 지졌지만 낳기는커녕 점점 더 심해졌다. 나중에는 발바닥이 들떠서 한 걸음도 뗄 수가 없었다. 다들 절뚝거리며 황주를 지나니 사과 과수원이 나왔다. 아직도 한 여름인데 사과는 제법 영글어 주렁주렁 매달려 있었다. 절기를 머릿속으로 짚어보니 추석이 예년에 비해 2주는 빠른 편이었다.

나는 따가운 햇살을 받아 탱글탱글 영글어 가고 있는 사과를 보면서 고등학교 2학년 때 배운 오스트리아 시인인 라이너 마리아 릴케(Rainer Maria Rilke, 1875~1926)의 "가을날"이란 시구가 떠올랐다.

"주여, 때가 되었습니다. 마지막 과일들을 결실토록 명하시고 그것들에게 또한 따뜻한 이틀을 주시옵소서."

이 시를 비몽사몽(非夢似夢) 간에 읊조리면서 황병하 선생님 그리고 단짝이었던 박병호, 한철민, 김춘근 같은 친구들의 얼굴들이 아련하게 떠올랐다. 벌써 헤어진 지 5년이 다 되어가면서 이들의 얼굴은 점점 희미해지고 있었다. 포연이 자욱한 데도 이처럼 자연은 스스로 때를 놓치지 않고 결실을 맺고 있었다. 나는 이 시구를 떠올리면서 지그시 눈을 감고 걸었다. 그때 석기봉이 크게 외치기에 눈을 번쩍 떴다.

"이봐. 다들 눈을 크게 뜨고 걸으라우야. 모두 알간?"

아무도 말이 없었다. 석기봉이 하는 말을 들으면 나말고도 아련한 추억에 잠겨서 눈을 감는 사람이 더 있는 것 같았다. 평양에 두고 온 부모형제가 생각이 났다. 또 혈육이라고는 단 하나도 없는 남한에서 살아갈 일을 생각하니 꿈을 꾸고 있는 것 같았다.

어떻게든지 우리는 꼭 살아야 했다. 살아서 우리를 위해 애써준 식구들에게 보답을 해야 한다. 절실한 삶의 욕구가 가슴에서 일렁이고 있었다. 한나절을 더 걸으니 지하아지트 출신은 물론 다른 사람들까지 발에 물집이 잡혀 더 이상 행군이 어려웠다. 사리원(沙里院)에 약간 못 미쳐서 반파된 민가로 들어가 짐을 풀고 저녁밥을 지어 먹었다. 밥을 먹자마자 다들 물집이 잡힌 발바닥을 내놓고 치료하기에 바빴다. 아침에 일어나보니 군데군데 화농균이 침입하여 고름이 잡혀 있었다.

평양에서 사리원까지의 도로는 폭이 50미터나 되었다. 길이 넓어서 그런지 폭격을 맞아 성한 집들이 하나도 눈에 띄지 않았다.

도로가에서 십리는 들어가야 그나마 좀 성한 집들이 몇 채 있었다. 괴뢰군은 낮에는 짚단더미로 위장하고 있었지만 워낙 넓은 길이 생겨서 그런지 검문검색은 크게 효과가 없어 보였다. 사리원에는 철도국원 소속의 경무원들이 주재하고 있어서 사리원 시내를 거치지 않고 멀더라도 에둘러 가기로 하였다. 혹시 철도국원 교체나 인원 등의 하자가 발각될 염려가 있었기 때문이었다. 국군 포로인 정의석이나 현직 철도국원인 노평헌에 대해 수배령이 내려졌을 수

도 있었다. 북한에서는 모든 게 어버이 수령 동지의 기분에 달려있
었기 때문이었다. 막상 사리원을 거치지 않고 가려니 산악지대가
문제였다. 길이 험해서 시간도 많이 걸렸다. 우리는 험한 물매고개
를 넘어 산중에 있는 마을에서 눈을 붙였는데 물매고개에 중공군 토
벌대가 모여 있다는 소식을 우연히 듣게 되었다. 막상 중공군 토벌
대를 대하고 보니 그들은 우리에게 아예 관심이 없었다. 그저 그들
은 우르르 몰려다니면서 총대로 풀숲이나 쑤셔대었다. 암만 봐도
중공군 토벌대는 군인이 아니라 쓰레기통을 뒤지는 거지꼴이었다.

일행은 발에 물집이 터져 덧나고 갈라져서 쓰라렸지만 행군을 멈
출 수는 없었다. 이런 전시에 멈춤은 곧 죽음이었다. 부지런히 움직
이는 자만이 목숨을 지킬 수 있었다. 우리는 점심나절에 드디어 38
선을 넘었다. 그러자 우리들은 월남이라도 한 것처럼 마음은 허공
을 나는 것처럼 느껴졌다. 일행은 아무도 없는 민가에서 물에 미숫
가루를 타서 양껏 먹고 용매도를 향해 걸어갔다.

한 시간쯤 내리막길을 걸어 내려가니 끝이 안보일 정도의 넓은 들
판이 나타났다.

연백평야의 민가를 절반 이상 이주시켜서 그런지 민간인은 코빼
기도 볼 수 없었다. 석기봉은 우리를 남겨놓고 물길 안내자와 접선
하러 마을로 들어갔다. 20분쯤 있다 돌아온 석기봉의 얼굴에는 뭔
가 심상치 않은 구름이 끼어 보였다. 워낙 과묵한 석기봉은 혼자서
고민하다가 속사정을 털어놓았다. 마을에서 대기하던 안내자가 바
로 엊저녁에 남한으로 돌아갔다는 비보였다. 이 말을 들으니 망치
로 머리를 한방 얻어맞은 것처럼 '띵'하였다. 원래는 오늘이 접선일

이었지만 이 마을에서 오늘 안전부 주최로 김일성 군중대회가 열리기 때문에 서둘러 남하하였다는 것이다. 석기봉은 연달아 한숨만 내쉬고 있다는 것이었다. 연백군 청담면까지는 길을 알겠는데 그 다음은 자신이 없었다. 하늘같이 믿었던 석기봉이 자신감을 잃자 일행은 덩달아 맥이 풀렸다. 모두들 말없이 구원자가 나타나길 기다리고 있는데 난데없이 정의석이 말하였다.

"용매도로 들어가는 길도 모르면서 남하한다는 것은 너무 위험한 일이오. 이제라도 부지런히 평양으로 되돌아갔다가 탈출을 다시 시도하는 것이 어떻갔소?"

정의석이 하는 말이 너무 어이없어서 내가 선뜻 나섰다.

"아니, 그 지긋지긋한 평양으로 이제 와서 되돌아가자구? 실망하는 가족들의 얼굴은 어찌 대한단 말이오?"

아무도 선뜻 단안을 내리지 못하고 있을 때 유인용이 나섰다.

"국군 포로들은 당장 생명에는 지장이 없지만 나머지는 발각되는 즉시 극형을 당할 게 뻔 하오. 또 가족들도 무사하지 못하니 죽을 때 죽더라도 여기서 한 발짝도 되돌아갈 수는 없는 일이오."

유인용의 말은 죽는 한이 있더라도 가는 데까지는 가보자는 말이었다. 나는 이때 온갖 재주가 넘치는 응주를 떠올렸다. 왜 응주가 이번 남한 행 계획에 빠지게 되었을까?

'이럴 때 응주가 있었으면 이곳에 피란을 왔다가 여기 지리를 잘 봐두었기 때문에 쉽게 건널 수 있었을 텐데 말이다.'

이응주를 안 데리고 온 게 후회가 되었다. 여기 사람들은 돈을 많이 줄 테니 길을 안내해달고 사정해도 위험해서 싫다면서 거절하였다. 그래도 더 이상 지체할 수 없어 오늘 밤에 바다를 건너가기로 작심을 하고 청담면 빈집에서 휴식을 가졌다. 우리는 북한에서의 마지막 날이라고 어머니가 실어준 쌀로 떡을 빚었다. 그리고는 솜씨 없이 빚은 떡을 놓고 무사히 월남할 수 있게 해달라고 기원하였다.

저녁밥을 좀 일찍 먹고 석기봉과 몇몇은 안내인을 구하러 마을로 내려갔다. 밤이 어두워서 우리가 활동하기에는 알맞았다, 마침 동네 사람들이 모깃불을 피워놓고 둘러앉아 얘기를 나누고 있었다. 나는 이분들에게 말을 걸었다.

"이 근처에 철도농장이 어드메쯤 있습니까?"

"철도국원 동무들은 어디서 오는 길이기에 그러시오?"

수염이 염소수염처럼 생긴 노인이 우리에게 되물었다.

"우린 평양에서 오는 길이라서 아주 피곤합네다 그려."

"철도농장은 다음 동네이니 조금 쉬었다 가시구려."

우리들은 조급해서 어디 마음 붙일 데가 없어서 흥분을 진정시키면서 모닥불 가로 끼어 앉았다. 이 때 석 동지는 일행에서 떨어진 곳에서 웬 청년과 얘기를 나누고 있었다. 우리가 슬그머니 다가갔더니 석 동지는 청년에게 물길을 안내해달라고 사정하고 있었다. 그런데 청년은 만약에 반동분자들을 안내했다는 사실이 드러나면 삼족이 죽는 멸문지화를 당할 수 있어 안내를 못하겠다는 것이었다.

석기봉은 거절하는 청년을 계속 설득하니 청년은 부득이 승낙을 하였다.

"실은 내 동생도 용매도로 보내지 않았갔소? 나를 따라만 오면 되오."

가까스로 용매도로 안내해줄 사람을 구한 우리들은 이 세상의 모든 것을 다 얻은 것 같았다. 우리는 청년의 뒤를 따라서 걸어갔다. 그는 어느 집 앞으로 들어가더니 잠시 후 할머니 한 분을 데리고 나왔다. 그 분은 물길까지 안내할 할머니였다. 이 할머니도 아들을 용매도를 거쳐 남한으로 내려 보냈다는 것이다. 청년은 어둠 속에 온다간다 말 한 마디 없이 사라졌고 할머니가 앞장서 걸었다. 할머니는 용매도에서 사람들이 가끔씩 연백으로 왔다 가는데 먹을 게 없어서 그런지 소도 끌어가고 식량도 훔쳐간다고 하였다.

할머니는 아마 전쟁 중에 살기가 어려워서 그런 것 같다면서 위험을 무릅쓰고 남한으로 가지 말라는 것이었다. 어렵기는 여기나 거기나 매 한가지라는 것이었다. 연백만 해도 공산당의 학정을 덜 겪은 모양이었다. 우리들은 아무 말 없이 할머니의 얼굴만 쳐다보고 있었다.

"정 월남을 하겠다면 이 할매가 길을 안내하갔수."

물길은 방향만 제대로 알고 가면 쉬운 일이니 우리끼리 건너라는 것이었다. 제일 위험한 해안가의 전쟁 경계선까지만 안내하겠다는 것이었다. 할머니는 서둘러 까만 보자기를 머리에 둘렀다.

"내가 칠게(서해안 개펄에 사는 달랑겟과의 게)를 잡는 척 하며 앞장서서 걸을 테니 젊은이들은 일렬로 내 신호에 따라 천천히 오라요."

할머니는 10여 미터쯤 되는 새끼줄을 구해다가 우리에게 잡으라고 주며 한 사람씩 신호를 보면서 따라오라고 하였다. 앞 사람이 새끼줄을 당기면 엎드리고 또 두 번 흔들면 일어나서 걸으라고 하였다. 시골 할머니가 개발한 비상시에 대처하는 방법치고는 꽤 괜찮아 보였다. 게를 담는 구럭과 집게를 든 할머니는 논둑길을 걸으면서 손짓으로 신호를 보내 서너 번 연습을 시켰다. 우리는 반드시 살아야겠다는 의지에서 할머니가 시키는 그 이상으로 착실하게 따라 하였다. 그럴 때마다 논둑길에 있는 작은 버드나무가 괴뢰군으로 착각이 되어 간담이 서늘해졌다. 꼭 자라를 보고 놀란 놈이 솥뚜껑 보고 놀라는 것과 같았다. 한 30여 분쯤 논둑길을 따라 걸으니 갯냄새가 코에 스치면서 제방이 보였다. 어둑한 초승달빛 아래 신호를 보내면서 기민하게 움직이는 노파의 동작은 젊은이 못지않았다. 이제 다 왔나 싶을 때 갑자기 새끼줄이 당겨져 땅바닥에 납작 엎드리니 제방 위에 괴뢰군 두 명이 다가오고 있었다. 우리는 제방 아래에 엎드려 괴뢰군 보초들이 지나가길 기다렸다가 한 명씩 잽싸게 제방 아래 해안으로 몸을 날렸다. 할머니는 자기가 할 일은 다 끝났다면서 벌써 물이 들어오기 시작하는 개펄을 가리키며 왼쪽 섬이 보이는 쪽으로 건너가라고 하였다.

"이제 내가 할 일은 다 끝났수다. 내 손가락이 가리키는 방향으로 약 30분쯤 가면 용매도에 닿는다구."

우리는 할머니의 노고에 보답하려고 얼마간의 돈을 드렸지만 한사코 우리의 성의를 물리쳤다. 우리는 북한 지폐를 도로 주머니에 집어넣었다. 이 돈은 나중에 북한 경제를 교란시킬 목적으로 화폐를 위조하는데 요긴하게 쓰였다. 할머니는 마지막으로 한 마디를 더 하였다.

"이보라구, 다들 무사히 용매도에 들어가면 이제는 연백으로 소나 곡식을 훔치러 오지 말고 그 돈을 요긴하게 쓰라고. 아까 보초를 서던 인민군이 다시 이곳을 지나간 뒤에 뛰어야 시간을 벌 수 있다우."

이 말을 마치기 무섭게 할머니는 휑하니 초승달 속으로 사라져 버렸다. 우리가 숨을 죽이고 있으려니 두 명의 인민군 보초가 우리 머리 위로 지나쳤다. 이때 석동지가 우리를 모아놓고 앞으로의 주의를 주었다.

"갯벌에는 육지의 개울처럼 해변에서 흘러온 물이 흘러가는 갯골이 있으니 조심해서 뛰어야 한다우. 일단 물이 있는 곳은 피하고 보는 게 상책이지요."

석 동지의 주의사항이 끝나자 우리들은 할머니가 가르쳐준 방향으로 무작정 내달렸다. 발이 바닷물에 들어가자 물집이 잡혔던 상처가 소금에 절여지는지 따끔거렸다. 한참 전력 질주했던 우리들은 인민군의 사정거리를 벗어난 것 같아 잠시 숨을 돌렸다.

이때 심장은 쿵쿵 뛰었고 덩달아 맥박 수도 평소보다 두 배는 더 높게 올라갔다. 우리는 지금 더 이상의 속박도 구속도 없는 자유로운 공간지대에 발을 딛고 서있었다. 그동안 김일성 치하에서 제대로 숨도 못 쉬고 먹지도 못하고 생각하는 것마저 통제를 당하며 살았던 것을 생각하니 억울하고 분하였다. 한창 공부하고 친구들과 얘기를 나눠야 할 시기를 감옥에서 썩었다. 나는 강창옥이 니콜스 소령에게 전달하라는 서류들을 등에 메고 혹시나 바닷물에 젖을까봐 한 발짝 한 발짝 조심스럽게 옮겼다.

"석기봉 동지! 벌써 용매도가 보이는 것 아니야요?"

우리들은 어슴푸레한 달빛에 드러난 해안선을 보면서 큰소리로 물었다. 우리 발에 등짝을 밟힌 게들이 왔다 갔다 하면서 우리 발가락을 죽자 사자 물어뜯었다. 발바닥은 조개껍질에 찔린 상처가 욱신욱신 거리며 소금기에 절여지는지 쓰려왔지만 마음은 벌써 용매도에 가 있었다.

그렇게 그리던 자유대한의 품에 안길 생각을 하니 흥에 겨워 춤이라도 추고 싶었다. 전부들 길길이 소리를 지르고 웃으면서 달빛이 비치는 갯벌에서 기쁨을 만끽하였다.

"우리가 한걸음씩 걷고 뛰는 것이 곧 자유를 누리기 위해 한 발짝 다가가고 있는 것이니 어찌 기쁘고 신명나지 않았겠는가?"

발이 무릎까지 푹푹 빠지는 갯벌을 걸어가고 있는데 드디어 멀리서 거무스름하게 섬의 윤곽이 시야에 잡혔다.

"동지들, 이제 다 왔소. 저기가 바로 용매도라요!"

석기봉의 떨리는 목소리를 들으며 우리는 누가 먼저라고 할 것 없이 갯벌에서 손을 잡고 덩실덩실 춤을 추었다. 그때 병기가 꼿꼿하게 서더니 예행연습 삼아 만세삼창을 불러보자고 제안을 하였다.

"대한민국 만세! 대한민국 만세! 대한민국 만세!"

이러면서 눈물을 펑펑 쏟았다. 자유가 손에 들어와서 그랬고 평양에 두고 온 가족이 그리워서 그랬고, 반 김일성의 조직에 가담하였다가 스러져간 동지들이 그리워서 그랬다.

이제는 다왔다는 생각에 힘껏 달렸지만 섬은 모습만 보일뿐 곧 닿을 것 같았지만 의외로 멀리 있었다. 한 30분쯤 더 걸으니 용매도의 깎아지른 듯한 암벽들이 눈앞에 떡하니 버티고 서있었다. 발바닥에는 이미 밀려온 바닷물이 찰랑찰랑 닿았다.

석기봉은 무작정 섬으로 올라가려는 우리들을 제지하며 근심스런 표정으로 섬을 올려다보았다.

"거참, 이상한 일이네. 우리가 오는 것을 보고 확인을 할 텐데 왜 아무런 기척이 없는 걸까?"

석 동지의 말이 끝나자 바위 저편에서 우렁찬 고함소리가 들려왔다.

"정지! 손들엇! 누구냐?"

"첩보대원 석기봉이오."

"오늘밤 암구호를 대라."

"나는 입북한 지 오래되어 오늘의 암구호를 알 수 없습네다."

"소속부대를 대라."

"공군 6004 호크부대 석기봉이오."

"웬 첩보대원이 그리 많은가?"

"첩보대원은 나 혼자고 다른 사람들은 탈출병들입네다."

"우선 혼자만 올라오시오."

석 동지가 바위를 타고 올라가자 세 명의 보초병이 바위 위로 모습을 드러내었다. 그들은 일제히 우리들을 향해 엠원(M1) 총구를 겨누었다. 벌써 바닷물은 우리의 정강이에서 찰랑거리고 있었다. 잠시 후 석 동지의 음성이 다시 들려왔다.

"동지들, 차례로 올라오시오."

아마 석 동지의 신원이 확인된 모양이었다. 일 미터의 간격을 두고 차례로 바위를 타고 올라갔다. 이때 바닷물은 우리의 무사 월남을 축하해주는 것처럼 파도가 되어 바위를 때렸고 괭이갈매기는 우리 머리 위에서 빙글빙글 맴돌았다.

'처얼썩, 처얼썩, 까악까악⋯⋯.'

"다 올라왔습네다."

내가 마지막으로 올라가자 보초병은 내 손을 잡더니 부축해주었다. 그의 손은 따스하고 정이 넘치는 것 같았다.

"다들 수고하셨습니다. 어서 오십시오. 환영합니다."

이렇게 나의 두 발은 살아서 대한민국의 땅을 밟고 선 것이다. 감격에 벅찬 우리들은 석 동지의 선창에 따라 만세 삼창(三唱)을 목이 터져라 불렀다. 아무리 소리 높여 불러도 격한 감정은 누그러지지 않았다.

저마다 얼굴에는 굵은 눈물줄기가 볼을 타고 흘러내려 초소 바닥으로 뚝뚝 떨어졌다. 어둠이 짙게 사방을 감싸고 있는 초소를 떠나 새벽 1시쯤 본부로 들어갔다. 당직 장교가 연락을 받고 나와서 우리들을 맞아주었다. 이것저것 평양의 사정을 유심히 묻더니 장교는 자기 고향이 평양이라면서 쓸쓸한 표정을 지었다.

조금 있으니 김이 몰몰 오르는 차를 내왔다. 몸도 으스스하던 차에 잘 되었다 싶어 한 모금을 마셨더니 씁쓰름한 게 한약 같기도 하고 감초를 넣었는지 달착지근한 게 맛이 참 희한하였다. 이게 뭔지 궁금해서 초병에게 물었더니 커피라는 것이었다. 커피 맛을 태어나서 처음으로 마셔본 우리들은 한두 모금을 마시고 그대로 남겼다.

당직 장교와 이런저런 얘기를 나누고 있는데 벌써 먼동이 터오고 있었다. 긴장감과 불안감이 동시에 풀려버리자 다들 눈꺼풀의 무게를 이기지 못하고 꾸벅꾸벅 졸기 시작하였다.

제5부

오! 자유의 땅, 대한민국

아! 자유 대한의 품에

이때 우리가 신세진 유격부대는 8250 덩키부대였다. 부대원들이 가져다 준 레이션으로 허기진 배를 채우고 있으려니 대위 계급장을 단 사내가 불쑥 문을 열고 들어왔다. 그는 석기봉을 끌어안더니 공로를 치하하였다.

"정말 멋지게 임무를 수행하고 돌아왔구려. 혹 무슨 일이 생기지 않았을까 무척 걱정을 많이 했소."

석기봉은 평소와 다름없이 머쓱한 표정으로 빙그레 웃고만 있었다. 석기봉과 상면을 마친 사내는 일행에게 자기를 소개하였다.

"나는 여러분들을 강화도로 데리고 가려고 온 파견대 부대장 홍성표 대위입니다. 내일 강화도로 출발할 테니 피로도 풀 겸해서 편히 자기 바랍니다."

이 말을 마치자 그는 석 동지를 데리고 밖으로 나갔다. 실로 오랜만에 자유로운 공기를 마시면서 근심 없이 잠자리에 들었다. 그런데 바로 잠이 들지 않고 평양에 있는 가족들의 얼굴이 눈에 밟혔다.
4년 5개월의 긴 형극(荊棘)의 길을 걷고도 이렇게 자유롭게 두 다리
를 뻗고 누울 수 있는 것은 바로 가족들이 도와준 덕분이었다.

눈에서는 하염없이 눈물이 흘러내려 귓전을 적셨다. 이 생각 저
생각에 몸을 뒤척이다 잠이 들었는지 누가 깨우는 소리에 눈을 떴다.

"북에서 나온 사람치고 첫잠에서 스스로 깨어나는 사람은 거의 없
지요. 어떤 사람은 끼니를 두어 번 지나서도 일어날 줄을 모르고 잠
만 자니까 깨워야 합니다. 북에서는 잠도 제대로 안 재우나 봅니다.
허허허."

홍 대위가 북한을 얕잡아 보는 식으로 우스갯소리를 하니 졸음이
저만치 사라졌다.

"자아, 어서들 세면이나 하고 저녁식사를 합시다."

그는 마치 형님이나 삼촌처럼 말을 하여 우리들의 얼어붙은 마음
을 녹여주었다. 이런 대우는 북한 김일성 치하에서는 도저히 상상
도 못하는 것이었다. 간밤에 꿈도 꾸지 않고 몇 년 만에 단잠을 잤던
것 같았다. 더 이상 쫓겨 다닐 일이 없으니 잠자리도 꿈자리도 편했
다. 북괴 철도국원 복장을 입은 채 자고 일어나보니 이건 혼자 보기
에는 아까울 정도로 가관이었다.

간밤에 바닷물에 절은 옷에는 염분이 허옇게 얼룩져 있었으며 옷
이 구겨져서 마치 걸레를 걸친 것 같았다. 우르르 나가서 세수를 하
고 있는데 섬 주민들이 몰려와 손가락질을 하면서 수군거렸다. 흡
사 우리를 보러온 동물원의 구경꾼과 같은 눈빛이었다.

"어젯밤 북한에서 귀순병이 많이 왔다더니 전부 장교들만 넘어왔

나 보네."

"아니 저 사람들이 무슨 맘을 먹고 넘어왔지? 혹시 간첩들 아냐?"

"다들 머리가 긴 걸 보니까 전부 장교가 맞는가보네."

"젊은 장교들이 저렇게 많은 걸 보니 이번 전쟁에서 이북 놈들은 안 다쳤나봐."

우리들이 세수하는 것을 지켜보던 입이 있는 섬 주민들은 저마다 한 마디씩 하였다. 손바닥만 한 섬에 우리가 귀순하였다는 소식이 벌써 좍 퍼졌던 것 같았다. 발 없는 말이 천 리를 간다는 진리를 새삼 깨닫게 되었다. 하도 수군거리자 응용이가 나섰다.

"여보시라요. 우리들은 인민군이 아니야요. 괜히 위장하느라고 인민군복을 입고 넘어온 거야요. 간첩도 아니라요."

응용이 입에 치약 거품을 묻힌 채 웃으면서 해명하였다. 응용이 웃는 모습을 보고 우리도 따라서 웃었다. 그랬더니 주민들은 아주 신기하다는 투로 말을 하였다.

"어마, 인민군들도 웃을 줄 아나봐! 참 재밌다."

그들은 우리를 동물원의 괴상한 짐승을 구경하듯이 쳐다보고 있었다. 주민들의 눈빛을 보면서 우리에 갇힌 동물이 된 것 같은 착각이 들었다.

일행이 세수를 하고 방으로 들어오니 제법 근사한 파티상이 차려져 있었다. 우리가 어리둥절해 하자 홍 대위는 밝은 얼굴로 우리들의 손목을 끌어다 자리에 앉혔다.

"오늘밤 특별히 동지들의 성공적인 월남을 축하해주려고 조촐하게 장을 봐왔습니다. 자 함께 맛있게 듭시다."

밥상 위에는 그동안 듣도 보도 못했던 갈비구이와 생선찜, 햄과 치즈, 수박 같은 음식들이 잔뜩 올라 있었다. 아직도 전쟁은 끝나지 않았는데 이런 걸 어디서 구했는지 신기하였다. 김일성 공산당 치하에서 '반동분자, 종파분자, 간나새끼' 같은 욕설만 수도 없이 듣다가 이렇게 정성들여 차려준 파티상을 마주하니 가슴이 뭉클하였다.

홍 대위의 환영사를 들으면서 우리는 몇 번이고 눈시울을 붉혔다. 술이 몇 순배 돌아가고 각자 자기소개를 하면서 젓가락 장단에 맞춰서 노래도 불렀다. 지난 5년여 동안 험한 욕과 고문을 받았는데 이런 환대를 받으니 꿈속에서 헤매는 것 같았다. 정말 유쾌하고 즐거운 밤이었지만 거기에 비례하여 마음 한구석에는 구멍이 뻥 뚫려 있었다. 고향의 친지와 가족들을 생각하면 맛있는 음식이 목구멍으로 넘어가지 않았다. 우리들의 마음을 읽은 홍 대위는 과거 경력을 화젯거리로 삼아서 기분 전환을 시도하였다. 돌아가면서 고통스러웠던 시간들을 들어보고는 함께 분개해주었다. 그러니 적개심과 증오, 복수의 감정이 부글부글 끓어올랐다. 이때 홍 대위는 주위를 둘러보더니 파티를 이만 끝내자고 말하였다.

"자, 오늘 첩보수집은 다음에 더 하고 우리 잠꾸러기 동지들을 잠이나 더 재웁시다."

우리의 기분이 가라앉아 파티는 약간 싱겁게 끝났지만 남한에서 뭔가 깊은 정을 느끼는 계기가 되었다. 아직 피로가 덜 풀린 데다 한 잔을 마셨더니 곧바로 잠에 떨어졌다. 곤하게 자고 일어나니 다음 날 아침이었다.

아침 식사를 하고 홍 대위의 인솔로 배를 타고 강화도 호크부대로 향하였다. 50톤급의 배안에는 무전기와 감청장비, 캘리버 50 기관총, 곡사포 등의 무기가 제대로 실려 있었다. 더 놀라운 것은 이 배에 구라망 엔진을 달아 시속 100킬로미터의 고속으로 달릴 수 있다는 것이다. 바다에서 100킬로미터는 육지에서 300킬로미터에 버금가는 속도였다. 이래서 공군 정보대를 배를 타는 공군이라고 부르게 되었다. 배에 있는 널찍한 식당에서 점심을 먹고서 갑판에 나와 있는데 응용이 안색이 별로 좋지 않아 보였다. 그가 내게 다가오더니 나지막하게 저쪽으로 가서 얘기 좀 하자는 것이었다. 응용이가 갑판에서 배를 구경하고 있는데 갑판원 두 명이 우리와 관련된 말을 하는 것을 들었다는 것이다. 무심코 들었지만 우리에게 그리 좋지 않은 내용이라는 것이었다. 약간 턱수염이 길게 난 녀석이 깐족거리더라는 것이었다.

"쟤들, 북에서 넘어온들 무슨 팔자가 펴겠나. 보나마나 고생문이 훤하게 열리겠지. 며칠 동안 심문에 시달리다가 곧장 이북으로 다시 보낼 텐데 뭐."

"이보라구. 자네가 뭘 안다고 그런 소리를 하나. 저 사람들이 어디에 쓸지는 위에서 결정할 걸세. 허튼소리는 집어 치우게."

경상도 사투리를 진하게 쓰는 사내가 면전에서 그를 핀잔하였다.

"이봐. 그게 무슨 소리야. 뻔 한 일을 두고 얘기하는 건데. 자네나 나나 어디 한두 번 본 일인가."

"그건 그렇지만 괜히 경솔하게 우리가 아는 체 할 일이 아니지 않은가. 그만 입을 좀 닫아두게."

응용이의 말을 들어보니 대충 이런 내용이었다. 이 말이 사실이라면 앞으로 우리는 이용만 당하다가 용도 폐기되는 게 아닐까 하는 걱정이 앞섰다. 남한에 대한 사정을 전혀 모르고 있던, 특히 군대에 무지했던 우리들은 불안에 휩싸였다. 여하튼 우리는 육지에 닿은 다음에 형편을 봐서 대응하기로 하고 입조심하기로 하였다.

배가 5시간 쯤 달리더니 우리를 강화도에 내려주었다. 강화도는 생각보다 큰 섬이었다. 바로 호크부대로 이동하여 로버트 김 부대 장에게 인계되었다. 로버트 김은 50초반의 한국인 2세로 니콜스 소령의 직속 부하였다. 그의 표정과 언행에서 아주 날카로운 인상이 풍겼다. 별다른 말이 없이 무뚝뚝하게 구는 그의 태도에서 위압감이 느껴졌다. 배에서 응용이에게 들은 심상치 않은 말까지 겹치면서 불안하여 몸을 웅크렸다. 석기봉은 자기 부대에 도착하자 친구인 노평헌을 데리고 막사로 돌아갔다. 우리 다섯 명만 남아서 저녁식사를 하였다. 안남미로 지은 밥 한 공기에 반찬은 새우젓 한 가지뿐이었다. 융숭한 대접을 해주다가 우리끼리만 밥을 먹는데 반찬이 새우젓 한 가지라는 게 이상하였다. 아무래도 우리들을 차별대우하는 것 같았다.

아무튼 배가 고파서 밥을 꾸역꾸역 먹었다. 식사를 대충 마치고 북한에서 입고 온 군복과 소지품을 반납하고 민간인 의복을 받았다. 철도국원 복장을 평복으로 갈아입는 것까지는 좋았지만 화폐를 교환하는 데서 문제가 생겼다. 그때 북한 화폐를 꽤 소지하고 있던 우리들은 한국 화폐로 환전해달라고 하였지만 로버트 김은 아무 말도 없이 화폐와 모든 소지품을 압수하였다.

나는 배에서 들은 불길한 이야기를 떠올리면서 신경이 날카로워졌다. 우리 5인은 푸대접에다가 의견이 무시되고 있어 더는 참을 수가 없어 우리대로 살 길을 찾아보기로 하였다.

우리는 기회를 보아 강화도에서 탈출하기로 의견을 모았다. 서울로 가서 요로(要路)에 찾아가 우리들의 처지를 알리고 정당한 권리를 찾아보기로 하였다. 아침 일찍 일어난 우리들은 강화도 선착장을 찾아갔다. 이미 넘겨준 서류들은 포기하고 미처 넘기지 않은 서류들만 챙겨서 작은 보자기에 꾸렸다. 안전하게 우리의 신분을 보장해줄 곳을 찾아서 강화도에서 탈출하기로 하였다.

인천으로 가는 연락선을 타려고 강화도 선착장으로 나왔지만 배표를 살 돈이 한 푼도 없었다. 나중에 꼭 갚을 테니 공짜로 배를 태워달라고 선장에게 간청했더니 우리 몰골을 보더니 그러라고 하였다. 이렇게 해서 남한에 와서 처음으로 무전여행을 하였다. 막상 아침도 굶고 대여섯 시간을 항해하니 멀미 때문에 녹초가 되었다. 이때 웬 30대 초반의 젊은이가 우리에게 말도 건네고 먹을 것도 나눠주었다. 인천항에 도착하여 배에서 내렸지만 막상 갈 데가 없어서 서성거렸다. 그러면서 머리를 맞대고 의논한 결과 흥남에서 알았던 CIC특무대 공병익 부대장을 찾아가기로 하였다. 인천 시내로 나와 물어물어 특무대로 가서 공병익 부대장을 찾았지만 그를 안다는 사람은 아무도 없었다. 너무 피곤하고 낙담이 되어 어정쩡하게 행동하니까 함 대위라는 사람이 신분증을 내놓으라고 하였다. 우리는 너무 당황하여 횡설수설했더니 그는 다짜고짜 우리들을 영창에 집어넣었다. 졸지에 유치장에 감금된 우리들은 얼이 쏙 빠졌다. 대한민국에서 죄를 지은 일은 없으니 배짱으로 버티기로 하였다. 잘못

377

이 없으니 곧 풀려날 것으로 극히 순진하게 생각하고 있었다. 우리가 북괴의 감옥에서 천신만고 끝에 살아난 다음에 방첩부대 공병익부대장 휘하에서 현지 입대한 특무대원으로 애국지사의 사체 발굴과 치안유지 작전을 전개했던 사실을 인천특무대 책임자에게 말하면 풀려날 줄 알았다. 우리 5인은 감금된 채 함 대위의 취조를 받게 되었다. 우리가 지난 과정을 소상하게 설명하고 있는데 함 대위는 벼락같이 따귀를 갈겼다. 그러고는 버럭 성질을 내면서 고함치는 것이었다.

"야, 이 새끼덜아. 나도 '38 따라디'야. 때늦게 기어들어온 놈덜이 무슨 수작이 그렇게 많어. 너희들은 간첩일 소지가 농후한 놈들이야. 바른대로 다 불라우."

다른 말은 다 알아듣겠는데 '38 따라디'라는 게 무슨 소린지 도통 알 수가 없었다. 뭐라든지 우리들은 전시의 특무대원이었다고 굽힘 없이 누누이 설명을 하였다. 김일성의 콩밥을 먹던 시절에 이미 호된 매에는 이골이 나 있어서 이 정도는 그리 겁나지 않았다. 공병익부대장을 만나게 해달라며 행방을 자꾸 물었더니 제주도 특무대에 있어 연결이 안 된다는 것이었다. 정말 기가 막혀 말문이 닫혀버렸다.

여기서 갖은 굴욕을 겪으면서 자유대한으로 찾아온 보상이 고작 이런 것이었나 하는 회의마저 들었다. 사정없이 매를 맞으면서도 계속 같은 소리를 반복하자 함 대위는 그만 질려버렸는지 더는 말이 없었다. 그는 우리를 인천해안경찰서로 이첩했다. 그 이유는 우리의 신분이 민간인이었기 때문이었다. 애초부터 민간인인 우리를 경찰서로 넘기지 않고 실컷 때리고 나서 넘기는 것은 어느 나라 법이란 말인가?

이러니 대한민국도 별 수 없는 곳이다 싶으면서 여간 실망스러운 게 아니었다. 유치장에 갇혀서 주먹밥을 얻어먹고 있으려니 흥남교화소가 생각났다. 빨갱이 치하에서 지겹도록 감옥살이를 했는데 대한민국으로 와서까지 영창에 갇혀있다는 게 치욕이었다. 우리의 처지를 생각할수록 억울하고 분통이 터졌다. 별다른 심문도 없이 구금하는 처사를 도저히 이해할 수가 없었다. 아무런 대책도 없이 영창에 갇혀 있는데 웬 덩치 큰 양코배기 장교가 공군사병과 통역을 대동하고 해양경찰서로 들이닥쳤다. 이들은 오자마자 우리들의 신병을 확인하고 해양경찰서장과 인천특무대 책임자를 불러서 그 자리에서 문책하였다.

이 양코배기 장교는 도널드 니콜스라는 사람으로 미 공군 첩보대의 지휘관이었다. 강창옥이 평양에서 만나라고 한 그 인간이었다. 그는 우리를 찾으려고 전국에 수배령을 내렸다는 것이다. 그는 우리들을 자기에게 인계하지 않고 무작정 감금했느냐고 버럭버럭 소리쳤다. 그래서 막대한 시간과 인력의 낭비가 초래했으며 적시에 첩보를 활용하지 못해 전투에 손실이 일어났다는 것이었다. 그는 이렇게 되기까지 책임선상에 있던 공무원들을 호통치고 징계를 내렸다는 얘기를 나중에 들었다.

이들 첩보부대가 우리들을 혈안이 되어 찾은 이유는 우리가 들고 넘어온 첩보문서 때문이었다. 니콜스 정보대장은 이미 외사촌 강창옥이한테서 극비 첩보문서를 보냈다는 전문을 받아 기다리고 있었다.

니콜스 정보대장이 기다리고 있던 가장 중요한 문서는 국군포로 명단으로 기기에는 200여 명의 위장 전향한 포로들의 이름이 **빼꼭**하게 들어있었다. 이 명단도 다른 문서와 마찬가지로 우리들만이 해독할 수 있는 난수표로 되어 있었다. 북한은 우리 국군 포로들 가운데 일부 인원을 포섭하여 **빨갱이** 사상을 주입시킨 다음 포로수용소에 다시 집어넣었다. 이들 포로 첩자들은 수용소의 포로들의 동태를 감시해서 보고하다가 포로들이 송환될 때 대거 이남에 침투하여 간첩 활동을 하도록 교육을 받았다. 이렇게 중대한 명단을 저들은 도저히 알아낼 수 없었고 인계된 다른 문서도 해독할 수 없어 그림의 떡이었다. 그래서 니콜스는 우리를 찾느라고 사방을 다 뒤졌다는 것이다.

게다가 전쟁이 계속되고 있어 이런 포로첩자들이 소속부대에 침투하여 작전기밀을 계속 **빼돌리고** 있어서 색출작업 또한 시급하였다. 평양에서 강창옥으로부터 들은 니콜스와는 약간 다르게 느껴졌지만 아주 인상적이었다. 100킬로그램이 넘는 거구였지만 냉철하고 엄격한 눈빛을 띠고 있었으며 목소리는 쩌렁쩌렁 울려서 감히 범접할 수 없을 정도로 위엄이 있었다. 또 매사에 믿는 구석이 있었는지 자신감이 넘치고 있었다.

니콜스 통역은 주명억 대위가 맡고 있었다. 주 대위는 우리 5인에게 공군복과 군화를 주고 견장까지 달아주며 서울로 간다고 미리 귀띔하였다. 나흘을 지독한 수모와 굴욕을 당하고 있을 때 니콜스가 등장하여 우리를 구해주니 더 없이 반가웠다. 평양이 고향이라는 주 대위의 따뜻한 환대도 우리의 마음을 녹여주었다.

미 공군 복장으로 갈아입은 우리 5인은 랜드로버 지프 2대에 나눠

타고 한강을 건너갔다. 도도하게 흐르는 강물을 바라보니 고향의 대동강이 연상되었다. 또 어머니와 동지들의 서글픈 이별을 떠올리면서 고개를 하늘로 치켜들었다. 서울은 9.28 수복 이후 열 달이 지났건만 종잇장처럼 구겨진 한강다리는 여전히 자동차와 사람의 출입이 통제되고 있었다.

서울로 향하다

"이 세상에 낯선 곳이란 존재하지 않는다. 낯선 것은 단지 사람들일 뿐이다."

나는 이런 상상을 하면서 태어나서 처음으로 서울시내로 들어갔다. 전시였기 때문에 서울도 평양과 별반 다를 것이 없었다. 폭격으로 무너진 집들은 처참할 정도로 시커멓게 그을려 있었고 단지 평양은 유엔군의 폭격으로, 서울은 북괴의 공습으로 파괴되었다는 점만 서로 달랐다.

우리를 태운 지프는 한강을 건너 화신백화점 뒤에 있던 중앙여고로 들어가 멈추었다. 전시라서 공군 20특무전대가 여학교 건물을 통째로 이용하고 있었다. 주 대위를 따라서 니콜스의 집무실로 들어갔다. 그는 커피, 초콜릿, 콜라, 밀크, 과자 등의 다과를 베풀면서 담배도 권하였다. 커피는 이미 용매도에서 맛을 봐서 알고 있었지만 시커먼 간장 빛이 나는 거품이 부글부글 일어나는 음료수는 도대체 정체를 알 수가 없었다. 병기는 하도 궁금했던지 물었다.

"이거이 술입네까?"

먼저 병기가 한 모금 마시자 주 대위가 빙그레 웃으면서 음료수라고 대답하였다. 나도 조심해서 그 음료수를 마셔보니 탄산가스가 톡 쏘는 맛이 꼭 술 같은 느낌이었다. 한 조금 마시더니 더 이상 마시지 않는 것을 보고 주 대위는 이번에는 우유를 권하였다. 이것 역시 한 모금 입에 대니 비린내가 나서 역겨웠다.

여하튼 구원자를 만나 대접을 후하게 받기는 했는데 도무지 정신이 사나워서 머리가 빙빙 돌 것 같았다. 남한에 와서도 우리들의 뺨은 구타에 무방비로 노출이 되었다. 내 뺨은 내 것이 아니라 남한의 것이었다. 공권력은 국가에서 나오니까 내 뺨은 국가 소유였다. 그들은 취조하면서 분풀이하듯 수시로 내 뺨을 올려붙였다.

그런데 오늘 갑자기 칙사 대접을 받고 있으니 세상이 어떻게 돌아가는 심산인지 종잡을 수 없었다.

니콜스 소령은 무심한 표정으로 말없이 앉아 있으니 우리들도 그의 얼굴만 쳐다보고 있었다. 주 대위는 니콜스는 우리 5인이 공군에서 첩보요원으로 활약해주기를 바란다는 뜻을 전했다. 우리 5인과 주 대위 그리고 니콜스가 있었지만 자유로운 분위기에서 서로 의견을 나누었다. 니콜스는 한국말을 전혀 하지 못하는 것 같았다. 눈만 껌벅이던 응용이가 답답했던지 오랜만에 입을 열었다.

"자, 가만히 며칠을 지내보니 남한도 보통 복잡한 곳이 아닌 것 같네. 그런데 저런 양코배기 작자에게 우리를 맡길 순 없디 않갔어?"

이때 병기가 심드렁하게 맞장구를 쳐주었다.

"그렇지. 그 말이 맞는 것 같아. 우리는 아무래도 한국군 부대나 관계기관으로 보내달라고 해야디. 잘못하다간 영창귀신 되기가 똑 알맞아."

우리는 저마다 마음에 있는 의견을 터놓고 지껄였다. 이렇게 니콜스의 제안을 거절하기로 합의하였는데 그는 시종 알아듣지 못하겠다는 표정으로 눈을 크게 뜨고 우리를 지켜보았다. 이렇게 앉아있는 니콜스를 보고 병기가 빈정거리는 투로 말을 하였다.

"앙이 데 양코배기는 뭐이가 데렇게 좋다고 웃고 있는 거디?"

병기는 니콜스가 우리말을 전혀 알아듣지 못하는 걸로 보고 능청맞게 웃어주었다. 주 대위도 우리가 하는 대로 가볍게 웃어넘겼다. 병기의 평안도 사투리의 의미를 알고 있었다.

주 대위가 우리의 뜻을 니콜스에게 전해주자 그는 주 대위를 데리고 밖으로 나갔다. 우리는 어찌해야 좋을지 몰라 처분만 기다리며 우두커니 앉아 있었다. 그때 공군 사병 들이 들어와 한 사람씩 데리고 나갔다. 무슨 꿍꿍이 속인지 도무지 알 수가 없었다.

매일 도깨비에 홀려 살고 있는 것 같았다.

마지막으로 나도 따라 나가니 건물 한쪽 구석으로 영창문이 나왔다. 사병들은 내가 입고 있던 공군 복을 다 벗기더니 러닝셔츠와 팬티 바람으로 다시 영창으로 밀어 넣었다. 그러나 저녁식사로 갈비찜까지 곁들인 푸짐한 밥상이 들어왔지만 음식이 목구멍으로 넘어가질 않았다.

도대체 시시각각 팔자가 천당과 지옥을 오가니 도무지 정신을 차릴 수가 없었다. 금세 칙사 대접을 했다가 바로 영창에 가두는 등 번

갈아가며 괴롭히는 이유가 무지하게 궁금하였다. 영창에 들어가서 그 이유를 곰곰이 생각해봐도 오리무중이었다.

내 모습이 처량해 보였던지 옆에 쭈그리고 있던 사람이 먼저 말을 건네었다. 퍼뜩 정신 차리고 둘러보니 나아 같은 처지의 사람이 네 명이 더 있었다. 이 영창은 공군 20특무전대 감찰실 부속 영창으로 자신들도 군인이라고 밝혔다.

나는 만사가 귀찮고 어지러워서 말도 하고 싶지 않아 입을 꾹 다물고 있었다. 이들은 계속해서 나의 죄명과 신상에 대해 알고 싶어 했다. 자꾸만 말을 시켜서 대충 나의 신상을 밝혔더니 이들은 크게 웃으며 떠드는 것이었다. 영문도 모르는 나는 빤히 이들을 쳐다만 보고 있었다. 이들은 요란스런 웃음을 멈춘 뒤 나에게 점잖게 충고하였다.

이 감방 선배들의 말을 들어보니 니콜스는 자기가 결정하고 마음 먹은 일은 어떤 수단과 희생을 감수하더라도 기필코 이루고야 마는 성격이었다. 어쨌든 그의 요청은 거절해서는 안 된다는 것이었다. 그 중 나이가 가장 많이 들어 보이는 사람이 내 귀에 대고 조용히 말을 하였다.

"여보시오, 니콜스는 유엔군부의 막강한 실력자라고 합니다. 또 미국 대통령과도 직접 통화하는 사이라니까 어지간하면 그 밑에 들어가서 근무하는 게 신상에 좋을 겁니다."

나는 이들의 충고를 들으면서도 얼른 감이 오지 않았다. 그저 다른 영창으로 들어간 동지들의 소식이 궁금했지만 어디 알아볼 데가 없었다. 이렇게 불과 닷새 만에 온탕과 냉탕을 전전하면서 나는 시장에 나온 촌닭처럼 얼이 빠져 있었다. 영창에 들어간 지 일주일쯤 되었을 때 갑자기 고위 장교가 시찰을 나왔다고 쓸고 닦으면서 술렁거렸다. 내 앞에 니콜스를 비롯하여 공군 장교들이 별을 뽐내며 나타났다. 말 그대로 별들의 행진이었다. 영창에서 미 공군의 별들을 본다는 것도 어지간해서는 있을 수 없는 사건이었다. 대충 눈대중으로 세어보니 별만 15개가 넘었다. 무궁화는 별들에게 치어 존재가 미미하였다.

영창을 휘휘 들러보면서 시찰하던 장교들은 내 앞으로 다가오더니 걸음을 멈추었다. 니콜스는 웅크리고 있는 나를 보자 반색을 하였다. 언제는 영창에 집어넣더니 이제 와서 반가운 표정을 짓는 것은 무슨 짓거리인지 은근히 부아가 치밀었다. 나는 그가 웃는 모습이 보기 싫어 벽쪽으로 얼굴을 돌렸다. 이때 그는 옆에 있던 경비병에게 나를 꺼내주라고 명령하였다. 나는 사흘째 설사를 하고 있어 눈이 퀭하였다. 나는 니콜스의 명령으로 영창에서 풀려났다. 그는 감찰실 장교들에게 몇 마디 야단을 치더니 나를 자기 사무실로 데리고 갔다. 거기서 어정쩡하게 서있으니 다른 영창에 감금했던 동료들이 차례로 들어왔다. 그는 벌거벗고 있는 우리에게 공군 군복을 입으라고 주었다. 우리는 별 낮도깨비 같은 일도 다 있다면서 옷을 주섬주섬 걸쳤다. 사병들이 조용히 사라지고 다시 우리 5인만 남았다. 나를 데리고 왔던 니콜스는 밖으로 나간 뒤 돌아오지 않았다. 병가의 말을 들어보니 나처럼 영창에 한 명씩 떨어져 갇혀 있었다고 한다. 감방안의 선배인 죄수들은 니콜스가 무서운 사람이라고 겁을 주더라는 것이다.

이쯤에서 곰곰이 되새겨 보니 우리를 영창으로 보낸 게 고도의 작전인 것 같다는 생각이 들었다. 우리를 회유하려고 미리 가짜 죄수들을 영창에 넣은 것이었다. 동료들이 영창에서 들은 니콜스의 신상을 종합한 결과 유력자인 것만은 틀림없었다.

그의 집안은 유수한 명문으로 그의 형제들은 정계에 진출하여 상하원 의원을 지내기도 했는데 유독 니콜스만 문제아가 되었다는 것이다. 못된 짓만 골라서 하던 그가 텍사스의 은행을 털려다가 잡혔다는 것이다.

그 후 사면의 조건이 한국 첩보부대에서 근무하는 것이었다고 한다. 그는 한국과 인연을 이렇게 맺게 되었다는 것이다. 이것은 믿거나 말거나 한 이야기였지만 그렇게 믿는 것이 편할 것 같았다. 진실을 가려내는 일은 개인의 신상과 관련해서 에너지만 허비하는 것이었기 때문이었다. 얼마 있으니 주 대위가 다시 들어오더니 생각 좀 해봤느냐면서 싱글싱글 웃었다.

"주 대위님, 또 우리를 발가벗겨 개디구 영창에 보낼 차렙니까?"

웅용이가 인상을 쓰면서 퉁명스럽게 대꾸하는데 바로 니콜스가 들어왔다. 그는 이번에는 험상궂은 표정은 가시고 얼굴에 웃음을 띠면서 사과부터 하였다.

"여러분, 그동안 내 불찰로 인해 고생 좀 했습니다. 정말 미안하게 되었소."

니콜스가 우리말을 유창하게 술술 하자 우리는 그 자리에서 얼어붙은 것처럼 꼼짝할 수가 없었다. 눈을 크게 뜨고 떡 벌어진 입에서는 '아!' 하는 탄식이 흘러나왔다. 저렇게 우리말을 잘하는데 그 앞에서 '양코배기'니 '저 인간'이니 하면서 미주알고주알 우리들의 속내를 다 보였던 것이다. 얼굴이 화끈거려 도저히 그를 똑바로 쳐다볼 수가 없었다. 우리는 니콜스의 치밀한 작전과 계략에 그저 감탄하였다. 우리는 그만 니콜스의 기습작전에 말려든 것이다. 그는 우리보고 어디에서 근무하든 김일성의 공산당을 잡으면 되는 게 아니냐면서 설득하였다. 사실 그건 맞는 말이었다. 이렇게 해서 우리는 니콜스의 부하가 되었고 급속하게 가까워 졌다. 나는 그제야 강창옥이 준 북한의 관공서, 무기고, 비행장, 군수공장의 좌표가 그려진 5만분의 1 지도를 그에게 전했다.

이걸 보더니 그는 인생역전의 기회라도 잡은 것처럼 얼굴색이 변하였다. 그는 내 손을 잡더니 "탱큐 베리 머치. 유 해브 더 베스트 초이스. 유어 마이 프렌즈."라고 되풀이 하면서 기뻐하였다. 또 강창옥이 평양에서 조직한 대한민국 통일촉진대 대원들의 명단도 넘겨주었다. 이것은 암호로 되어 있어 나밖에는 해독할 수밖에 없었다. 나는 니콜스에게 대한민국 통일촉진대의 평양 조직원들과 이들에게 무기를 공급하여 김일성 공산당 정권을 전복할 계획을 세웠다는 사실을 보고하였더니 선뜻 동의해 주었다.

"나는 당신들의 생각에 전적으로 동의합니다. 아낌없이 지원할 테니 구체적인 계획을 세워서 제출하십시오, 본격적으로 추진해봅시다."

"미스터 니콜스, 우리의 계획을 실행하려면 극복해야할 난관이 많이 있을 겁네다. 그러니 끼니 우리들이 자유로이 복무할 수 있게끔 별도의 첩보부대를 창설했으면 합네다."

나의 당돌한 제안을 듣더니 그는 잠시 고개를 왼쪽으로 꼬고 깊게 생각하는 척하더니 동의해주었다. 여기까지 채 3분도 안 걸린 것 같았다.

"좋소. 당신들이 독립적으로 활동할 수 있게 최대한 지원을 해주겠으니 부대 명칭이나 인원, 사업계획서, 경위보고서를 주 대위와 상의하여 만들어 제출하시오."

그는 듣던 대로 파워도 있고 추진력이 대단한 사람이 틀림없어 보였다. 아무리 우리가 필요하다고 해도 예산과 장소, 조직의 관계 등을 위에 보고하고 결제를 받아야 하는데 즉석에서 허락하니 우리는 크게 놀랐다. 한편으로는 여기서 허락하고 내일 딴 소리를 하는 게 아닐까 하는 불안감도 있었다. 어찌 되었든 시원시원하게 결정을 해주어 다행이었다.

"참, 당신들 부대 명칭을 '제3지대'라고 하는 게 어떻겠소? 여하튼 당신들이 부대를 창설하게 되면 어느 기관에도 예속되지 않는 나만의 직속부대로 둘 테니 분투해주기 바랍니다."

그는 우리를 보고 씽긋 웃어주고는 나가버렸다. 우리 평양 동지 5인의 동지들은 그가 나가자 일어서서 하이파이브를 외쳤다.

이글부대 창설과 재 침투

다음 날 우리들은 주 대위의 안내로 종로구 원남동의 수산물검사소에 있는 미 공군 심문학교에 입교하여 6주간의 단기 첩보교육을 받았다. 하루하루가 꽉 짜인 빡빡한 일정이었지만 우리들은 이제 어엿한 미 공군 첩보부대의 첩보요원이 된다는 자부심에 고된 훈련을 잘 견디었다. 그런데 교육이 거의 다 끝나갈 즈음 밤 8시경 심문학교에 갑자기 요란한 총성이 울려 퍼졌다. 40여 명의 공군 사병들이 카빈 소총으로 대응사격을 하고 있었다. 우리들은 사선을 넘나들면서 숱하게 많이 전투장면을 보고 겪었기에 이것은 애들 장난처럼 느껴졌다.

길을 가던 행인들은 총소리에 놀라 이리저리 몸을 숨기느라 아비규환(阿鼻叫喚)이 되었다. 조금 있으니 정체불명의 남자 두 명이 피를 질질 흘리면서 연병장으로 끌려왔다. 이들은 경비병의 총에 맞긴 했지만 치명적인 상태는 아닌 것 같았다. 나중에 알게 되었지만 이들은 김일성이 보낸 남파공작원으로 미 공군 심문학교를 폭파하라는 지령을 받고 왔던 것이다.

우리 미 공군 신문학교 요원들의 자체 방위와 별도로 니콜스 부대 경비병들이 경비를 서고 있었는데 심문학교 건너편에 있는 일본식 건물에 수상한 괴한들이 어른거리는 것이 탐지되었다.

경비병들은 며칠을 잠복하고 있다가 이들을 덮쳤는데 이들은 니콜스의 지프가 들어가자 개머리판이 없는 소련제 시모노프 소총으로 무차별 선제 사격을 했다. 그날 니콜스는 기적적으로 피살 위기를 모면하였다.

공군심문학교 요원들은 기민하게 대응 사격을 하여 이들 두 명을 생포하였다. 다행히 니콜스 부대원들은 물론 기간병들은 털끝 하나 다치지 않았다. 이 사건은 전쟁에는 전방도, 후방도 없다는 진리를 깨닫게 해주어 철저히 경비를 강화하는 계기가 되었다. 나중에 심문을 통해서 이들은 '공군 심문학교 폭파, 니콜스 정보대장 암살, 남한으로 귀순한 김인호 일당 암살'이라는 3대 임무를 부여받고 내려온 남파공작원이었다.

김일성은 니콜스에게 북한의 극비첩보가 계속 전달이 되고 있다는 것을 알고 화가 머리 끝까지 치밀고 있었다. 그런데 평양 출신의 반동분자 5명이 니콜스 휘하에 들어갔다는 정보를 알고 길길이 뛰었다는 것이다. 그 후 김일성은 우리가 일차로 탈출하고 또 재침투하였다가 탈출할 때 검문과 60여 명을 총살했다는 것이었다. 나는 비극적인 첩보를 이듬해 6월에 들었다.

우리가 교육받은 공군 심문학교는 민간인들은 알 수 없는 비밀교

육기관인데도 남파간첩들이 용케도 알고 접근한 것은 남한의 **빨갱이**들이 제보를 했기 때문이었다. 이후 공군심문학교에는 어느 누구도 접근할 수 없도록 경비를 강화하고 군부대라는 것을 나타내는 흔적은 하나도 남기지 않고 모두 제거하였다.

하루에 한 번씩 주 대위는 심문학교에 들러서 우리들이 교육받는 현장을 보고 갔다. 우리들이 하루가 다르게 군인답게 변하는 과정을 체크하고 격려를 해주고 돌아갔다. 드디어 심문학교를 졸업한 우리들은 니콜스의 따뜻한 격려의 말을 들으며 부대 창설 작업을 의욕적으로 착수하였다. 우리는 맹금류의 황제인 독수리를 닮아야 한다는 의미에서 부대 명칭을 '이글부대'로 정하였다.

다른 필요한 장비들은 공군에서 지급받기로 하고 서해안 교동도(喬桐島)를 창설 부대의 기지로 정하였다. 교동도에서는 우리가 넘어온 연백평야가 바다 너머로 바라보이는 곳이었다.

이글부대의 병력 규모는 차차 정하기로 하고 니콜스에게 일차 보고를 하고서 교동도로 들어가기로 했다. 우리들은 교육 이 끝나고 며칠간의 여유가 있어 오랜만에 휴식을 넉넉하게 취하였다.

우리가 교동도로 떠나기 전날 밤에 니콜스가 면담을 하자는 연락이 왔다. 그의 집무실로 들어갔더니 집기가 생각보다 검소하였다. 이날 그는 우리에게 처음으로 작전명령을 내렸다.

"당신들이 가지고 온 보고서를 분석해보니 평양의 아지트와 조직원들의 체계적인 기반과 효율적인 운영을 위해서는 당신들 중 몇 명이 평양으로 재침투하여 언제라도 움직일 수 있게 정비하고 와야겠소. 다른 의견이 있으면 말해보시오."

사실 우리도 이런 일이 있을 것으로 예상은 하고 있었지만 짐도 풀기 전에 재침투 지시가 떨어지니 앞이 안보였다.

"물론 적지에서 탈출하자마자 당신들을 재침투시킨다는 것이 야박한 줄은 알지만 작전상 불가피한 일이니 그렇게 이해주길 바라오."

막연히 언젠가는 이런 일이 있겠지 생각하고 있었는데 일이 막상 눈앞에 닥치니 당황스러웠다. 그는 이제 구체적으로 작전을 지시하고 있었다.

"당신들 가운데 두 명은 평양으로 재침투해야 하겠소. 당신들만큼 최근 북한 실정에 익숙하고 이상적인 조건을 갖추고 있는 요원을 찾을 수 없어 부득이하게 내린 결정이니 따라주기 바라오. 그리고 서로 의논하여 3일 안에 내게 보고해주기 바라오."

그는 찬바람이 부는 것처럼 횅하니 나갔다. 거기서 나와 막사로 돌아오는 발에 쇳덩이를 단 것처럼 발걸음이 무거웠다. 너무 갑자기 명령이 떨어지니 침통해서 말이 안 나왔다. 생각만 해도 몸서리쳐지는 적지에서 탈출한지 두 달 만에 다시 침투하려니 죽기보다 싫었다. 그 지옥 같은 곳으로 누가 선뜻 들어가겠다고 나서겠는가? 우리는 아무 말도 없이 속을 끓이면서 하룻밤을 지냈다. 니콜스가 우리에게 준 시간은 48시간이 남아 있었다. 누구 하나 이 문제를 먼저 입 밖에 내려 하지 않았다. 밤이 되니 응용이가 결심을 굳힌 듯 무겁게 입을 떼었다.

"내레 도루 피양으로 가갔어. 그러니 끼니 날래 한 명만 더 나오라우."

배 타는 공군이라는 별명을 얻게 된 대성호

나는 응용이의 과감하고 도전적인 결단에 부끄러워서 얼굴을 들수가 없었다. 다시 침묵 속에 또 하루가 지나갔다. 밤새 곰곰이 생각하고서 나는 결심을 굳혔다. 사흘째 되던 날 나는 다시 한 번 더 결심을 하고 내가 평양으로 가겠다고 지원하였다. 그랬더니 모두들 눈을 동그랗게 뜨고 멀뚱멀뚱 쳐다만 볼뿐 말이 없었다.

"내레 가갔어! 응용이하고 같이 피양에 갔다 오갔단 말이야. 이제는 초상난 얼굴들을 고만 치우라우."

아무 말 없이 내 얼굴을 빤히 쳐다보고 있던 응용이가 벌떡 일어나 소리쳤다.

"안 돼, 안 돼. 와들 이라는 기야. 인호 오마니 덕분에 대한민국 땅에 발을 디뎠는데 은혜를 이따우로 갚아야 한단 말이가? 동지들 정말 너무 하외다. 인호래 외아들이라 손도 끊어지는 판에 내레 인호랑 가야디 된다면 나도 못가갔어."

응용이의 상기된 눈에는 눈물이 줄줄 흐르고 있었다. 그의 얼굴은 낮술 몇 잔을 걸친 것처럼 벌겋게 물들어 있었다. 다들 입을 꾹 다물고 한 마디도 하지 않으니 응용이가 막사 밖으로 뛰쳐나갔다. 나는 가겠다고 말은 했지만 은근히 걱정이 앞섰다. 죽는 것이 두려워서가 아니라 나만을 위해 온갖 고초와 굴욕을 다 이겨낸 어머니의 얼굴을 대할 생각을 하니 걱정이 되었기 때문이었다.

그러면서도 한평생을 사사로운 일보다는 대의를 위해 살아온 어머니의 성품을 알기에 이해해주실 것으로 믿었다. 어쨌든 어머니를 또 괴롭힐 생각을 하니 심장이 빠르게 뛰었다. 이때 아버지한테 아려서 들은 '남아일언중천금(男兒一言重千金)'이요. 일구이언이부지자(一口二言二父之者)'라는 말을 떠올렸다. 이 말은 '대장부가 한 입으로 두 말을 하는 것은 애비가 둘'이라는 뜻이었다. 나는 이 말을 마음속으로 상기하면서 평양으로 다시 가겠고 굳게 다짐하였다.

우리에게 평양으로 들어가라는 명령이 숨 쉴 틈도 없이 떨어졌다. 니콜스는 이미 재침투를 결정해놓고서 통보한 마당에 선택의 여지는 없었다. 응용이는 자기보다 내가 더 딱했는지 나를 보고 소리 내어 엉엉 울었다. 그는 내게 눈물겹도록 진한 우정을 보여주었다. 다음 날 나와 응용이는 우리가 평양 침투하겠다고 보고하였다. 어려운 결정이 내려지자 보류되었던 부대 창설 작업이 다시 탄력을 받게 되었다.

9월의 따가운 햇볕을 받으며 우리들은 교동도로 출발하였다. 우리 평양의 5인 외에 통신요원, 통역사, 선박요원 등 당장 필요한 몇몇 사람이 함께 들어갔다. 창설부대 치고 병력은 초라하였다. 현지 행정기관과 주민들의 지원으로 야산을 밀어내고 콘셋트를 세우고 도로를 개설하느라 시간 가는 줄 모르고 지냈다.

겉으로 제법 군부대다운 모습이 갖춰지자 마음이 놓였다. 혈혈단신으로 남하한 우리가 비를 피할 수 있는 곳이 마침내 완성되었다. 그때 니콜스에게서 우리 둘을 또 보자는 연락이 왔다. 보름 안에 적진에 침투해야 하니 작전계획을 작성해 보고하라고 지시하였다. 이 지시를 받고 나니 막막했지만 그저 나의 운명으로 받아들이기로 하였다. 우선 부대에서 책임을 명확하게 하려고 계급을 정하였다. 가장 연장자인 유인용이 이글부대의 부책임자가 되었고 나머지는 특기에 맞춰서 직책이 분담되었다. 정의석은 본래 군인 신분이었기 때문에 이글부대 책임자가 되었고, 이응용은 감찰과장, 김병기는 정보과장 그리고 나는 공작과장을 맡았다.

"야아, 우이레 이런 식으루다 하면 금시 출세하갔어? 대장, 부대장 이런 걸 맘대루 골라잡으니 끼니."

병가가 허허허 하면서 털털하게 웃었다.

"우리들처럼 나가면 나라 상감님은 못하갔어?"

이렇게 계급을 배정한 다음 자부심을 갖고 웃었다. 뭔가 어설폈지만 부대의 면모를 갖추면서 신병을 모집하는 일에 매달렸다. 정신없이 바쁘게 시간을 보내고 있으니 평양 재침투 날짜가 더 빨리 다가오는 것 같았다. 교동도에 둥지를 틀고 열흘째 되는 날, 요란한 프로펠러의 굉음이 들리더니 니콜스의 거대한 몸집이 헬리콥터 밖으로 나왔다. 이글부대 책임자 정의석이 이글부대의 경과를 간략하게 브리핑하였다.

처음으로 보고 받고 그는 고개를 끄덕이며 만족스런 표정을 지었다. 그러고 나서 그는 나와 응용이를 불러서 따로 면담을 하였다. 평양 침투 세부 계획을 들어보려는 것이었다. 우리 둘은 이번 침투작전에 북한을 탈출했던 경로와 방법을 그대로 활용하겠다고 보고하였다. 그는 우리의 의견에 전적으로 동의하면서 최종적으로 침투일자를 정해주었다. 9월 18일이 바로 디데이였다. 그는 침투날짜를 정해주고 듣기만 하더니 조심스럽게 말문을 열었다.

"두 과장 동지들의 자발적인 결단에 감사드리오. 부디 작전에 성공하고 다시 만나길 기도하겠소. 돌아오는 즉시 일각이라도 지체하지 말고 내게 보고해주시오. 우리 웃는 얼굴로 다시 만납시다."

그의 짤막한 격려의 말로 그는 주도면밀하게 사무 처리를 하고 있는 것을 느낄 수 있었다. '지체 말고 보고하라'는 그의 말에는 첩보를 나에게 우선 보고하라는 의미가 담겨 있었다. 이때까지만 해도 첩보부대의 지휘계통이 제대로 확립이 안 되어 있어서 첩보기관끼리 과열경쟁이 벌어지고 있었고 심지어 서로 암투를 벌이기도 하였다.

해방 이후 6·25전쟁까지 10여 년간 한국은 전 세계 첩보원들의 보이지 않는 전쟁터였다. 오늘 내가 만든 첩보가 내일에는 다른 첩보로 둔갑이 되어 떠돌아 다녔다. 남의 첩보를 가로채 자기 것으로 만들어 보고하는 하이에나 같은 첩보원들로 득실거렸다. 영국의 해외정보국인 MI6는 3명의 첩보원을 대구 동촌비행장에 파견되어 첩보를 수집하고 있었다. 그는 만에 하나 첩보가 누설될까봐 지체 없이 자기에게 보고하라고 지시한 것이었다.

"이번에 올라가면 국군포로들을 데리고 오고 거기에 낙오된 첩보원이 있을 거요. 또 이응용의 동생도 이번에 꼭 데리고 오면 좋겠소, 손 상사와 합동으로 할 일이 있어서 그랬소."

이응용은 니콜스가 동생 응주를 들먹이니 어안이 벙벙하여 할 말을 잊어버렸다. 작전을 지시한 그는 특유의 미소를 머금고 행운을 빌면서 악수를 청하였다.

"내가 보건데 두 동지는 반드시 성공할 겁니다."

그는 조용히 말을 마치고 다시 헬리콥터를 타고 창공으로 사라졌다. 작전 내용과 날짜가 확정되고 나니 마음은 홀가분했지만 사흘 뒤 다시 북한으로 들어갈 생각을 하니 두려움도 일어났다. 이런 중에도 신설 부대의 업무는 숨 가쁘게 돌아가고 있었다.

52년 9월 18일 밤 9시가 출발 시간으로 통보되었다. 시시각각 출발 시간이 다가오자 나는 불안해서 안절부절 못하고 있었다. 대한민국의 평화를 위하고 전범 김일성을 응징하는 일이라면 내 한 목숨을 기꺼이 바칠 각오는 하고 있었지만 적지로 다시 들어가는 기분은 그게 아니었다. 끝없는 고뇌와 고통이 온몸에 휘돌고 있었다. 불길한 생각이 계속 떠올라 며칠간 잠도 제대로 자질 못하였다. 그렇다고 죽음이 두려웠던 것도 아니었는데 마음은 줄곧 갈피를 못 잡고 허공에 둥둥 떠 있는 것 같았다.

긴 불면 속에서 마침내 9월 18일의 아침이 밝았다. 찬란한 햇빛이 가을의 결실을 재촉하고 있었다. 나는 어깨를 죽 펴고 심호흡을 하였더니 간밤의 두려움은 없어지고 온몸에 피가 힘차게 돌고 있었다. 응용이의 얼굴을 보니 역시 잠을 제대로 못 잤는지 푸석푸석하였다. 그는 나를 보더니 싱긋 웃으면서 눈인사를 던지는 것이었다.

부대원들이 아침 식탁에 둘러앉으니 긴장된 분위기가 팽팽하게 느껴졌다. 모두들 묵묵히 아침식사를 하였다. 아니 그저 말없이 밥그릇을 비우고 있었다. 동료들의 비통한 심정도 충분히 이해가 되었다. 그들은 미안함과 살벌한 북한의 검문을 뚫고 돌아올 수 있을까 하는 걱정이 한데 뒤얽혀 있었다. 그러면서 우리들의 장도에 행운이 함께 하기를 빌어주었다.

우리가 부대를 거쳐 마을을 한 바퀴 둘러보며 이것저것 준비를 하다 보니 금세 점심때가 되었다. 점심식사를 마치고 나와 응용이는 잠깐 휴식을 취하였다. 간밤에 잠을 못 잤더니 눕자마자 곯아 떨어졌다. 푹신한 침대에서 자고 일어나니 사방은 벌써 어둑어둑해졌다. 오늘 밤 근접지까지 안내를 맡은 조경렬과 함께 저녁밥을 먹었다. 동료들이 인천까지 나가서 장을 보아 두꺼비표 소주까지 곁들인 저녁상은 상다리가 부러질 정도로 진수성찬이었다. 소주도 한 잔씩 기울이며 용기와 자신감을 불어넣으니 신명이 났다. 나중에 들은 얘기지만 니콜스 정보대장이 우리의 북파를 격려하려고 한턱 쐈다는 것이었다. 식사를 마치고 10분쯤 있다가 정의석이 운전하는 지프에 올라 출발지인 인사리 포구를 향하여 달렸다. 부대에서 10리가 조금 넘는 포구로 가는 동안 병기는 내 손을 꼭 잡더니 미안하다며 놓을 줄을 몰랐다. 동료들은 하나같이 성공하고 돌아오라면서 미안한 표정을 감추지 못하고 있었다. 포구에 다다르니 우리들을 태우고 떠날 선박이 이미 대기하고 있었다. 선원들은 우리가 도착하자 '야' 하는 함성으로 맞아주었다. 여기서 미 공군 정보부대를 '배 타는 공군'으로 불리는 이유를 실제로 알게 되었다. 달빛 아래 바다는 포근하고 서정적이었지만 배에 오르는 마음은 무겁기 그지없었다.

우리는 다시 살아서 대한민국 땅을 밟을 수 있을 것인가?

우리를 배웅하는 동료들이나 우리나 모두 웃고 있었지만 속은 까만 숯덩이가 되었다. 다들 중간 중간 울컥 목이 메어 말을 하다가 끊어졌다. 정의석의 일사불란한 통제로 모든 일이 한 치의 오차도 없이 착착 준비가 되었다.

"이제부터 만전을 기하여 신중하게 행동하시오. 나는 정말 두 동지 보기가 부끄럽소. 부디 성공하여 금의환향하길 빌겠소."

정의석의 격려를 끝으로 배는 포구에서 서서히 멀어지고 있었다. 포구에 쭉 서있는 동료들의 모습이 점점 작아지더니 어느덧 시야에서 사라졌다. 먹물 같은 밤바다를 망연히 바라보고 있는 우리 곁으로 안내원 조경렬이 다가왔다.

조 씨는 50대 중반으로 황해도 연백군 실오리 출신이어서 대북 침투 공작원들의 해안가 근거리 안내를 담당하고 있었다. 그는 우리에게 주의사항을 자상하게 설명하면서 착잡한 우리의 심정을 달래주었다.

첩보원은 침투보다 탈출할 때의 위험이 더 크니 단 일초라도 긴장을 풀지 말라고 거듭 충고하였다. 15명의 이글부대 특공대원과 함께 인민군 철도국원 복장으로 갈아입은 우리 둘은 30분쯤 걸려 무사히 연백군 해안가에 내렸다.

부대 창설과 동시에 우리는 특공대를 조직했기 때문에 이들의 훈련을 겸하여 무기를 운반하는 임무를 부여하였다. 중무장한 특공대원들은 그림자처럼 일사분란하게 움직였다. 무기는 수류탄을 제외하고는 모두가 북괴 인민군에게서 노획한 것들이었다. 북한에서 만일의 사태가 일어날 경우 인민군으로 보이게 하려고 그렇게 한 것이었다.

조경렬은 지신이 거점으로 이용하는 실오리에 있는 처남의 집으로 앞장서서 걸어갔다. 마을의 초대소나 분주소가 어디에 있는지 훤히 알고 있어서 저수지 제방으로 빙빙 돌아 목적지에 도착하였다. 한밤중에 들이닥친 우리 일행을 조경렬의 처남인 전병식이 무뚝뚝하게 맞아 주었다. 우리를 작은 방으로 안내하고 좁쌀 밥에 열무김치 그리고 껍질째 삶은 감자를 밤참으로 들여왔다. 그리고는 매형인 조경렬을 옆방으로 불러내었다. 응용이와 나는 방안을 두리번거리며 살피고 있는데 칸막이벽으로 두런거리는 소리가 들렸다. 벽에 귀를 붙이고 들으니 대화가 또렷하게 들렸다. 전병식이 조경렬에게 볼멘소리로 따지듯이 말하고 있었다.

"매형, 왜 자꾸 이런 위험한 일을 하시는 거요? 이제 매형도 50이 훨씬 넘었어요. 이제는 이런 일 그만 두시고 좀 편하게 사시면 안 되는 겁니까?"

조경렬의 목소리는 들리지 않고 여동생이 계속 말을 이어 받았다.

"오라버니, 자꾸 이런 일을 반복하다간 여러 사람들이 위험해져요. 오빠가 월남한 건 잘 살아보려고 그런 건데 이게 웬일 이야요."

"매형, 저네들 공산당이 연백 주민들을 차례로 이주시키고 있는 것을 매형도 잘 알지 않소. 이런 일도 이번이 마지막 이야요. 매형이 자꾸 이러시면 죄 없는 식구들 모두 몰살당하구 말아요."

이건 처남과 여동생이 매형과 오라버니를 생각해서 충고하는 것이었다. 정말 동기간의 우애가 아니면 나올 수 없는 애간장을 끊는 절절한 호소였다. 이런 가운데도 전병식의 협조를 얻어야 했기에 그를 불러서 구체적인 계획을 알려주었다. 우리가 살아서 돌아올 때까지 만일에 대비하여 총기와 수류탄을 지하실에 묻어두고 이번 작전까지만 협조해달라고 부탁하였다.

전병식은 쾌히 우리 의견에 따르겠다면서 지기의 곤란한 입장을 이해해달라고 거꾸로 사정을 하였다.

전병식은 원거리 안내원이 공작무기를 들고 가는 게 우리가 지니고 가는 것보다 훨씬 안전하다고 제안하였다. 우리는 모든 일을 전병식에게 일임하고 잠깐 눈을 붙였다. 얼마 있다 눈을 뜨니 30대 후반의 여자가 안내인으로 대기하고 있었다. 그는 매형이 하는 일을 못마땅해 하면서도 우리를 극진히 배려하였다. 아침을 배부르게 먹고 안내인을 따라 북상하였다. 무기 운반을 끝낸 특공대원 15명과 조경렬은 우리의 무사귀환을 빌어주고 돌아갈 준비를 하였다.

여자 안내원은 되도록 검문소를 피하여 산길로 접어들었다. 쉬지 않고 걸어 우리는 탁영대를 지나쳐 물매고개에 도착하였다. 자유를 찾아 남하한 게 바로 엊그제 같은데 불과 두 달 만에 막중한 사명을 짊어지고 다시 북상하고 있었다. 나는 이때 임중도원(任重道遠)이라는 문장을 떠올렸다. 이것은 '큰일을 맡아 책임이 무겁다'는 것을 뜻하는 것으로 지금의 내 처지를 그대로 대변해주고 있었다.

산 아래로 내려다보이는 마을이나 들판에는 사람이 거의 눈에 띠지 않았다. 아마도 전쟁이 남긴 후유증으로 보였다. 벌써 연백지역의 주민 소개 작전이 막판인 것 같았다. 밤에 산간마을에서 밥을 지어먹고 노숙을 하였다. 다음 날 아침 늦게 일어나 밥을 지어먹고는 내처 부지런히 걸었다. 두 달 전에 비해 사람들의 모습이 덜 보였지만 노상검문소는 부쩍 늘어난 것 같았다.

우리 둘은 완벽하게 위조한 증명서가 있어 그리 불안하지는 않았지만 그래도 혹시 몰라 바짝 긴장하였다.

우리는 별 탈 없이 걸어서 사리원 남쪽 마을에서 하루를 묵기로 하였다. 공작용품 광주리를 머리에 이고 있는 이 여인은 우리가 준 북한 화폐로 따로 민박을 하였다.

다음 날 아침 일찍 마을에서 멀찍이 떨어진 곳에서 합류하여 사리원으로 들어갔다. 안내를 맡은 여인은 사리원까지만 동행하기로 했다면서 자꾸만 돌아가겠다는 것이었다. 우리 둘은 아무래도 불안해서 살살 구슬리며 사례금도 듬뿍 얹어 주었다. 그랬더니 안내인은 선선히 더 가주기로 약속하였다. 사리원부터는 철길을 따라서 걸어갔는데 가는 길에 중공군이 부쩍 눈에 많이 뜨였다. 사리원에서 황주를 향해서 쉬지 않고 빠르게 걸어갔다. 중공군은 인민군 철도국원 복장인 우리를 보고도 검문할 생각을 하지 않았다. 이때 앞서가던 안내 여인에게 중공군 하나가 따라 붙더니 뭐라고 '쏼라쏼라' 지껄이며 손짓을 하였다.

마음이 섬뜩하였으나 중공군의 동작을 살펴보니 별일은 아닌 것 같았다. 옆에 있던 경무원에게 물었더니 철길로는 민간인은 다녀서는 안 된다는 것이었다.

유유히 안내 여인의 옆을 지나치며 대신 통역을 하는 척하며 안내

여인에게 설명을 하고 나중에 황주 역에서 만나기로 약속하였다. 철도변 밖으로 우회하는 안내인과 보조를 맞추느라 천천히 걸었다. 응용이와 나는 다리도 쉴 겸해서 시간도 보내려고 철길에서 조금 떨어진 언덕에 앉았다. 그런데 이때 갑자기 전투기 폭음과 함께 유엔군 폭격기가 황주 역으로 급선회하여 폭탄을 하늘이 까맣게 투하하였다. 황주역은 우리가 있는 곳에서 멀리 떨어져 있었지만 폭격을 느낄 수 있었다. 천지를 집어삼킬 것처럼 우레 같은 기세로 폭격을 하자 인민군들은 벌떼처럼 뿔뿔이 흩어지며 비명을 질렀다.

아군기의 맹렬한 폭격이 통쾌하여 우리는 박수를 치면서 환호하였다. 폭격기가 사라지자 황주 역 부근은 매캐한 화약 냄새가 나면서 자욱한 화약연기로 휩싸여 졸지에 생지옥이 되었다. 우리 둘은 먼지를 툴툴 털어버리고 일어나서 황주 역으로 걸어갔다. 역전에 도착했더니 안내여인은 어디 갔는지 보이지 않았다. 안내 여인이 안보이니 우리들은 엄마를 잃은 아이처럼 불안해졌다. 길에서 철도 국원 신분에 서성대기가 어색하여 잡화점으로 들어갔다. 사과를 서너 개 사서 한 입 베어 먹고 있으려니 안내여인이 우리를 보고 잡화점으로 구슬 같은 땀을 흘리면서 들어왔다. 하지만 아는 체를 할 수가 없어 눈인사로 대신하였다. 사리원에서평양까지는 대부분 큰 도시들이어서 중공군의 군수물자를 운반하는 모습이 곳곳에서 목격되었다. 안내여인과 될수록 멀찍이 뒤떨어져 걸었다. 잡화점을 나와 백여 미터쯤 걸었을 때 아무래도 뒤통수가 근질근질한 것이 예감이 영 안 좋았다. 옆에서 고개를 숙이고 걷고 있던 응용이가 작은 목소리로 말하였다.

"인호 동무! 뒤돌아보지 말구 내 얘기를 그저 듣기만 하라우. 아무래도 뒤가 꺼림칙해. 되도록 걸음을 늦춰서 안내인과 거리를 두도록 하세."

"그래 알았어. 신발 끈이나 다시 묶고 가야겠군."

나는 신발 끈을 묶는 척하면서 가랑이 사이로 목을 넣고 뒤를 보니 중공군 장교 하나가 얼쩡거리면서 우리를 미행하고 있었다.

앞의 견장에서 등 뒤로 넘어가게 메고 있는 수류탄 두 개와 등에 곡식자루를 메고 중공제 운동화를 대롱대롱 매달고 있는 모습이 영락없는 중공군의 복장이었다.

그러나 중공군은 우리의 동태를 주시하면서 미행하는 이유를 알 수가 없었다. 우리는 의심받을 구석도 없고 완벽하게 괴뢰군으로 위장하였는데 무슨 냄새를 맡았기에 우리의 뒤를 따르는지 궁금했다. 점점 초조해지는 우리들과는 달리 안내여인의 발걸음은 마냥 태연하게 보였다. 우리가 뒤쳐지자 안내여인은 걸음을 늦추어 천천히 걸었다. 황주 시내를 지나면서 걸음을 늦추기도 하고 빨리도 걸었지만 중공군 놈은 일정한 속도로 계속 우리를 따라오고 있었다. 내가 불안해 하니 응용이가 입을 열어 안심을 시켰다.

"인호야, 단순히 가는 방향이 같을 뿐인데 우리가 너무 신경과민적인 게 아닐까?"

"아냐. 틀림없이 우리를 따라오고 있는 게야. 기회를 봐서 어떻게 처지하자구."

우리의 거동이 의심스러워 미행하는 놈 치고는 무장을 하고 있으면서 태도가 소극적이긴 했지만 그래도 의심스러웠다. 황주 시내를 벗어나자 괴뢰군의 보초막 같은 가건물이 보였다. 다행히 안내여인은 검문을 안 받고 무사히 초소를 벗어났다. 우리도 잰걸음으로 초소를 지나치려 할 때였다. 난데없이 중국말이 들려왔다.

"디렌마?(敵人吗?)"

우리 뒤에서 쫓아오던 중공군이 우리의 앞을 지나 보초막에서 소리를 질렀다. "디렌마"는 "적군이냐?"라는 중국말이었다. 우리에게 '적군이냐'고 묻는 중공군을 보고 세상에 별 미친놈 다 있구나 하고 생각하면서 걸어갔다. 이처럼 돌발적인 사태가 일어났지만 우리들은 침착하게 앞으로 나갔다. 그랬더니 보초막에서 괴뢰군이 우르르 몰려나오며 우리에게 총을 겨누었다.

"손들엇!"

그 순간 도망칠까 생각도 했지만 독 안에 든 생쥐나 다름없어서 독하게 부딪혀 보기로 하였다. 일단 두 손을 들고서 거칠게 항의를 했다.

"동무들! 정말 미쳤소? 같은 동료에게 총을 겨누는 게 어드메 경우요?"

응용이의 서슬 퍼런 일갈에 괴뢰군들의 기세등등했던 위력은 한풀 꺾였다. 이때를 놓칠세라 나도 따발총 같은 속사포로 꾸지람을 늘어놓았다.

"동무들은 후방에서 편히 지내면서 뼈 빠지게 전방에서 나라를 지키면서 일하고 돌아오는 철도군인에게 고맙다고는 못할지언정 총을 겨누는 게 어디 있을 법한 일이라요?"

"우리는 연백평야에서 적군의 폭탄 세례를 받으면서 일하다 철수하라는 명령을 받고 올라가는 중이오. 동무들은 신분 확인도 없이 이렇게 총부리부터 들이대는 게 검문이오?"

응용이가 손을 내려 목에 걸려있는 증명서 주머니를 열어서 보여주었다. 열 장이 넘는 증명서 가운데 되는 대로 한 움큼을 집어 들고 인민군의 턱 밑에 들이밀었다.

"자, 동무들! 눈이 있으면 증명이나 확인하고 총을 들이대시오!"

응용이 신경질적으로 따지고 들자 얼떨결에 벼락 맞은 얼굴로 보초병은 증명서 앞뒤를 훑어보았다.

"동무, 누가 쯩을 그렇게 오래 들여다 보랬소. 동무는 평소에도 검문을 그런 식으로 하오? 지금은 온 인민들의 해방을 위한 전시 중이란 말이요. 이 동무들이래 돌아가서 적당한 조치를 취해야 쓰갔구만."

나는 화가 단단히 난 것처럼 보초병이 쥐고 있던 증명서들을 매몰차게 낚아챘다. 이런데도 중공군은 우리를 반동분자로 몰아가고 있었다.

"디렌마! 쩌시에 런스 판둥뻔쯔?(敵人吗! 这些人是反动分子?)"

다행히 옆에 있던 중공군 놈은 연방 시끄럽게 우리들을 보고 반동분자라고 지껄여댔지만 인민군은 그걸 알아듣지 못하는 것 같았다. 그래도 중공군 놈이 찰거머리처럼 달라붙어 떠들어대니까 인민군들도 쩔쩔매고 있었다. 아무래도 안 되겠던지 중공군 놈은 장교 신분으로 몸수색을 하겠다고 나섰다. 몸수색을 해본들 나올 게 하나도 없었다.

단서가 될 만한 공작무기는 안내여인이 광주리에 이고 이미 통과하였다. 우리 몸에서 나온 것은 고작 중공제 승리표 담배에다 위조하여 일부러 꼬깃꼬깃 구긴 북괴 화폐, 중공제 치약과 칫솔이 전부였으니 중공군 놈은 어벙한 표정을 지었다. 이렇게 소란이 계속되자 인민군은 중공군 통역관을 들이대었다. 통역관의 말에 의하면 아까 황주 역에 있었던 유엔군 전투기가 폭격을 할 때 중공군 장교가 우리의 거동을 살펴보게 되었는데 우리가 신이 나서 손뼉을 치고 좋아라 하면서 발을 동동 구르더라는 것이었다.

우리가 쉬고 있던 언덕 옆의 야산에 중공군 고사포대가 있어 우리들의 거동을 일일이 다 지켜보았다는 것이다. 정말 기가 찰 노릇이 아닐 수 없었다. 아무도 없는 줄 알고 아군기의 폭격을 반겼으니 우리의 경솔한 행동을 뼈저리게 후회하였다.

"이 동무들의 말을 들어보니 동무들도 수상한 점이 없지 않아 있으니 다시 한 번 증명을 제시하라요."

괴뢰 장교 한 놈이 의기양양해져 나서면서 말했다. 일순 머리털이 곤두설 만큼 겁이 덜컥 들었지만 이왕에 당할 일이니 해보는 데까지 해보자는 배짱으로 밀고 나가기로 하였다.

"동무들, 이 바쁜 전시에 증명서를 몇 번씩이나 내보이라는 거요? 그리구 내무서원 동무래 누가 철도국원들을 이래라 저래라 하라고 했소?"

응용이 천둥치듯이 소리를 버럭 질러댔다.

"동무들! 우리들은 행군이 바쁜 사람들이오. 저 말 같지도 않은 막걸리 수작을 할 시간적 여유가 없단 말이오. 김 동무! 이따위 내무서원들하고 잠시도 시비할 틈이 없잖소? 어서 우리 갈 길이나 갑시다래."

일단의 내무서원들을 무시한 채 소리치는 응용의 기세에 넋이 빠

진 듯 내무서원들은 검문소를 지나치는 우리 두 사람을 제지하지 않
았다. 뭐라고 투덜거리면서 검문소를 지나 왔지만 어느 한 놈도 입
을 열지 않고 멍하니 바라보다가 뿔뿔이 흩어졌다.

여기서 등골이 서늘해지면서 진땀이 흐르고 있었다.

"그놈의 중공군 팔로군 새끼는 쏘라는 고사포는 안 쏘고 뭘 했기
에 폭격을 받으면서도 우리만 쳐다보았는지 알 수가 없군."

응용이 한숨을 길게 내쉬며 중얼거렸다.

"그러니끼 팔로군 새끼라지 않캈어?"

이렇게 절체절명의 위기에서 벗어난 우리는 거리낌 없이 맘껏 웃
었다. 한동안 빠르게 걸어갔더니 저 멀리 나무 그늘 아래서 쉬고 있
는 안내 여인의 모습이 보였다. 그녀는 우리가 오는 것을 보더니 다
시 일어나 걸어갔다. 이제는 안심을 하고 안내 여인을 줄곧 따라갔
다. 이번 사건은 우리의 정신상태가 느슨해져서 자초한 것이었다.
다시는 이런 실수를 하지 않겠다고 단단히 마음을 고쳐먹고서 부지
런히 걸어갔다. 황주 하외리 근처 촌가에서 출발 나흘째의 밤을 보
내었다. 다음날 아침 우리는 흑교를 건너 잘 알고 있는 지름길로 중
화에 도착하였다. 황주에서 중화까지는 과수원으로 이어져 있었
다. 두 달 전에 본 것과 달리 사과들은 탐스럽게 익어가고 있었다.
어떤 사과는 벌써 붉은 빛이 도는 것도 있었다.

자연은 변함없이 제때에 제 할 일을 알고 있건만 무분별한 인간은
순리에 역행하며 피를 흘리고 있다는 생각이 들었다.

여기서 우리는 안내 여인과 작별인사를 나누었다. 그녀는 닷새를
함께 하면서 우리의 위험을 분담해주었다. 서운했지만 안내 여인은

우리를 동생처럼 생각하여 부디 몸조심하고 부디 성공하고 돌아가라는 말을 몇 번이나 하고 남쪽으로 사라졌다.

우리는 공작용 지도, 나침반, 공작금, 식량, 카메라, 시계와 수류탄을 나누어 몸에 지니고 점심도 거른 채 빠르게 걸어갔다.

저녁 땅거미가 질 무렵에 우리는 대동강 변에 도착하였다. 대동강 철교는 또 폭격을 맞았는지 중공군과 인민군들이 뒤섞여서 바쁘게 복구 작업을 하고 있는 것이 멀리서도 보였다. 대동교가 끊어져 조그만 똑딱선들이 군관민들을 실어 나르고 있었다. 바로 여기서 눈물을 뿌리면서 이별을 했던 날이 불과 두 달 만에 다시 돌아와 이 자리에 다시 섰다. 이러니 어서 빨리 통일이 되어 우리가 거쳐 온 길을 맘 놓고 걸어보고 싶었다. 한편, 우리처럼 이렇게 모진 팔자도 없을 것 같았다. 다시 보는 모란봉과 을밀대, 부벽루, 릉라도, 석이산이 마냥 반갑고 감격스러웠다. 한편으로는 머리카락이 곤두서고 진땀이 흐르는 공포가 마음 한 구속에 잠자코 있다가 불쑥불쑥 튀어나왔다. 우리는 공포감과 긴장감이 뒤섞여 마음이 흔들리는 묘한 갈등으로 빠져들었다. 대동강 변에서 우리는 응주의 친구로 대한민국 통일촉진대 대원인 특수공작원 신국현의 집으로 찾아갔다. 신국현의 연락을 받은 응주가 저녁 무렵에 헐떡거리면서 뛰어왔다.

"아! 형님. 진짜 왔구만요."

응주는 예고 없이 나타난 응용이의 품에 안기더니 엉엉 소리 내어 우는 것이었다.

"뭐, 기다리긴 했디만 이렇게 진짜 오실 줄은 기대하디 않았드랬시요. 형님."

411

　형제끼리 부둥켜안고 상봉하는 모습은 옆에서 보기에도 애가 끓어올랐다. 마음을 진정한 응주는 우리가 탈출한 이후 평양 사정을 상세히 설명해주었다. 우리가 떠난 뒤 일주일째 되던 날 평양은 유엔군 전투기의 대대적인 공습으로 평양은 거의 폐허가 되었다는 것이다. 이때의 폭격으로 릉라도여관과 우리가 숨어있던 지하아지트도 흔적도 없이 사라졌다고 했다. 다행히 식구들은 대피하여 무사했으며 임시 방공호에서 잘 지내고 있다는 것이다. 이 말을 듣고 나와 응용이는 동시에 한숨을 내쉬었다. 어머니가 무사하다는 소식에 마음이 놓였으나 이번 침투계획에 차질이 생기게 되어서 한숨이 나온 것이다. 지하아지트가 있어야 우리가 제대로 공작을 펼칠 수 있는데 하면서도 한편으로는 뒤끝이 안 좋을 수도 있는 지하아지트가 잘 날아갔다는 생각도 들었다. 밤이 이슥해지자 응주가 나의 어머니와 자기 어머니를 신국현의 집으로 모시고 왔다. 어머니는 나를 보더니 훌쩍훌쩍 울기부터 하였다.

　"참말이었구만. 아이고 아이고…….."

　이 말만 외치더니 방바닥에 털썩 주저앉았다. 두 분은 놀라서 벌어진 입을 다물 줄을 모르고 있었다. 잠시 눈물을 거둔 어머니는 불같이 화를 내며 나무라는 것이었다.

　"그래! 너 하나 때문에 갖은 고생을 마다하지 않고 해서 이남으로 보냈는데 여긴 뭘 하러 다시 왔단 말이냐?"

　"어머니! 어머니도 조국을 위해 젊음을 바친 분이 아닙네까? 제가 조국을 위해 꼭 해야 할 일이 있어서 왔습네다."

　"기래서 꼭 네가 와야만 한단 말이가? 다른 사람들은 다 죽고 느희 둘만이 살았기에 다시 죽으려고 왔단 말이가? 어떻게 해서라도 외아들의 명을 보존시키례고 했던 이 에미의 정을 그렇게도 몰라준단 말이냐?”

사실 대의명분이 제아무리 그럴 듯해도 어머니 앞에서 불효를 저지르고 있는 건 사실이었다. 한동안 망연자실해서 앉아있던 어머니는 정신을 차렸는지 자초지종을 듣고서 무겁게 입을 열었다.

“하필이면 이런 험악한 시기에 돌아왔단 말이냐? 지금 여기 사정은 숨도 제대로 쉴 수 없이 살벌하게 돌아가고 있단다.”

어머니가 전해준 북녘의 실정은 소름이 돋울 정도로 피로 얼룩지고 있었다.

혁혁한 성과를 올리다

한국 공군 심문관 3명을 포함해 대여섯 명의 심문관들은 불철주야로 우리가 평양에서 가지고 온 첩보를 분류하느라 진땀을 뺐다. 2주일이 지나서야 겨우 분류작업을 마칠 수 있었다. 이것들은 실로 북괴의 실상을 파악할 수 있는 엄청난 첩보들이었다. 심문관들은 우리를 불러 하나같이 값지고 귀중한 것이라고 입이 마르도록 칭찬하였다.

우리의 첩보 가운데는 북한 지하 군수공장의 정확한 좌표와 김일성의 집무실 위치, 생체실험실과 세균전 실험실의 위치와 규모 등 북한의 전술을 알 수 있는 것들이 모두 포함되어 있었다.

평안북도 순천읍 원동리 서서남방 비행장, 평원군 양화면 군평리 동북방 700미터 지점의 비행장, 평양 신리의 신설 비행장, 평양의 미림 비행장과 이들의 위치와 유도로와 활주로 상태 등의 첩보도 빼내온 것이다,

또한 곳곳에 있는 포로수용소의 위치와 수용된 포로들의 명단을 입수하여 가지고 왔다. 여기에는 미군 포로 명단과 그들에 대한 처우도 들어있었다.

12명의 탈출자들은 자기가 맡고 있는 분야에서 극비 문서들을 빼내어 왔는데 미 공군 심문관들은 이것을 보고 벌어진 입을 다물지 못하였다.

장원학과 이용준, 노평헌은 당시 북한 철도 피손 상황과 복구 상태, 북괴군과 중공군, 소련군의 보급물자 수송로와 실태에 관한 극비문서 등을 통째로 들고 왔다. 이 첩보들은 현재도 북한의 군사동태를 감시하는데 쓰이고 있다고 한다.

장수형과 한광수는 당시 북한 전역에 걸친 정치, 경제, 공장, 산업시설, 인구 동태를 세밀하게 조사한 자료를 가지고 왔다.

정경일과 윤근삼은 당시 인민군 총사령관인 김일성의 거처가 평안남도 강동군 미람에 있다는 문건과 북괴 군사기지 배치도와 사회안전성의 현황과 실정을 집대성한 서류를 들고 왔다. 이건 실로 엄청난 파문을 일으켰다. 김일성은 이것이 김인호와 이응주 일당에게 탈취 당했다는 분노로 관련자 수십 명을 처단했으며 1953년 7월에 궐석재판을 열어 김인호와 이응용에게 사형을 선고하였다.

장득찬은 김일성이 남침을 감행하고도 사실을 왜곡하고 유엔군과 한국군을 비방하려고 날조한 허위계획서를 가지고 왔다. 김일성 일당은 이 허위계획서에 의해 악선동을 하였고, 여러 가지 날조행위를 유엔총회에 상정하여 미국의 입장을 난처하게 몰아넣기도 하였다.

김일성은 유엔군이 소위 조선인민주의공화국의 전역에 세균을 살포하여 북한 주민들에게 악성 전염병을 감염시켜서 전쟁 중에 수백 명의 무고한 인명을 살상하였다고 거짓 선전을 펼쳤다. 겨울철에도 사람을 괴롭히는 캄차카 산 파리와 독사를 유엔군이 입수하여 풀어놓아 죄 없는 북한 주민들을 죽였다고 선동하였다.

이러한 김일성의 허위계획서를 장득찬이 가지고 와서 공개되면서 북한은 더 이상 이런 식으로 날조하는 행동을 못하게 되었다.

우리가 한 번의 북파로 혁혁한 성공을 거두고 돌아오자 이글부대에 대한 니콜스 소령의 신임은 대단하였다. 부대는 점차 확장되어 주변의 여러 섬에 파견대를 보내게 되었다. 나와 동지들은 교동도를 떠나 주문도, 말도 등의 책임자로 파견되었다. 하루하루가 보람되고 흐뭇했지만 평양의 아지트에 숨어있는 대원들을 생각하면 가시방석에 앉아 있는 기분이었다. 본대에서 계속 침투시키는 첩보원의 편리를 봐주게 하고 위험만 부담시킬 뿐 획기적인 대책을 세워주지는 못하였다. 니콜스와 나는 긴 회의 끝에 통일촉진대 대원들을 이용하여 적의 후방을 교란하는 작전을 벌이기로 의견의 일치를 보았다.

나는 니콜스의 밀명을 받는 즉시 말도로 옮겨가 독립부대를 창설하였다. 그리고 평양의 강창옥과 최명신을 비롯한 통일촉진대 대원들과 함께 적의 후방을 교란할 특공대를 조직하였다. 요처에서 모병을 했고 뜻 있고 능력 있는 자의 자원입대도 받아들여 약 300여 명의 특공대를 조직했다. 피나는 특공대의 훈련에도 불구하고 대원들은 북한 공산당을 붕괴시키고야 말겠다는 소명의식으로 투지를 불태웠다. 이에 박차를 가해 북에서 돌아온 병력이 중심이 되는 귀

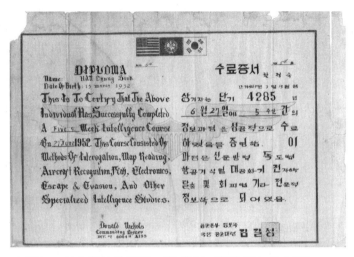

미 공군 6006부대 첩보요원이었던 고(故) 한정숙 대원의 첩보교육 수료증

환부대를 창설했으니 현역에서 일시 물러나 있던 자원을 이용한다
는 측면에서 성공적이었다. 중공군이 열악한 환경에서 북한을 지원
한 것은 팔로군이라는 경험자로 이루어진 부대가 있었기 때문이었다.

우리들은 신의주 앞바다인 중국 다롄까지 침투하여 중공군의 정
글선을 나포하기도 했지만 때로는 뼈아픈 고배를 마시기도 하였다.
북한에 어렵게 침투한 아군 첩보원들의 희생도 많았기 때문이었다.
북한은 날이 갈수록 경계를 강화하고 있어 적지에 침투해서도 임무
를 제대로 수행도 못하고 희생되는 경우가 많았다. 개중에는 필사
적으로 탈출에 성공하였으나 죽음 직전에 돌아오는 이도 있었으니
그야말로 천운에 맡길 수밖에 없었다.

겨우 목숨만 부지하고 돌아온 공작원의 모습은 보는 사람으로 하
여금 통곡을 하지 않을 수 없게 만들었다. 한쪽 귀는 다 찢어져 피딱

지가 검게 말라붙어 있고 영양실조와 극심한 스트레스로 얼굴은 흡사 시체와 같았다. 검게 변한 얼굴과 퀭하게 들어간 눈은 영화에 나오는 흡혈귀라고 해도 믿을 정도였다. 며칠간의 반 혼수상태에서 깨어난 그의 어눌해진 말을 들으면서 우리는 북괴의 잔혹한 야만성에 치를 떨었다. 한 공작원은 평양에 잠입하여 모종의 임무를 수행하다가 체포되었는데 손목을 오랏줄로 동여매고 철사로 한쪽 귀를 꿰어 끌고 다녔다고 한다.

그는 진남포 수용소에 수감되기 직전 북괴 호송원이 한 눈을 파는 틈을 타서 한쪽 귀를 철사 줄에 남겨놓고 탈출하였다.

목숨을 지키려고 팔다리도 자르는데 그까짓 귀 하나쯤은 문제가 안 되었다는 것이다.

나는 하루 빨리 작전 개시 명령을 내려달라고 니콜스에게 독촉하였다. 이에 대해 조금만 더 두고 보자는 식의 대답을 석연찮게 생각하였다. 이런 가운데 나는 훈련과 전투에 전념하면서 투지를 한껏 불태우고 있었다.

1953년 7월 27일, 역사적인 휴전협정으로 이 모든 노력들이 물거품이 되었다. 만약 우리에게 기회가 주어져 예정대로 통일촉진대가 활동을 했다면 역사는 어떻게 변했을지 아무도 모른다.

1953년 10월, 정전이 되고 몇 달 후 나는 자수해온 귀순병을 심문하다가 뜻하지 않은 비보를 전해 듣게 되었다. 다름 아닌 평양의 아지트 식구들의 신상에 관한 비보였다.

귀순병의 첩보에 따르면 얼마 전 북한에서 떠들썩한 사건이 있었는데 대규모 남반부 첩자들의 조직이 검거되었다는 것이다. 조선중

앙방송은 대대적으로 보도하면서 북한 주민 전체가 알게 되었다고 한다. 귀순병은 마침 그 기사가 실린 로동신문을 지니고 있어서 내 눈으로 확인하였다. 이것은 믿어지지도 않았고 믿고 싶지도 않은 비극으로 엄연한 사실이었다.

이 사건으로 나의 어머니 김원희에게는 징역 15년, 삼촌 김창희에게도 역시 징역 15년이 선고되었다. 내 외사촌인 강창옥과 최명신에게는 사형이 선고되었다는 기사가 로동신문 일면을 덮고 있었다. 그의 말에 의하면 북괴는 이 사건을 대대적으로 보도하면서 이들의 재판 과정을 라디오로 생중계까지 했다는 것이다. 모란봉 극장에서 공개 처형된 강창옥과 최명신의 사형집행 장면은 김일성이 직접 지켜보았고 역시 생중계를 했다는 것이었다. 나는 엄청난 비보를 듣고 뒤로 넘어질 것처럼 현기증이 일어나 잠시 벽에 몸을 의지한 채 고인들의 명복을 빌어주었다. 오로지 국가와 민족을 위해 목숨을 바친 이들이 열정을 다 불태우기도 전에 빨갱이들에게 비참하게 죽었다는 것을 생각하니 분노가 치밀어 올랐다.

어머니 김원희, 삼촌 김창희, 외사촌 강창옥과 그의 친구 최명신은 군번도 훈장도 없이 스러져 간 진정한 애국자들이었다. 나는 몸을 가눌 수 없는 허탈감에 여러 날을 정신없이 보냈지만 회한의 눈물은 그치지 않았다. 다들 남한으로 데려오지 못한 것이 못내 아쉬움으로 남았다.

'내가 이글부대의 사정에 눈을 조금만 일찍 떴더라면 평양 아지트를 무리하게 이끌지는 않았을 것이고 그러면 이들은 목숨을 지켰을 것이었다.'

니콜스가 대한민국 통일촉진대의 운영을 지원해줄 것으로 믿고 마냥 기다렸던 것이 두고두고 후회가 되었다. 내가 한 차례 더 침투해서라도 평양의 식구들을 데리고 왔어야 했는데 고지식하게 그의 작전 명령만을 기다리고 있다가 기회를 놓치고 만 것이었다.

김일성에게 죽음을 당하여 구천을 헤매고 있을 대한민국 첩보대원들의 원혼들을 생각하면 어서 통일이 되어 우리가 머물렀던 아지트를 찾아가 소주 한 잔 따르고 큰절을 올리고 싶다.

1953년 7월 27일, 정전협정으로 한반도는 허리가 잘리고 한 해 두 해 흘러 어느덧 6·25전쟁 65년, 정전 62년이 되었지만 통일이 된다는 희망은 보이지 않고 있다.

1953년, 김일성은 인민재판법정에서 궐석재판으로 나와 이응용에게 사형선고를 내렸다고 한다. 하지만 나와 함께 사선을 두 번이나 넘었던 죽마고우 이응용은 벌써 저 세상으로 갔다. 북한 화폐를 진짜같이 위조했던 그의 동생 이응주도 역시 세상을 떴다.

평양에서 함께 탈출한 5인 중에 나만 지금도 살아있다. 천운으로 내가 살아서 통일을 보고 간다면 저 세상에 먼저 간 이응용, 이응주, 김병기. 김동국을 만나서 통일의 기쁜 소식을 전달할 것이다.

내가 이 보잘 것 없는 글을 다시 꺼내서 발표하는 것은 이름 없이 적지에서 사라진 동료들의 넋이 조금이나마 위로받기를 바라기 때문이다. 60여년이 넘었지만 아직도 빨갱이들의 적화야욕은 김일성이나 김정일, 김정은 3대로 이어지고 있다.

한 번 잘린 한반도의 허리는 언제 이어질까. 아득하다는 느낌이 든다.

내 나이 올해 아흔 하나다. 여기서 내가 바랄 것이 더 있겠는가?

나는 외친다.

김일성은 살아 있다.

지금 3대 세습자 김정은은 할아버지 김일성의 유훈을 통치이념으로 삼고 있다. 김일성한테 더는 속지 말자.

식민지를 겪은 나라 중에서 우리나라는 경제발전에 가장 모범적인 나라가 되었다. 이것은 우리 세대가 잘 살아보겠다는 신념 하나로 허리띠를 졸라매고 일했기 때문이다.

나는 감히 '지나간 시간과 인물에 대해 경외심을 갖지 않는 나라는 미래가 없다'고 경고하고 싶다.

우리의 통일은 아직도 요원한 것인가?

두고 온 산하는 정녕 다시 볼 수 없는 것인가?

여기서 1300년 전에 혜초(慧超, 704~787년) 스님이 이역만리 당나라에서 고향 신라를 그리면서 쓴 시에 내 고향 영변과 평양을 보고 싶은 애절한 마음을 실어보고자 한다.

"달 밝은 밤에 고향 길 쳐다보니(月夜瞻鄕路)

뜬구름이 바람 타고 고향으로 돌아가네(浮雲颯颯歸).

편지를 봉해서 그 편에 소식 전하려 해도(緘書忝去便)

바람이 빨라 내 말 못 듣고 흘러만 가네(風急不聽廻)."

끝내는 말

　나는 평안북도 영변에서 태어났다. 영변은 김소월의 시 "진달래"에 나오는 약산의 고장이다. 앞으로 보잘 것 없이 전개될 내 인생 역정에 앞서 내 집안 내력부터 먼저 얘기하는 게 예의일 것 같다.

　내 선친 김은교는 평안북도 박천 고을의 부유한 지방 유지 김용제의 장남이었다. 조부는 암암리에 독립투사들의 뒷바라지를 하시다가 3·1만세 운동에 본격적으로 가담하였다.

　한성(漢城) 파고다 공원에서 시작된 무저항 만세운동을 평안북도에서도 시도하려고 항일내용을 담은 삐라를 거사일과 함께 등사하여 평안북도 일대에 살포하였다. 삐라를 무사히 살포하는데 성공한 조부는 거사일을 불과 며칠 앞두고 우리 동포 매국노의 밀고로 일본 경찰에 체포되었다.

　이로 인해 우리 집안은 쑥대밭이 되었고 부친은 일본 경찰에 연행되어 곤혹을 치렀다. 부친은 무혐의로 풀려났지만 고령의 조부는 그만 유치장에서 돌아가셨다. 일경의 혹독한 고문을 밤을 새워 받다가 투옥된 지 일주일 만에 돌아가셨다.

부친은 조부의 시신을 거적에 둘둘 말아 덜컹거리는 쇠달구지에 싣고 집에 와서 장례를 치르며 비장한 각오를 하였다. 조상 대대로 뼈를 묻으면서 살아온 고향을 등지기로 결심을 한 것이다. 부친은 우선 영변의 외가로 거처를 옮겼다. 어머니에게 외가에 머물고 있으라고 한 후 기약 없이 독립투사의 길로 들어섰다. 부친은 조국과 민족을 염두에 두고 독립운동을 하러 중국으로 들어갔다.

이때 나는 태어나기 전이었다. 누님 두 명은 어머니와 함께 외가에서 생활하였다. 이때부터 어머니는 모질고 괴로운 인생을 살면서 아버지를 기다려야 했다.

어머니는 일 년에 한 번 또는 이년에 한 번씩 일본 경찰을 피해 잠깐씩 들르시는 아버지를 기다리시는 게 유일한 낙이었다. 그때 어머니의 불안과 고독은 감히 글로 다 옮길 수가 없을 것 같다.

아버지가 중국으로 독립 운동하러 가신 뒤 가끔 들리면서 10년 만에 나를 잉태하셨다. 나는 천운으로 이 세상의 빛을 보게 된 셈이다. 어머니는 나를 낳으신 후 산후조리를 못하신 탓에 시름시름 앓게 되었다. 그래서 나는 엄마 젖을 제대로 먹지 못해 삐쩍 마르고 눈동자가 튀어 나왔다. 자연히 나는 어머니 품을 떠나게 되었고 어머니는 외가 별채에서 혼자 생활하셨다. 누나들이 출가하여 텅 빈 별채에서 병들어 외롭게 사신 어머니의 얼굴에는 슬픔과 고독 그리고 만주로 떠나간 남편에 대한 원망과 그리움이 들어 있었다. 낮이면 마루에 나와 햇볕을 쬐시다가 밤이면 이불을 둘러쓰고 하염없이 눈물을 흘리면서 그렇게 모진 세월을 보내셨다.

언제 돌아올지 모르는 남편을 그저 하염없이 기다리는 인고의 세월을 견디지 못하고 한을 품은 채 눈을 감았다. 내가 다섯 살 되던 해이었다. 부친도 안 계신데 치룬 장례식은 쓸쓸하기 이를 데 없었다. 지금도 철이 덜 난 다섯 살배기의 가슴에 그 썰렁한 장면은 사진처럼 처연하게 남아 있다. 내 나이 아흔 하나지만 지금도 어머니를 떠올리면 가슴이 미어진다.

"어머니, 가실 때 다섯 살 코흘리개가 아흔하나 됐습니다. 어머니 저 세상에서 저를 보고 계시죠? 어머니, 이 세상 고통 다 잊으시고 영면하세요!"

나는 어머니가 저 세상으로 가시고 나서 매일 무덤으로 찾아갔다. 차가운 땅속에 한을 품고 누워계신 어머니를 떠올리면서 목을 놓고 울다가 잠이 들곤 하였다. 그때 생시처럼 어머니가 꿈속에 나타나시어 나를 보살피고 놀아주셨다. 그동안 모자간에 못 다한 정을 나누다 눈을 떠보면 사방은 어두워져 무서움이 밀려왔다. 외할머니는 어린애가 매일같이 어머니의 무덤에 찾아가는 것이 안쓰러웠던지 나를 베이징에 있는 아버지께 데려다 주셨다.

이때 내 나이 여섯 살이었다. 나는 할머니의 손을 잡고 꽁꽁 얼어붙은 압록강을 건너 중국으로 갔다. 뼛속까지 파고드는 압록강 변의 바람을 맞으며 아버지를 만난다는 희망에 부풀어 종종걸음으로 할머니의 뒤를 쫓아갔었다.

외할머니는 봉천에서 아버지가 보낸 안내인에게 외손자를 맡기고 왔던 길로 되돌아갔다. 며칠 있으니 언제나 손님 같기만 하던 아버지가 나를 데리러 왔다. 나는 아버지를 보자마자 엉엉 울면서 그 동안 쌓였던 서러움을 모두 말하였다.

"아버지 엄마가 아버지를 기다리면서 고생하다 돌아가셨어요. 왜 엄마가 돌아가셨을 때 안 오셨어요."

나는 아버지를 원망하면서 한참을 엉엉 울자 아무 말 없이 나를 데리고 베이징으로 갔다. 거기서 나는 아버지가 나가면 대신 동지들의 보호를 받으면서 자랐다. 어린 마음에 몇 달씩이나 나를 잘 알지도 못하는 다른 사람에게 맡기고 사리지는 아버지가 너무 원망스러웠다. 나는 베이징에서 여덟 달쯤 있다가 아버지와 헤어져 봉천으로 옮겨갔다. 거기서 부친은 나를 동지의 집에 부탁해놓고 독립운동을 한다고 전국을 떠돌아다녔다. 나는 봉천에서 학교에 들어갔다. 이때 늘 외톨이었던 나에게 한 여성이 나를 맡아서 길러주겠다고 나섰다. 이 분은 독립 운동가들의 뒷바라지를 오랫동안 해오고 있었다. 나는 이 여성에게서 난생 처음 따뜻한 정을 느끼게 되었다. 내가 2학년이 되었을 때 아버지는 이 분과 결혼하고 가정을 꾸리었다. 그러면서 나의 생활도 차츰 안정을 찾았다. 아버지는 수백 명 동지들의 축복을 받으면서 가정을 가졌지만 가뭄에 콩 나듯 집에 들렀다. 그분이 바로 나의 계모 김원희 씨였다. 슬하에 자식이 하나도 없던 새 어머니는 나를 친자식처럼 돌보아 주었다. 나이는 어렸지만 독립이니 식민지니 하는 말들을 조금은 알 수 있었기에 나는 아버지를 존경하게 되었다. 또한 그러면서 우리말을 잊지 않으려고 무척애를 썼다. 그 후 국민학교 3학년을 마칠 무렵에 우리 가족은 다시 평양으로 돌아왔다.

426

김구 선생의 밀명을 받은 아버지는 평양에다 '릉라도여관'을 열었다. 나는 이때부터 부모와 헤어져 영변의 큰 외할머니 댁에서 학교를 다녀야만 하였다.

국민학교 5학년에 편입하였지만 학교생활은 엉망이었다. 중국에서 학교를 다닌 탓에 말을 하면 우리말과 중국말이 반반씩 튀어 나왔기 때문에 늘 따돌림을 받기 일쑤였다.

일본어를 한 마디도 하지 못했던 나는 급하면 중국말이 불쑥 튀어 나왔다. 그러면 친구들은 나를 되놈이라고 놀려댔고 어눌하게나마 우리말을 쓰면 "나는 바보다"는 표를 하루 종일 달고 다녀야 했다. 또 화장실 청소가 벌칙으로 떨어졌다. 이렇게 반벙어리 생활을 하다 보니 일본에 대한 미운 감정이 자연스럽게 싹트게 되었다. 내가 어머니와 평양에서 헤어진 지 올해로 63년이 되었다. 어머니는 우리를 남한으로 보낸 것이 발각되어 15년 형을 선고받고 감옥에서 돌아가셨다. 나는 지금도 명절과 아버지의 제삿날에 새 어머니의 제사를 함께 모시고 있다. 이 분을 모시는 제사는 자손대대로 이어질 것이다.

지금도 어머니가 사무치게 그립다. 그 분이 나를 자유 대한의 품으로 보내준 것이었다. 끝으로 어머니의 이름 석 자를 불러보고 싶다.

너무 보고 싶어서 불러보는 나의 어머니여!

김 · 원 · 희

2016년 1월 김인호

427

릉라도여관

초판 1쇄	인쇄	2016년 6월 10일
초판 1쇄	발행	2016년 6월 20일
저 자	김인호	
발 행 인	김승일	
펴 낸 곳	경지출판사	
출판등록	제2015-000026호	

판매 및 공급처 / 도서출판 징검다리/경기도 파주시 산남로 85-8
Tel : 031-957-3890~1 Fax : 031-957-3889
e-mail : zinggumdari@hanmail.net

ISBN 979-11-86819-23-4   03800